俄苏文学经典译著·长篇小说

列夫·托尔斯泰（1828—1910）

  19世纪俄国伟大的批判现实主义小说家、评论家、剧作家和哲学家。托翁是一位多产作家，也是世界公认的最伟大的作家之一。其代表性作品有《战争与和平》《安娜·卡列尼娜》和《复活》等，影响深远。

郭沫若（1892—1978）

  中国作家、历史学家、考古学家、古文字学家、社会活动家，新诗奠基人之一。原名郭开贞，笔名郭鼎堂等，四川乐山人。著有《女神》《甲骨文字研究》《屈原》《青铜时代》等，有《郭沫若全集》行世。

高地（1911—1960）

  即高植。安徽巢县（今巢湖市）人，作家、翻译家。通晓英、日、俄文，尤致力于俄罗斯文学研究。抗日战争时期与郭沫若联署翻译《战争与和平》，得到普遍赞誉，从此深耕于托翁著作的翻译。此后又陆续翻译了《复活》《幼年·少年·青年》《安娜·卡列尼娜》等作品。

Воина и мир

Leo Tolstoy

战争与和平

【第三卷】

俄苏文学经典译著·

长 篇 小 说

Russian

Literature

Classic.

NOVEL

[俄]列夫·托尔斯泰 著

郭沫若 高地 译

Copyright © 2022 by SDX Joint Publishing Company.
All Rights Reserved.
本作品版权由生活·读书·新知三联书店所有。
未经许可，不得翻印。

图书在版编目（CIP）数据

战争与和平 /（俄罗斯）列夫·托尔斯泰著；郭沫若，高地译. ——北京：生活·读书·新知三联书店，2022.1
（俄苏文学经典译著·长篇小说）
ISBN 978 - 7 - 108 - 07114 - 9

Ⅰ.①战…　Ⅱ.①列…②郭…③高…　Ⅲ.①长篇小说-俄罗斯-近代　Ⅳ.①I512.44

中国版本图书馆CIP数据核字（2021）第039003号

第一部

一

从一八一一年的岁尾开始了西欧兵力的强大配备与集中。在一八一二年这些兵力——几百万人（包括运输和供养军队的人），自西向东，向俄国边境移动。而俄国兵力也同样地从一八一一年开始向这里调遣。六月十二日[1]，西欧的武力越过了俄国边境，并且开始了战争，即发生了违反人类理智和一切人类本性的事件。几百万人互相做了无数的罪恶：哄骗、欺诈、偷窃、造假文件、发假钞票、抢劫、纵火、残杀，这一切在几世纪内全世界法庭的年刊里都不曾收集，但在这时候，做这一切的人们却不把这一切看作罪孽。

---

[1] 合新历六月二十四日。——毛

因何产生了这非常的事件？它的原因是什么，信念单纯的历史家们说，这个事件的原因是奥尔顿堡公爵的受辱、大陆政策的破坏、拿破仑的野心、亚历山大的固执、外交家们的错误等等。

照这样说，只要梅特涅、路密安采夫或塔来隆在朝见与宴会之间善为努力，写一通更伶俐的牒文，或者拿破仑写信给亚历山大说"仁兄陛下，我赞同恢复奥尔顿堡公爵的禄位"，战争就不会发生了。

显然，这件事在当时人士是这么看的。显然，拿破仑觉得战争的原因是英国的阴谋（如他在圣爱仑拿岛上所说的）。显然，英国国会议员觉得战争的原因是拿破仑的野心；奥尔顿堡公爵觉得战争的原因是那完全对他的压迫；商人以为战争的原因是那毁坏欧洲的大陆政策；老兵和将帅们以为主要的原因为需要利用他们一下；对于当时的正统主义者，原因是必须恢复良好的主义；而对于当时的外交家们，这一切是由于一八〇九年的俄奥联盟没有充分巧善地瞒住拿破仑，并且第一七八号备忘录措辞不善。显然，对于当时的人，有过这些原因以及无数的其他更多的原因，这是由于无数的不同的观点而发生的。但对于我们后代的人，这些原因是不完备的，我们在它的全部范围内考虑了这既成事件的重要性，并且深究了它的简单而可怕的意义。我们不能懂得，几百万基督教徒互相屠杀蹂躏，是因为拿破仑有野心、亚历山大固执、英国的政策狡猾以及奥尔顿堡公爵受侮辱。我们不能够了解，这些现象与屠杀暴力之类的事实有什么关系；也不解为什么，因为公爵受辱，欧洲另一边的无数的人便去屠杀蹂躏斯摩楞斯克和莫斯科的人，并且被他们杀死。

在我们后代非历史家的人看来，它的原因是无数的，我们不迷于研究程序，并且因此能够用开明的、健全的思想观察事件。我们研究它的原因愈深入，我们发现的愈多。每个分开的单独原因或全组原因，从它们本身上看，对于我们是同样的正确；它们和事件的广大比较起来都显得渺小，从这一点上看来，又是同样的错误；它们不能（没有其他凑合的原因在内）造成事件，从这一点上看，也是同样的错误。此类原因，例如：拿破仑拒绝把军队退过维斯丢拉并恢复奥尔顿堡公爵的禄位，在我们看来，好像是初次的法国伍长愿意或拒绝第二次服役，因为假使他不愿入伍，别的也不愿，第三个以及无数的伍长和兵士都不愿，则拿破仑的军队将减少很多的人数，战争也不会有。

假使拿破仑不因为退过维斯丢拉的要求而恼怒，且不命令军队前进，便没有战争；但假使所有的军曹不愿意第二次从军，战争也不会有。同样的不会有战争，假使没有英国的阴谋，没有奥尔顿堡公爵，没有亚历山大的羞怒的情绪，没有俄国的专制政体，没有法兰西革命和后来的独裁及帝制，以及产生法兰西革命的一切条件，以及其他等等。这些原因当中，没有了一个，便不会发生任何事情。因此，这一切原因——几百万原因——凑合在一起，产生了所发生的事。并且因此没有任何一件是唯一的战争原因，而战争应该发生，只是因为战争应该发生。几百万人应该抛弃他们的人性和理智，从西到东屠杀同类，正如几世纪前，许多群的人从东到西屠杀同类。

拿破仑和亚历山大的话似乎能决定战争发生或不发生，他们的行为同样是非本意的，正似每个兵士的行为，他由于抽签或征发而从军。这是不得不这样的，因为要使拿破仑和亚历山大的意志得以执行

（似乎事件是由这两个人决定的），无数的条件的凑合是必要的，这些条件中没有了一项，事件便不能发生。这几百万人（真正的大权是在他们的手里），这些放枪、运送给养和大炮的兵士们，必须同意去执行这些单独而软弱的人的意志，并且被无数复杂不同的原因引入战争中。

历史的定命论，对于无理性事件的阐释，是不可少的（无理的事件，意思是说我们不懂得其理性）。我们愈要理性地解释这些历史事件，这些事件对于我们愈无理性而不可解。

每个人为自己而生活，用他自己的自由去达到他个人的目的，并且用他全部的身灵去感觉他能立刻去做或不能做某种行为；但是他一旦做了什么，这个在某一段时间内所做的行为，便成为不可更改的，且成为历史的所有物，在历史中它有不自由的然而预定的意义。

每个人的生活有两方面：一是个人的生活，它的趣味越抽象，它便越自由；一是基本的群的生活，个人不能不在其中遵守那为他规定的定律。

一个人为了自己意识地生活着，但他是达到人类历史目的之一种无意识工具。人所做的行为是不可更改的，而且他的行为同时和百万人的无数行为相凑合，发生历史的意义。一个人在社会阶层上站得愈高，和他有关系的人则愈多，他对于别人越有权力，他每一行为的预定性和必然性越彰显。

"帝王的心在上帝的手里。"

帝王——是历史的奴隶。

历史是人类无意识的、共同的群体生活，利用每分钟的帝王生活,作为到达它的目的之工具。

＊　＊　＊

虽然在一八一二年,对于拿破仑,较任何时候,更显得:他的人民是否要流血,关键在他(如亚历山大写给他最后信中所说的);但拿破仑此刻较任何时候更服从那些必然的定律,这些定律支配他(照他自己看来,似乎他是任意行动)去为人类、为历史做那应该做的事情。

西欧的人向东移动,为了互相屠杀。并且由于"原因凑合律",对于这个运动和这个战争,有成千的小原因自然造成,并且与这个事件凑合:对于不遵守大陆政策的谴责;奥尔顿堡公爵的受辱;军队向普鲁士的移动(这在拿破仑看来,只是为了达到武装和平);法国皇帝对于战争的爱好和习惯,与他的人民的心相凑合;军备光荣的引诱;军事准备的费用;获得利益以偿费用的要求;在德来斯登的令人麻醉的光荣;外交家的谈判(在当时人士看来,它是以诚意求和平为原则,但它只刺伤了彼此的自尊心),还有几百万几百万别种原因,在所发生的事件下自然造成,并且和它凑合。

苹果熟时下坠——它为何下坠?是因为地力吸引,还是因为果柄枯萎,还是因为被太阳晒干,还是因为重了,因为风吹动,还是因为站在下边的小孩想吃?

没有一种是原因。这一切只是各项条件的凑合,在这些条件下发生各种有生命的、有机的基本事件。植物学家发现苹果坠落是因为细胞分解等等,这和站在树下的小孩说苹果坠落因为他想吃,他祈求坠落,是同样的对。有人说拿破仑到莫斯科去是因为他想去,并且他溃败是因为亚历山大希望他溃败;这和别人说将崩的、掘空的几百万吨的山倾倒下来,因为最后的矿工在下面凿了最后一斧,是同样的对而又不对。在历史事件中,所谓伟大人物只是一种标签,给事件一个名称,他们同标签一样,和事件本身只有极少的关系。

他们的每个行为,对于他们自己似乎是自立的,但在历史意义中看来是不自立的,而与整个历史过程有关,且是在永恒中注定的。

二

五月二十九日[1]，拿破仑离开了德来斯登，他在这里过了三个星期，环随左右的要人中有亲王、公爵、国王，甚至还有一个皇帝。拿破仑在起程之前，赞赏了那些应受赞赏的亲王、国王和皇帝，责骂了他所不满意的国王和亲王，他将自己的珠宝（即他从别的国王那里抢来的钻石和珍珠）赠给奥国皇后。他并且如他的历史家所说的，温柔地搂抱玛丽·路易丝皇后，然后离开她，这悲惨的离别似乎是她（这个玛丽·路易丝认为他是她的丈夫，但他在巴黎有另外一个妻）不能忍受的。虽然外交家们还坚信和平的可能性，并且热心地向这个

---

[1] 托氏在这里用了新历，大概是因为撒克逊（德来斯登所在之邦）用新历。——毛

目标努力；虽然拿破仑亲自写信给亚历山大皇帝，称他"仁兄陛下"，并且诚恳地要他相信他并不希望战争，并永久地敬爱他——但他却走到军队里，并且从每一个军站发出新命令，要军队加紧从西向东推进。他坐着六马旅行车，环随着侍从、副官、卫兵，顺着波森、托尔因、但泽及刻尼格斯堡的道路前进。每个城市中有成千的人带着惊异与热情欢迎他。

军队从西向东推进，六马的旅行车轮换地载他向东。六月十日，他赶上了军队，并且在维尔考维斯基森林过夜，他住在一个波兰伯爵的田庄上为他预备的营房里。

第二天拿破仑越过了军队，坐车到了聂门河，换了波兰的制服，来到河岸上，察看渡河的地点。

拿破仑看见了对岸的卡萨克兵和广大的草原，在草原的当中是圣城莫斯科，一个帝国的国都，这帝国好像被马其顿的亚历山大所侵入的大月氏帝国。他出人意料地违反战略和外交的思虑，下令前进，在第二天，他的军队开始渡聂门河。

十二日清晨，他从营幕里走出，这个帐幕是扎在聂门河左岸的山坡上。他用望远镜观看从维尔考维斯基森林中涌出来的他的如流的军队，流过聂门河的三座桥上。军队知道皇帝在场，注意找他。当他们发现了他离开他的侍从，穿着大衣，戴着帽子，站在山边帐幕前，他们把帽子向天空抛，并且呼叫着："皇帝万岁！"并且前后相连着，不断地涌出，从那遮隐他们直到此刻的森林里涌出、分开，从三座桥上渡到了彼岸。

"现在我们要前进了。啊！他自己到了场，事情有生气了……凭天发誓……他在那里……皇帝万岁！"

"那些地方就是亚细亚草原！多么脏的国家。再见，保涉。我替你留着莫斯科最美的皇宫。再见！走好运……你看见了皇帝没有？皇帝万岁……万岁！假使我做了印度群岛的总督，热拉尔，我放你做卡涉米尔大臣，就这么定了。皇帝万岁！万岁！万岁！万岁！这些卡萨克土匪们，如他们跑得那样。皇帝万岁！他在那里！你看见他吗？在我看见你以前，我看见他两次了。这个小伍长……我看过他给一个老兵十字勋章……皇帝万岁！"这些都是性格和社会地位极不相同的年老和年少的人的声音。所有这些人的脸上共同表现着：因久待的战争开始而有的快乐、热情和对于站立山边穿灰色衣服的人的效忠。

六月十三日，拿破仑接了一匹不大的纯阿拉伯种的马。他坐定了，向聂门河的一座桥上奔驰，不断地被热烈的喊声震着耳朵，他忍受着这些声音，显然因为不能禁止他们用这些喊声表现对他的爱戴。但这些喊声处处伴着他，使他分神，并使他不能思索战争问题，这些问题是他赶上军队后便盘踞在心的。他从用船搭的、荡动的浮桥上渡过了河，迅速转向左，并向考夫诺奔驰而去，前面有热情的因快乐而不能透气的骑卫队奔驰着，在大军中开道。到了广阔的维利河，他停在岸边波兰的乌兰兵团前。

"皇帝万岁！"波兰人同样热情地喊叫，乱了行列，并且互相拥挤，争着看他。拿破仑看着河，下马坐在岸边木头上。依照他的无言的暗示，他们递给他一只望远镜，他把望远镜支在跑到面前的快乐的侍从的背上，开始窥察对岸。然后他聚神地注视打开在木头间的地图。他未抬头，说了什么，他的两个副官骑马跑到波兰的乌兰兵中。[1]

"什么？他说了什么？"这声音，在一个副官跑到他们面前的时候，从波兰的乌兰兵中发了出来。

命令是寻找涉水处，渡到彼岸。波兰的乌兰兵上校，一个美丽老人，脸发红，因兴奋而言语错乱，他问副官能否准许他率领乌兰兵游泳过河，不找涉水处。他显然怕遭拒绝，他要求准他当皇帝面游泳过河，好像小孩子要求骑马。副官说，也许皇帝对于这多余的热心不至于不满意。

副官刚说完这话，这个年老有胡须的军官，带着快乐的面容和明亮的眼光，向上举起指挥刀，喊"皇帝万岁"，并且命令乌兰兵跟着他。他刺动坐骑，向河里跑。他狠狠地催动身下跃跳的马，并且蠕进水中，向急流深处泅去。几百个乌兰骑兵跟着他奔驰。在河中急流处是寒冻而危险的。乌兰骑兵坠马，并相互抓扶。淹死了一些马，淹死了一些人，其余的努力泅渡，有的在鞍上，有的抓着马鬃。他们企图向前游到彼岸，虽然在半里之外有涉水处，但他们却当一个人面自傲能够渡河并且在河里淹死，而这个人坐在木头上，看也不看他们所做的事。当回转的副官选了适当的时间，让自己请皇帝注意波兰骑兵对他的效忠，这个穿灰衣的矮人站立起来，并且把柏提埃叫到面前，开始同他在岸上来回走动，授他命令，并偶尔不高兴地看那使他分神的淹死的乌兰骑兵。

在他这已经不是新的信念了，就是他在世界所有的地方，从非洲

---

[1] 乌兰兵是一种用矛枪的骑兵。——译者

到莫斯科草原，他同样地能威令并驱使人们做盲目的牺牲。他命人牵来了马，并且骑回他的野营。

虽然派了船去捞救，四十个乌兰骑兵在河里淹死了。大部分的人回到这边岸上。上校和几个骑兵泅过了河，并且困难地爬上彼岸。他们穿着透湿淋水的衣服，刚上了岸便喊："皇帝万岁！"他们热情地看拿破仑站立的地方，但他已经不在那个地方，而那时候他们认为自己是快乐的。

晚间拿破仑下了三道命令——一个是要尽可能地赶快运来印好的俄国假钞票在俄国使用；一个是要枪毙一个萨克森人，在他的被搜出的信件里发现了关于下给法军的命令的报告；还有第三个命令是颁赏那个擅自泅河的波兰上校一个荣誉勋章，拿破仑便是这种荣誉的首领。

要谁毁灭——去其理性。（Quos vult perdere dementat.）

三

俄国皇帝这时候在维尔那住了一个多月，主持阅兵和演习。对于大家期待的战争，什么也没有预备，而皇帝就是为了战争的准备从彼得堡来此的。行动的一般计划是没有的。在已提出的计划中不知应该采用哪一种，这个游移情形在皇帝已经在总司令部住了一个多月之后更为显著。三军当中各有一个分别的总司令，但各军之上的总司令还没有，而皇帝也不自任此职。

皇帝在维尔那住得越久，对于这个期待已倦的战争越没有准备。御前各人的努力，似乎目的只是要使皇帝愉快度日，忘掉迫切的战争。

在波兰豪贵、大臣和皇帝本人所举行的许多次跳舞会和庆宴之后,在六月里,御前波兰高级副官之中有一个人主张高级副官们请皇帝吃一次饭、跳一次舞。这个意思被大家愉快地接受了。皇帝表示了同意。高级副官们认定了经费。最能取悦皇帝的妇人被选为跳舞会主持人。维尔那省的地主别尼格生伯爵借出他的郊外房子举行庆宴,约定六月十三日在别尼格生伯爵城外住宅萨克来特举行跳舞、聚餐、赛船和焰火。

在那个同一的日子,拿破仑下令渡聂门河,他的先锋队赶回了卡萨克兵,跨过俄国边境。亚历山大在别尼格生别墅里赴夜会,赴高级副官的跳舞会。

庆宴快乐而辉煌。内行的人说,难得在一个地方聚集这么多美人。别素号夫伯爵夫人是随皇帝由彼得堡来维尔那的诸贵妇之一,她在跳舞会里,用她的所谓浓重的俄国式的美遮盖了细妆的波兰妇女。她被人注意,并且皇帝邀她跳舞。

保理斯·德路别兹考,像他所说的,单独(en garcon)居住,把夫人丢在莫斯科。他也在这个跳舞会里,虽然不是高级副官,却为跳舞会认定了一大笔经费。保理斯现在是富人,名誉很大,已经不再找人垂爱,但和他同辈中位置最高的人站在平等的地位。在维尔那他遇见了爱仑,他已经多时不看见她。爱仑在享受一个很重要的人的宠爱,而保理斯也新近结婚,他们不提既往,但相待如善意的老友。

夜晚十二点钟还在跳舞。爱仑没有如意的舞伴,亲自邀保理斯跳"美最佳"舞。他们是第三对。保理斯冷淡地看着爱仑袒露在镶金黑纱衣外鲜明的背,谈到旧友,同时他自己和别人都不觉得,他没有一分钟停止注视也在舞场的皇帝。皇帝不在跳舞,他站在门边,用诚恳的言语时而停止住这一对，时而停止住另一对，这种言语只有他一个会说。

在"美最佳"舞的开始，保理斯看见高级副官巴拉涉夫，皇帝的亲近之一，走到皇帝面前，不合朝仪地站在同波兰妇人谈话的皇帝近处。同波兰妇人说了话，皇帝探问地望他，显然明白了巴拉涉夫来此必有重大原因，他向妇人低低点头后，便走到巴拉涉夫面前。巴拉涉夫刚开始说，皇帝的脸上便露出惊异。他拉了巴拉涉夫的手，同他走过舞厅，不自觉地在前面避让的人群中分开了一条有三沙绳宽的走道。保理斯注意到皇帝和巴拉涉夫同走时阿拉克捷夫的兴奋神情。阿拉克捷夫低头看皇帝，并用红鼻子嗅气，从人群中走出，似乎等待着皇帝垂询他（保理斯知道阿拉克捷夫嫉妒巴拉涉夫，并且不愿意有任何重要新闻不经过他而直达皇帝）。

但皇帝和巴拉涉夫没有注意阿拉克捷夫，从通外边的门，走进灯火明亮的花园。阿拉克捷夫摸着佩刀，并且狠狠地四顾，跟着他们相隔约二十步。

保理斯在表演"美最佳"舞的各节时，这个问题不停地烦恼他，就是巴拉涉夫带来什么消息，并用何种方法比别人先知道这个消息。

在这一个舞节中，他应该选两个妇女。他低声向爱仑说他希望选波托兹基伯爵夫人，而她似乎到走廊上去了。他溜过了正厅，从通外边的门，跑进花园，看见皇帝和巴拉涉夫走进凉台，便停了步。皇帝和巴拉涉夫向着门走来。保理斯慌了一下，好像不及走开，恭敬地挤到门边，垂着头。皇帝带着因个人的侮辱而有的激愤，说了下边的话：

"不宣战,就侵入俄国!我要等到没有一个武装的敌人留在我国,才讲和。"

保理斯觉得皇帝欢喜说这句话:他满意他的意思的表现方式,但不满意保理斯听到了这话。

"不给任何人知道!"皇帝皱着眉添说。

保理斯知道这话是对于他的,他闭了眼,微微低垂了头。皇帝回到舞厅,又在跳舞会里留了约半小时。

保理斯最先知道法军过聂门河的消息,因此有机会向几个要人表示他知道别人所不知道的很多消息,并因此有机会在这些人的心目中提高他自己的地位。

* * *

法军渡过聂门河的意外消息,在一个月未实现的期待后,是特别意外,而且是传到了跳舞会里!皇帝初得到这个消息,在震怒与愤慨的情绪下,说了日后著名的话,他自己既认为满意并且充分地表现了他的情感。从跳舞会回住处后,皇帝在凌晨二时召来秘书锡施考夫,命他草拟命令给军队,并草拟谕旨给元帅萨退考夫郡王,在这里面,他坚持地要加进这句话,就是他不到武装的法兵没有一个留在俄国境内时,绝不讲和。

第二天便写了下面的信给拿破仑:

仁兄陛下,我昨天知道你的军队侵入了俄国边境,不顾我遵守我和陛下之间各条约的诚意,并且我此刻接到彼得堡的牒文,劳理斯顿伯爵在文中提起此番侵略的原因，说陛下认为自库拉根郡王索取护照时，即和我处在战争状态中。巴萨诺公爵拒绝发给护照的理由，绝不至于使我认为此种行为可以作为此番侵略的借口。事实上，大使并未奉得命令，一如他自己所声明，并且我刚得知此事，即向他表示我不满意，命他继续供职如旧。如陛下不愿意因此种误会而使你的人民流血，并且假使你同意把你的军队退出俄境，则我对于以前一切不再注意，并且我们的协定也将可能。如不然，我将被迫抵抗侵略，这侵略丝毫不是我方引起的。陛下要负责使人类避免新战争的痛苦。我是……亚历山大（签字）。

四

六月十三日凌晨二时，皇帝把巴拉涉夫召到面前，给他宣读写给拿破仑的信，命他去送这封信，并要亲自呈交法国皇帝。派遣巴拉涉夫时，皇帝又向他重复说道，他不到没有一个武装法兵在俄国境内时，绝不讲和，并且命他确实把这话转达拿破仑。皇帝没有把这话写在给拿破仑的信中，因为他凭自己的机敏觉得这句话在此刻不宜写出，对于讲和的最后努力尚在进行中；但他坚决命令巴拉涉夫亲自把这话转达拿破仑。

在十三和十四日之间的夜里起程，巴拉涉夫随带了一个号手和两个卡萨克兵，黎明时，到了聂门河这边锐康特村法军前线。他被法国骑兵斥候止住。

法国骑兵军曹穿红制服，戴有毛的帽子，向着前进的巴拉涉夫呼喊，命他停住。巴拉涉夫并不马上停住，却继续在道上缓行。

军曹皱眉，并说出咒骂的话，刺动马腹，驰向巴拉涉夫，握着佩刀，并粗声向俄国将军呼喊，问他：他没有听到对他所说的，是不是聋子。巴拉涉夫报了自己姓名。军曹派了兵去报告长官。

军曹不注意巴拉涉夫，开始和同伴说队上的事情，看也不看俄国将军。

巴拉涉夫一向接近崇高的势力与权位，在三小时前还同皇帝谈过话，且素来看惯了自己尊严的职务。在这里，在俄国境内，他看见了这种仇敌的，尤其是对他轻视的暴力，觉得异常奇怪。

太阳刚开始从云外升起。空气新鲜而潮湿。群牛从乡村里赶在路上。在田野里，百灵鸟惊恐地跳出，一个一个的好像水里的泡。

巴拉涉夫环顾四周，等候军官从村庄里来到。俄国卡萨克兵及号手同法国骠骑兵皆无言，偶尔互相地看。

法国骠骑兵上校显然是才下床的，坐着美丽饱满的灰色马从村庄里走出，随带着两个骠骑兵。军官、兵士和他们的马，都有显得满足而漂亮的神情。

这正是战争的初期，在这种时候，兵士们还在整齐的几乎是检阅的和平活动中，在衣服上具有英武之气，并且有快乐进取的精神，这是战争开始时常有的。

法国上校费力地压制了哈欠，但很恭敬，且显然明白巴拉涉夫的地位十分重要。他领他通过了哨兵岗位，并且告诉他说，他谒见皇帝的希望也许马上可以达到，因为皇帝的行在，他知道不远。

他们穿过了锐康特村，经过了法国骠骑兵系马处，经过守卫和兵士身边时，士兵们都向他们的上校致敬，并且用好奇的目光看俄国制服。他们走出村庄的另一边。据上校说，师长是在两俄里之外，他将接见巴拉涉夫并领他到达目的地。

太阳已经升起，并且愉快地照着明亮的绿野。

他们刚走过山边的一个旅店，便看见山下有一群骑马的人迎面而来。在他们前面是一个高身材的人，坐在栗红色马上，马具在阳光下闪烁，他戴着有花翎的帽子，黑发披到肩头，穿着红大氅，两只长腿伸向前，是法国人骑马姿势。这个人打马向巴拉涉夫奔跑，他的花翎、宝石和金花边在明耀的六月阳光下闪烁着、颤动着。

那个骑马迎面而来的，有手镯、花翎、项圈、金饰和愉快生动面容的人，和巴拉涉夫相隔两匹马距离的时候，法国上校尤尔奈恭敬地向他低声说道："那不勒的国王。"这个人实是牟拉，他现在被称为那不勒的国王。虽然丝毫不明白为什么他是那不勒的国王，但他们却这么称他，并且他自己也相信，因此他的严肃而尊贵的神情更甚于从前，他是这么相信他确是那不勒的国王。当他离开那不勒的前日，他和夫人在街上散步时，几个意大利人向他呼喊："Viva ilre（皇帝万岁）！"他带着抑郁的笑容向夫人说："这些可怜的人，他们不知道我明天要离开他们了！"

虽然他坚信他是那不勒的国王，并且对于他将离开的人民的悲愁表示同情，但在最近，在他奉命再度从军之后，特别是在他和拿破仑在但泽会面之后，当尊贵的内兄向他说"我使你做了皇帝，为了要你像我这样秉政，却不要照你自己那样"的时候，他愉快地担任了他所熟悉的工作,并且像饱食但不发胖的马,觉得自己在羁勒中,在车杠间跳动,并且尽可能地装饰得杂色华丽,愉快而满意地在波兰的道路上奔走,自己不知道何处去并为什么。

看见了俄国将军,他用国王的姿态,庄严地把发垂至肩的头向后一仰,并且疑问地看法国上校。上校恭敬地向国王陛下说明巴拉涉夫的使命,却不曾说他的名字。

"德·巴尔马涉夫!"国王说(他的坚决克服了上校的困难),"很愉快地和你结识,将军。"他用国王垂爱的姿势说。国王刚开始大声迅速说话,所有的他的国王威严立刻消失了,并且他不自觉地转为他所特有的善意的亲密语气。他把手放在巴拉涉夫的马的须上。

"啊,将军,似乎一切都在战争状态中。"他说,似乎可惜那种他不能批评的情形。

"陛下,"巴拉涉夫回答,"我主皇帝不希望战争,与陛下所见相同。"巴拉涉夫每次说话都用陛下称呼,用着不可避免的虚伪向他屡次称这个官衔,这官衔对于这个人还是新奇。

牟拉听"德·巴尔马涉夫先生"说话时,脸上显出愚笨的满足。但国王的尊严应该如此:他觉得必须和亚历山大的外交专使说到政事,有如国王对待同盟者。他从马上跳下,抓住巴拉涉夫的手臂,并且离开敬候的随从们几步,开始和他前后走动,企图庄重地说话。他提起拿破仑皇帝因为从普鲁士撤兵的要求而发怒,特别是在这个要求被大家知道并有伤法国尊严的时候。巴拉涉夫说,在这个要求里毫无冒犯之处,因为……牟拉打断了他的话:

"那么你认为侵略者不是亚历山大皇帝了?"他带着好意而愚笨

的笑容，忽然地说。

巴拉涉夫说了他为什么一定认为战争的发动者是拿破仑。

"哎，我亲爱的将军，"牟拉又打断他的话，"我诚心诚意地希望皇帝们自己和好，并且这次我所不愿开始的战争赶快结束。"他用奴仆说话的音调说。他们希望保持友谊，不管主人们彼此争吵。他换了话题，谈到大公、他的健康，并提起和他在那不勒时的愉快而如意的生活。后来似乎想起自己的国王尊严，牟拉忽然严肃地纠正姿势，像他加冕时那样地站着，并摇动右手，说："我不再耽误你了，将军。我祝你的使命成功。"于是颤动着红外套和花翎，闪动着珠宝，他走向恭候着的侍从。

巴拉涉夫向前走，因为牟拉的话而假定可以迅速地谒见拿破仑本人。但代替迅速会见拿破仑的是，大富步兵军团的哨兵又在下一村庄里阻止他，像在哨兵线上那样，一个被召来的军团长的副官领他到村庄去见大富将军。

五

大富好像是拿破仑的阿拉克捷夫——大富不如他怯懦,但是同样的认真、残忍,并且除了用残忍,不知如何表现他的忠心。

在政府组织的机构中需要这些人,正如在自然界组织中需要狼。他们处处存在,处处出现,并且握有权位,但他们的存在以及接近政府首领似乎是不适当的。只有这种必要可以解释:为何残忍得亲自拔下掷弹兵的胡须,且因神经衰弱不能经历危险,没有教育,不似朝臣的阿拉克捷夫,能够在高贵而性情仁慈的武士亚历山大之下,保持这样的权力。

巴拉涉夫发现大富将军坐在农家仓屋里的小桶上,做着书写的工作(他核对账目)。副官站在他旁边。本可以找得较好的地方,但大富将军是这种人里面的,他们有意地使自己处在最凄惨的生活情形中,为了好有权利显得凄惨。他们为了同样的缘故总是使自己匆忙而固执地工作着。"当你看到我坐在脏仓里的小桶上工作,怎能够想到人类生活的快乐方面呢。"这是他面上的表情。这种人主要的满足与要求,就是遇到别人生命的活跃时,对于这种活跃表现出自己的凄惨而固执的活动。当别人领巴拉涉夫来到面前时,大富自己有了这种满足。俄国将军进来时,他更努力地在工作,从眼镜上边看了一下巴拉涉夫因美丽的早晨以及和牟拉的谈话而有的活跃的脸,他不站起,动也不动,只是更加皱眉,并恶意地自笑。

大富看见巴拉涉夫脸上因这种礼貌而有的不快之色,抬起头,冷淡地问他需要什么。

巴拉涉夫以为他受到这种接待,只是因为大富不知道他是亚历山大皇帝的高级副官,并且是他派来会拿破仑的代表,便赶快地说出了他的阶级和使命。出乎他意料地,大富听了巴拉涉夫的话,变得更固执、更粗野。

"你的文书在哪里?"他说,"把它交给我,我带给皇帝。"

巴拉涉夫说他奉命要亲自把文书交给皇帝本人。

"你们皇帝的命令在你们军队里有效,但这里,"大富说,"你应该照别人向你说的去做。"

似乎是要更使俄国将军觉得他依靠暴力,大富令副官去找值日官。

巴拉涉夫取出装信的纸包放在桌上(桌子是一扇门搭在两只桶上,门上突出一个扯开的键),大富拿了信封,读了上面的字。

"你对我尊重与否，完全自由，"巴拉涉夫说，"但是许我提醒你一下，我有荣幸充任皇帝的高级副官……"

大富不作声看着他，巴拉涉夫脸上所表现的兴奋和不安显然使他满意。

"我们要合适地招待你的。"他说，把信放入口袋，走入仓屋。

不久，将军的副官德卡斯特先生走了进来，带巴拉涉夫到了为他预备的地方。

巴拉涉夫这天在仓屋里和将军在桶上的门边吃饭。

第二天早晨大富出去了，并且把巴拉涉夫叫到面前，庄重地向他说，请他留在这里，假使有了命令便和行李车一同移动，并且除了德卡斯特先生，不得和任何人说话。

经过了四日的孤独、恼闷、依赖与卑微感觉（因为他不久之前尚在权势范围中而特别感到卑微）之后，随同将军的行李车和占领全区的法军走了几次之后，巴拉涉夫被人带到维尔那，这里现在为法军所占领，他进的城门正是四日前他从那里出去的。

第二天，皇帝的侍臣德·丢仑先生来找巴拉涉夫，向他传达拿破仑皇帝要接见他的意思。

四日前在同一的屋前站着卜来阿不拉任斯克的岗哨，巴拉涉夫被人领导来此，现在却站着两个法国掷弹兵，穿着胸前敞开的蓝军服、戴着有毛的帽子。骠骑兵和乌兰兵卫队，一群显赫的副官、侍从及将军们等候拿破仑出门。环绕着站在阶前的坐骑和他的马夫路斯但，拿破仑就在维尔那的这一个屋子里接见巴拉涉夫，亚历山大曾经在这个屋子里派遣他。

六

虽然巴拉涉夫惯于朝廷的庄严,拿破仑朝仪的奢华和堂皇却炫耀了他。

丢仑伯爵领他进了大客厅,这里等候着许多将军、侍臣和波兰豪贵,其中有许多是巴拉涉夫在俄皇朝廷看见过的。丢好克说拿破仑要在出门之前接见俄国将军。

等了几分钟之后,一个值日的侍臣走进大客厅,并恭敬地向巴拉涉夫鞠躬,请他跟他去。

巴拉涉夫走进小客室,这里有一个门通书房,就是在这间书房里俄皇命他出差。巴拉涉夫站了两分钟,等候着。在门外可以听到急促的足音。两扇门迅速地打开,一切静谧。从书房里传来另外固执而坚决的足音。这是拿破仑。他刚刚完结了出骑的衣装。他穿着蓝军服,敞开在下齐圆腹的白背心外边,穿着鹿皮裤,紧裹着他的肥而短的大腿,穿着马靴。他的短发显然是刚梳好,但有一绺头发垂在宽额的当中。他的白而胖的颈子伸在军服黑领的上面,他身上散出香水气味。在他双腮突出的年轻而肥胖的脸上,有和蔼、尊贵、帝王的欢迎表情。

他走了出来,每个步子都迅速地颤动,把头微微后仰。他的整个胖而短的身材、宽胖的肩膀、不自觉地前伸的肚子和胸脯,有一种严肃庄重的神气,这是生活舒适的四十岁的人常有的。并且显然,他这一天是脾气最好的。

他点头,回答巴拉涉夫低而恭敬的鞠躬,并且走到他面前,立刻开始说话,有如爱惜寸阴的人,并且不愿预备言辞,却相信他总是说得好,说必要的话。

"你好,将军!"他说,"我收到你带来的亚历山大皇帝的信,我很高兴看见你。"他的大眼睛看着巴拉涉夫的脸,且立刻又把目光离开他。

显然,巴拉涉夫的个性对他没有兴趣。显然,只有他的心里所发生的对他有兴趣。他身体之外的一切对他没有意义,因为他觉得全世界都决定在他的意志上。

"我不希望,并且过去也未曾希望战争,"他说,"但是你们逼我走向战争,我甚至现在(他用力说这个字)也预备接受你能给我的一切说明。"他并且明白而简短地开始说出他对于俄国政府不满意的原因。

从拿破仑说话的极平静而亲爱的语音上判断,巴拉涉夫坚信他希望和平并有意举行谈判。

"陛下!我主皇帝!"巴拉涉夫在拿破仑说完了话且探询地看着俄国使臣的时候,开始说早已预备的话,但直视着他的皇帝目光搅乱了他。拿破仑用几乎看不出的笑容看着巴拉涉夫的军服和佩刀,似乎在说"你心慌了——定定心吧"。巴拉涉夫恢复了静定,开始说话。他说,亚历山大皇帝不认为库拉根索取护照是充分的战争原因,库拉根做这件事是个人的意思,皇帝对于此事并未同意,亚历山大皇帝不希望战争,并且和英国没有任何关系。

"还不然。"拿破仑插言,又似乎恐怕放纵了自己的情感,皱眉,并轻轻点头,给巴拉涉夫知道他可以继续。

说了授意要说的一切,巴拉涉夫说亚历山大皇帝希望和平,但他也不举行谈判,除非有这个条件,就是……在这里巴拉涉夫迟疑。他想起这句话,亚历山大没有把它写在信里,却坚持命令把它写在给萨退考夫的旨意里,并命令巴拉涉夫把它转达拿破仑。巴拉涉夫记起这句话"直到没有一个武装敌人留在俄国领土的时候",但是某种复杂的感觉阻止了他。他虽然想这么做,却不能说出这句话。他迟疑一会儿,又说:"要有这个条件,就是法国军队退过聂门河。"[1]

拿破仑注意到巴拉涉夫在说出最后那些字时的不安,他的脸发抖,他的小腿胼开始韵律地打战。他站着不动,开始说话,声音比先前更高更急。巴拉涉夫听以下言语的时候,眼不移动地看着拿破仑左

---

[1] 聂门河在一八一二年是俄国与波兰间的边界。——毛

腿腓打战，他的声音越高，颤动越有力。

"我希望和平，不像亚历山大皇帝。"他开始说。"我不是在十八个月之内为求得和平，做了一切吗？我等候说明，已经十八个月。但为了开始谈判，还要我们做什么呢？"他说，皱眉，并用他的白肥小手做有力疑问的手势。

"军队退过聂门河，陛下。"巴拉涉夫说。

"过聂门河？"拿破仑重复。"那么你现在希望退过聂门河——只是退过聂门河吗？"拿破仑重复，直视巴拉涉夫。

巴拉涉夫恭敬地鞠躬。

四个月前要求退过波美拉尼亚，现在只要求退过聂门河。拿破仑迅速转过身，开始在房里徘徊。

"你说，为了开始谈判，要我退过聂门河；但在两个月前同样地要求我退过奥代尔，退过维斯丢拉。现在又不管这个，你们同意做谈判了。"

他沉默着从房这角走到那角，又对着巴拉涉夫站住。他的脸在严肃神情中似乎成了化石，左腿比先前颤得更凶。左腿腓的颤动拿破仑自己知道。他日后说道："我左腓的颤动是我的一个大记号。"

"退过奥代尔和维斯丢拉，这种提议可以给巴登亲王，却不能给我，"拿破仑完全出乎自己意料，几乎叫了起来，"即使你给我彼得堡和莫斯科，我也不接受这些条件。你说我开始这次战争吗？但谁先加入军队的？——是亚历山大皇帝，不是我。你们在我花费了几百万的时候，向我提出谈判！你们和英国联盟了，你们的地位坏了，你们向我提出谈判！但你们和英国联盟是什么目的？英国给了你们什么？"他匆促地说，显然他说话的目的不在表示讲和的利益并讨论它的可能性，而只在表示他的合理、他的权力，并表示亚历山大的无理与错误。

他谈话的起头显然目的是在表示他的有利的地位，并表示虽然如此，他也接受谈判的开始。但他已经开始说话，他说的愈多，他愈不能控制言语。

他言语的整个目的现在显然是只要表扬自己并侮辱亚历山大，这正是做了那在会面开始他最不希望的事。

"据说，你们和土耳其人讲和了？"

巴拉涉夫肯定地点头。

"讲和了……"他开始。但拿破仑不让他说。显然他需要独自一个人说，并且继续用流利言辞和无抑制的激怒向下说。这情形是骄纵的人所常有的。

"是的，我知道，你们和土耳其人讲和，没有得到摩尔大维阿和窝雷基阿。我会给你的皇帝这些省份，正如我给了他芬兰。是，"他继续说，"我答应了，并且会给亚历山大皇帝摩尔大维阿和窝雷基阿，但现在他不会有这些好省份了。但他本可以将这些地方并入他的帝国，并在一个朝代之中将俄国从保特尼亚湾拓展到多瑙河口。叶卡切锐娜女皇也不能做得更多了。"拿破仑的脾气渐渐变大，在房里徘徊，并向巴拉涉夫重复他在提尔西特向亚历山大说过的几乎相同的话。"他那一切全是因为我的友情啊！多么好的朝代，多么好的朝代！"他重复了几遍，站立着，从衣袋里取出金鼻烟壶，贪婪地用鼻子嗅。

"亚历山大皇帝的朝代会是多么好的朝代啊!"

他同情地看巴拉涉夫。巴拉涉夫刚要说出什么,他又匆促地打断了他。

"在我的友情中他不能找到的,他还能希望寻找吗?……"拿破仑说,烦乱地耸动肩膀。"不,他想最好是身边环绕着我的仇人,有谁呢?"他继续说,"他把施泰恩、阿姆腓特、别尼格生、文村盖罗德[1]这一类的人召集在他面前。施泰恩是从祖国逐出的国贼。阿姆腓特是流氓,是阴谋家。文村盖罗德是逃亡的法国人。别尼格生比别人稍似军人,但是同样无能,他在一八〇七年什么也不能做,他应该唤起亚历山大皇帝可怕的回忆……我们假设,假使他们能干,可以用他们,"拿破仑继续说,几乎不能使他的话赶上他的不断涌出的思潮,这思潮证明他有正义或权力在(他看来,二者是一样的),"但不止于此:他们对于战争、对于和平都没有用!巴克拉[2]据说比他们都会办事,但从他最初的行动上看,我不以为然。他们在做什么,

---

[1] 施泰恩(Baron H. F. C. Von stain, 1757—1831)生于 Nassau,一七八〇年入普鲁士军中服务,做重大改革,因拿破仑之要求而免职,一八一二年到俄国,促成反拿破仑之同盟。阿姆腓特(K. L. Armfelt, 1757—1826)为古斯塔夫斯三世(Gustavus)之宠臣,在暗杀国王后逃出瑞典,于一八一〇年入俄军服务。别尼格生(Count L. A. T. Bennigsen, 1745—1826)于一七七三年离开汉诺夫兰军队而入俄军服务,曾参与保罗皇帝之暗杀事件,于一八〇六年在普尔土斯克战胜拿破仑。一八〇七年普鲁士爱劳战役时任总司令,但在弗利德兰战役中大败。文村盖罗德(Baron F. T. Wintsingerode, 1770—1718)为奥国将军,一七九七年入俄军服务。一度回奥,在奥斯特里兹受伤,一八一二年重入俄军服务。——毛德
[2] 巴克拉(M. B. Barclay de Tolly, 1761—1818)为苏格兰籍之俄将。在叶卡切锐娜女皇时代曾参与对土耳其之战事,其后历经各战,直至一八一四年为止,一八一三年参与莱比锡(Leipzig)战事,受总司令及郡王之衔。

这些朝臣们都在做什么？卜富尔[1]提议，阿姆腓特争吵，别尼格生审核，而巴克拉奉命执行，不知决定什么，并且浪费时间。只有巴格拉齐翁是军人。他笨，但他有经验、判断力和决心……在这个不像样的人群中你的年轻皇帝占什么地位呢？他们累及他，并将一切行为的责任加诸他。皇帝要是将军，才可以在军中。"他说，显然把这些话当作直接对于亚历山大的挑衅。拿破仑知道亚历山大如何希望做一个将军。

"战事已经一星期了，你们不能保守维尔那。你们被截为两支，从波兰省份里被赶走了。你们军队有怨言。"

"不然，陛下，"巴拉涉夫说，几乎不能想起他所听说的，并费劲地跟随着这些文字的烟火，"军队燃烧着热情……"

"我全知道。"拿破仑打断他。"我全知道，我知道你们军队的队数，和知道我自己的军队一样地正确。你们没有二十万兵，我的兵比你们多两倍。向你老实说，"拿破仑说，忘记了他的这种老实话没有任何意义，"向你说老实话，我有五十三万兵在维斯丢拉这边。土耳其人不是你们的帮手，他们什么用处都没有，并且同你们讲和，证明了这一点。瑞典是注定了被疯王统治。他们的国王是疯人，他们换了他，拉来另外一个人——柏那道特[2]。他立刻又疯了，因为只有疯人，像瑞典人，能够和俄国同盟。"拿破仑恶意地自笑，又把鼻烟壶

---

[1] 卜富尔（K. L. A. Pfuel, 1757—1826）为普鲁士将军，在耶拿（Jena）战役后，入俄军服务。——毛
[2] 柏那道特（J. B. J. Bernadotte, 1764—1844）为律师之子，生于包（Pau）。入法军行伍，一八一〇年为将军，被选为瑞典王位——继承人。为攻击拿破仑之北路军总司令。一八一八年为瑞典国王，号查理十四世（XIV）。——毛

举到鼻前。

对于拿破仑的每句话,巴拉涉夫希望并且知道如何回话,他不断地做出动作,希望说什么,但拿破仑打断了他。对于瑞典人的疯狂,巴拉涉夫希望说,瑞典是一个岛,有俄国在它后边;但拿破仑愤怒地叫,好压下他的声音。拿破仑处在那样的怒气之下,他要说,说个不停,只是为向自己表示自己有理。巴拉涉夫觉得不愉快:他作为使臣,恐怕伤坏自己的尊严,觉得必须回驳;但他作为一个"人",他在拿破仑显然无故的怒火中不禁觉得畏缩。他知道拿破仑现在所说的一切的话没有意义,他自己心气平静时也会因此自惭。巴拉涉夫站立着,垂着眼,看着拿破仑的移动着的胖腿,企图避开他的目光。

"你们的这些联盟于我何干呢?"拿破仑说,"我也有同盟者——八万个波兰人,他们行动如同狮子。将来他们会有二十万人。"

他或者是由于说了显明的谎话,以及巴拉涉夫沉默着站在他面前的听诸命运的姿势,而更恼怒。他忽然转过身,走到巴拉涉夫面前,用他的白手做出有力而迅速的姿势,几乎是叫着说:

"你听着,假使你们怂恿普鲁士反对我,你听着,我就把她从欧洲地图上除去。"他带着发白的和因怒火而变样的脸色说,用一只小手有劲地拍另一只手,"是,我要把你们赶过德维那河,赶过德涅卜尔河,要对你们恢复罪过——盲目的欧洲让你们毁坏的界限。是,这就是你们将来的结果,这就是你们背离我的收获。"他说完,沉默着在房里来回走了几趟,摇动他的胖肩膀。他把鼻烟壶放进背心口袋里,又取了出来,向鼻头举起几次,面对巴拉涉夫站立着。他沉默着,嘲笑地直视巴拉涉夫,并且低声说道:"但你的皇帝本可以有一个多么好的朝代啊！"

巴拉涉夫觉得必须回驳，说事情在俄国方面并不显得这样黯淡。拿破仑不作声，继续轻蔑地看他，显然不曾听他说。巴拉涉夫说，在俄国，大家期待着从战事上得到最好的收获。拿破仑垂青地点头，似乎是说："我知道，你的责任要这么说，但你自己也不相信这话，你被我说服了。"

在巴拉涉夫说话结束时，拿破仑又取出鼻烟壶来嗅，并且脚在地上踏了两下作暗号。门开了，恭敬地赶进房来的侍臣递给拿破仑帽子和手套，另一个递给他一条新手帕。拿破仑不看他们，转向巴拉涉夫。

"切实把我的意见转达亚历山大皇帝，"他接着帽子说，"说我对他还是照旧忠实。我十分了解他，并且很尊重他的崇高性格。我不再耽搁你了，将军，你候我的信带给贵国皇帝。"于是拿破仑快步地走到门前。大家从客厅里向前移动，并下楼梯。

七

在拿破仑向他说了一切之后，在这些怒火爆发之后，在最后干燥言语"我不再耽搁你了，将军，你候我的信"之后，巴拉涉夫相信拿破仑不但不愿再见他，而且企图不见他——受侮辱的使臣，尤其是他的失态发火的目击者。但出乎他自己意料，巴拉涉夫从丢好克那里接到当日和拿破仑同席吃饭的邀请。

席上有培西挨尔、考兰库尔和柏提埃。[1]

---

[1] 培西挨尔（J. B. Bessieres）与柏提埃（A. Berthier）皆为法国将军。前者封为依斯特里（Istria）公爵，后者封为那沙代（Neuchatel）亲王。考兰库尔（Armand A. L. de Caulaincourt）为一将军，为拿破仑之驻俄大使，封为维生萨公爵（Duck of Viconza）。——毛

拿破仑带着快乐和善的态度接待巴拉涉夫。他不但对于早上的发火没有拘束或自责的神情，且反之，他企图鼓励巴拉涉夫。显然早已在拿破仑的信念中就不曾有过错误的可能性，并且他觉得他所做的一切都是好的，不是因为事情合乎好坏的观念，却因为是"他"做的。

皇帝在维尔那骑马游览后，很是愉快。在维尔那，许多的人热烈地欢迎他、追随他。从他骑马经过的各街道的窗子里，伸出毯子、旗子、他名字的简写字母和向他挥手帕欢迎他的波兰妇女。

在席上，他让巴拉涉夫坐在身边，不但对他和善，并且那样地对他，好像是把巴拉涉夫当作自己的朝臣，当作这种人，就是同情他的计划，且应当为他的成功而欢喜的人。在别的谈料中，他说到莫斯科，于是问巴拉涉夫俄国故都的情形，他问得不仅像一个好问的旅客探问他想去的新地方，却好像相信巴拉涉夫这个俄国人应该因为他的好问而得意。

"莫斯科有多少居民？多少人家？莫斯科叫作圣城莫斯科，当真吗？莫斯科有多少教堂！"他问。

听说教堂有二百以上，他问："为什么有这么多教堂？"

巴拉涉夫回答说："俄国人很相信宗教。"

"总之，僧院和教堂的多，总是人民落后的标记。"拿破仑说，看着考兰库尔，要他称赞这个断语。

巴拉涉夫恭敬地让自己不同意法国皇帝意见。

"每个国家有它自己的风俗。"他说。

"但欧洲没有一处有这样情形。"拿破仑说。

"请陛下原谅，"巴拉涉夫说，"在俄国之外，还有西班牙，那里也有许多教堂和僧院。"

巴拉涉夫的这个回答暗示法国人在西班牙不久的失败,在巴拉涉夫述职时,大受亚历山大皇帝全朝的称赞;但现在在拿破仑的席上却未受称赞,且未被注意。

在将军们冷漠而惊异的面色上,显出他们诧异巴拉涉夫音调里的要点何在。将军们的面色是说,"假使有的话,则是我们不了解它,或者它根本没有作用"。这回答是这样地未被注意。拿破仑确实未注意它,并且单纯地问巴拉涉夫,从这里直接到莫斯科的道路经过什么城。巴拉涉夫在席上时时防备,回答说,条条路通罗马,条条路也通莫斯科,路有许多,在这些不同的道路中有一条路通过波尔塔发,就是查理十二世所选择的。巴拉涉夫说时,不禁因为满意这个回答的成功而脸红。巴拉涉夫还未说到后面的"波尔塔发",考兰库尔已开始说从彼得堡到莫斯科的不良道路和他的彼得堡回忆。

饭后他们去拿破仑的书房饮咖啡,这里四天之前是亚历山大皇帝的书房。拿破仑坐下,搅着银杯里的咖啡,向巴拉涉夫指示身边的椅子。

人有一种共知的饭后的情绪,它比一切理性的原因更能使人自满,并认为大家都是他的朋友。拿破仑正有这种情绪,他觉得环绕他的是崇拜他的人。他相信巴拉涉夫在饭后也是他的朋友和崇拜者。拿破仑带着亲善的和轻微嘲讽的笑容和他说话。

"我听说这就是亚历山大皇帝住过的房间,奇怪,是不是,将军?"他说,显然不曾怀疑这句话对于听的人并不悦耳,因为这证明拿破仑胜过亚历山大。

巴拉涉夫什么也不能回答，沉默着点头。

"是，在这个房间里，四天之前，文村盖罗德和施泰恩商谈过。"拿破仑带着同样的嘲讽和自信的笑容继续说。"我不明白是何道理。"他说。"亚历山大皇帝把我个人的仇敌集合在他的身边。我不懂这个道理，他没有想到我也能同样地做吗？"他用问话的神情向巴拉涉夫说，显然这个回忆又把他送进早晨怒火的状态中，这在他的心中尚是新鲜。

"让他知道，我也要这样做，"拿破仑说，站起，用手推开杯子，"我要从日耳曼赶出所有的他的同类，孚泰姆堡人、巴登人、威马人……是的，我要赶出他们。让他替他们在俄国预备避难所吧！"

巴拉涉夫点头，他的神色表示希望退出，并且他听只是因为不能不听别人向他说的。拿破仑没有注意这个表情，他对待巴拉涉夫不像对待他仇人的使臣，却像对待一个现在十分服从他且应该欢喜侮辱故主的人。

"为什么亚历山大皇帝统帅军队呢？这是什么目的？战争是我的职业，他的职务是治国，不是指挥军队，他为什么自己负起这个责任呢？"

拿破仑又拿起鼻烟壶，静默着在房里来回走了几趟，忽然出人意料地走到巴拉涉夫面前，带着微笑，那样自信、迅速而简单，好像他做了一点对于巴拉涉夫不仅是重要的且是愉快的事。他把手举到四十岁的俄国将军的脸上，只用嘴唇笑着，轻轻地扭他的耳朵。

被皇帝扭耳朵，在法国朝廷里，是最大的荣誉和恩宠。

"哎，你怎么不说话了，亚历山大皇帝的羡慕者和朝臣？"他说，似乎他，拿破仑，以外之人的朝臣和羡慕者，在他面前是可笑的事。

"将军的马预备好了吗?"他说，轻轻点头，回答巴拉涉夫的鞠躬。

"把我的马给他，他要走很远的路。"

巴拉涉夫带回的信是拿破仑给亚历山大最后的信。谈话的每一细节都传报了俄国皇帝，于是战争开始。

八

在莫斯科和彼挨尔会面后，安德来郡王去到彼得堡处理公事，像他对家庭所说的，但事实上是为了要在那里会见阿那托尔·库拉根郡王，他觉得必须会见他。他到了彼得堡就探问库拉根，库拉根已经不在那里。彼挨尔给他的内弟说过安德来郡王去找他。阿那托尔·库拉根接到陆军大臣的命令，立刻到摩尔大维阿军队里去了。这时候在彼得堡，安德来郡王会见了库图索夫——他的旧上峰，一向待他很好。库图索夫要他同阵到摩尔大维阿军队里去，这位老将军是那里的总司令。安德来郡王被任命在总司令部供职，到土耳其去了。

安德来郡王认为不宜写信给库拉根向他挑衅。安德来郡王认为从他这方面提出的挑衅，若不拿出决斗的新理由，将牵累罗斯托夫伯爵小姐，因此他寻找和库拉根亲自会面的机会，好借此找出决斗的新理由。但在土耳其军队里他仍然不能遇到库拉根，他在安德来郡王来到土耳其军队之后，回到俄国去了。在新国家和新环境里，安德来郡王过着轻松的生活。在他的未婚妻婚变（这件事，他愈要对大家遮饰自己所受的影响，愈使他苦恼）之后，他觉得那些快乐的生活环境使他变得难受，而他从前所那么宝贵的自由和独立使他更难受。他不但不追想从前的那些思想：他在奥斯特里兹原野上看天时初次想到的，他爱同彼挨尔发挥的，以及在保古洽罗佛和后来在瑞士、罗马独居时所想的；而且他还怕想到那些思想——它们曾经展开光明的、无限的眼界。现在使他感觉有兴味的，只是最近的与过去无关的实际的兴趣。他愈热心地把握它们，过去的思想离他愈远。好像从前那个在他头上的遥远的、不尽的天穹，忽然变为压迫他的低矮的、有限的天穹，其中一切鲜明，但没有任何东西是永久而神秘的。

在他所见到的活动中，军役是最简单而他最熟悉的。他在库图索夫司令部里做值班将军的职务，他坚持而热心地做事，他对于工作的热心和精密惊动了库图索夫。在土耳其没有找着库拉根，安德来郡王认为无须再回俄国去找他；但无论如何，他知道，虽然是多少时候他不能遇见库拉根，虽然他很轻视他，虽然他对自己证明自己不值得屈就地和他冲突，他知道，一旦遇见了他，他便不能不向他挑衅，正如饥饿的人不能不求食。耻辱未报，怒气未泄，还在他的心里——这意识破坏了做作的宁静，这种宁静是安德来郡王在土耳其时在忙碌的及几分野心的虚荣的活动情形下为自己构成的。

一八一二年，和拿破仑打仗的消息传到部卡累斯特（在这里库图索夫住了两个月,同他的窝雷基阿女人日夜在一起)的时候,安德来郡王请求库图索夫把他调到西部的军队里去。库图索夫被保尔康斯基的活动弄得生厌,好像这种活动是谴责他的迟缓,很愿意让他离去,给了他一项使命去巴克拉·德·托利的部队里。

五月里,在到达德锐萨的军营之前,安德来郡王曾去童山,这地方正在他的路线上,离斯摩楞斯克大道有三里。过去三年中,安德来郡王的生活有了那么多变化,他有了那么多次的思想改变,感觉变迁,观瞻更易(他旅行中西方和东方)。来到童山后,丝毫不变的生活习惯使他异常意外地惊讶。他进了行道和童山宅第的石门,好像是进了迷惑的、沉睡的城堡。屋内是同样的严肃、同样的洁净、同样的安静、同样的家具、同样的墙、同样的声音、同样的气味、同样的羞涩面色,只是老了一点。玛丽亚郡主还是那样羞涩、不美、年大的姑娘,在恐惧和永久精神痛苦中,无用地、不乐地度着最好年华。部锐昂还是那样自足的、妩媚的姑娘,快乐地享受她生命的每分钟,并且充满着最愉快的希望。安德来郡王觉得只有她变得更自信。他从瑞士带来的教师代撒勒穿着俄国式的衣服,同仆人说不完全的俄国话,但还是那样心胸狭窄、有礼貌、有德行、学究式的教师。老郡王只有一点生理改变,从他的口边上可以看出缺少一颗牙齿;精神上他还是和从前一样,只是更有脾气,不相信世界上发生的一切事情。只有尼考卢施卡长大了,改变了,面色红润,长着卷曲的乌发,并且不自觉地喜笑时,噘起美丽小嘴的上唇,正似逝世的娇小郡妃的样子。他是迷惑的、沉睡的堡垒中唯一不遵守不变律的人。虽然在外表上一切如旧,但这些人的内部关系,自安德来郡王出门后发生了改变。家庭里的人分成了两个不同而彼此仇视的阵营，现在只是在他面前合而为一，因为他而改变他们的日常生活方式。一方是老郡王、部锐昂和建筑师，另一方是玛丽亚郡主、代撒勒、尼考卢施卡和所有的保姆及女仆。

他在童山的时候，全家在一起吃饭，但都不舒服。安德来郡王觉得他是客，他们为他做了例外的事，他的在场拘束了大家。在第一天吃饭时，安德来郡王不自觉地感觉到这一点，没有作声。而老郡王注意到他态度不自然，且死板地不作声，并且饭后立刻回到自己的房里。晚上安德来郡王到了他那里，企望提起他的精神，开始向他说年轻的卡明斯基伯爵的战役，老郡王意外地开始同他说到玛丽亚郡主，指责她迷信，说他不爱部锐昂小姐。据他说，她是唯一真正顺从他的人。

老郡王说，假使他有病，那只是因为玛丽亚郡主，说她有意苦恼他、触怒他，说她用溺爱和愚笨的故事弄坏了小尼考拉郡王。老郡王很知道自己苦恼女儿，她的生活很难过；但是他又知道不能不苦恼她，并且她应该如此。"为什么安德来郡王，看到了这一点，不和我说他妹妹的事呢？"老郡王这么想。"他会认为我是坏人或老傻瓜，没有理由，而疏远女儿，却接近法国女人吗？他不懂，因此应该向他说明，他应该听我说。"老郡王这么想。于是，他开始解释为什么他不能忍受女儿的愚笨性格。

"假使你问我，"安德来郡王说，眼不看父亲（他平生第一次批评他的父亲），"我不想说。但假使你问我，我就坦白地向你说我对于这一切的意见。假使你和玛丽亚之间有什么误会和异议，我不能够责罚她——我知道她是如何地爱你、尊重你。假使你问我,"安德来郡王发火地说,近来他总是预备发火,"我只能说一件事:假使有误会,它的原因是那个卑贱的女人,她不配做我妹妹的同伴"。

老人开始用不动的眼睛看儿子,不自然地笑着,露出牙的新豁子。这是安德来郡王看不惯的。

"什么同伴,好乖乖?啊?已经说了又说!啊?"

"爸爸,我不想批评,"安德来郡王用愤慨粗野的语气说,"但是你逼我,我说过,永久要说玛丽亚郡主无罪,但有罪的……有罪的是这个法国女人……"

"啊,评判了……评判了!"老人低声说,并且安德来郡王觉得他含着窘态。但后来他忽然跳起来说:"滚开,滚开!你不要再来这里!……"

* * *

安德来郡王想立刻就走,但玛丽亚郡主求他再留一天。这天安德来郡王没有和父亲见面。老郡王没有出房,也不让人到他房里去,除了部锐昂小姐和齐杭,他问了几次他的儿子是否已走。第二天起程之前,安德来郡王走到自己儿子的房里。健壮的卷发如母的小男孩坐在他膝上。安德来郡王开始向他说蓝胡子的故事,但还未说完,便思想起来了。他这时候不是在想抱在膝上的他的美丽男孩,却是想他自己。他惊吓地寻找却找不出他触怒父亲后的忏悔,也找不出他(平生第一次吵嘴)对于离别父亲的惋惜。最令他感动的是寻找而找不出从前对儿子的柔情,他抚爱孩子,把他坐在自己的膝上,希望唤起这种柔情。

"哎，还说呀。"儿子说。安德来郡王没有回答他，把他从膝上抱下，走出了房。

安德来郡王刚刚离开他的日常职务，特别是他刚刚回到从前快乐时代的生活环境，生活的厌倦又用如旧的力量抓住他，他匆忙地逃避这些回忆，并且迅速地找点什么事情做。

"你一定走吗，安德来？"他的妹妹问他。

"谢谢上帝，我能走了，"安德来郡王说，"很可惜你不能够。"

"你为什么说这话！"玛丽亚郡主说。"为什么现在当你去加入可怕的战争，他这么大年纪的时候说这话！部锐昂小姐说他问到你……"她刚刚开始说到这里，她的嘴唇打战，眼泪开始流下。安德来背转过来，开始在房里来回地走。

"啊！我的上帝啦！我的上帝啦！"他说。"想一想，是什么，是谁——那样的贱货能够成为人们不幸的原因！"他用着令玛丽亚郡主害怕的怒气说。

她懂得他说到人们的时候，他称作贱货，他意思不仅是指那使他不快的部锐昂小姐，并且是指那些破坏他的快乐的人。

"安德来，我求你一件事，我求你，"她摸着衣服的胛肘说，并用泪水下发亮的眼看他，"我了解你（玛丽亚郡主垂下眼睛）。不要以为苦恼是人做成的。人是上帝的工具。"她看着安德来郡王头上稍高的地方，用相信的习惯的目光，这种目光是人看熟悉的悬挂画像处所用的。"苦闷是上帝送来的，不是人做的。人是他的工具，人是无罪的。假使你觉得有谁得罪了你，忘掉它，饶恕它。我们没有权利去处罚，你将懂得宽恕的快乐。"

"假使我是女子，我就这样做，玛丽亚。这是妇女的德行。但男子不该而且不能忘记并宽恕。"他说，虽然一直到此刻他没有想到库拉根，但所有未曾渫雪的怒火在他心里，忽然起来了。"假使玛丽亚郡主是劝我宽恕，意思就是我早该处罚他。"他这么想。他不再回答玛丽亚郡主，现在开始想到遇见库拉根时快乐的发火的时节，他知道库拉根在军队里。

玛丽亚郡主求哥哥再等一天，她说她知道，假使安德来不同父亲和好便走了，父亲是如何不快乐；但安德来郡王回答说，或者不久再从军队里回来，他一定写信给父亲，并且现在他留得愈久，这次的口角愈恼人。

"再会，安德来！记着，不幸是从上帝那里来的，人是永久无罪的。"这是他同妹妹分别时听她所说的最后的话。

"所以应该如此！"安德来郡王离开童山住宅的行道时这么想，"她，可怜天真的人，成了老糊涂的牺牲品。老人觉得有错，但他不能改变自己。我的孩子在长大，并且在享受生活，在生活里他将和一切的人同样地被欺骗或去欺骗。我到军队里去，为什么？我自己也不知道。我希望遇到我所轻视的人，给他一个机会把我杀死，将我嘲笑！"从前曾经有过所有的这些生活的情形，但从前这些情形彼此联合，而现在彼此分离。只有一些无意义的现象，没有任何联结，前后不断地出现在安德来郡王的心中。

九

安德来郡王在六月底到了军队的总司令部。皇帝驻驾过的第一军驻扎在德锐萨有工事的军营里；第二军后退，企图与第一军联合，据说第二军被法国的大军从第一军隔开。大家都不满意俄国军事的大势；但对于侵入俄国省份的危险却没有人想到，也没有人设想战争能够超过西部的波兰省份。[1]

安德来郡王在德锐萨河岸找到巴克拉·德·托利，他是奉命来他这里的。因为没有一个大村庄或小市镇在营房的附近，所以很多的将

---

[1] 斯摩楞斯克以西各省，甚至数年前割归俄国的各省，仍然叫作"波兰省份"。——毛

军和随军的朝臣散居在两岸周围十里内各村庄上最好的房子里。巴克拉·德·托利的驻扎地离皇帝四里。他淡然、冷静地接见保尔康斯基，用德文的发音说，他要向皇帝为他呈请确定的任命，同时请他留在他的司令部。安德来郡王希望在军中找到阿那托尔·库拉根，但他已不在这里：他在彼得堡，这个消息是保尔康斯基高兴的。对于正在进行的大战的中心所生的兴趣，占据了安德来郡王，他高兴自己暂时脱离了恼怒，这恼怒是想到库拉根而发生的。在头四天，在无处需用他的时候，安德来郡王周游了有工事的军营全部，且由于他的知识以及和专家谈话的帮助，他企图对于军营做出确切的了解。但这个军营是否有用的问题，安德来郡王尚不能解决。他已经从他自己的战争经验里找出这个信念，就是在战事中最周密思索的计划是毫无意义的（他在奥斯特里兹战役中已经看到），一切决定于如何应付敌人不可预见的意外的行动，一切决定于如何并由谁领导全部战事。为阐明这最后的问题，安德来郡王利用他的地位和朋友，企图研究军队统治的性质、参与战事的人及党派的性质，并为自己找出事态的如下的认识。

皇帝还在维尔那时，军队分为三部：第一军由巴克拉·德·托利指挥，第二军由巴格拉齐翁指挥，第三军由托尔马索夫指挥。皇帝在第一军里，但不是做总司令。命令里说过，皇帝并不指挥，只说皇帝要随军。此外，皇帝本人的左右没有总司令的参谋部，只有行宫的团体。皇帝面前有行宫总务大臣福尔康斯基郡王、将军们、侍从武官们、外交官吏们以及很多外国人，但没有军事参谋部。此外，在御前无专职的有：阿拉克捷夫——前任陆军大臣，别尼格生伯爵——将军中资历最高的，皇太子康斯丹清·巴夫洛维支大公，路密安采夫伯爵——丞相，施泰恩——普鲁士前任大臣，阿姆脾特——瑞典将军，卜富尔——军事计划的主稿人，高级副官保路翠[1]·萨提尼阿的逋臣，福尔操根[2]和许多别人。虽然这些人在军中没有专职，但他们的地位是有影响的。常常军团长，甚至总司令，不知道别尼格生、皇太子、阿拉克捷夫或福尔康斯基郡王，以什么资格问他或发表意见，也不知道是由他们本人或是代表皇帝发出参谋式的命令，以及是否必须执行。但这是外表现象，皇帝和所有这些要人随军的实际意义，从朝臣的观点看来，是很明显的（在皇帝面前大家都是朝臣）。这意义便是：皇帝名义上不是总司令，但命令所有的军队，他左右的人是他的助手。阿拉克捷夫是忠实的执行者——纪律的维持者和皇帝的随身侍卫。别尼格生是维尔那省的大地主，似乎是在尽地主之谊，他事实上是一个有用的好将军，一方面备咨询，一方面准备随时代替巴克拉。皇太子在军中，因为他愿意如此。前任大臣施泰恩在军中，因为需他供咨询，并因为亚历山大皇帝很看重他个人德行。阿姆脾特是拿破仑的死对头，又是一个将军，颇有自信，这对于亚历山大总是有影响。保路翠在军中，因为他的言论勇敢而有决断。高级副官们在军中，因为他们是总在皇帝所在的地方，以及最后重要的——卜富尔在军中，因为他做出反对拿破仑的军事计划，使亚历山大相信这个计划的完备，并领导全部军事。和卜富尔在一起的是福尔操根，他比卜富

---

[1] 保路翠侯爵（Marquis F. O. Paulucci）于一八〇九年自法军入俄军服务。一八一二年为第一军参谋总长，但因为和巴克拉·德·托利不睦，调任利佛尼阿·库尔兰（Livonia and courland）总督。——毛
[2] 福尔操根男爵（Baron L. J. Wolzogen）为普鲁士将军，一八〇七至一八一五年在俄军中服务。——毛

尔自己更能把卜富尔的思想做出易懂的形式，卜富尔是一个固执的、学究的理论家，自信得轻视任何人。

除了上述的俄国人和外国人（特别是外国人，他们每天提出新的意外的主张，他们的勇敢是在异国环境中活动的人所特有的），还有二等人物在军，因为他们的长官在那里。

在这个巨大、不宁、显赫而骄傲的团体里所有的主张和言论中，安德来郡王看出如下的很尖锐的意见及党派的分歧。

第一派是卜富尔和他的追随者——军事理论家们，相信有战争科学，在这种科学里有不变的法则、斜角运动法则、外围法则等。卜富尔和他的信徒要求依照他们假定的战争学说所订立的确定法则，把军队退到国内腹地，而任何违背这个学说的行为便只是野蛮、无知或恶意。属于这个党派的有日耳曼的亲王们、福尔操根、文村盖罗德和别人，主要的是日耳曼人。

第二派是第一派的反对派。这是一向如此的：一个极端之外，有另一极端的代表。这一派的人要求从维尔那进兵波兰，不顾所有从前的即定计划。此外，这一派的代表是主张勇敢行动的代表，他们又是国家主义的代表，因此在争点上他们是更片面的。这一派是俄国人：巴格拉齐翁、开始露脸的叶尔莫洛夫和别人。这时候流传着叶尔莫洛夫有名的笑话，就是他请求皇帝给他一种恩典——把他升为日耳曼人。这派人好似苏佛罗夫，他们说不需要思想，不要把针插在图上，却要战斗，打击敌人，不许敌人入俄境，不让士兵丧气。

属于第三派的是朝廷中在前两派意见中做调和的人，皇帝对于这一派最信任。这一派的人大部分不是军人，阿拉克捷夫属于这一派。

他们思想，并且说人们寻常所说的，这些人没有信心，却希望显得有信心。他们说战争，特别是和保拿巴特（他们又称他保拿巴特了）这样的天才作战，无疑需要深透的考虑，精深的科学知识，而卜富尔是这方面的天才；但同时不能不承认理论家常常是片面的，因此无须完全相信他们，应该一方面听卜富尔的反对者所说的，一方面听实际的有战争经验的人所说的，而就他们当中采取中庸之道。这一派的人主张维持卜富尔所计划的德锐萨军营，改变其他军队的调动。虽然这种主张不能达到任何一方面的目的，但对于这一派的人似乎是最好的。

第四派意见的最显著代表人是皇太子，他不能忘掉他在奥斯特里兹的觉悟，他在那里好像是要阅兵，穿戴盔甲，走在卫兵的前面，希望勇敢地打败法国兵，却意外地走到最前线，困难地在大混乱中走出。这一派的人在他们的意见中具有诚实的长处和缺点。他们怕拿破仑，看见他有力量，他们自己软弱，并且坦白地承认此点。他们说："在这一切之中，除了烦恼、羞辱和失败，什么也没有！看！我们放弃了维尔那，放弃了维切不司克，又要放弃德锐萨。我们还能做的唯一合理的事就是赶快讲和，趁我们还没有从彼得堡被赶出！"

这个意见有力地散布在高级军官之中，在彼得堡也有赞助人，就是丞相路密安采夫，他因为其他政治的原因也主张讲和。

第五派是巴克拉·德·托利的信仰者，他们不是因为他个人的德行，而是因为他是陆军大臣和总司令。他们总是这样开始说："无论他是怎么样，但他是一个诚实而能干的人，没有人比他更好。给他实权，因为没有指挥的统一，战争不能胜利，并且他会表示出来他所能做的,正如他在芬兰所表现的[1]。假使我们的军队有组织,有战斗力,并且退到德锐萨而未遭任何失败,这些我们只该归功于巴克拉。假使现在用别尼格生来换巴克拉,一切都要失败,因为别尼格生已经在一八〇七年表现了他的无能。"这便是这派人所说的。

第六派,别尼格生派,所说的正相反,以为无论如何,没有人比别尼格生更能干、更有经验,随便他们怎么打转,还是要转回到他面前。这一派的人认为,我们整个退却到德锐萨,是可耻的失败和不断的错误。他们说:"他们做的错误愈多愈好,至少他们能够马上明白,这样做是不行的。我们不需要任何样的巴克拉,却需要像别尼格生这样的人,他已经在一八〇七表现了他自己,拿破仑本人给了他公正的批评,并且这种人,我们要愉快地承认他的权力,这种人只有一个别尼格生。"

第七派是这种人,他们是皇帝下面所必有的,特别是在青年皇帝下面,在亚历山大皇帝下面尤其多。他们是将军们和侍从副官们,赤心地效忠皇上,不是把他当作皇帝,而是诚笃地、没有私心地把他当作"人"崇拜,像一八〇五年罗斯托夫崇拜他一样,不仅是在他身上看出一切的德行,并且还看出所有的人类的好性格。这些人虽然羡慕皇帝谦虚,拒绝率兵,却批评这种过度的谦虚,他们只希望一点,而且坚持这一点,就是要他们所崇拜的皇帝放弃对于自己过分的不信任,而公开表明他是军队的首领,把总司令部的人员召集在左右,在

---

[1] 一八〇九年,巴克拉・德・托利为芬兰战争中之总司令,在冰上作两日之行军,渡过保特尼亚湾,以奇袭攻下乌米阿(Umea),得与瑞典讲和。——毛

必要之处，咨询有经验的理论家和实行家，他自己命令军队，只要这一点，就可以使士气达到高度。

第八派是最大的团体，他们的巨大人数和别的党派比起来好像是九十九比一。他们所希望的既非和平，又非战争，既非攻击的行动，又非防御的扎营，无论它是在德锐萨或任何地方。他们既不赞成巴克拉，又不赞成皇帝，也不赞成卜富尔或别尼格生，但只希望一件重要的事——他们自己最大的利益和满足。在这个交流而混乱的荡漾到皇帝行宫的阴谋的溷水中，有许多方法可以成功，这些方法是别的时候不可思议的。有一种人只是不愿意失去他的有利的地位，今天同意卜富尔，明天赞助他的反对者，后天又断言对于某种问题没有任何意见，只是要避免责任并讨好皇帝。另一种人希望获得利益，要皇帝对他注意，高声喊叫皇帝前一天刚刚暗示过的，在会议里争吵喊叫，拍自己胸脯，向不同意的人挑衅，表示他准备做共同利益的牺牲者。第三种人，在两个会议之间和没有仇人的时候，为自己的忠实服务而请求"整领津贴"，他知道现在别人没有时间反对他。第四种人，有意地在皇帝面前过分努力工作。第五种人，为了达到早已企望的目的——和皇帝同席吃饭，猛力地证明新提出的意见正确或不正确，并且因此而提出多少是有力而公正的证明。

此派全体的人追求卢布、勋章、禄位。在这种追求中，他们只注意皇帝情绪风标的方面，并且一旦注意到风标朝着一边，所有这些军队里没头脑的人便开始挤到这边，弄得皇帝更难转到另一边去。在情况的不定中，在威胁的严重的危险前（这种危险在一切之上加以特别不安的性质），在阴谋、自私、排挤、各种观点与情感冲突的旋涡中，在所有这些异种的人群之前，这第八派，最大的一派，注意个人的兴趣，对于公共事务增加了巨大的纠纷和麻烦。随便有了什么问题发生，这群没头脑的人还未离旧题目，又飞到新题目上，用他们的喧嚣掩盖并遮压了诚意的争辩的声音。

在所有这些党派之外，当安德来郡王来到军中的时候，又形成了一个第九派，它正开始发出声音。这一派是有年纪、有智慧、有政治经验、有才干的人，不采取这些敌对意见中的任何一种，超然地观察总司令部里各人所做的一切，并考虑脱离这种空洞、无决断、混乱和软弱的方法。

这一派的人说，并且认为：这一切的过错主要是由于军中有皇帝和他的随军行宫，并在军中带来了那种不定的、相对的、变动的关系之变更，这在朝廷里适宜，但在军中有害；认为皇帝应该治国，不该率军，脱离这种情况的唯一方法是皇帝和他行宫离开军队；认为皇帝一个人的在场浪费了五万兵力，他们必须保护他个人的安全；认为最坏的无牵制的总司令，胜于那被皇帝的在场和权力所牵制的最好的总司令。

正当安德来郡王在德锐萨没有任务的时候，国务卿锡施考夫，这一派里主要的代表之一，写了一封信给皇帝，巴拉涉夫和阿拉克捷夫也同意签了名。因为皇帝准许他批评一般的问题，他在这封信里恭敬地提议皇帝要离开军队，借口是皇帝必须唤起首都居民注意战争。

由皇帝激起民众，并吁请人民保卫祖国——这意见提给了皇帝，并被他承认是离开军队的理由，民众的崛起（这大概是皇帝亲自莅临莫斯科而产生的）是俄国胜利的主要原因。

十

在这封信呈给皇帝之前，巴克拉在席上通知保尔康斯基说皇帝本人愿意召见安德来郡王，要问他关于土耳其的事，并通知安德来郡王在晚间六点钟到别尼格生司令部去。

这一天，皇帝行宫接到拿破仑新推进的消息，这个推进足以威胁俄军，但这个消息后来证明不确。在这天早晨，米邵上校陪同皇帝视察德锐萨工事，并向皇帝证明这个有工事的军营是卜富尔建筑的，并在当时算得战术的杰作，应该打败拿破仑——说这个军营是无意义的，并且是俄军的破毁者。

安德来郡王来到了别尼格生将军的司令部，这是河岸上一座不大的地主家的屋子。别尼格生和皇帝都不在那里；但皇帝的侍从武官切尔内涉夫接待了保尔康斯基,并向他说明皇帝和别尼格生将军及保路翠侯爵本日再度去视察德锐萨军营的工事,对于它的效用开始了强力的怀疑。

切尔内涉夫拿着一本法国小说坐在前房的窗边。这间房从前或者是大厅,里面还有一架风琴,上面放着一些毯子,在房角里放着一张别尼格生副官的折床。这个副官也在那里。他显然是倦于宴乐或工作,坐在折床上打盹。这里有两道门:一道直接通大客厅,另一道在右边,通书房。从第一道门里听到日耳曼语的和偶尔法语的话声。在这个客厅里,秉承皇帝的意旨,召集了非军事的会议(皇帝爱好空洞),但只有几个人,他想在目前困难中知道他们的意见。这不是军事会议,却是为了向皇帝个人解释某些问题而召集的会议。在这个半正式的会议中邀来了瑞典将军阿姆腓特、高级副官福尔操根、文村盖罗德(拿破仑称他是法国逃民)、米邵、托尔[1]、完全不是军人的施泰恩伯爵,最后是卜富尔——安德来郡王听说他是一切事务的主脑。安德来郡王有机会好好地看见他,他刚刚在安德来郡王后到,并且经过客厅时,停下同切尔内涉夫说了一会儿。

卜富尔穿着缝工恶劣的俄国将官制服,在身上很不合适,好像是挂在衣架上,他在初见之下使安德来郡王觉得他好像是熟人,不过他从未见过他。他和威以罗特、马克、施密特及其他日耳曼的理论家将军们有点相同,这些人安德来郡王在一八〇五年曾经见过,但他是最

---

[1] 托尔(K. F. Toll, 1778—1842)为日耳曼籍的俄国将军,在拿破仑自莫斯科退去时,颇为活动。——毛

典型的。他这个日耳曼的理论家，一身集合了所有其他日耳曼人的特性，是安德来郡王从未见过的。

卜富尔身材不高，很瘦，但骨骼宽，有粗大健康的肩胛、宽臀骨和耸起的肩膀。他的脸上有很多皱纹，有深凹的眼睛。他前面鬓边的头发，显然是匆促地刷光的，但后边有小绺子单纯地伸出。他不宁地、发怒地回顾，走进书房，好像在他进来的房间里，他惧怕房中的一切。他用笨拙的动作握着佩剑，向切尔内涉夫问皇帝在何处。显然他希望赶快地走过各房，完结了鞠躬与问候，坐到地图前工作，在地图前他觉得自在。他对于切尔内涉夫的话匆促点头，并且嘲讽地笑着，听他说到皇帝去察看卜富尔自己根据他的理论而设计的工事。他和自信的日耳曼人说话一样，急速地、低声地向自己说"傻呆子……"或"一切都要见鬼！"或"这一定会发生不好的结果……"。安德来郡王没有听完，希望走开，但切尔内涉夫把他介绍给了卜富尔，说他是从土耳其来的，那里战事刚刚胜利地结束了。卜富尔却未注视安德来郡王，只是一眼扫过，笑着说道："那一定是遵照一切的战术原理的战争。"于是轻蔑地笑着，走进了那间传出声音的房里。

显然卜富尔时时准备发作嘲讽的怒气，今天尤其发火，因为他们竟敢不同他一道去察看他的工事，并下批评。由于奥斯特里兹的经验，安德来郡王在这个短促的和卜富尔的会面中，认识了这个人的明显性格。卜富尔属于那种无望地、不变地自信得以致殉道的人，另有日耳曼人是这种人，显然只因为日耳曼人的自信是根据一种抽象观念——科学，就是绝对真理的假定知识。法国人自信，因为他们自认在智慧上和身体上，对于男人和对于女人，是同样地极度迷人。英国人自信的根据是，他们是世界上最有组织的国家的人民，并且因为他们作为英国人，总知道他们所应该做的，并且知道他们作为英国人，所做的一切无疑是好的。意大利人自信，因为他们是可以激愤的，并且容易忘记他们自己和别人。俄国人自信，显然因为他们什么都不知道，也不想知道，因为他们不相信他们能够充分了解任何事情。日耳曼人的自信是最坏的、最固执的、最不容人的，因为他们假想自己知道真理、科学，这种科学是他们自己发明的，但对于他们自己是绝对的真理。卜富尔显然是这种人。他有科学——斜角运动的学说，这是他从腓得烈大帝战争史中推演出来的。他在新近战史中所遇到的一切，对于他是无意义的、野蛮的、粗暴的斗争。在斗争中双方都做了许多错误，因此这些战争不能叫作战争，这些战争不合乎学说，不能作为科学的主题。

　　在一八〇六年，卜富尔是战争计划拟定人之一，这个战争结束于耶拿和奥扼尔斯泰特，但在这次战争的结果中，他没有看出丝毫他的学说错误的证据。反之，他认为，违反他的学说便是全部失败的唯一原因。他带着特有的快乐的嘲讽，说道："我不是说过整个的事情要见鬼吗？"卜富尔属于那种理论家，他们那样爱自己的理论，而忘记理论的目标——是用于实践。由于理论的爱好，他仇恨一切的实践，也不希望知道它。他甚至欢喜失败，因为由于实际离开了理论而产生的失败，只向他证明了他的理论正确。

　　他和安德来郡王及切尔内涉夫说了一点关于目前战争的话，他的神情表示预先知道一切不好，但并不对于这个不满意。伸在脑后未梳的发绺和匆促梳理的发鬓，特别流利地说出了这一点。

　　他走进了另一个房间，从那里立刻传出他的低沉而争执的声音。

十一

　　安德来郡王还没有目送卜富尔走去，别尼格生伯爵已经匆促地走进了房，向保尔康斯基点头，没有停留，走进了书房，对他的副官有所吩咐。皇帝跟在他后边，别尼格生在前面忙着，要预备一点什么，并准备迎接皇帝。切尔内涉夫和安德来郡王走到阶梯上。皇帝带着疲倦的神色下了马。保路翠侯爵向皇帝说了点什么。皇帝把头向左偏，带着不悦之色听保路翠特别热情地说话。皇帝向前移动，显然是希望结束谈话，但这个面红的、兴奋的意大利人忘记了礼节，跟着他走，继续说道：

　　"至于计划德锐萨军营的人。"保路翠说着，这时候皇帝正上阶梯，注意到安德来郡王，看着生疏的面孔。

"对于他，陛下，"保路翠不顾一切地继续说，好像不能自制，"对于计划德锐萨军营的人，我以为除了关疯人院或者上断头台，没有别的办法。"

皇帝没有听完，并且似乎未听意大利人的话，认出了保尔康斯基，和蔼地向他说话。

"很高兴看见你。到他们开会的地方去等我。"

皇帝走进了书房。在他身后跟随着彼得·米哈洛维支·福尔康斯基郡王、施泰恩男爵。门在他们身后关闭了起来。安德来郡王得皇帝许可，和他在土耳其认识的保路翠走到集会的客厅里。

彼得·米哈洛维支·福尔康斯基郡王担任的职务好像是皇帝行宫总理。福尔康斯基从书房里走出，带进客厅许多地图，放在桌上，提出问题，希望听到在座各人的意见。事情是这样的，晚间得到消息，说法军的运动将包围德锐萨军营（后来证明不确）。

阿姆腓特将军第一个开始说话，为了避免目前困难，他出人意料地提出全新的、不可解的提议（除非是希望表示他也能够有意见），就是要固守彼得堡、莫斯科间大道旁的阵地，在这个阵地上集中军队，等待敌人。显然，这个计划是阿姆腓特早已想好的，现在他提出来，与其说目的在回答所提出的问题（这个计划并未回答什么），毋宁说目的在利用机会把它表现出来。这是数百万提议之一。这些提议可以彼此同样有根据地被提出来，而不懂战争是什么性质。有的人反对他的意见，有的人赞成它。青年上校托尔最激烈地反驳这个瑞典将军的意见，在争论的时候，从旁边口袋里取出手稿，他请求准许诵读出来。在这篇冗长的稿本里，托尔提出另外一个完全和阿姆腓特计划及卜富尔计划相反的军事计划。保路翠反对托尔，提出前进和攻击计划。据他说，只有这个办法能够把我们引出无把握的地位和我们所处的陷阱（他这么称德锐萨军营）。在争论的时候，卜富尔和他的翻译人福尔操根（他在朝廷关系中的桥梁）沉默着。卜富尔只是轻蔑地嗅鼻子，并转过身来，表示他绝不自卑以致反对他现在所听的无聊之论。但辩论主持人福尔康斯基郡王请他发表意见时，他只说：

"为什么问我呢？阿姆腓特将军提出了很好的后路无掩护的阵地。或者是这位意大利先生的攻击。好极了。或者是撤退，也好。为什么问我呢？似乎你们都比我知道得更多。"但当福尔康斯基皱着眉说他是代表皇帝咨询他的意见时，卜富尔便站起，陡然兴奋起来，开始说道：

"一切都弄坏了，都弄乱了，都希望知道的比我多，但现在又来找我。如何纠正？什么也不要纠正。应该完全按照我提出的原则去执行。"他说，在桌上拍他的有骨的手指。"哪里是困难呢？无聊，儿戏！"他走到地图前面，开始迅速地说，用瘦手指着地图，证明没有任何情形足以变更德锐萨军营的完善，一切已预料到，并且假使敌人果真包围，则敌人不可免地要被消灭。

保路翠不懂日耳曼语，开始用法文问他。福尔操根来帮助他的说恶劣法语的首领，开始翻译他的话，却赶不上卜富尔，他迅速地证明一切，一切，不仅已发生的，而且证明一切可以发生的，一切在他的计划中所预料到的，并证明假使现在有了困难，则一切的罪过只是因为没有完全执行。他不断地讽刺地笑着，证明着，最后轻蔑地停止证明，好像一个算学家停止用各种方法证明那曾经证明确实的问题。福尔操根接替了他，继续用法语解释他的思想，并偶尔向卜富尔说："是不是，阁下？"卜富尔好像一个发怒的人在斗殴中痛击自己身边的人，愤怒地向福尔操根叫着：

"行啦，还有什么要解释的？"

保路翠和米邵同声用法语攻击福尔操根。阿姆腓特用日耳曼语问卜富尔。托尔用俄语向福尔康斯基郡王解释。安德来郡王沉默静听，并且观察着。

在这些人当中，最引安德来郡王同情的是愤怒、坚决、愚笨、自信的卜富尔。在全体出席的人当中，显然只有他是自己希望什么的人，也不对谁怀仇恨，而只希望一件事——实行他的计划，这是根据他研究多年而获得的学理做成的。他是可笑的，不合称他的讽刺，但由于他对主义的无限忠实而引起他人不自觉的尊敬。此外，在所有发言人的言论中，除了卜富尔外，有一个共同的情形是在一八〇五年的军事会议中没有的——这就是现在对于拿破仑天才的异常恐惧。这种恐惧虽然遮掩，却表现在每个反对的意见中。他们为拿破仑假设了一切可能的事情，从各方面期待他，并且用他的可怕的名字来破坏彼此的提议。只有卜富尔把拿破仑当作一个野蛮人，正似一切反对他的学说的人。在尊敬的感觉之外，卜富尔还引起安德来郡王同情的感觉。根据朝臣们对他说话的音调，根据保路翠大胆向皇帝所说的，尤其是根据卜富尔本人某种失望的表情，可以看出来，别人知道，他自己也觉得，他的失败是近了。虽然他有自信，且有日耳曼人争论的讽刺，他却显得可怜，耳门前的头发光滑，脑后的发绺伸出。他虽在愤怒与轻蔑的神色下遮盖这一点，却显然处在失望之中，因为现在唯一用大规模试验来证实他的学说,并向全世界证明他的学说可信的机会,已经失去了。

讨论经过了长久时间,时间愈长,争论愈烈,以致喊叫并攻击个人,愈不能从这些言论中求出任何共同结论。安德来郡王听着这种各国语言的谈话以及提议、计划、反驳和喊叫,只诧异他们所说的一切。在他的军役时期,他早已且常常想到的一种思想,现在他觉得成了显明的真理,这思想就是任何军事科学是没有的且不能有,因此也不能有所谓军事天才。"战争的条件和环境是不可知的,并且不能确定,战斗员的力量尤不能确定,能够有什么军事理论和科学呢?谁也不能够并且现在也不能够知道我敌军队在一日后的情形,谁也不会知道这一支队或那一支队的力量如何。有时,前线上没有懦夫高呼'我们被隔断了'而奔跑,但有乐观勇敢的人高呼:'杀呀!'那么五千人的一支队便抵得上三万人,例如在射恩格拉本。有时候五万人在八千人面前败逃,例如在奥斯特里兹。在这种事情里面能够有什么科学呢?在这种事情里,正和在一切实际事情里一样,什么都不能确定,一切都系于无数的条件,这些条件的意义决定于一时,但这谁也不知道'这一时'何时来到。阿姆腓特说我们军队被切断,但保路翠说我们把法军放在夹攻之中。米邵说德锐萨军营的缺点是河在后背,卜富尔说这是它的强点。托尔提出一个计划,阿姆腓特提出了另外一个。都好,都不好,每个提议的好处只能在事实证明时看得出来。为什么大家要说'军事天才'呢?一个人能够适时地命令发散饼干,命谁向左移,命谁向左走,便是天才吗?只是因为军人禀受了荣耀和权力,而糊涂的大众艳羡权力,把天才的不相干的性质加在权力上,叫他们天才罢了。反之,我所知道的最好的将军们——是愚笨而不经心的人。最好的是巴格拉齐翁——拿破仑自己也承认。还有拿破仑本人呢!我记得在奥斯特里兹原野上他的自满而有限的面孔。好的将官不仅不需要天才或任何优良性格,且反之,他需要没有最高尚、最好的人性——爱、诗、温柔、哲学、研究性的怀疑。他应该是有限地坚信他所做的很重要(不然他便没有足够的耐心),只有这个时候他才是一个勇敢的将官。上帝不许:他有人性,爱人,同情,思索什么对、什么不对。我们明白,对于这些人早已定下了天才的学说,因为他们有权力。战事的胜利不决定于他们,而决定于行伍中喊叫'败了'或喊叫'乌拉'的人。只有在这种行伍里,一个人能够带着'自己有用'的信心而服务!"安德来郡王听着话,这么想。在大家已经散会而保路翠唤他的时候,他才提神起来。

第二天检阅时,皇帝问安德来郡王希望在何处服务,安德来郡王永远失去了在朝廷的机会,他不要求随从皇帝,而要求准许在军中服务。

十二

　　罗斯托夫在战事爆发前,接到双亲一封信,信里简短地告诉他娜塔莎病状和她与安德来郡王的解约(向他说明了娜塔莎的拒绝),他们又要他请假回家。尼考拉接到这封信,不想辞职或请假,却回信给父母说他很可惜娜塔莎的病以及她和未婚夫的解约,并且他要尽力去满足他们的希望。他另外写了信给索尼亚。

　　"我心中尊敬的朋友,"他这么写,"除了荣誉,没有东西能够阻止我回返乡间。但现在,在战争开始之前,假使我看自己的快乐重于我的责任和爱国心,则我不但觉得对同伴是,而且对自己也是不光荣的。但这是最后的分别。你相信,战争一结束,假使我还活着,并且仍然蒙你垂爱,我就抛弃一切,飞到你面前,把你永远搂在我火热的胸前。"

确实，只是战争的开始留住了罗斯托夫，妨碍他回家去——如他所许诺的——和索尼亚结婚。奥特拉德诺的秋天和打猎，冬天和圣诞节，和索尼亚的爱情，在他心中展开了和平乡村快乐的与安静的情景，这是他从前不知道的，而现在却吸引他。"美丽的妻、子女、一群好猎犬、十来队勇猛的狼犬、田地、邻居，以及被选为官[1]。"他这么想。但现在有战事，他应该留在军中。因为应该如此，尼考拉·罗斯托夫本性地满意军营的生活，并且能使这种生活成为快乐的。

尼考拉满假归营时，被同伴们愉快地欢迎着。他被派去补充新马，从小俄罗斯他带回很好的马匹，这使他欢喜并使他得到上峰的称赞。在他出差的时候，他被升为上尉，当全国有了强大补充而作战时编制时，他又接收了他从前指挥的那一连。

战事开始了，这一团增加了新军官、新兵、新马，向波兰移动，并且发双饷。特别是军中散布了兴奋而乐观的情绪，这是战争开始时所常有的。罗斯托夫明白自己在军中的有利地位，倾心在军役的快乐与兴趣中，不过他知道迟早要离开军队。

军队因为各种复杂的政府、政治及策略的原因而退出维尔那。每一步的退却，都牵连总司令部复杂的兴趣、论断和情感。对于巴夫洛格拉德骠骑兵团的兵士们，这整个的退却在夏季最好的时候，有充分的给养，是简单而愉快的事。坠落、不安和阴谋只在总司令部才有，但在军队的行伍间并不问：到哪里去，为什么去。假使有人觉得退却

---

[1] 他意思是由地方贵族选为行政官吏。——毛

可惜，那只是因为不得不离开住惯的地方，离开美丽的波兰妇女。假使有人觉得事情坏了，他便按照好军人所应该的那样，企图显得快乐，不想到战事的大势，但只想他身边最近的事。起初他们快乐地驻扎在维尔那附近，结识了波兰地主们，等待并经过了皇帝和其他高级将官的检阅。后来下令退却到斯文促安，并销毁不能携带的粮食。斯文促安是骑兵们尚记得的，这只因为这里是"醉营"，全军这样地称呼斯文促安的扎营。此外，因为在斯文促安对于兵士们有许多怨言，因为他们利用征集粮食的命令，从波兰地主家拿去马匹、车辆和地毯，当作粮食。罗斯托夫记得斯文促安，因为他第一天到了这个地方便换了曹长，不能统率他的骑兵连里所有的醉兵，他们瞒着他偷出五桶陈啤酒。从斯文促安他们更向后退，以至德锐萨，他们又从德锐萨后退，快到俄国边境了。

七月十三日，巴夫洛格拉德的兵士们初次参加严重的作战。

在十二日的夜间，战争的前夜，有了剧烈的飓风和雨雹。一八一二年的夏天，几乎不断地有飓风。

两连巴夫洛格拉德的骠骑兵露营在那全被牛马踏倒的、已结穗的燕麦田里。雨倾如注，罗斯托夫和一个他所爱护的青年军官依利因坐在匆促搭成的小棚子下。本团的一个军官，腮上髯着长胡须，去过司令部后，遇到雨，走到罗斯托夫那里。

"伯爵，我是从司令部里来的。你听到拉叶夫斯基的功绩吗？"于是这个军官详细地说他在司令部听到的萨尔塔诺夫战役。

罗斯托夫摆动淌水的颈子，抽着烟斗，不注意地听着，偶尔看一看靠近身边的青年军官依利因。这个军官是十六岁的少年，入营不久，他现在和尼考拉的关系正似七年前尼考拉和皆尼索夫的关系。依利因企图处处仿效罗斯托夫，并且像女人那样地爱他。

这个有长胡须的军官斯德尔任斯基夸张地叙述如何萨尔塔诺夫堤是俄国的瑟摩彼利，如何在这个堤上拉叶夫斯基将军做了永垂不朽的事迹。斯德尔任斯基叙述拉叶夫斯基的事迹，说他命令他的两个儿子在可怕的炮火下到堤上去，并和他们一阵进攻。罗斯托夫听着叙述，不但未说任何称赞斯德尔任斯基热心的话，且反之，显出他对于所听的话觉得可耻，不过他无意反驳。罗斯托夫在奥斯特里兹和一八〇七年的战争以后，根据他自己的经验，知道人们叙述战绩的时候总是说谎，如同他自己叙述时也说谎；再者，他有充分的经验，知道战争中所发生的一切，不是我们能够想象、叙述的。因此他不满意斯德尔任斯基的叙述，不满意斯德尔任斯基本人。他的胡须从腮上弹下来，还有对着听话的人的脸垂头的习惯，他在狭小的棚子里挤着。罗斯托夫沉默着看他。"第一，在他们进攻的堤上，应该是那样地紊乱而拥挤，假使拉叶夫斯基领导过他的儿子，这个对于谁也不能发生影响，除了他身边的十来个人，"罗斯托夫想着，"其余的人不能看见拉叶夫斯基如何并同谁在堤上走。但那些看见的人也不能很兴奋，因为事情已到了切肤之痛的时候，拉叶夫斯基的温柔的父性的情感与他们有何关系呢？再者，是否占据了萨尔塔诺夫堤，这与国家的命运无关，不像别人给我们描写的瑟摩彼利那样。并且，为什么要做这样的牺牲？再者，为什么在战争里妨害他自己的儿子呢？我不但不要我的弟弟彼洽如此，甚至也不要依利因如此，这个与我无关的但善良的青年，我要把他放在什么地方，得到保护。"罗斯托夫继续想着，听斯德尔任斯基说着。但他不说出自己的思想,他在这方面已经有了经验。他知道这个故事的目的是赞扬我们军事的光荣,因此应该做出不怀疑他的神情。他这么做了。

"但是,我不能,"依利因看出罗斯托夫不高兴斯德尔任斯基的话,便说,"袜子、衬衫,我身下淋水了。我去找躲处。雨好像下小了。"依利因走出,斯德尔任斯基也走了。

五分钟后,依利因踏着淖泥,跑进棚里。

"乌拉!罗斯托夫,我们赶快去。找到了!两百步的光景,那里有一个小旅舍。那里已经有了我们的人。无论怎样,我们去烤一下。玛丽亚·根利荷芙娜也在那里。"

玛丽亚·根利荷芙娜是军医的妻子,是年轻美丽的德国女人,是医生在波兰娶的。医生或者是不知道如何,或者是不愿意在新婚的初期离开年轻的妻子,把她随身带在骠骑兵团里,医生的嫉妒成了骠骑兵军官间通常的笑柄。

罗斯托夫披上外套,叫拉夫路施卡带着东西跟随他,他同依利因一道走出,有时在泥泞里滑跎,有时在细雨中溅起泥水。夜色有时被远处的电光划开。

"罗斯托夫,你在哪里?"

"在这里。多亮的闪电!"他们彼此谈着。

十三

旅舍的门前停着医生的篷车，旅馆里面已经有了五个军官。玛丽亚·根利荷芙娜，肥胖金发的日耳曼女人，穿着短衣，戴着夜帽，坐在前面角落里的宽凳子上。她的丈夫，医生，睡在她旁边。罗斯托夫和依利因走进房，受到快乐的呼喊和笑声的欢迎。

"咿！你们多么快乐。"罗斯托夫笑着说。

"你们怎么错过了好机会？"

"好呀！他们身上流水了！不要弄湿了我们的客厅。"

"不要溅脏了玛丽亚·根利荷芙娜的衣裳。"许多声音回答。

罗斯托夫和依利因急忙着找隐蔽处，以便在那里换下湿衣，不冒犯玛丽亚·根利荷芙娜的尊敬。他们走到遮墙的背后，以便换衣；但在这个小角落处坐满了人，在一只空箱子上放着一支蜡烛，坐着三个军官在玩纸牌，谁也不愿让出地方。玛丽亚·根利荷芙娜脱下裙子，以便用它代替帷幕，就在这个帷幕的后边，罗斯托夫和依利因得携带行囊的拉夫路施卡之助，脱下湿衣，穿上干衣。

他们在破炉里生了火。他们找到一块木板，搭在两个鞍子上，铺上马衣，找到一个小茶炊、酒瓶和半瓶麦酒，并要求玛丽亚·根利荷芙娜做女主人，大家都挤在她的身边。有的给她干净的手帕，以便拭美丽的小手；有的把上衣垫在她的小脚下，以免受湿；有的把外衣挂在窗子上，以免漏风；有的把苍蝇从她丈夫脸上赶走，好使他不醒过来。

"让他去吧，"玛丽亚·根利荷芙娜羞涩地、愉快地笑着说，"他一夜没睡，睡得正好。"

"不行，玛丽亚·根利荷芙娜，"一个军官回答，"应该侍候医生。也许在我的手脚要锯掉的时候，他会可怜我的。"

杯子只有三个。水是那么脏，以致不能决定茶是浓是淡，茶炊里只能容六杯水，但因此更有趣味，大家按阶级轮流从玛丽亚·根利荷芙娜的肥短而指甲不十分干净的手里接取各人的茶杯。所有的军官似乎而且确实在这个晚间都爱上了玛丽亚·根利荷芙娜。甚至那些在遮墙那边玩纸牌的军官，马上停止玩牌，走到茶炊旁边，有了大家对玛丽亚·根利荷芙娜的恋爱心情。玛丽亚·根利荷芙娜看见自己身边围绕着这些显赫而恭敬的青年，显出愉快之色，她想隐藏这种情绪，并且显然对于睡在她身边的丈夫每一动作显得惊怯。

勺子只有一个，糖比什么都多，但来不及搅，因此决定了，她轮流地替每一个人搅糖。罗斯托夫接了他的茶杯,并倒进甜酒,请玛丽亚·根利荷芙娜搅。

"怎么你没有糖?"她说,仅是笑着,好像她所说的和别人所说的一切是很可笑的,且有别的意义。

"我不要糖,我只要你用你的小手搅一下。"

玛丽亚·根利荷芙娜同意了,并开始寻找勺子,勺子已经被人拿在手里。

"你用手指,玛丽亚·根利荷芙娜,"罗斯托夫说,"这样将更甜美。"

"烫手。"玛丽亚·根利荷芙娜说,高兴得脸发红。

依利因拿来一桶水,倒了些甜酒,走近玛丽亚·根利荷芙娜,请她用手指搅。

"这是我的茶杯,"他说,"只要你手指放一下,我就喝完。"

茶炊倒空了的时候,罗斯托夫拿了纸牌,提议和玛丽亚·根利荷芙娜玩王牌,占了阄,定谁是玛丽亚·根利荷芙娜的同伙。罗斯托夫提出玩牌的规矩,就是谁做了"国王",便有权利吻玛丽亚·根利荷芙娜的小手儿,谁做了"呆子",便在医生醒来时,为他另备一茶炊的茶。

"那么,假使玛丽亚·根利荷芙娜做了'国王',怎么办呢?"依利因问。

"她已经是'皇后'了!她的命令——是法律。"

刚开始玩牌,医生的蓬乱的头忽然从玛丽亚·根利荷芙娜背后抬起。他显然没有睡着,听他们说话,显然在他们所言所做的一切之中，找不出任何愉快、可笑而舒畅的东西。他的脸色烦闷而愁戚。他没有向军官们致候，搔抓自己，要求他们让他出去，因为他们挡了他的路。他刚刚走出去，全体军官发出大声的欢笑，玛丽亚·根利荷芙娜羞得淌眼水，而这在所有军官们的眼睛里使她更加动人。医生从院子回来，向他的妻子（她停止了那么快乐的笑，惊恐地看着他，等候宣判）说，雨已停止，应该出去在篷车里过夜，不然东西要被人偷光了。

"好，我派传令兵去守……两个，"罗斯托夫说，"不要紧，医生。"

"我自己去站岗！"依利因说。

"不要，诸位，你们睡过了，但我两夜没有睡。"医生说，忧闷地坐在妻子的身边，等候牌完。

医生斜视着他的妻子，军官们看见医生的忧闷面色，便更加愉快。许多人不能抑制笑声，对于这一点，他们匆促地找出好听的借口。医生领着他的妻子走出并同她上了篷车的时候，军官们躺在旅舍里，用湿外衣盖身体；但他们好久睡不着，或彼此谈话，提起医生的惊讶和医生夫人的愉快，或跑到台阶上去报告篷车里的行动。罗斯托夫几次蒙头欲睡，但又有什么话引起他注意，他又开始说话，又发出无故的、快乐的、小孩般的笑声。

十四

凌晨两点钟以后还没有人睡着,有一个曹长带来命令,要他们前进到一个小市镇,叫奥斯特罗夫那。

军官仍旧谈着笑着,匆忙地开始收拾,他们又把茶炊里装进脏水。但罗斯托夫不等吃茶,他走到骑兵连里,已经黎明了。雨已停止,云已开散。空气潮湿而寒冷,特别是穿着未干的衣服。罗斯托夫和依利因两人走出旅舍,在黎明的微光中看着因雨点而发亮的医生的皮篷车,从帷幕的下边伸出了医生的脚,在车当中看到医生夫人在枕头上的睡帽,并且听到熟睡的呼吸声。

"确实,她很漂亮!"罗斯托夫向一同出来的依利因说。

"多么漂亮的女人!"依利因带着十六岁的严肃回答。

半小时后,成行的骑兵连站立在路上。发出了命令:"上马!"士兵们画着十字,上了马。罗斯托夫走在前面,命令:"前进!"于是骠骑兵们四人一列,在潮湿的道上响着马蹄践踏声、佩刀铿锵声和低小的话声。他们随着前面的步兵和炮兵,在两旁种植桦树的大道上前进。

破碎的蓝紫色的云因日出而发红,在风雨中驰逐着。天色逐渐明亮。弯曲的草看得明显,因为夜雨还很湿润,这是乡村小道上处处生长的。桦树的同样湿润的垂枝在风里摆宕,歪斜地滴下明亮的水珠。罗斯托夫和不落后的依利因在路边上走着,两旁是桦树的行列。

在作战时,罗斯托夫让他自己骑着卡萨克的马,不骑战马。他是识马爱马的人,新近得到一匹健壮的、顿省种的、有美鬃的大马,这马匹谁也赶不上。罗斯托夫觉得骑这匹马是一种享乐。他想到马,想到晨间,想到医生夫人,却从不想到迫切的危险。

从前罗斯托夫打仗时便惧怕,现在他不感到丝毫的恐怖情绪。他不怕,不是因为他惯于火线(对于危险是不习惯的),却因为他能遇到危险时控制自己的心情。他惯于在打仗时想到一切,除了那个似乎比一切别的都有趣的东西——迫切的危险。无论他多么努力,如何责备自己懦弱,在从军的初期,他做不到这一点,但现在经过了多年,这件事自己办到了。此刻他和依利因并排走在桦树行中,偶尔从碰手的树枝上摘下叶子,偶尔用脚触马肚子,有时头也不转,把吸过的烟斗递给身后的骠骑兵,那样安详无虑的神情,好像是骑马出游。他看着滔滔地、不安地说话的依利因的兴奋面色,觉得可怜。他凭经验知道了这个骑兵少尉预料恐怖和死亡时的焦急心情,并且知道除了时间,什么也不能帮助他。

太阳刚刚从乌云下边升到明净的天空,风便平息,好像它不敢损害这暴雨后夏晨的美丽。水点还在滴,但很垂直——一切都沉静。太阳完全升到地平线上,并消失在上边窄长的乌云里。几分钟后,太阳更明亮地升到乌云的上边,并消灭云边。一切都明亮而闪耀。随着亮光而来的,好像回答它的,是前面的炮声。

罗斯托夫还未来得及思想并决定这些炮的远近,便有奥斯忒曼·托尔斯泰伯爵的副官从维切不司克骑马跑来,带来命令顺大路向前奔进。

骑兵连赶过了也加紧走快的步兵和炮兵,下了山,经过了几个没有居民的空村庄,又上山。马开始喘气,人脸发红。

"停,看齐!"大队长在前面喊。

"向左转,开步走!"前面的命令声。

骠骑兵们随着军队的行列,走到阵地左翼,停在前线乌兰兵的后面。右边是步兵密集纵队——他们是后备队;在他们上边的山上,在清澄明洁的早晨斜射的亮光里,在地平线上,可以看到我方的炮位。在前面深谷的那边可以看到敌人的纵队和炮位。在山谷可以听到我方前哨的声音,他们已经开火,和敌人愉快地交相射击。

罗斯托夫听着这些久未听到的声音,好像是最愉快的音乐,他的精神振作了起来。特拉卜——答——答——答卜!射击声时而忽然地响,时而迅速地前后相连。一切都静默了,然后又好像有人走到火药上时火药爆炸的声音。

骠骑兵们在固定的地位上站了约一小时。开始发炮了。奥斯忒曼伯爵带着侍从走到骑兵连的后边停止了，和团长说了话，又回到山上炮位处。

奥斯忒曼走后，在乌兰骑兵中发了命令：

"成纵队，预备攻击！"他们前面的步兵分成两排，让骑兵过去。乌兰骑兵动了。枪矛的飘带飘动着，向山下左边的法国骑兵直冲而去。

乌兰骑兵刚下山，骠骑兵便奉命令上山掩护炮兵。骠骑兵队刚到了乌兰骑兵空出的地方，便从前方飞来枪弹，瑟瑟刺刺地落在远处，没有射中。

这种久未听过的声音，较之以前的枪声，使罗斯托夫觉得更愉快、更兴奋。他直起身体，看着展开在山前的战场，一心注意着乌兰兵的动向。乌兰骑兵冲到法国龙骑兵面前，在烟气中有点混乱。五分钟后，乌兰骑兵向回退，并未到他们先前驻扎的地方，却稍左。在骑栗色马的橙色的乌兰骑兵的行列间和后边，可以看见大群的骑灰色马的法国蓝色龙骑兵。

十五

罗斯托夫用他的敏锐的猎人的眼睛,最先看见这些蓝色法国龙骑兵在追赶我们的乌兰骑兵。零乱的乌兰骑兵队和追赶他们的法国龙骑兵跑得更近、更近了。已经可以看见这些在山下显得渺小的人们,彼此冲撞,互相追逐,并挥手或佩刀。

罗斯托夫好像是在逐猎时看着面前的事情。他本能地觉得,假使现在用他的骠骑兵去攻击法国龙骑兵,他们便阻挡不住;但假使要攻击,应该立刻行动,不然就迟了。他环顾四周。上尉站在他身后,也是眼不离开下边的骑兵。

"安德来·塞发司提阿尼夫,"罗斯托夫说,"你看,我们能打退他们……"

"正是顶好的事，"上尉说，"确实……"

罗斯托夫没有听完他的话，便刺动坐骑跑在骑兵连的前面。他还没有来得及下令前进，所有和他感觉相同的骑兵都随着他跑。罗斯托夫自己不知道如何并为何他要做这件事。他做这一切，如同在打猎的时候，是不思索的。他看见龙骑兵接近了，他们零乱地跑着；他知道他们不能支持，他知道只有片刻时间，假使他错过了时间，便不得回头。子弹那么激烈地在他四周吱吱哗哗地响，马那么猛力地向前冲，他不能抑制。他刺动坐骑，下了命令，同时听着身后展开的骑兵连的蹄声，快步地向山下龙骑兵冲去。他们还未下山，他们坐骑的快步不觉地变为奔腾，他们愈近乌兰骑兵和在他们后边奔跑的法国龙骑兵便愈快。龙骑兵接近了。前面的人看见了骠骑兵，便向后转，后面的停止了。罗斯托夫带着横截追狼的感觉，让他的顿种的马极快地奔腾，横切法国龙骑兵的零乱的行列。有一个乌兰骑兵止住了，有一个步行的趴在地上以免撞倒，一匹无骑者的马夹杂在骠骑兵里。几乎全部的法国龙骑兵都向回跑。罗斯托夫选了骑灰色马中的一个，追赶着他。在路上他遇到一棵灌木，但矫捷的马驮他腾越过去。尼考拉还未在鞍上直起腰，便看见在顷刻之间他就要赶上那个他选作目标的敌人。这个法国人，从他的服装上看，或者是一个军官，曲着腰坐在灰色马上，用他的佩刀策马。顷刻之间，罗斯托夫坐骑的胸部撞到军官坐骑的后部，几乎把它撞翻。就在这个时候，罗斯托夫自己也不知道为什么，举起了刀，砍向法国人。

在他做了这事的一短时间内，罗斯托夫所有的精神顿然消失了。军官从马上跌下，由于马的颠簸和恐怖居多，由于刀砍居少，刀只砍到他的肘上。罗斯托夫勒住了马,用眼观看他的敌人,要看出他砍到的是谁。法国龙骑兵的军官一只脚在地上跳,一只脚绊在镫上。他惧怕地合了眼睛,好像时时刻刻等候再被刀斩,皱着眉,带着恐怖的神情从下边仰视罗斯托夫。他的脸泛白并沾了泥,美丽、年轻,下颏有小窝,有明亮的蓝眼睛,不是战场上的仇敌式的脸,却是最单纯的常人的面色。在罗斯托夫还没有决定如何处置他之前,军官喊叫:"我投降了!"他忙乱着,希望但不能从镫上把脚抽出,惊惧的蓝眼睛不动地看着罗斯托夫。赶上来的骠骑兵拿出他的脚,把他放在鞍子上。骠骑兵和龙骑兵混杂在各处。有一个伤了,面上带血,却不放马去;另一个抱着骠骑兵,坐在他的马臀上;第三个由骠骑兵帮助着上马。前面法国步兵奔跑着,射击着。骠骑兵们带着俘虏匆忙回跑。罗斯托夫和其余的向回跑,感觉到一种扰心的、不快的感觉。由于这个军官的被虏和斩他的一刀,他感觉到一种不明确的、烦乱的,他不能说明的情绪。

　　奥斯忒曼·托尔斯泰伯爵迎接了回转的骠骑兵,召来罗斯托夫,感谢了他,并且说他要向皇帝奏闻他的勇敢行为,并要为他请求乔治十字勋章。罗斯托夫被人召唤去见奥斯忒曼伯爵的时候,他想起他的攻击是未奉命令的,并充分相信司令官找他是为了责备他的任意的行为。因此奥斯忒曼的赞语和奖赏的许诺应该更快乐地感动罗斯托夫,但精神上不愉快的、不明确的情绪仍然苦恼他。"那么是什么东西苦恼我呢?"他自问着,离开了将军,"依利因吗?他是完好的,我做了什么丢脸的事吗?不是。都不是!"一种别的东西苦恼他,好像是忏悔,"是的,是的,这个有小窝的法国军官。并且我记得很清楚,如何在我举手的时候，又停住。"

罗斯托夫看见押走的俘虏，策马追去，以便看一看那个下颔有窝的法国人。他穿着外国的军装，坐在骠骑兵的一匹补充马上，并且不安地环顾四周。他臂上的伤几乎不是伤。他做作地向罗斯托夫笑，摇动他的手，表示致意。罗斯托夫仍然不舒服，有点羞悔。

这一整天和下一天，罗斯托夫的朋友和同伴注意到他不愁闷、不发怒，但沉默着、思索着、聚神着。他勉强地饮着酒，企图独处，并且思想着什么。

罗斯托夫仍然思想着他这次的光荣功绩，这出乎他意料的，使他获得乔治十字勋章，且甚至使他获得勇士的名誉，并且他不懂某种原因。"所以他们比我们更害怕！"他这么想着，"这就是所谓英雄主义吗？我是为祖国做了这件事吗？他有小窝儿和蓝眼睛，罪在何处呢？他是多么害怕！他以为我要杀死他。我为什么要杀死他呢？我的手打战。但是他们给我乔治十字勋章。我什么，什么也不懂！"

尼考拉心中反复考虑这些问题，对于那个苦恼他的事情仍然没有给自己一个明确的回答，但这时候，军役中幸福的轮子转到了他的面前，这是常有的事。在奥斯特罗夫那战役之后，他升了官，领一营骠骑兵，并且在需要用一个勇敢军官的时候，给了他任命。

十六

伯爵夫人还未完全康复,并且软弱,接到了娜塔莎生病的消息,便同彼洽及全家来到莫斯科。罗斯托夫全家从玛丽亚·德米特锐叶芙娜的家里搬到自家的房子,并且全家住在莫斯科。

娜塔莎的病是那么严重,以致她的疾病的原因、她的行为以及她和未婚夫解约,都成了次要的事情。这对于她和她父母都是侥幸的。她是那么病重,没有人能够想到她对于所发生的一切要负多大的罪过。这时候,她不吃,不眠,明显地消瘦,咳嗽,并且医生们使人觉得她是在危险期中,只该想到如何帮助她。医生们单独地来看娜塔莎,贡献意见时,用法文、日耳曼文、拉丁文说很多话,互相批评,对于他们熟悉的病症开各种方单;但他们当中没有一个人有那个简单的思想，就是他们不能了解娜塔莎所生的病，正如没有一种活人的病能够被了解，因为每个活人有他的特性，并且总有他自己特殊的、新的、复杂的、医药所不知的病，不是医书上所写的肺、肝、脾、心、神经等病，而是这些器官的无数结合的疼痛中的某一种所产生的。这种简单的思想不能到医生们的脑筋里（正如魔术家不会想到他不能够施用魔术），因为他们的毕生工作是治病，因为他们借此而获得金钱，并且因为这件事，他们失去了生命中最好的年华。但主要的是——这种思想不能到医生们的心里，因为他们看见他们无疑是有用的，且对于罗斯托夫全家确实是有用的。他们有用，不是因为他们使病人吞服大部分有害的药剂（这种害处是很少感觉到的，因为有害的药剂所用的分量是微小的），但他们有用、被需要、不可少（原因是：他们总是，并且将来也是假医生、女巫、对症治疗者和顺势治疗者），因为他们满足了病人的和爱护病人的人的精神要求。他们满足了那种永久的、人类的要求：减轻痛苦的希望、同情和行动的要求，这都是人在痛苦时所经验的。他们满足了那种永久的、人类的、抚摸痛处的要求——在小孩身上可以看到最原始的形式。小孩有了伤痛，立刻跑到母亲或保姆的怀抱里，要她们抚摸并吻那痛处。她们抚摸且吻了痛处，他便觉得减轻了。小孩不相信那最有力、最聪明的人没有救助他的疼痛的方法。减轻疼痛的希望，母亲抚摸他的肿包时同情的表示，便安慰了他。医生对于娜塔莎有用，因为他们吻并抚摸她的"包包"，并使人相信，假使车夫到阿尔巴特街的药店去，用美丽的小盒带回一元七角的药粉和药丸，并且假使这些药粉每两小时，不多也不少，由女病人用开水吞服，病就立刻会好。

索尼亚、伯爵、伯爵夫人假如无事可做,假若不照医生方单,按时送药丸、温水、鸡片,并做一切生活琐事(遵从医生吩咐是他们的任务与安慰),他们将做什么,他们将如何感觉呢?伯爵假若不知道娜塔莎的病花了他几千卢布,并且为了她的益处不惜再花几千;假若他不知道,假使她不满意,他还不惜再花几千,送她到外国去找医生;假若他不能详细说出如何美提弗耶和费来尔不能诊断,但弗利斯能诊断,牟德罗夫更能确定病症,他如何能够忍受他心爱的女儿的疾病呢?伯爵夫人假若不偶尔和生病的娜塔莎吵,说她不完全遵守医生的吩咐,她做什么呢?

她在发火而忘记忧愁的时候说:"假若你不听医生的话,不按时吃药,你这样是不会好的!这不能开玩笑,你会转为'肺炎'的。"伯爵夫人这么说,并且说这个不独是她一个人不懂的字的时候,她获得巨大的安慰。索尼亚假若不是愉快地觉得她第一次三夜未脱衣,为了准备严格执行医生的吩咐,并且她现在夜间不睡,为了不错过准确时间,在这时候从小金盒子里取递毒分微小的药丸,她做什么呢?即使娜塔莎自己,虽然说过没有药能医她的病,这一切都是无聊,却欢乐地看见他们对她有了这许多牺牲,并觉得应该在一定的时间服药。甚至这样的事也使她高兴,就是她能够不注意去遵守医生的吩咐,表示她不相信病退,并不看重自己的生命。

医生每天来切脉,看舌,不注意她的丧气的脸,和她说笑话。但后来,当他去到另一个房间的时候,伯爵夫人赶快跟他,他做出严肃的神色,思索地摇头,说道,虽然有危险,他希望这种最新的药品有效力,又说应该等等看,又说这病大部分是精神的,但……

伯爵夫人把金币塞进他手里,还企图对自己和医生遮掩这个行为,每次都怀着安静的心回到病房。

娜塔莎的病症是她吃得少,睡得少,咳嗽,总是没有生气。医生说病人不能没有医药的帮助,因此他们把她留在城市里窒息的空气里。在一八一二年的夏天,罗斯托夫家没有下乡。

虽然吞服了大量药丸、小瓶和小盒里的药水和药粉(邵斯夫人爱好这些小瓶小盒,她收集了很多),虽然没有了习惯的乡村生活,但青春又活跃了:娜塔莎的伤愁开始蒙上了日常生活的外层,这伤愁不再像是痛苦的疾病压在她的心上,它已成为过去,而娜塔莎也开始恢复健康。

十七

　　娜塔莎更宁静，但更不愉快。她不但逃避了一切外界的欢乐环境：跳舞会、出行、音乐会、戏院，而且她没有一次笑的时候，总是在笑声里夹着眼泪。她不能唱歌。当她开始笑或预备独自唱歌的时候，泪水便阻住了她。那是忏悔的泪，回忆不返的纯洁时期的泪，烦闷的泪——就是她将凭空失去了她的青春，而青春是可以很快乐的。笑与唱，特别对于她，好像是对她的伤愁和侮蔑。她也不想起娇态，她甚至也不想抑制自己。她说，并且觉得，这时候，一切男子，在她看来，只全然像小丑那斯他斯亚·依发诺夫那。内心的警戒兵坚决地禁止了她一切的快乐。她似乎确实失去了一切从前女孩子的、无虑的、充满希望的生活之兴趣。她最常常最痛苦地回想起秋天、打猎、叔叔以及同尼考拉在奥特拉德诺所过的圣诞节。只要这个时间能回来一天，她什么都可以放弃！但这已经永远地过去了。那时的预感并未欺骗她，那种对于一切快乐的自由和准备永不再回头了。但她还要生活着。

她舒畅地想起她并不比别人好，像她从前所想的那样，却比别人坏，还比世界任何人都坏。但尚不只是这一点。她知道这一点，并且自问："还有的是什么呢？"但什么也没有了。生活中没有任何快乐，但生活还是向前过。娜塔莎显然企图不拖累任何人，不阻碍任何人，但对于她自己什么也不需要。她离开所有的家人，只同弟弟彼洽在一起的时候，她觉得轻松。她爱同他在一起，甚于同别的人；偶尔和他面对面的时候，她便笑。她几乎不离开家里，在来客中，她只欢喜一个人——彼埃尔。没有人能够对她比别素号夫伯爵对她更温柔、更细心，同时又更严肃。娜塔莎无意识地感觉到这种温柔态度，因此和他在一起便很满意。但她却不感谢他的温柔，彼埃尔的良好行为没有一点使她觉得是做作的。彼埃尔觉得那么自然地对一切人的亲善，在他的亲善中没有任何好处。有时，娜塔莎注意到彼埃尔在她面前的烦乱和局促，特别是当他恐怕言语中有什么话引起娜塔莎痛苦回忆的时候。她注意到这一点，并把这一点归诸他的通常的亲善和羞涩，这在她看来，应该是对于所有的人，如同对她一样。某次对她那样强烈动情的时候，彼埃尔曾说过这偶然的话，就是假若他是自由的，他便跪下来要求她的手和爱情。那次以后，他从未向娜塔莎说过他对她的情感；并且她很明白，这些话当时那样安慰了她，说的好像是那些没有意思的话，为了安慰啼哭的孩子。不是因为彼埃尔是结婚的人，却因为娜塔莎觉得在她自己和他之间,有很强力的道德的障碍——她曾觉得和库拉根之间没有这种障阻——她从来没有想过,从她和彼埃尔的关系中,能够由她这方面发生爱情,尤其不能由他那方面发生,甚至也不能产生那种温柔的、自觉的、诗的、男女间的友谊,这种友谊她知道几个例子。

在圣彼得[1]斋期末,阿格拉斐娜·依发诺芙娜·别洛发,罗斯托夫家的奥特拉德诺邻居,来到莫斯科朝拜那里的圣徒们。她向娜塔莎提议斋戒,娜塔莎高兴地接受了这个意见。虽然医生禁止她清早出门,娜塔莎却坚持要斋戒,并且不要像罗斯托夫家里平常的斋戒,即在家里做三次祈祷,而要像阿格拉斐娜·依发诺芙娜那样的斋戒,即在全周之内,不疏失一次早祷、午祷和晚祷。

伯爵夫人欢喜娜塔莎这样的热诚;在无效的医药诊治之后,她自己心里希望祈祷比药剂更能帮助她,虽然带着恐怖,并瞒着医生,却同意娜塔莎的希望,并将她交托给别洛发。阿格拉斐娜·依发诺芙娜在凌晨三点钟来叫醒娜塔莎,常常发现她还未睡。娜塔莎恐怕耽误了早祷的时间,匆促地洗了脸,谦顺地穿上她的最坏的衣裳和旧外套。娜塔莎因冷气而颤抖着,走进无人的街道,街道被朝霞照得很亮。娜塔莎听从阿格拉斐娜·依发诺芙娜的意见,不去自己的教区,却去教堂。在那里,据虔敬的别洛发说,有一个过着严格高尚生活的神甫。教堂里的人总是很少,娜塔莎和别洛发总是坐在常坐的地方,在那个放在左边歌队席后的圣母像前。当她在这种非常的早晨,看着黑色的

---

[1] 为旧历六月二十九日。——毛

圣母像，被像前的燃点的蜡烛和窗口漏进来的晨光照亮着，听着她想循诵的并想了解的祈祷声，一种在伟大玄妙之前的谦卑的新感觉便支配了她。当她了解的时候，她个人的感觉的各方面都和祈祷合而为一；在她不了解的时候，她更甜蜜地想到，希望了解一切乃是一种骄傲，而了解一切是不可能的，应该只相信并皈依上帝，她觉得上帝在这时候领导她的心灵。她画了十字，鞠躬，当她不了解的时候，便只因为自己的罪过而恐惧着，请求上帝饶恕她的一切，一切，并且祈祷着。她最专心致志的祈祷是忏悔的祈祷。在早晨回到家里的时候，她只遇到上工的石匠、扫街道的园丁，而家里所有的人都还睡着，娜塔莎经验到一种新感觉，就是能够改正她一切的罪过，能够过纯洁的新生活，有快乐。

在她过着这种生活的整周间，这种感觉与日俱增。接受圣灵的快乐，或者像阿格拉斐娜·依发诺芙娜愉快地耍弄这个字时向她说的，"圣灵交通"的快乐，在她看来是这样伟大，使她觉得她活不到这个幸福的星期日。

但快乐的日子来到了，当娜塔莎在这个可纪念的星期日穿着白纱衣，在圣餐后回家时，她几个月来第一次觉得宁静，不受当前生活的压迫。

医生这天来看娜塔莎，并吩咐她继续吞服最新的药粉，这是他两星期前开的。

"一定要继续早晚吞服。"他说，显然是好意地满足自己的成功。"只有一点，请你更加遵守时间。安心吧，伯爵夫人。"医生嬉笑地说，手心里敏捷地抓住了金币，"很快又要唱歌，又要玩耍了。最新的药品很好，帮助了她，她有神气了。"

伯爵夫人看着手指甲，轻敲了一下图吉利，带着愉快的面色回到了客厅。

十八

七月初，莫斯科流传着更加惊人的关于战争形势的流言：说到皇帝向人民的呼吁，说皇帝本人要离开军队来到莫斯科。直到七月十一日，还未接到宣言和告民众书，于是关于这两件事和俄国局势流传着夸张的谣言：说是皇帝离开军队，因为军队在危险中；说是斯摩楞斯克失陷了，拿破仑有一百万兵；说是只有神迹可以救俄国。

七月十一日，星期六，收到了宣言，但没有印出来。彼挨尔在罗斯托夫家，允许第二天，星期日，来吃饭，并带来宣言和告民众书，这是他要在拉斯托卜卿伯爵那里弄到的。

在这个星期日，罗斯托夫家照常到拉素摩夫斯基的家庭教堂去做午祷。是一个炎热的七月天，已经十点钟了，当罗斯托夫家的人在教堂前下车时。在炎热的空气里,在小贩叫声里,在群众的浅浅鲜明夏衣上,在街树的灰尘叶子上,在音乐和去检阅的一营军队白裤上,在走道上轮声和炎日的亮光中,有那种夏季的疲倦,对于现状的满足和不满足,这特别尖锐地在城市明亮的炎天中感觉出来。在拉素摩夫斯基的教堂里,有莫斯科所有的名人、罗斯托夫家所有的熟人(这年,好像是等待什么,许多照例要下乡的富家也留在城市里)。娜塔莎走在母亲的身边,在穿号衣的推动群众的跟班后边,听到青年人的声音,用太高的低语说到她:

"这是罗斯托夫,就是她。"

"虽然瘦了,但还是漂亮!"她听到,或者觉得有人提到库拉根和保尔康斯基的名字。不过,她总是这么觉得。她总觉得,看她的人都想到她所发生的事。和每次在群众里一样,娜塔莎的心苦闷着、消沉着,穿了淡紫色镶黑边的绸衣,步态好似妇人——她心中的痛苦和羞耻愈甚,便愈安详而尊严。她知道的不会错,她是美丽,但这现在不像从前那样使她高兴。反之,近来这更使她苦恼,特别是在这个明亮的炎热的城市的夏天。"又是一个星期日,又是一周。"她自言自语,想起前个星期日在这里的情形。"还是同样的没有生气的生活,还是同样的环境,在这个环境里从前是那样轻松地活着。美丽,年轻,我知道现在我好,从前我坏!现在我好,我知道,"她想,"凭空地,她不为谁,就过了美好的,美好的年华。"她站在母亲身边,和站在附近的熟人点头。娜塔莎习惯地看妇女们的服装,批评身边一个妇人的举止和她画十字时的笨样子。她又烦恼地想到别人批评她,她也批评别人。忽然听到祈祷声,她便因为自己的罪过而恐惧,恐怕以前的纯洁又被她失去了。

一个整齐清洁的老神甫祷告着,他用着那样温和的严肃,他对于祈祷人的心灵发生那样高尚安静的作用。圣殿的门关闭了,缓缓地放下了幕子,神秘微细的声音从那里发出。她自己也不了解的泪水使娜塔莎的胸部起伏,一种快乐而疲倦的感觉激动了她。

"教导我去做什么,如何生活,如何永久地,永久地纠正自己!……"她想。

教堂执事走到讲坛上,叉开大拇指,从法衣下边理出长发,把十字架放在胸前,大声地、严肃地开始读祷告文:

"我们大家向主祷告。"

娜塔莎想:"我们大家在一起,没有阶级差异,没有仇恨,却以兄弟之爱联合——我们来祷告。"

"为了上方的世界,为了我们心灵的拯救!"

娜塔莎祷告着:"为了天使的世界和一切天神的心灵,他们住在我们的头上。"

当他们为军人祷告时,她想起了哥哥和皆尼索夫。当他们为水上和陆上旅客们祷告时,她想起安德来郡王,并为他祷告,并且祷告上帝饶恕她对他所做的过错。当他们为爱我们的人祈祷时,她为家中所有的人祈祷,为父母,为索尼亚,现在第一次感觉到她在他们面前的罪过,并感觉到她对他们亲爱的力量。当他们为恨我们的人祈祷时,她想起自己的仇人与怨恨者,为他们祈祷。她在仇人中算进了债主们以及一切和她父亲交易的人,并且每次想到仇人与怨恨者,她便想起阿那托尔,他对她做了那样的坏事,并且虽然他不是怨恨者,她却愉快地为他祈祷，如同为仇人。只是在祈祷时，她才觉得自己能够清晰地、平静地想起安德来郡王和阿那托尔。她对于他们的感觉，比之她对于上帝的畏惧和崇拜的感觉，是算不上什么的。当他们为皇室和宗教会议祈祷时，她躬得更低，画十字，向自己说，假使她不懂，她也不能怀疑，并且无论如何，她爱统治的宗教会议，并为它祈祷。

在应答祈祷后，教堂执事在胸前圣带上画十字，并说：

"把我自己和我们生命献给主耶稣。"

"把我们自己献给上帝。"娜塔莎在心里重复着。"我的上帝，我把自己献给你的意志。"她想。"我什么也不希望，什么也不要求：教导我去做什么，如何利用我的意志！接受我吧，接受我吧！"娜塔莎带着虔诚的焦急在心里说，不画十字，垂着纤手，似乎是在等待着什么不可见的力量来带走她，并从她自己，从她的懊悔、欲望、谴责、希求和罪过中救出她。

伯爵夫人在祈祷时，屡屡看她女儿虔诚的、有明眸的脸，并祷告上帝，求上帝帮助她。

出人意料地，在祈祷的当中，并且不按照娜塔莎所熟知的次序，教堂执事拿出一个小凳，读了凳上"三位一体日"的跪祷文，把它放在圣殿的门前。神甫走了出来，戴着淡紫色天鹅绒帽，理了头发，用力地跪下。大家同样地做，并且惊讶地互相看。这是刚从宗教会议接到的祷文，为了要从敌人侵略中救出俄国的祷文。

"万能的主上帝，拯救我们的上帝。"神甫用那种明了的、不洪亮的、温和的声音开始，这种声音只有斯拉夫的宗教的宣读者才有，并且在俄国人的心灵中有那样不可抵抗的力量。

"万能的主上帝,拯救我们的上帝!请你现在仁慈地、宽大地保护你的卑微的人民,并且垂爱地听,并且可怜、饶恕我们。敌人们犯扰你的土地,并且现在起来反对我们,希望把全世界变为荒墟;这些不法的人集合起来,还要毁坏你的天国,破坏神圣的耶路撒冷,你所爱的俄国:沾污你的庙宇,毁坏你的圣坛,并侮辱我们的神龛。主啊,这些罪人横行到几时呢?那个违法的恶势力能维持到几时呢?"

"主上帝!听我们向你祷告:用你的力量加强纯善的、自制的伟大君主,我们的皇帝亚历山大·巴夫诺维支;记住他的真诚和温良,奖励他的善行,使他保护你所爱的以色列;祝福他的会议、事业和工作;用你的万能的手巩固他的帝国,让他胜过敌人,好像摩西胜过亚马力,基甸胜过米甸,大卫胜过歌利亚。保佑他的军队,将铜弓放在为你的名而战的人手里,给他们力量打仗。拿起刀和盾,起来帮助我们吧,羞辱那危害我们的人吧,让他们在这些忠实的战士面前,如同灰尘在风的面前,让你的有力的天使侮辱他们,赶走他们吧;给他们罗网,不让他们知道,使他们的秘密阴谋反对他们自己;要他们跪在你的仆人面前,由我们的战士消灭他们。主啊!你救人多少,都不费力;你是上帝,人不能反对你。"

"我们父祖的上帝!记着你的宽大和仁爱,这是永久的!不要让你的脸背着我们,俯察我们的卑贱吧!但是在你的伟大的仁爱和无限的宽宏中,忽略我们的不法和罪过吧!使我们的心纯洁,使我们的心里的精神翻新吧!加强我们对你的信仰,巩固我们的希望,唤起我们真正的互相的爱,使我们一心一意,正当地保护土地,这个土地是你给我们和我们祖先的,不要让恶人的魔杖打击你神圣人民的命运吧!"

"我们的主上帝，我们相信主，我们信托主，不要让我们由于对你的仁爱的希望而受羞辱吧，给我们一个幸福的征兆吧！让那怀恨我们和我们正教信仰的人看见，叫他们羞耻，叫他们失败吧！并且让各国的人看见主就是你的名字，我们是你的人民。主啊，今天显给我们你的仁爱和你给我们的救助吧！让你的仆人的心对于你的仁爱而快乐吧！打倒我们的敌人，并且很快地把他们践踏在你忠实信徒的脚下。你就是信托你的人们的防御、帮助和胜利，我们将荣耀归给你，圣父、圣子、圣灵，现在，并且永久永远，阿门。"

在娜塔莎的开坦的心情中，这个祈祷强力地感动了她。她听到关于摩西胜过亚马力，基甸胜过米甸，大卫胜过歌利亚，以及"你的耶路撒冷"之破坏的每个字，并用充满心怀的温柔与柔情祈求上帝，但她不了解在这个祈祷中是为什么在求上帝。她全心全意地祈求正义的精神，用信仰和希望加强人心，以及用爱唤起他们。但她不能祈祷把她的敌人踏在脚下，只是在几分钟之前，她还希望有更多的敌人，为了爱他们，为他们祈祷。但她也不能怀疑所宣读的跪祷文的正当。她心里对于处罚感觉到虔敬而颤抖的恐惧，这处罚是对于有罪的人的，尤其是对于她的罪，她求上帝饶恕大家和她自己，并给予大家和她自己以生活的安静与快乐。她觉得上帝听到了她的祷告。

十九

　　自那天离开罗斯托夫家,怀念着娜塔莎的感谢的神情,彼挨尔看见天空的彗星,便觉得在他面前展开了什么新的东西——那永远苦恼他的,关于虚荣和人间一切皆无意义的问题,不再苦烦他了。这个可怕的问题:为什么?有何目的?从前发生在他的每种工作当中,现在并未被别的问题或对于旧问题的回答所代替,而被"她的"影像所代替。听到或自己做无聊的谈话,读到或知道人类的卑微与无知,他不像从前那样惊恐。他不问自己,一切是那样短促渺茫,为什么人类要忙碌,但他忆起上次见面时她的样子,他所有的怀疑都消失了,不是因为她回答了悬在他面前的问题,却因为她的影像忽然把他带到另外一个光明的精神活动的区域,在这里面没有是非,带到美与爱的区域，为了爱是值得去生活的。不管他想到什么人世的丑恶，他都向自己说：

"就让这个人来掠劫国家和沙皇，但国家和沙皇却给他荣誉；但她昨天向我笑，请我去，并且我爱她，而且绝没有人知道这件事。"他想。

彼挨尔还照旧赴交际场，照旧喝很多的酒，过着同样清闲放纵的生活，因为在他花在罗斯托夫家的时间以外，他还需过其余的时间。习惯和他在莫斯科所认识的朋友，不可止地引他过这种支配了他的生活。但近来，从战争的舞台上逐渐传来惊人的消息。娜塔莎的健康开始恢复，她不再引起他从前的细心的怜悯感觉，他开始逐渐被他不了解的一种不安所控制。他觉得，他所处的地位不能继续长久，有灾难到临，这灾难必将改变他全部的生活，他焦急地在一切的征兆中寻找这个来临的灾难。共济会员当中的一人，向彼挨尔说明一则关于拿破仑的预言，这是从圣约翰的《启示录》中引出的。

在《启示录》第十三章第十七节里说过："在这里有智慧；凡有聪明的，可以算计兽的数目，因为这是人的数目，他的数目是六百六十六。"（译者按：《新约》，为十八节。）

在同章的第五节里："又赐给他说夸大亵渎话的口，又有权柄赐给他，可以任意而行四十二个月。"（借《圣经》译文，稍有出入。——译）

法文字母，依照希伯来数目系统，以前九个字母代表个位，其余的代表十位，则有如下的意义：

abcdefghiklmnopqrstuvwxyz

1 2 3 4 5 6 7 8 9 10 20 30 40 50 60 70 80 90 100 110 120 130 140 150 160

按照这个字母表的数字写出 L'empereur Napvle'on（拿破仑皇帝）各字的数字，便显出这些数字的总和等于六六六（包括 Le 所省略的 e——毛），因此拿破仑就是那只野兽，如《启示录》中所预言的。此外，再照样写 Quarante deux（四十二）各字的数目，"四十二"乃是给"说夸大亵渎话的"野兽的期限，这些数目的总和又等于六六六。据此，拿破仑权柄的期限是在一八一二年，这年法国皇帝是四十二岁[1]。这个预言很感动彼挨尔，他常常问自己这个问题，拿什么来给野兽——拿破仑——权柄的限制呢，并且在同样的字数与算计的立场上，他企图找出他所注意的这个问题的回答。彼挨尔对于这个问题写着这样的回答：L'empereur Alexandre? La Nation Russe?（亚历山大皇帝呢？俄国民族呢？）他算计字母，但数字的总和是大于或小于六六六。在计算时，有一次，他写下自己的名字——Comte Pierre Besouhoff（彼挨尔·别素号夫伯爵），号码的总和又太不相合。他改变拼缀，用 z 代替 s，加上 de，加上冠词 Le，他仍然得不到心想的结果。后来他又想到，假使对于所研究的问题的回答含在他的名字里，则回答之中一定要有他的国籍。他写下 Le Russe Besuhoff（俄国人别素号夫），算计号码，得六七一。多余了五个。五代表 e，这个 e 在 empereur 前的冠词 Le 中省略了，同样地然而不正确地省略了 e。彼挨尔获得了所求的回答，L'Russe Besuhoff 的号码等于六六六。这个发现

---

[1] 圣经上是四十二个月，彼挨尔却在这里弄为四十二个年。拿破仑的第四十二个生日是一八一一年八月十五日，故在一八一二年还算是四十二岁。——毛

激动了他。如何，有何种关系，他同《启示录》中预言的伟大事件发生联结，他不知道，但他没有一刻怀疑这个关系。他对娜塔莎的爱情、基督叛徒、拿破仑的侵略、彗星、六六六、拿破仑皇帝、俄国人别素号夫，这一切都应该长成、造极，并把他从迷惑的、琐屑的莫斯科习惯的范围中拔出来（在那种习惯中他觉得自己是俘虏），并把他带到伟大的功业与伟大的快乐中。

*   *   *

彼挨尔在读祷文的那个星期日的前一天，答应了罗斯托夫家，由他去从他很熟识的拉斯托卜卿伯爵那里带来皇帝告民众书和最近的军事消息。早晨到了拉斯托卜卿的家里，彼挨尔找到一个刚从军中来到的信使。这个信使是彼挨尔所熟识的莫斯科舞会中跳舞者之一。

"天晓得，你能替我减轻一点担子吗，"信使说，"我有满满一袋子带给父母们的信。"

在这些信中有一封尼考拉·罗斯托夫寄给父亲的信。彼挨尔接了这封信。此外，拉斯托卜卿伯爵给了彼挨尔一份刚印好的皇帝向莫斯科的呼吁文、军中最近的命令和他自己最近的公告。看了军中的命令，彼挨尔在一份死伤奖赏表中找到了尼考拉·罗斯托夫的名字，他因为奥斯特罗夫那战役中显著的勇敢得到四等圣乔治的勋章，又在同一命令中看到任命安德来·保尔康斯基郡王为轻骑兵团团长。虽然他不愿意在罗斯托夫家提起保尔康斯基，但彼挨尔却不能抑制自己去用他家儿子受奖的消息使他们欢喜。他留下呼吁文、公告和其他命令，以便在吃饭时带给他们，把印的命令和信送到罗斯托夫家。

和拉斯托卜卿伯爵的谈话,他悬念焦急的音调,和信使的会面——信使无心地说着军事如何不利,关于在莫斯科被捕的间谍的流言,关于莫斯科所流行的一张传单的流言——在这张传单里写着拿破仑誓要在秋天达到俄国的新旧两都,关于期待明天皇帝莅临的谈话——这一切带着新的力量激起彼埃尔的兴奋与希望的情绪,这情绪自彗星出现时,特别是从战争开始时,即未离过他。

彼埃尔早想服务军役,也许他已经实现了这个计划,假若不是第一,因为入共济会,阻止了他,他受了誓言的束缚,主张世界和平,消灭战争;第二,他看着很多莫斯科人穿着制服宣传爱国主义,觉得有些羞于采取同样步骤。主要的理由,为什么他不实践他的从军计划,是在那个暧昧的概念,就是他——俄国人别素号夫——有野兽数字六六六的意义,对于说夸大亵渎话的野兽的权柄加以限制——他要参与这件伟大事业,是早已注定的,并且因此他不该采取任何的步骤,却等待着应该发生的事情。

二十

罗斯托夫家和平常星期日一样,有几个顶亲密的熟人来吃饭。

彼挨尔早到,以便单独看见他们。

彼挨尔这一年长得那么肥胖。假若不是因为他身材高,四肢大,那么有力,很轻易地转动他的身体,他便难看了。

他喘着气,向自己低语着,上着楼梯。车夫甚至也不问他是否要等。他知道伯爵一去罗斯托夫家,便要到十二点钟。罗斯托夫家的用人快乐地来脱他的大衣,接他的手杖和帽子。彼挨尔照着俱乐部的习惯,把手杖和帽子放在前厅里。

在罗斯托夫家他最先看见的人是娜塔莎。当他在前厅里脱大衣还没有看见她时,便听到她的声音。她在大厅里练嗓子。他知道她自从生病以后便未唱歌，因此诧异她的声音，并为她欢喜。他轻轻推开门，看见娜塔莎穿着她在祈祷时所穿的淡紫色衣服，在房里来回走着唱歌。当他推开门的时候，她背朝着他在走路，但当她忽然转过身来看见他肥胖而诧异的面孔时，她脸发红，迅速地走到他面前。

"我想再试唱，"她说，"这总是一桩事情。"她加上，似乎自恕。

"可是好极了。"

"你来了，我多么欢喜！今天我这么快乐！"她带着旧日的活泼说着，这是彼挨尔久未见她有过的，"你晓得，尼考拉得到圣乔治十字勋章。我替他那么骄傲。"

"当然，我送来了命令。那么，我不想妨碍你了。"他又说，希望走进客厅。

娜塔莎止住了他。

"伯爵，我唱错了吗？"她红着脸说，睁着眼，询问地看着彼挨尔。

"不是……为什么这样呢？相反的……但你为什么问我？"

"我自己也不知道。"娜塔莎迅速地回答。"但是，只要你不欢喜的，我什么也不做。我一切相信你。你不知道你对我是多么重要，你对我做了多少事！……"她迅速地说，没有注意到彼挨尔如何因为这些话而脸红。"我也在那个命令里看到：他，保尔康斯基（她迅速地低声地说这个字）——他又在俄国服务了。你以为如何？"她迅速地说，显然她匆促地说，因为她恐怕自己力气不够，"他会饶恕我吗？他对我不再有坏意吗？你以为如何？你以为如何？"

"我以为……"彼挨尔说，"他没有要饶恕的事情……假若我处在他的地位……"由于回忆的联系，彼挨尔顿然回想到，在那次安慰她的时候，向她说过，假使他不是他自己，而是世界上最好的人，并且自由，他便跪下来，求她的手（求婚意——译）。那种同样怜悯、温柔与爱恋的情绪控制了他，那些同样的话到了他的口头，但是她不给他有工夫说这些话。

"是的你，"她说，带着喜悦说"你"这个字，"是另外一回事。比你更仁爱、更大度、更好的人，我不知道，并且也不会有。假使那个时候没有你，现在也没有你，我不知道我要做出什么了，因为……"泪水忽然在她眼睛里流。她转过身来，把歌谱拿在眼前，又唱着，在房里来回走。

这时候，彼洽从客厅跑出来。

彼洽现在是美丽的、红润面孔的、十五岁的少年，有厚的红嘴唇，像娜塔莎。他预备进大学了，但最近和他的朋友奥保林斯基秘密决定了去当骠骑兵。彼洽跳到他的同名者[1]面前，和他说这件事。

他请他去探询骠骑兵队收不收他。

彼挨尔在客厅里走，未听彼洽的话。

彼洽握他的手，要他向他注意。

"我的事怎样，彼得，为了上帝！你是我唯一的希望。"彼洽说。

"啊，是的，你的事。当骠骑兵吗？我说，我说。今天我要说一切。"

"好，我亲爱的，你得到了宣言吗？"老伯爵问，"伯爵夫人在拉

---

[1] 彼洽即彼得之爱称，而彼挨尔是法文中的彼得，故曰同名者。——译

素摩夫斯基家做弥撒,听了新祷文。她说很好。"

"弄到了,"彼挨尔回答,"明天皇帝要来……要举行非常的贵族会议,听说每千人里面征十个人。啊,我贺你。"

"是,是,谢天谢地。那么,军队里有什么新闻呢?"

"我们军队又退了。听说,已经到了斯摩楞斯克。"彼挨尔回答。

"我的上帝,我的上帝!"伯爵说,"宣言在哪里?"

"呼吁文!啊,是的!"彼挨尔开始在衣袋里摸纸,却找不着。他继续摸衣袋,吻进房的伯爵夫人的手,并且不安地环顾,显然是等候娜塔莎,她不再唱,也未进客厅。

"说实话,我不知道放哪儿去了。"他说。

"总是什么东西都遗失了。"伯爵夫人说。

娜塔莎带着柔和的、兴奋的面色走进来坐下,无言地看着彼挨尔。她刚刚进来,彼挨尔的忧郁的面孔顿然发亮了,并且他继续搜索衣袋,向她看了几眼。

"我要坐车去找,我丢在家里了。一定……"

"那么吃饭要迟到了。"

"啊,车夫走了。"

但索尼亚到前室去寻找这些纸,在彼挨尔的帽子中找到了,他曾细心地把它们夹在帽里子当中。彼挨尔想诵读出来。

"不要,饭后再念吧。"老伯爵说,显然预见了在这次宣读中的巨大的满意。

吃饭的时候,大家饮香槟酒祝贺受圣乔治勋章的新骑兵的健康。沈升说了城里的新闻,说到老佐基阿郡妃的病,说到美提弗耶离开了莫斯科，说到一个日耳曼人被带到拉斯托卜卿的面前，他们说他是法国间谍（拉斯托卜卿伯爵自己这么说的），而拉斯托卜卿命令释放这个间谍，向人民说道不是间谍[1]，不过是一个日耳曼老菌子而已。

"他们在捕人了，捕人了，"伯爵说，"我向伯爵夫人说过，少说法文。现在不是时候。"

"你听见过吗？"沈升说，"高里村郡王聘了一个俄国先生，教俄文——在街上说法文有点危险了。"

"那么，彼得，你怎样呢？若是征集民团，你也要骑马了。"老伯爵向彼挨尔说。

彼挨尔在全部吃饭的时间沉默着，思索着。他看着伯爵向他说话，似乎不懂。

"是，是，去打仗，"他说，"不是！我是什么样的一个战士？但一切是这样奇怪，这样奇怪！就是我自己也不知道。我不知道，我离开战争的趣味这么远，但是在现在这时候，没有人能回答自己。"

饭后，伯爵安静地坐在安乐椅上，用严肃的面色请著名的朗诵者索尼亚来诵读。

"我们的古都莫斯科台鉴。"

"敌人以大兵侵入俄境。他们要毁坏我们可爱的祖国。"索尼亚用她的尖锐的声音用心地诵读。伯爵闭眼睛听，有时沉重地叹气。

娜塔莎挺直地坐着，疑问地、对直地看着父亲，又看看彼挨尔。

彼挨尔感觉到她的目光在自己身上，并企图不看四周。伯爵夫人

---

[1] 原文为"仙环菌"，与法文间谍的音相近，此处是戏弄文字。——译

对于宣言中每句严肃的话，都不满地、愤怒地摇头。她在这些话里面，只看见那威胁她儿子的危险不能迅速结束。沈升把嘴唇噘成嘲讽的笑态，显然是预备嘲笑那最先显得可笑的事：嘲笑索尼亚的诵读，嘲笑伯爵要说的话，甚至也要嘲笑呼吁文本身，假若没有更好的借口。

读了威胁俄国的危险，皇帝对于莫斯科的，尤其是对于有名贵族们的希望，索尼亚带着颤抖的声音（主要地是因为他们注神静听而有的）读最后的话："我们就要来到我们莫斯科人民的当中，和我国各处人民的当中，为了会议和我们全部民团的领导，他们现在已经阻止了敌人的进路，而新组织将在任何发现敌人的地方打击敌人。让敌人意图给我们的失败落在敌人自己的头上，从奴役中解放出来的欧洲将赞扬俄国的名字。"

"就是这样！"伯爵叫着，睁开湿润的眼睛，被喷嚏打断了几次，好像是鼻子嗅到了强烈的嗅盐，"只要皇帝说，我们就牺牲一切，什么也不惜。"

沈升还不及说出他所准备的对于伯爵爱国心的嘲讽，娜塔莎便已从自己的位子跳起，跑到父亲的面前。

"这位爸爸多可爱啊！"她说过，吻了他。她又带着不自觉的媚态看彼挨尔，这媚态随同她的活泼回转来了。

"这样一个女爱国者！"沈升说。

"一点也不是女爱国者，只是……"娜塔莎愤愤地回答，"你觉得一切好笑，但这一点也不是笑话……"

"多好的笑话！"伯爵又说，"只要他说话，我们都去……我们不是什么日耳曼人……"

"你注意到,"彼挨尔说,"这个话'为了会议'吗?"

"当然,随便它是为了什么……"

这时候,大家都不注意彼洽走到父亲的面前,面色发红,用破沙的、忽高忽低的声音说道:

"爸爸,现在我决定说了,还有妈妈,我决定说了,你让我去从军吧,因为我不能……就是这些话……"

伯爵夫人惊愕地举眼向天,拍了手,愤怒地向丈夫说:

"这是你说起来的!"

但伯爵这时候也从兴奋中平静下来。

"呶,呶,"他说,"又是一个战士!不要说废话,应该读书。"

"这不是废话,爸爸。费佳·奥保林斯基比我还小,他也去,还有,这都是一样,我现在什么都读不下,此刻……"彼洽停住,面色红得发汗,继续说,"此刻,国家在危险当中。"

"够了,够了,废话……"

"但是你自己说过的,我们什么都要牺牲。"

"彼洽,我告诉你,不许说。"伯爵叫着,看着夫人,她脸色发白,定住眼看着小儿子。

"我告诉你,彼得·基锐洛维支要说……"

"我向你说,这是废话,奶气还未干,就要去从军!来,来我告诉你。"伯爵带着纸,走出房,或者是要在休息之前,在书房里再读一遍。

"彼得·基锐洛维支,我们去抽烟……"彼挨尔觉得不安而犹疑。娜塔莎异常明亮生动的眼，带着更亲切的表情，不断地向着他，使他觉得如此。"不，我想回家……"

"回家吗，你要晚上在我们这里的……你很少到这里来。但我的姑娘……"伯爵好意地说，指娜塔莎，"只在见你面才快乐……"

"是，我忘记了……我一定回去……有事情……"彼挨尔急促地说。

"那么，再会吧。"伯爵走出房时说。

"你为什么要走呢？你为什么心烦呢？为什么？"娜塔莎问彼挨尔，挑问地看他的眼睛。

"因为我爱你！"他想说，但他未说，脸红得要流泪，垂下了眼睛。

"因为我最好少在你这里，因为……不……只因为我有事……"

"为什么？不，你说呀。"娜塔莎开始坚决地说，忽然沉默着。他们两人惊恐地、不安地互相看。他想笑，但不能够：他的笑表示痛苦。他无言地吻了她的手，走了。

彼挨尔自己决定不再来罗斯托夫家。

二十一

彼佾在他得到坚决的拒绝之后，走到自己的房里，独自锁闭了门，在房里大哭。当他沉默地、忧郁地带着含泪的眼睛来吃茶时，大家装作未看见。

第二天皇帝来到莫斯科，罗斯托夫家的几个仆人要求准许去看沙皇。这天早上，彼佾穿着了很久，梳了头发，并将领子弄得如同成人。他在镜前皱了皱眉，做着手势，耸动肩膀，最后对什么人也未说，戴起帽子，从后边的阶层走出门，企图不被人注意。彼佾决定直接走到皇帝所在的地方，并直接向御前侍臣说明（彼佾觉得皇帝四周总是有侍臣说明，他，罗斯托夫伯爵，虽然年轻，却希望效劳国家，年轻不是效忠的阻碍，他预备……彼佾在穿着的时候，预备了许多美丽的言辞，这些话是他要向侍臣说的）。

彼洽计算他谒见皇帝的成功，正因为他是孩子（彼洽甚至设想如何大家都惊异他的年轻）。同时，他希望在领子的样式上，头发的样式上，以及稳健的迟缓的步伐上，显出自己是一个成人。但他走得愈远，他愈被拥挤在克里姆林宫前的群众所吸引，他愈忘记注意成人所特有的稳健和迟缓。走近克里姆林宫时，他已经担心到不要被挤，并且用威胁的姿势，坚决地把胳肘撑在腰边。但在特罗伊兹基门，虽然他有决心，人们或者不知道他是带着那样爱国的目的走向克里姆林宫，把他挤到墙边，以致他不得不屈服而停止。这时候车辆带着隆隆声从拱门下走过。在彼洽旁边，站着一个农妇、一个用人、两个商人、一个退伍兵。彼洽在门前站了一会儿，不等所有的车辆走过，希望在别人之前移动远一点，并开始坚决地用他的胳肘；但农妇站在他对面，他的胳肘第一个捣在农妇身上。农妇愤怒地向他叫着：

"干吗，少爷，你挤，看——都站着。你挤什么！"

"都在挤。"用人说，也开始用他的胳肘，把彼洽挤到门的臭角落里。

彼洽用手拭了淌在脸上的汗，整理汗湿的领子，这是他在家里照成人那样打扮的。

彼洽觉得他没有谒见的样子，并且恐怕，假使他这样见侍臣，他们不会带他去见皇帝的。但是整顿仪容，并走到别处去，在拥挤中是没有可能的。有一个骑马走过的将军是罗斯托夫家的熟人。彼洽希望求他帮助，但认为这是违反他的男子气概。车辆都过去后，群众涌动了，把彼洽拥到广场，那里已经满是人。不但在广场上，而且在斜墙上，在屋顶上，处处是人。彼洽刚刚到了广场，便清晰地听到充满克里姆林宫的钟声和快乐的民众的声音。

广场上松动了一会儿，但忽然头都光着，大家向前拥挤，彼洽被挤得不能透气。大家叫着："乌拉！乌拉！乌拉！"彼洽踮起脚尖，被推着，被挤着，但除了身边的人什么也看不见。

所有人的脸上有一种共同的兴奋喜悦的表情。一个商人妇站在彼洽附近，哭着，眼里流出泪水。

"父，天使，哟！"她说着，用手指拭眼泪。

"乌拉！"各方面喊叫。

群众站立了一会儿，后来又向前挤。

彼洽忘了自己，咬紧牙齿，野蛮地睁大眼睛，用肘推着向前挤，并且喊着"乌拉"，好像他准备把自己和所有的人在这时杀死；但在他旁边，拥护着同样野蛮的面孔，叫着同样的呼声："乌拉！"

"皇帝就是这样的！"彼洽想，"不，我不能亲自向他请愿了，这太勇敢了！"虽然如此，他还是那样拼命地向前挤。从前面人的背后，他瞥见铺红布的空路；但这时，群众向后拥（前面警察推动太挤近行列的观众，皇帝从宫中到乌斯平斯基大教堂去），彼洽意外地在肋下受到那样的撞击，并且那样被挤，以致忽然眼睛昏黑，失去知觉。当他清晰时，一个教士，灰发绺垂在后边，穿着蓝破袈裟——或者是一个教会执事，他一手拉着他的胳膊，一手挡住拥挤的群众。

"你们挤倒少爷了！"教会执事说，"干吗这样呀！松一点……挤倒人了，挤倒人了！"

皇帝到了乌斯平斯基大教堂。群众又松散了，教会执事把面色发白、呼吸喘促的彼洽带到沙皇炮[1]前面。有几个人可惜彼洽，忽然群众都向他面前聚集，在他身边发生了拥挤。那些站在附近的人照顾他，解开他的上衣，把他放在炮架上，并责骂那些挤他的人。

"这样可以挤死人的。这咋办呢！杀死人啦！看那个小家伙，脸白得像布。"许多声音说。

彼洽不久清醒了，脸色也恢复了，痛苦已经过去，且因为一时的不快，得到了炮上的地位，他希望在这里看到定要回转的皇帝。彼洽已经不再想到请愿。只要能看见皇帝，他便自认是幸福了！

当乌斯平斯基教堂举行祈祷时——这是欢迎皇帝莅临与感谢同土耳其媾和的联合祈祷——群众散开了。小贩们出现了，喊着卖麦酒、姜饼和彼洽最爱吃的罂粟糖。人们平常的谈话也听得见了。一个商人妇指示她的破披巾，并说这披巾买的多么贵；另一个商人妇说现在一切丝料都贵了。救彼洽的教会执事和一个官吏说某某教士今天同主教在一起做祈祷。教会执事说了几次"集会"，这名词彼洽听不懂。两个年轻的市民和打胡桃的侍女在说笑话。这些谈话，特别是和女孩的说笑，对于彼洽在他这样的年龄是有特别的吸力；但这些谈话现在却不能引彼洽注意，他坐在炮架上，仍然因为想到皇帝和他对皇帝的爱而兴奋着。在他被挤倒时，疼痛与恐惧情绪、喜悦的情绪增强了他对于此刻的严重感觉。

忽然从河岸上传来炮声（这个鸣炮是庆祝和土耳其媾和），群众猛急地向岸上跑——去看如何放炮。彼洽也想向那里跑，但那将他放

---

[1] 是一四八八年所铸的炮，为一古物。——毛

在保护之下的教会执事不让他去。炮继续在放。此刻，从乌斯平斯基大教堂里出来了军官、军将、侍臣，然后其余的人从容地走出来，帽子又都脱下。那些跑去看放炮的人又跑回来。最后四个穿军服佩勋绶的人从大教堂门里走出，群众又喊："乌拉！乌拉！"

"哪一个，哪一个？"彼洽用哭声问左右的人，但没有人回答他。大家都太兴奋，而彼洽从四个人当中选定了一个人，他因为眼里快乐的泪水看不清这个人，他把所有的热情集中在这个人身上，虽然这个人不是皇帝，他却用颤抖的声音呼喊"乌拉"，并且决定明天不管如何，他也要去做军人。

群众跟着皇帝跑，随他到了宫前，便开始分散。时间已经很迟，彼洽什么都未吃，汗像水珠向下流；但他不回家，和那减少的，虽然还是相当多的群众立在宫前，在皇帝吃饭的时候，看着宫殿的窗子，等待着什么，并且同样地羡慕那上台阶的赴御宴的大官们和侍候筵席的而从窗口可瞥见的侍从们。

在御宴时，发虑耶夫看着窗外说：

"人民还等候着瞻仰陛下。"

宴席将毕，皇帝嚼着饼干站起，走到露台上。群众连彼洽在内，向露台前拥。

"天使！哟！乌拉！父！……"民众和彼洽喊着。妇女和几个心软的男子——彼洽在内——又因快乐而流泪。皇帝手里很大的一块饼干碎了，落在露台的栏杆上，又从栏杆落到地上。一个站得最近的穿背心的车夫去拾这块饼干，抓到手里。群众里有几个人向车夫面前跑。皇帝注意到这事，令人给他一碟饼干，开始把饼干从露台上向下抛。彼洽眼睛发红，受挤的危险更激动了他，他奔抢饼干。他不知道为什么，但觉得必须从皇帝手里接一块饼干，而且不该让步。他向前冲，撞倒一个在抢饼干的老妇人。但老妇人并不认为自己失败，虽然是躺在地上（老妇人抓饼干，却抓不到）。彼洽用膝挡开她的手，抢了一块饼干，似乎恐怕迟误，又用已哑的声音喊"乌拉！"。

皇帝进去了，然后大部分人开始分散。

"正是我说的，还等一下——果然这样了。"民众在各处快乐地说着。

虽然彼洽是愉快的，但他还觉得回家是无趣的，并且知道今天所有的快乐已经完结了。彼洽不从克里姆林宫直接回家，却到他的朋友奥保林斯基那里，他十五岁，也要入伍。回了家，他决定固执地说明，假使不让他去从军，他就逃跑。第二天，虽然依利亚·安德来维支伯爵还未完全答应，却出去打听，如何为彼洽找一个危险较少的地方。

二十二

第三天，在十五日的早晨，斯洛保大宫前停着无数辆马车。

各大厅里满是人。第一个厅里是穿制服的贵族，第二个厅里是有长胡子、悬奖牌、穿蓝色长外衣的商人，在贵族集会的厅里满是声音与动作。在皇帝画像前的大桌边，一个最重要的贵族坐在高背椅子上，但大部分的贵族是在厅里来回走。

所有的贵族，就是彼挨尔每天在俱乐部里或在他们家里见面的，都穿着制服。有的穿叶卡切锐娜朝的制服，有的穿巴弗尔朝的制服，有的穿亚历山大朝的新制服，有的穿普通的贵族制服。制服的一般的特质，在这些老少各种熟识的面孔上，增加了稀奇而怪异的神采。尤其动人的是眼花、齿豁、头秃、干瘦、肤色泛黄或有皱纹的老人们，他们大部分是坐着,不作声,即使他们走动或说话,也是和年纪较轻的在一起。正如同彼洽在广场上看见的群众的脸色一样,在所有的这些面孔上有着惊人的对照:一方面是共同的等待神圣的事件,一方面是日常的昨日的生活——波士顿牌伙、厨子彼得路沙、西娜伊达·德米特利叶芙娜的健康等等。

彼挨尔在大厅里,他从早晨起就绷着不舒服的、太窄的贵族制服。他觉得兴奋:这个不仅是贵族的非常集会,而且是商人阶级——普通阶级——的集会,这唤起他久已放弃然而深刻在心中的关于社会契约与法国革命的整串思想。他在呼吁文中看到的话,说皇帝要来首都,为了与人民开会议——加强了他的这种意见。他假定在这个思想中有重要的东西靠近了,他所久待的东西来到了,他注视着,在谈话中谛听着,但他无处找得他所注意的这些思想的表现。

皇帝的宣言诵读过了,引起了热情;后来大家散开,谈着话。在日常的题材之外,彼挨尔听到他们谈论,为皇帝举行跳舞会时,皇帝进来了,贵族代表应该站在何处,将按县分开,抑或全省在一起,等等;但问题刚刚转到战争,以及为何召集贵族,谈话又不确定而犹疑了。大家都愿意听,不想说。

一个雄壮的、美丽的中年男子穿着退休的海军制服,在大厅之一里说话,在他身边聚集了人。彼挨尔走到说话人身边的小圈子那里,开始听着。依利亚·安德来维支伯爵穿着叶卡切锐娜朝的将官制服,带着愉快的笑容,和他所熟识的一群人走在一起。他也走到这个团体,带着他每次听话时所有的笑容,开始听着,赞成地点头,表示同意说话的人。退休的海军军官说得很勇敢(这可以从听他说话的人脸色上看出来),因此彼挨尔所认识的最柔顺而和平的人不赞成地离开他,或表示反对。彼挨尔挤到圈子当中听着,并相信说话的人确是一个自由主义者,但和彼挨尔所想的意思全部不相同。海军军官用那种特别响亮的唱歌的贵族的上低音说话,用悦耳的、含糊的"r"音和轻略的"z"音,有人用这种声叫"用人,烟斗!"等。他用习惯的喧哗和有权力的声音说话。

"啊,斯摩楞斯克人民为皇帝编练民团。斯摩楞斯克人民是我们的榜样吗?假若莫斯科省的贵族认为必要,他们可以用别种方法表示他们对于皇帝的效忠。我们忘记了七年的民国吗?只有教士的儿子和盗贼得到了好处……"

依利亚·安德来维支伯爵愉快地笑,同意地点头。"我们的民团对国家有用吗?一点也没有!只是损害了我们的农事。征兵还好一点……回到你面前来的,不是兵,不是农夫,只是一个旁观者。贵族不爱惜自己的生命,我们全体去,我们入伍,并且只要皇帝说一声,我们都去为他死。"说话的人兴奋地加添着。

依利亚·安德来维支满意得咽口液,并且捣彼挨尔,但彼挨尔也想说话。他向前走动,觉得自己兴奋,却不知道为什么要说,并说什么。他刚张着嘴,预备说,便有一个贵族议员来打岔他。这人带着伶俐而愤怒的面色站在说话人的旁边,完全没有牙齿。他显然是惯于做辩论,讲问题。

"亲爱的先生,我以为,"贵族议员用无牙的嘴低声说,"我们被召集在这里,不是为了讨论目前何者更适合国家——征兵还是民团。我们被召集在这里,为了回答皇帝提给我们的呼吁。但批评征兵或民团何者更适合,我们交给上峰批评吧……"

彼挨尔忽然发现了他的兴奋的出路,他气愤这个贵族议员,他对于贵族目前的任务提出了传统而狭窄的观点。彼挨尔走上前,止住他。他自己不知道要说什么,却开始兴奋地说书本式的俄文,有时夹杂法文。

"阁下,请原谅,"他开始说(彼挨尔和这贵族议员很熟,但他认为在这里不得不对他用正式的称呼),"虽然我不同意先生……"彼挨尔迟疑住,他想说"我的很尊贵的反对者"。"先生……我还没有荣幸认识;但我以为,贵族阶级被召来此,在表现它的同情与热情之外,也是为了讨论我们能帮助祖国的方法。我以为,"他兴奋地说,"假使皇帝看到我们只是农奴的主人,我们要把农奴贡献给他……我们自己变为'炮的粮食',却得不到我们的意见,他一定是不满意的。"

许多人看到贵族议员的轻蔑笑容和彼挨尔的任意谈吐,离开了团体。只有依利亚·安德来维支满意彼挨尔的话,正似他满意海军军官、贵族议员的话以及每次最后所听的话。

"我以为,在讨论这些问题之前,"彼挨尔继续说,"我们应该问皇帝,极恭敬地请陛下告诉我们,我们有多少军队,我们军队的情形如何,然后……"

但彼挨尔还未说完这话,他们便忽然从三方面攻击他。攻击他最厉害的是他早已认识,并且一向对他很好的波士顿牌友斯切班·斯切班诺维支·阿德拉克生。斯切班·斯切班诺维支穿着制服,或由于制服,或由于别的原因,彼挨尔把他看成完全另外一个人。斯切班·斯切班诺维支脸上忽然显出老人怒态，向彼挨尔说：

"第一，我告诉你，我们没有权利问皇帝这件事；第二，即使俄国贵族有这种权利，皇帝也不能回答我们。军队随敌人的运动而运动——军队加减……"

另外一个人的声音打断了阿德拉克生。此人中等身材，四十岁，彼挨尔从前在吉卜赛人那里见过他，并且知道他是一个不好的赌牌人。他也因为制服而改变了样子，走到彼挨尔面前，打断阿德拉克生。

"是的，这不是讨论的时候，"这个贵族的声音说，"却需要行动：俄国有战争！我们的敌人来毁灭俄国，破坏我们祖先的坟墓，抢走我们的妻室儿女。"这个贵族拍着胸脯。"我们都起来，都预备去追随君父"！他转动着充血的眼睛叫着。群众里有几个赞同的声音。"我们俄国人为了保护信仰、皇位和祖国，不惜流血。假若我们是祖国的子孙，就应该停止说废话。我们要向欧洲表现，如何俄国为俄国而抗战。"贵族喊叫着。

彼挨尔想反驳，但一个字也不能说。他觉得，他的话声，在它所表达的意思之外，不如兴奋的贵族的话声那么大。

依利亚·安德来维支在团体后边赞同着。有几个人在一句完结时，迅速把肩膀转向说话人，并说：

"就是这样，这样！就是这样！"

彼挨尔想说明，他并不是不愿牺牲金钱、农奴和他自己，但应该知道事件的情况，以便协助。但他不能说，许多声音同时叫着、说着，弄得依利亚·安德来维支来不及点头。人群增大，散开，又集合起来，谈说着，向大厅里的大桌前移动。他们不但不让彼挨尔说话，而且无理地打岔他、推挤他、背对着他，好像对待共同敌人。情形如此，不是因大家不满意他话里的思想，他们在许多次接连的发言以后已经忘记了他的话——而是因为群众的激动需要有具体的爱的对象和具体的恨的对象。彼挨尔便成了后者。许多人在兴奋的贵族之后发言。大家说话都是同样的语调。许多人说得流利而新颖。

《俄国消息报》编辑格林卡[1]（他们认出了他，群众间呼他："作家，作家！"）说，地狱应该由地狱来对抗，又说他看见一个小孩因为雷光和雷声而笑，但我们不是这种小孩。

"是的，是的，因为雷声！"行列后边的声音赞同地重复着。

人群走到大桌前，桌边坐着穿制服、佩勋章、发白、头秃的七十岁的老贵族们，他们几乎都被彼挨尔看见过在家里说笑话，在俱乐部玩波士顿牌。人群、话声不断地走到桌前。说话的人前后地说着，有时同阵说，他们被后边拥集的人群挤到椅子的高背前。站在后边的人注意到说话的人没有说完，便忙着说话填补。别的人在热与挤中搜索自己的头脑，想找出任何意见，并匆忙地说出。彼挨尔所认识的老贵族们坐着看看这个人，又看看那个人，他们的大部分表情只说明他们很热。彼挨尔也觉得自己兴奋，并且感觉到大家都要表示他们准备做任何事情，这表现在他们的话声和面部表情里，多于在他们言语的思想中。他不否认自己的思想，但觉得自己有点过错，并希望改正。

---

[1] C. H. Tduhka, 1776—1864，为爱国作家，于一八〇八年创立《俄国消息报》，反抗法国势力。一八一二年，住在莫斯科，甚为活跃。——毛

"我只是说,我们知道了需要什么,便能做更好的牺牲。"他说着,企图用叫声压倒另一个声音。

一个很近的老人看着他,但立刻又被桌子那边的声音吸去注意力。

"是的,莫斯科要放弃了!莫斯科是赎罪的!"有一个人喊叫着。

另外一个人叫着:"他是人类的仇敌!"

"请你让我说……"

"阁下,你把我挤了!……"

二十三

这时候，拉斯托卜卿伯爵快步地在让路的贵族群中走了进来。他穿着将军制服，肩上背着缎带，下颏凸出，眼睛明快。

"皇帝御驾立刻就到，"拉斯托卜卿说，"我刚从那里来，我以为，在我们现在所处的情形中，批评是无用的。皇帝愿意召集我们和商家。"拉斯托卜卿指着商人们的大厅："那里捐出了几百万，而我们的任务是供给民团，不要爱惜我们自己……这是我们能做到的最低限度！"

坐在桌前的贵族们彼此开始商谈着。所有的商量都是声音极低。在先前的话声之后，这显得凄惨了，有时可以听到老人的声音说"同意"，别的人为了显出差异说"我也是这个意见"，等等。

秘书奉令记录莫斯科贵族的决议。莫斯科和斯摩楞斯克一样,每千人中抽出十人,并预备全部服装。开会的贵族们站立了起来,似乎轻松了,他们拖动椅子,在厅中走动着,舒动腿子,或握别人的手臂,谈着。

"皇上!皇上!"厅里忽然听到这个声音,全体向门口拥去。

皇帝从贵族行列间的宽道走进大厅。所有人的脸上显出恭敬的与惊惧的好奇。彼挨尔站得很远,不能完全听到皇帝的话。他只从他所听到的,明白了皇帝说到俄国所处的危险和他对莫斯科贵族的希望,另外一个声音回答皇帝,报告刚刚通过的贵族的诀窍。

"诸位"!皇帝用颤抖的声音说。人群骚动了一下,又静默了。彼挨尔清晰地听到皇帝那么动人的人性的声音。他说:"我从不怀疑俄国贵族的忠心。但在今日,它超过了我的希望。我代表祖国感谢你们。诸位,我们要行动——时间是最宝贵……"

皇帝沉默,众人开始环挤着他,从各方面听到热情的呼声。

"是的,最宝贵的……御言……"依利亚·安德来维支在后边流泪说,他什么也未听到,但凭他自己的方法了解一切。

皇帝从贵族的大厅走到商人的大厅。他在那里停留了十分钟。彼挨尔及别人看见皇帝眼里带着热情的泪水从商人的大厅走出。(他们后来知道,皇帝刚开始向商人说话,他眼里便涌出泪水,他用颤抖的声音把话继续说完。)彼挨尔看见皇帝时,他是和两个商人一同出来,一个是彼挨尔认识的肥胖的专卖酒商,另一个是清瘦的、窄胡子的、黄脸的市长。两人都在哭。瘦子的眼里有泪水,但肥胖的专卖酒商哭得像小孩,并且重复着:

"陛下，接受我们的生命和财产！"

彼挨尔这时候什么也未感觉到，只是希望表现他什么东西也不看重，并且准备牺牲一切。他的含有立宪倾向的话在他看来好像是一种谴责，他寻找机会来消释它。听说马摩诺夫伯爵出一团人，别素号夫（彼挨尔）立刻向拉斯托卜卿伯爵说，他要出一千人及全部的给养。

老罗斯托夫不能不含着泪向夫人说所发生的事情，并且立即同意了彼洽的请求，亲自为他去报名。

第二天皇帝走了。所有被召集的贵族们脱下制服，又回到家里和俱乐部里，并且呻吟地向管家们发出命令征集民团，并且对于他们所做的事情觉得惊异。

第二部

一

拿破仑和俄国开战,因为他不能不到德来斯登,不能不迷于尊荣,不能不穿波兰制服,不能不顺从六月早晨的刺激的影响,不能在库拉根和后来在巴拉涉夫面前约制怒火的爆发。

亚历山大拒绝一切谈判,因为他觉得自己受了侮辱。巴克拉·德·托利力图用最好的方法指挥军队,是为尽他的责任,并获得伟大将军的荣誉。罗斯托夫纵马进攻法国人,因为他不能约制驰马平原的欲望。并且同样地,参加战争的无数的人都照他们各人的特性、习惯、环境和目的而行动。他们惧怕,有虚荣、喜悦、失望、批评,并且假定他们知道所做的是什么,且是为自己而做;但都是历史的被动工具,并且做了他们自己不明白而为我们所了解的工作。这是一切实际行动者不变的运命,他们在社会阶级上站得愈高愈不自由。

现在,一八一二年的实行家们早已离开了他们的舞台,他们个人的兴趣无迹地消失了,留在我们面前的是当时的历史成果。

但我们承认,这些欧洲人应当在拿破仑的领导下深入俄国内部,并在那里灭亡,并且参与这个战争的人们彼此反对的、无意义的、野蛮的行为是我们可以了解的。

天意要这些人力图达到他们个人的目的,共同完成一个伟大的结果,对于这个结果没有一个人(既非拿破仑,又非亚历山大,更非参加战事的任何人)有丝毫的了解。

我们现在明白什么是一八一二年法军败亡的原因,无人否认,法国拿破仑军队败亡的原因,一方面是他们在很迟的时候,没有冬季行军的准备,便深入俄国腹地;另一方面是战争因焚烧俄国城市及引起俄国人民对敌仇恨而有的性质。但那时候不但没有一个预见到这一点(现在却很明显),就是只有这种方法能够使世界最好的并由最好将帅指挥的八十万军队和半数的、薄弱而无经验的并由无经验的将帅指挥的俄国军队战斗时败亡;不但没有一个人预见到这一点,并且俄国方面所有的努力都在阻碍那能够拯救俄国的唯一方法,而在法国方面,虽有拿破仑的所谓军事天才与经验,所有的努力都是要在夏季末进展到莫斯科,即要做那个必定使他们败亡的事情。

在关于一八一二年的历史著作中,法国作者们很爱说拿破仑如何感觉到战线延长的危险,他如何寻找战争,他的将官们如何劝他留在斯摩楞斯克,并提出其他类似的议论,证明当时已经感觉到战争的危险;但俄国作者们更爱说如何从战争的开始,便有引诱拿破仑深入俄国腹地的大月氏人的军事计划,并且有的作者将这个计划归功于卜富尔,有的作者归功于法国人,有的归功于托利,有的归功于亚历山大皇帝自己,根据文件、计划与书信加以证明,在这些文字里确实有这种行动的暗示。但法国方面和俄国方面关于预见所发生的事件的一切暗示,现在提了出来,只是因为事实证明了它们。假若事件不发生,则这些暗示就要被人遗忘了,正是被遗忘了千百万个反对的暗示和提议,它们在当时流行,但显得不正确,因而被遗忘。关于每个既成事件的结局,总是有那么多假设,不管它的结果如何,总有人要说,"我那时已经说过,事情要如此",完全忘记在无数的假设中,有了许多完全相反的意见。

关于拿破仑感到战线延长的危险,以及俄国方面引诱敌人深入腹地之假定,显然属于这一类的。只有牵强附会的历史家才能够把这种考虑归功于拿破仑和他的将官,把这种计划归功于俄国的将帅。不但在全部战争时期,俄国方面不希望把法国人诱入腹地,并且所做的一切,从他们初次侵入俄境的时候,就是要阻止他们;不但拿破仑不怕战线的延长,并且他还欣喜前进的每一步,如同获得胜利,并且他很懒于寻找战斗,不像在以前战争中那样。

在战争的开始,我们的军队被切开,我们所力图到达的唯一目标是要将他们联合起来,虽然为了退却和诱敌深入腹地,军队的联合是无益的。皇帝在军队里,为了鼓励他们防守俄国的每寸土地,不是为了退却。德锐萨的伟大军营按照卜富尔的计划建筑了起来,并无更向后退的意思。皇帝为了每步的后退而责备总司令。不但莫斯科的焚烧,甚至敌人进到斯摩楞斯克,是皇帝想不到的,并且在军队集合的时候，皇帝因为斯摩棱斯克失陷、焚烧并在城墙外不作大战而发怒。

皇帝思想如此，而俄国的将帅和全国人民对于军队退入腹地更为愤怒。

拿破仑切散了俄国军队，向俄国腹地推进，并且放弃了几个战斗的机会。八月里，他在斯摩棱斯克只想如何前进，虽然我们现在明白这个前进对他显然是灭亡。

事实说得很明显，拿破仑既没有预见向莫斯科推进的危险，亚历山大和俄国的将帅那时也未想到引诱拿破仑，却想到反抗。引诱拿破仑深入俄国境地，不是由于任何计划（无人相信这件事的可能），而是由于参与战争的许多人的阴谋、目的与欲望的复杂关系，他们不设想应该发生什么以及什么是唯一拯救俄国的方法。一切是偶然地发生的。军队在战争的开始便被切开。我们力图集合他们，显然的目的是要作战，并阻止敌人的侵入；但在这个集合的努力中，避免和强大的敌人作战，并且不觉地呈锐角地向后退，我们把法国人引到斯摩棱斯克，但说我们照锐角退却，因为法国人在两军之间移动是不够的——这个角变得愈锐，我们退得愈远。因为巴克拉·德·托利，无名望的日耳曼人，被巴格拉齐翁所怀恨（巴格拉齐翁在他的指挥之下），而巴格拉齐翁，第二军的司令官，企图尽可能地不与巴克拉会师，以便不处在他的指挥之下。巴格拉齐翁久不会师（虽然所有司令官的主要目的是会师），因为他觉得这样行军是使自己的军队处在危险之中，他觉得最有利的是更向左向南退，在侧面和后方扰乱敌人，并在乌克兰补充自己的军队。似乎这是他所想到的，因为他不愿服从他所怀恨的阶级低的日耳曼人巴克拉。

皇帝在军中，为了鼓励军队；但他的在场以及不能决定办法，以及多数的参谋官与计划，破坏了第一军的作战力，而军队后退。

他们打算在德锐萨军营驻扎；但意外地，保路翠企望做大元帅，用他的力量感动了亚历山大，于是卜富尔的全部计划被放弃了，而一切事权交托了巴克拉。但巴克拉不能引起信仰，他的权柄有了限制。

军队分散了，没有统一的指挥，巴克拉不负众望；但由于这种混乱、分散与日耳曼人总司令之不负众望，一方面引起了犹疑与避免战争（假若军队在一个地方而巴克拉不是总司令，则战争是不可免的），另一方面引起了逐渐增大的对于日耳曼人的愤慨和爱国情绪的激动。

最后皇帝离开了军队，而且选了这个意见作为他离开军队的唯一方便的借口，就是：为了民族战争的鼓励，他需要唤起首都的人民。而皇帝之赴莫斯科，使俄国军队的力量增加了三倍。

皇帝离开军队，为了不妨碍总司令权柄的统一，并希望能采取更决定的计划；但指挥官的地位反更困难而削弱。别尼格生、皇太子和一群高级副官留在军中，为了监视总司令的行动并督促他努力；而巴克拉在这些皇帝耳目的注视下觉得更不自由，对于决定的行为更加小心，并避免战斗。

巴克拉保持谨慎。皇太子暗示了这种阴谋，并要求作大战。刘保密尔斯基、不隆尼兹基、夫洛兹基和这一类的人煽动了整个的争吵，以致巴克拉借口呈文皇上，差遣波兰的高级副官去彼得堡，而与别尼格生及皇太子作公然的反对。

虽然巴格拉齐翁不愿，军队最终在斯摩楞斯克会合了。

巴格拉齐翁坐车到巴克拉所住的屋子。巴克拉穿着肩衣，出来迎接,并报告阶级高的巴格拉齐翁。巴格拉齐翁不管阶级的高低,为表示大度,而服从巴克拉;但他虽然服从,却更不和他一致。巴格拉齐翁遵照皇帝命令,亲自呈报告,他写信给阿拉克捷夫说:"虽是皇帝的意思,但我不能和大臣(巴克拉)在一起做事。为了上帝的缘故,派我到别处去吧,即使是做一个团长,但我不能在这里:总司令部里满是日耳曼人,俄国人不能活在这里,并且没有一点意义。我以为,诚然是在为皇帝和祖国服务,但事实上我却是在为巴克拉服务。我自认,我不愿如此。"不隆尼兹基、文村盖罗德这一类人的团体,更加破坏总司令官们的关系,更不能统一。他们准备了在斯摩楞斯克攻击法军,派遣了一名将官视察阵地。这个将官怀恨巴克拉,到朋友军团长那里过了一天,回到巴克拉那里批评未来战场的各点,这个战地他却未看过。

在发生关于未来战场的争论和阴谋时,当我们寻找法军,并认错了他们的驻扎地时,法军却攻击聂韦罗夫斯基师,兵临斯摩楞斯克城下。

我们应当在斯摩楞斯克作意外的战争,以便保护我们的交通。战事发生了。双方死亡数千人。

斯摩楞斯克,违反皇帝和全国人民意志,失守了。但城里的居民焚烧斯摩楞斯克,他们受了总督的欺骗。这些破产的居民做了其他俄国人的榜样,到了莫斯科,只念着他们的损失和对于敌人的如焚的仇恨。拿破仑向前走,我们向后退,一直到达拿破仑应该败亡的地方。

二

在儿子离家的次日,尼考拉·安德来维支郡王将玛丽亚郡主叫到自己面前。

"好,现在满意了吗?"他向她说,"你使我同儿子吵嘴!满意吗?你只需要这个!满意吗?我觉得这是痛苦的,痛苦的。我老了,弱了,你希望这个。你高兴吧,高兴吧……"此后,玛丽亚郡主有一个星期没有看见父亲。他生病了,不出房门。

使她惊异的是,玛丽亚郡主注意到在生病期间,老郡王也不让部锐昂小姐到他面前去,只有齐杭侍候他。

一周后,郡王出房了,又开始了从前的生活,特别热心于盖房子和花园,并断绝了和部锐昂小姐从前一切的关系。他的面情和对玛丽亚郡主的冷淡口气似乎是向她说:"看吧,你替我造出事来,向安德来郡王说谎,说我和这个法国女人的关系,使我同他吵嘴;但你看,我不需要你,也不需要法国女人。"

玛丽亚郡主半天和小尼考卢施卡在一起,考查他的功课,亲自教他俄文、音乐,并与代撒勒谈天;其余半天,她读书或和老保姆在一起,或和偶尔从后门来看她的"神徒"在一起。

玛丽亚郡主对于战争所想的,正如一般女人对于战争所想的。她为参战的哥哥而担忧,并且恐惧而不了解人类的野性,它使人互相屠杀;但她不了解这个战争的意义,她觉得这个战争和以前的战争一样。她不了解这个战争的意义,虽然她的日常谈伴代撒勒热心注意战况,并企图向她说明他的意见;虽然来看她的"神徒"们用自己的话,恐惧地报告民间对于基督叛徒犯境的传说;虽然尤丽,现在的德路别兹考郡妃又和她通信,从莫斯科写给她许多爱国的信件。

"我的好朋友,我用俄文写信给你,"尤丽这么写,"因为我恨所有的法国人,同样地恨他们的语言,我不能听人说法文……我们在莫斯科都由于对我们所崇拜的皇帝的热情而狂喜。"

"我的可怜的丈夫在犹太人的旅店里忍受困乏与饥饿,但我接到的这个消息更使我兴奋。"

"你当然听到了拉叶夫斯基的英勇事迹,他抱着两个儿子,说道:'我们一同死吧,但不要退缩!'诚然,敌人力量虽然两倍于我,我们却没有退缩。我们尽可能地消磨时间,但战时是在战时啊。阿丽娜郡主和索斐同我成天在一起,我们是不幸的有活丈夫的寡妇,在弄裹伤布时,我们做愉快的谈话,只是缺少你,我的朋友……"云云。

玛丽亚郡主不了解此番战争的全部意义，主要的原因是老郡王从不谈起战争，不承认有战争，并于吃饭时嘲笑谈论这个战争的代撒勒。郡王的语调是那么安详而自信，玛丽亚郡主没有怀疑地相信他。

　　整个的七月，老郡王是极勤快，甚至于是兴奋的。他筑了一个新花园和仆人的新下房。唯一使玛丽亚郡主不安的事是他睡得少，改变了他在书房睡觉的习惯，每天更动床铺的地方。他有时命人把他的行军床支在走廊上；有时不脱衣服睡在客厅的沙发上或安乐椅上，这时候，不要部锐昂小姐，却要侍童彼得路沙读书给他听；有时他在饭厅里过夜。

　　八月一日，收到安德来郡王的第二封信。第一封信是在他走后不久接到的，安德来郡王在信里请他父亲对于他所说的话加以宽恕，并求恢复以前的慈爱。老郡王用亲爱的信回答他，在这封复信之后，他便隔绝了法国女人。安德来郡王的第二封信是从法国人占领后的维切不司克附近寄来的，信内是全部战役的简短描写和一个写在信中的计划，此外是对于未来战争局势的推测。在这封信里，安德来郡王向父亲说明他的地位接近战争舞台，正当军队前进的路线上，是不利的，并劝他去莫斯科。

　　在这天吃饭的时候，代撒勒说他听到法军已入维切不司克，老郡王想起了安德来郡王的信。

　　"今天收到安德来郡王的信，"他向玛丽亚郡主说，"看到没有？"

　　"没有，爸爸。"郡主惊愕地回答。她不能够看到，关于接信的事她甚至还没有听说。

　　"他提到这次战事。"郡王带着习惯的轻蔑的笑容说，他总是带着这种笑容说现在的战事。

"应该是很有趣，"代撒勒说，"郡王能够知道……"

"啊，很有趣！"部锐昂小姐说。

"去替我拿来，"老郡王向部锐昂小姐说，"你知道，在小桌子上的镇纸下面。"部锐昂小姐喜悦地跳着。

"啊，不要，"他皱眉叫着说，"米哈伊·依发诺维支，你去！"

米哈伊·依发诺维支站立起来走到书房。但他刚出去，老郡王便不安地看了一下，丢下餐布，自己走去。

"他们什么都不会做，总是弄麻烦。"

他出去后，玛丽亚郡主、代撒勒、部锐昂小姐，甚至尼考卢施卡，彼此无言相觑。老郡王随同米哈伊·依发诺维支快步转回，带来信与计划，在吃饭的时候他放在面前，不给人看。

到了客厅他把信给了玛丽亚郡主，命她高声地读，把新屋的计划放在自己的面前注视着。读过信，玛丽亚郡主疑惑地看父亲。他看着计划，显然是在沉思。

"这件事你以为如何呢？郡王。"代撒勒大胆地说。

"我？我？……"郡王说，似乎不愉快地提醒自己，眼睛还是看着造屋的计划。

"很可能，战争的舞台！很可能靠近我们……"

"哈，哈，哈！战争的舞台！"郡王说，"我说过，现在还说，战争的舞台是波兰，敌人绝不会越过聂门河。"

代撒勒惊讶地看郡王，他在敌人已经到德涅卜尔河的时候还说聂门河，但玛丽亚郡主忘记了聂门河的地理位置，以为父亲说得对。

"在雪化的时候,他们要淹死在波兰沼泽地带。只有他们看不到这一点。"郡王说,显然是想起了一八〇七年的战争,他觉得那么近,"别尼格生应该早进普鲁士,那时事情便有别的转变……"

"但,郡王,"代撒勒胆怯地说,"信里说到维切不司克……"

"啊,信里吗?是……"郡王不愉快地说,"是……是……"他的脸忽然显出忧悒的表情,他沉默着,"是,他写着,法军被打败了,在什么河上呀?"

代撒勒垂下眼睛。他低声说:"郡王没有写这个。"

"他没有写吗?我不是空想出来的。"

大家沉默了很久。

"是……是……哎,米哈伊·依发诺维支,"他忽然说,抬起头,指着盖屋的计划,"你说,你想怎么改……"

米哈伊·依发诺维支走到计划前边,郡王向他说过关于新屋的计划,愤怒地看了看玛丽亚郡主和代撒勒,便走到自己的房间。

玛丽亚郡主看着代撒勒注视她父亲时的不安与惊讶的面色,注意到他的沉默,并因为父亲把儿子的信遗在客厅桌子上而惊异;但她不但怕说出,并向代撒勒问到不安沉默的原因,而且怕想到这个。

晚间,米哈伊·依发诺维支被郡王派遣到玛丽亚郡主这里索取他遗在客厅里的安德来郡王的信。她把信给了他。虽然她不愿意如此,她却让自己向米哈伊·依发诺维支问她父亲在做什么。

"总是忙。"米哈伊·依发诺维支带着恭敬而嘲讽的笑容说,使玛丽亚郡主脸上发白。"对于新屋,很不安心。读了一点书,但现在,"米哈伊·依发诺维支压低声音说,"在写字台上,大概是在看遗嘱吧。"（近来，郡王最爱做的一件事便是弄他的文件，这是要在他死后遗留下来的，他叫作遗嘱。）

"派阿尔巴退支到斯摩楞斯克去吗？"玛丽亚郡主问，"不错，他已经等了好久了。"

三

当米哈伊·依发诺维支拿信回房的时候，郡王戴着眼镜坐在打开的台子前，眼上和烛上都加了罩子，在远伸的手里拿着文件，用严肃的神情读着文件（他称作备忘录），这是要在他死后呈给皇帝的。

米哈伊·依发诺维支进房的时候，他眼睛里含着泪水，回忆到他写这个现在所读的文件的时候。他从米哈伊·依发诺维支手里接了信，放进衣袋里，放下文件，并唤进等待很久的阿尔巴退支。

他在一张纸上写了他在斯摩楞斯克所需要的东西。他在房里，从站在门边的阿尔巴退支面前来回走过，开始给他吩咐。

"第一样，信纸，听着，八帖，照这个样子：金边的……样子，要完全和它一样；火漆、封蜡——照米哈伊·依发诺维支的单子。"

他在房里来回走,看着备忘录。

"然后把关于文件的信亲自交给省长。"

然后是新房子门上所需要的闩,这一定要照郡王自己所定的样子。然后是定做一只镶箍的箱子,存放遗嘱。

给阿尔巴退支的吩咐,超过了两个钟头。郡王还不让他走。他坐下,沉思着,闭了眼打盹。阿尔巴退支动了一下。

"好,去吧,去吧;若是需要什么,我就叫你。"

阿尔巴退支出来了。郡王又走近写字台,看了看台子,摸了摸文件,又合了台子,坐到大桌子上写信给省长。

当他封了信站起的时候,已经很迟了。他想睡,但他知道睡不着,在床上会有很坏的思想。他唤来齐杭,同他走进书房,以便向他说今天晚上把床放在什么地方。他走着,衡量每个角落。

他觉得处处不好,最不好的是书房里常睡的沙发。这个沙发使他觉得可怕,或者是由于他躺在沙发上时所思索的痛苦思想。处处不好,但较好的还是钢琴后边的客厅角落,他还没有在这里睡过。

齐杭和用人拿来了床,并开始布置。

"不是这样,不是这样!"郡王大声说,自己把它离角落拉开四分之一阿尔申,又移近一点。

"好,我终于做了一切,现在我休息了。"郡王想着,让齐杭替他脱衣服。

因为脱上衣和裤子需要出力,郡王烦恼地皱着眉,脱了衣服,沉重地坐在床上,似乎是在思索,轻蔑地看着黄干的腿。他不是思索,却是因为举起腿放在床上要费力而停滞着。"啊,多么困难!啊,只要你快点结束这些困难,只要你让我去。"他咬紧嘴唇,这样出力地做了第二万次,躺下了。但他没有躺定,忽然全床似乎在他身下前后均匀地摇动,似乎沉重地在呼气、说话,他几乎每天晚上都是这样。他睁开已闭的眼睛。

"不安静,天谴的!"他发怒地向谁在说,"是,是,还有重要的,很重要的事情,我耽搁在床上还未忘掉,门闩吗?不是,这件事已经说过了。不是,有点事情,客厅里的事情。玛丽亚郡主说些废话。代撒勒这个呆子说了什么。衣袋里有点东西——想不起来了。"

"齐示卡,吃饭的时候说了什么?"

"说到米哈伊郡王……"

"不要说了,不要说了。"郡王用手拍桌子,"是,知道了,安德来郡王的信,玛丽亚郡主念过了。代撒勒说到维切不司克。我现在要读。"

他命人从衣袋里把信拿来,把有柠檬水和旋形蜡烛的小桌子移到桌边,戴上眼镜,开始读信。只是在这样的静夜里,在蓝灯伞下的弱光里,他读了信,第一次在顷刻之间了解了它的意思。

"法军在维切不司克,四天的行程,他们可以到斯摩楞斯克;或者,他们已经在那里。"

"齐示卡!"齐杭跳起来了,他叫着,"不,不要,不要!"

他把信放在灯台下,闭了眼睛。他想起多瑙河,光明的正午,芦苇,俄国军营;他,年轻的将军,脸上没有皱纹,勇敢,愉快,红润,走进波巧姆金的华丽的营帐,嫉妒"所爱的人"的燃烧的感觉,还和那时候一样有力地激动他。他想起和波巧姆金初次会面时所说的一切的话,他想起皇太后——不高的胖妇人——初次亲切地接见他的时候,她的黄肥的面部、她的笑容、她的话,并且想起她在尸架上的脸,以及在御棺前为了吻她的手的权利而和苏保夫的争吵。

"呵,快,快,回到那个时候吧,以便现在的一切快快地结束,以便他们让我安静!"

四

尼考拉·安德来维支·保尔康斯基郡王的田庄童山离斯摩楞斯克东六十里,离莫斯科大道三里。

在郡王给阿尔巴退支吩咐的同一晚间,代撒勒求见玛丽亚郡主,向她说,因为郡王尚未完全康复,对于他自己的安全不做任何计划,又因为在安德来郡王的信里,看到住在童山是不安全的,所以他恭敬地劝她亲自派阿尔巴退支送信给斯摩楞斯克省长,请他告诉她事情的形势和童山的危险程度。代撒勒替玛丽亚郡主写了给省长的信,由她签名,这封信给了阿尔巴退支,命他交给省长,并且如遇危险,便赶快回来。

阿尔巴退支奉得各项命令,戴着白獭皮帽(郡王的赐物),拿着手杖，和郡王一样，有许多家里人伴送着，出来上皮篷车，这是由三匹饱满的栗色马驾驶的。

马铃系了起来，车铃塞了纸。郡王不许人在童山带铃铛走路，但阿尔巴退支爱在远路上用马铃和车铃。阿尔巴退支的左右，地方自治会书记、管账、女厨头和女厨子、两个老妇人、侍童、车夫和其他家奴送他。

他的女儿把印花棉布的羽毛垫子放在他背后和身下，年老的姨子偷偷地放进一个包裹，车夫之一扶他上了车。

"啊，啊，女人的事情！女人，女人！"阿尔巴退支喘着气，迅速地说，好像郡王说话。他坐上了车，给了书记关于事务的最后吩咐。阿尔巴退支这次不仿照郡王，从光头上取下帽子，画了三次十字。

"你，假若是……你就回来，雅考夫·阿尔巴退支；为了耶稣的缘故，念着我们吧。"他的女人向他叫着，提示战争和敌人的流言。

"女人，女人，女人的事情！"阿尔巴退支向自己说着，出动了。他看着四周的田地，有的地方是变黄的裸麦，有的地方是仍然茂盛的绿燕麦，有的地方是刚刚开始再耕的黑土。阿尔巴退支走着，爱看今年春麦的稀有的收成，看着裸麦里有几处已开始收割，关于播种和收成做着农事家的考虑，并注意是否忘记了郡王的任何吩咐。

途中喂马两次，八月四日晚，阿尔巴退支到了城。

在路上，阿尔巴退支遇见并越过辎重车和军队。他临近斯摩楞斯克时，听到远处射击声，但声音没有惊动他。最使他惊讶的是，他快到斯摩楞斯克时，看到很好的一田燕麦被兵士刈割，显然是要做马秣，并且在田里扎了一个营帐。这件事使阿尔巴退支惊异，但他迅速地忘记了它，想着自己的事。

阿尔巴退支过去三十余年的全部生活兴趣，只限于郡王的意志，他从未越过这个范围。凡与郡王的命令无关的，不但不使他发生兴趣，而且他觉得不存在。

阿尔巴退支于八月四日晚来到斯摩楞斯克，宿在德涅卜尔河那边加清那乡，费拉蓬托夫的旅店里，他在这里有三十年的留宿习惯了。费拉蓬托夫二十年前从阿尔巴退支宽松的手里购买了郡王的一个森林，开始做生意，现在有房子，有旅店，在省城里有面粉店。费拉蓬托夫是一个肥胖、色黑、红脸、四十岁的农人，有厚唇、瘤鼻子，在打皱的黑眉上有同样的瘤，他有肥肚子。

费拉蓬托夫穿了背心和印花棉布衬衫，站在街边的店里，看见了阿尔巴退支，便走到他面前。

"欢迎，欢迎，雅考夫·阿尔巴退支。人出城，你进城。"旅店主人说。

"那为什么出城？"阿尔巴退支问。

"我说——人呆。都怕法国人。"

"女人的见识，女人的见识！"阿尔巴退支说。

"我也这样说，雅考夫·阿尔巴退支。我说，有了一个命令不让他们进来，这是对的。但农人要三卢布一辆车——他们没有良心！"

雅考夫·阿尔巴退支不注意地听着。他要了茶炊、马秣，吃了茶，便躺下睡觉了。

整夜军队在街上从旅店旁边走过。第二天，阿尔巴退支穿了只在旅途中才穿的上衣,出门办事。早晨有太阳,八点钟时已经很热了。阿尔巴退支觉得,是收割的好天气,在城那边从早就听到射击声。

在早晨八点钟时,枪声里便夹着炮声,街上有很多匆忙的人,许多兵,但同平常一样,车夫来往着,商人站在店里,教堂里在做祈祷。阿尔巴退支到了各商店、各衙门、邮局和省长处。在各衙门里,在各商店里,在邮局里,人人谈到战争,谈到已经在攻城的敌人,都在互相探问怎么办,都企图互相安慰。

在省长的家里,阿尔巴退支看见很多的人,卡萨克兵和省长的一帮旅行车。在台阶上,雅考夫·阿尔巴退支遇到两个贵族绅士,其中一个他认识。他认识的那个人,前任警长,发火地说道:

"要知道这不是说笑话。"他说:"一个人是很好的,一个人不幸——只是一个人不幸。但是一家十三个人,和全部财产……弄得我们损失一切,当局是干什么的?哎,吊死这些强盗……"

"好,好,不要说了。"另一个绅士说。

"和我有什么关系呢,让他听!呵,我们不是狗。"前任警长说,环顾了一下,看见了阿尔巴退支。

"啊,雅考夫·阿尔巴退支,你来干什么?"

"奉郡王大人的命令,来看省长先生。"阿尔巴退支回答,骄傲地抬起头,把手放在胸前,他提到郡王,便如此举动……"奉命探问战事形势。"他说。

"你去探听吧。"绅士说。"他们弄到了车子没有,什么也没有!那里就是的,听见吗?"他指着发出枪声的方向说。

"弄到我们损失一切……强盗们!"他又叫着说,走下台阶。

阿尔巴退支摇了摇头，走上楼梯。在客厅里有商人、妇女、官吏，无言地彼此相觑。书房门开了，大家站立起来，向前移动。从门内跑出一个官吏，向商人说了几句话，叫一个颈上挂十字架的官吏跟随他，又藏到门里，显然是避免对他的目光和问题。阿尔巴退支向前走，在官吏第二次出来时，把手放在扣好的衣前，招呼了官吏，递给他两封信。

"总司令保尔康斯基郡王致阿什男爵先生。"他那么严肃庄重地喊着，那个官员向着他，接了他的信。几分钟后，省长接见阿尔巴退支，匆忙地说：

"回报郡王和郡主，我什么都不知道，我奉上峰的命令行事——这里……"

他给了阿尔巴退支一份文件。

"但是郡王身体不好，我劝他到莫斯科去。我马上就走。回报……"但省长没有说完，从门口跑进一个灰尘的、流汗的军官，开始用法文说些什么。省长的脸上显得惊恐。

"去吧。"他向阿尔巴退支点头说，又开始问军官。当阿尔巴退支从省长的房里走出时，热望的、惊讶的、无助的目光都对着他。阿尔巴退支赶回旅店，不禁听到靠近的逐渐强烈的射击声。省长给阿尔巴退支的文件如下：

"我保证你，斯摩楞斯克绝不会有丝毫危险，且不至于受到任何威胁。我从一方面，巴格拉齐翁从另一方面，我们向斯摩楞斯克会师，将于二十二日到达，两军将合力保卫贵省的国民，直到我们把国家的仇敌击退，或者直到最后英勇的战士战死。你由此看到，你有充分的权力安慰斯摩棱斯克的居民,因为他们受到两军如此英勇的战士们的保护,可以相信他们的胜利。"(巴克拉·德·托利给斯摩棱斯克省长阿什男爵的命令,一八一二年。)

人民在街上不安地走动。

满载家具、座椅、碗橱的车子,时时从人家的门里走进大街。在费拉蓬托夫家隔壁的门前,停着一辆车,妇女们哭着话别。守院的狗吠着,在上套的马边跳跃。

阿尔巴退支用比寻常较快的步子走进院子,直接走到厩屋里他的马和车子那里。车夫睡着了,他把他唤醒,命他套马,自己走到前房。从店主的内室传来小孩的哭声,妇人的伤心的啼哭,以及费拉蓬托夫发火的粗暴的叫声。阿尔巴退支刚走进去,厨子像受惊的鸡,在门廊乱窜。

"打得要死了——在打太太!这样打,这样拖!……"

阿尔巴退支问:"为什么?"

"她要求走开。女人的事情!她说:'你带我走,不要把我和小孩弄死了。'她说:'人都走了。'她说:'我们怎么办呢?'所以他打了。这样打,这样拖。"

阿尔巴退支对这话点头,似乎是赞同,也不想多知道情由,便走到对面店主内室的门口,他买的东西放在内室。

"你这个恶人,坏人。"这时候,一个脸色苍白的瘦女人抱着小孩,头巾从发上扯了下来,叫着从门里冲出,从台阶跑到院里。费拉蓬托夫出来追她,看到阿尔巴退支,便整理背心、头发,打了哈欠,随阿尔巴退支走进内室。

"已经想走了吗?"他问。

阿尔巴退支没有回答这个问题,也不看店主,收拾着购买品,问店主应付多少房钱。

"我们来算一下。在省长那里吗?"费拉蓬托夫问,"有什么决定吗?"

阿尔巴退支回答说省长并未向他说什么决定的话。

"我们这样子,能搬走吗?"费拉蓬托夫说。"到道罗高部什要给七卢布车钱。我说,他们没有良心!"他说。

"塞利发诺夫星期四赚了钱,面粉卖给军队九卢布一袋。你要吃茶吗?"他添说。

马套妥后,阿尔巴退支和费拉蓬托夫喝了茶,谈着粮价、收成和宜于农事的好天气。

"似乎变安静一点了。"费拉蓬托夫喝了三杯茶站起来说,"应该我们军队打赢了。他们说,不让敌人进来。意思是有力量……那天,他们说,马特末·依发内支·卜拉托夫把他们赶到马利那河,一天淹死一万八。"

阿尔巴退支收拾了购买品,递给进房的车夫,同店主算了账。门外有车轮声、蹄声和铃声。

已经是午后很迟了,街半边在阴影中,半边被太阳照得明亮。阿尔巴退支从窗口看了一下,走到门边。忽然传来稀奇的、遥远的嗖嗖声和撞击声,然后又传来震动玻璃的混合的炮弹声。

阿尔巴退支走到街上,街上有两个人向桥上跑。各处传来嗖嗖声、炮弹撞击声和落在城内的榴弹爆炸声。但这些声音,比之城外炮弹声，几乎听不到，而且不引起市民的注意。这是在四点钟后拿破仑的一百三十门大炮向城市的轰击。人民起初尚不了解这次袭击的意义。

坠落的榴弹和炮弹的声音开始只引起好奇心。在车棚里哭到现在未止的费拉蓬托夫的妻子沉默了，抱着孩子走到门口，无言地看人，并听着声音。

厨子和一个店员走到门前，都带着愉快的好奇心，企图看见飞在头上的炮弹。从街角上走出几个人，兴奋地说着话。

"那——那样的力量！"另一个说，"把屋顶和天花板打成碎片了。"

"好像猪钻土。"另一个说。"那样好极了，使人提神！"他笑着说。

"亏得你让开了，不然就把你打扁了。"

人们看着这两个人。他们停下，并说如何炮弹落在他们身边的一个屋子里。这时候，别的炮弹——有时是带着迅速的、忧郁的嗡嗡声的炮弹，有时是带着愉快的嗡嗡声的榴弹——不停地飞过人头上，但没有一个炮弹落在近处，都飞过去了。阿尔巴退支上了车子，店主站在门前。

"没有看见过吗！"他向女厨子说。她穿着红围裙，卷着袖子，摇晃光胳膊，走到街角，听他们说话。

"这是怪事。"她说。但听到主人的声音，她便转回，放下折起的裙子。

这次很近地又有了嗡嗡声，好像由上向下的飞鸟，在街心里发了一道火光，有了爆炸，街上充满了烟灰。

"恶人，你在做什么？"店主叫着，跑到厨娘面前。

顷刻之间，妇人们在各处伤心地哭，小孩恐怖地哭叫，人们无言地、脸色苍白地走到女厨子面前。在这一群人中，女厨子的哭叫声比大家都高。

"啊，我的好人！我的好人！不要让我死！我的好人！……"

五分钟后，街上一个人也没有了。女厨子的大腿被榴弹碎片炸伤，他们把她抬进厨房。阿尔巴退支、他的车夫、费拉蓬托夫的女人和孩子们、看门的，都坐在地窖里听着。炮声、弹声和女厨子压倒其他声音的可怜的叫声，没有一刻停止。女店主时而抖着哄着小孩，时而用可怜的声音问所有进地窖的人，她的留在街上的丈夫在哪里。进地窖的店员向她说，店主和别人到大教堂里去了，他们在那里抬走斯摩棱斯克的奇怪的神像。

黄昏时炮弹声开始平静。阿尔巴退支出了地窖，站在门口。

先前明亮的黄昏的天空充满了烟气，高空的如钩的新月奇异地照过烟层。在先前惊人的炮声静止后，城里也显得安静了，只有城里各处的步声、呻吟、遥远的叫声和火的爆炸声打破沉静。女厨子的呻吟现在安静了。两边腾起并飞散火的黑烟。兵在街上向各方走着、跑着，穿着各种制服，不成行列，好像是从破窝里跑出的蚂蚁。阿尔巴退支看见他们当中有几个跑进费拉蓬托夫的院子。阿尔巴退支走到门口。有一团人向后撤退，拥挤而急迫，阻塞了街道。

"城失了，走吧，走吧，"一个看着他的军官向他说过，立刻又向着兵士叫着说，"我让你们跑到院子里去！"

阿尔巴退支回到房子里，叫来车夫，命他把车赶出。费拉蓬托夫全家随着阿尔巴退支和车夫走出。看到烟气和暮色中现在可以看见的火焰，静止到此刻的妇女们看着火焰忽然哭了。在街道的别处传来同样的哭声，好像是响应他们。阿尔巴退支和车夫在车棚下用颤抖的手整理着纷乱的缰勒和挽革。

阿尔巴退支出门时，看见费拉蓬托夫的敞开的店里有十个兵光景，大声地谈着，将麦粉和葵花子装进袋子和背囊。这时候，费拉蓬托夫从街上走回来，走进店里。看见了兵，他想叫起来，但忽然又停止了，抓头发，又哭又笑。

"把一切都搬去吧，儿郎们！不要留给魔鬼。"他叫着，亲自抓住袋子抛到街心。几个兵惊恐地跑了，几个兵继续在装。看见了阿尔巴退支，费拉蓬托夫向他说：

"完结了，俄国！"他叫着："阿尔巴退支！完结了！我自己来烧，完结了……"费拉蓬托夫跑进院子。

兵士不断地在街上走着，阻塞了全街，阿尔巴退支不能通过，不得不等待。费拉蓬托夫的女人带着小孩们也坐在车上，等着走出去。

已经是夜晚了。天上有星，新月照耀着，偶尔被烟气所遮蔽。在德涅卜尔河岸上，阿尔巴退支和店主的车辆迟缓地跟在兵和别的车辆中间，不得不停。离停车的十字街不远，小街上的房子和店铺失火了，火势已经下去了。火焰时而熄灭，消失在黑烟里，时而忽然明亮地燃烧，极清晰地照见挤在十字街头的人脸。在火前有黑的人影疾走而过，在不平息的火的爆炸声中，听得到话声和叫声。阿尔巴退支下了车，看见他的车还不能迅速通过，便回到小街上去看火。兵士们不断地在火旁前后拥挤,阿尔巴退支看见两个兵和几个穿绒布大衣的人,从火里把燃烧的柱子从街上拖进邻家的院子,别的人拿着成捆的草秸。

阿尔巴退支走近大的人群,他们站在全部燃烧的仓栈对面。墙都在火里,后墙倒了,木板的屋顶下陷,柱子燃烧了。显然,大家等着屋顶下陷的时候。阿尔巴退支也等着这个。

忽然一个熟识的声音叫着:"阿尔巴退支!"

"哎哟,大人。"阿尔巴退支回答,立刻认出了小郡王的声音。

安德来郡王穿着外套,骑在黑马上,站在人群后边看阿尔巴退支。

"你怎么到这里来的?"他问。

"大……大人,"阿尔巴退支说,开始哭泣……"大……大……我们已经失败了吗?父……"

"你怎么到这里来的?"安德来郡王又问。

火焰此刻明亮地燃烧起来,使阿尔巴退支看见了小主人苍白而疲倦的脸。阿尔巴退支说了他如何遣派来此,如何难得走出。

"怎么,大人,我们败了吗?"他又问。

安德来郡王没有回答,取出笔记本,举起膝盖,在撕下的纸上用铅笔写字。他写给妹妹。

"斯摩楞斯克要失守了,"他写着,"童山在一周内将被敌人占领。立刻去莫斯科。立即回答我,你们何时离开,派疾足使到乌斯维阿日。"

写完了,将纸片递给阿尔巴退支,他口头告诉他,如何布置郡王、郡主、他的儿子和教师的出走，如何并在何处立刻回复他。他还没有吩咐完毕，骑马的参谋长带着侍从，跑到他面前。

"你是团长吗？"参谋长用安德来郡王所熟悉的日耳曼语的发音叫着。"他们当你面烧房子，你站着不动？这是什么意思？你要负责。"别尔格叫着，他现在是步兵第一军左翼的副参谋长——照别尔格说，是一个很如意、很显要的地位。

安德来郡王看着他，没有回答，继续向阿尔巴退支说：

"你告诉他们说，我等回信等到十号，假使十号不接到消息说都走了，我就要放弃一切：到童山去走一趟。"

"郡王，我说，只因为，"别尔格认出了安德来郡王，说，"我应该执行命令，因为我处处完全执行……请你原谅我。"别尔格说着道歉的话。

火里有东西在爆炸。火熄了一会儿，黑烟从屋顶下冒起来。火里还有东西惊人地爆炸，于是很大的东西倾倒下来。

"呜如如！"人群叫着，响应仓栈的倾倒的天花板，从仓栈里散出麦粉烧着时的饼味。火焰升起，照亮了站在火边的人们生动愉快而疲倦的面容。

穿绒布大衣的人举起了手，叫着：

"好极了！正凶呀！儿郎们，好极了！……"

"这是店主本人！"许多声音说。

"那么，"安德来郡王向阿尔巴退支说，"把我向你所说的一切，告诉他们。"他一个字也未回答无言地站在身后的别尔格，刺动坐骑，走进小街。

五

军队继续从斯摩楞斯克后退。敌人追赶着他们。八月十日，安德来郡王所指挥的一团人顺着大道经过了通达童山的支路。炎热和干燥持续了三周以上。每日天空飘着如絮的云，有时遮蔽着太阳；但到傍晚，又明朗起来，太阳落进棕红的雾里，只有夜间重露湿润土地。留在茎上的粮谷干焦而坠落了。沼泽也干涸了。牛饿瘦了，在被太阳晒焦的草坪上找不到食料。只是在夜晚，在树林里，在有露水的时候，才凉爽。但在军队通过的道上和大路上，虽在夜间，虽在树林里，也没有这种凉爽。在深达四分之一阿尔申（一阿尔申约合二点二华尺——译者）以上的沙尘道上，露水是看不见的。天刚黎明，便开始行军，在柔软的、窒息的、夜间不冷的热尘土中，辎重车和炮车无声地走着，陷到轮毂，步兵陷到足踝。一部分沙尘沾在脚上和轮上，另一部分飞腾在兵的头上如同是云，弥入行走在道上的人畜的眼睛、头发、耳朵、鼻孔，特别是肺部。太阳升得愈高，尘土的云升得愈高，隔着细微的热的尘土，可以用肉眼看着无云遮盖的太阳。太阳好像是一个大紫球。没有风，人在停滞的空气里喘息着。人用手巾扎着口鼻走。到了村庄，大家向着井跑。他们争水，一直喝到水的泥底。

安德来郡王指挥一团人，团的管理、兵士的幸福、接受及发出命令的必要，这些事忙着他。斯摩楞斯克的燃烧和放弃，对于安德来郡王是划时代的。对于仇人的新恨，使他忘记了自己的苦恼。他专心在他的团的事务上，他注意他部下的官兵，对他们仁爱。他的部下称他为"我们的郡王"，他们因他而骄傲，并且爱他。但他仁爱温和，只是对他的部下如此，对齐摩亨和他同类的人，对全新的不同社会里的人，对不知道以及不引起他的过去的人，如此。若他一旦和旧朋友及司令部里的人接触，他便立刻又发脾气；他愤怒，嘲讽，并轻视别人。一切与他的过去的回忆有关的人，都使他觉得不厌，因此，在这里旧团体的关系中，他只求不要显得不公正，而尽自己的职务。

确实，安德来郡王觉得一切是黑暗的、悲惨的——特别是在八月六日放弃斯摩楞斯克以后（他觉得这是能守，而且应该守的），在他的病父不得不逃到莫斯科，而抛弃了他所建造居住的并且那么心爱的童山任人劫掠以后；但虽然如此，安德来郡王，由于部队，能够思索别的事情，完全与一般问题无关的问题——他的一团兵。八月十日，一个纵队——他的一团兵也在内——经过童山附近。安德来郡王在两天前便接到父亲、儿子、妹妹去莫斯科的消息。虽然安德来郡王在童山没有事要做，他却带着特有的希望，要加重他的苦恼，决定了必须到童山去一下。

他下令把马加了鞍，骑马从大道走到父亲的村庄。他是在这里出生的，并度过他的童年。有一个池子，这里总是有数十个妇人谈着话，用杆捣衣，洗濯麻布。此刻安德来郡王从这里经过时，看到一个人也没有，而拆去的跳板半浸在水里，倾斜地漂在池当中。安德来郡王走到门房。在石门处，一个人也没有，门敞开着。花园的路径已经生草，牛马践踏在英国式的花园里。安德来郡王走到花房，玻璃被敲碎了，花台上的花木有的拆断，有的枯焦了。他唤园丁塔拉斯，没有人回答。走过花房，来到陈列园，他看到松木的雕花的栅子都破坏了，李子连在枝上掉下。老农夫（安德来郡王幼时在门口常看见他）坐在绿凳上编草鞋。

他是聋子，没有听见安德来郡王来到。他坐在老郡王常坐的凳子上，在他旁边，编草挂在折断而枯萎的木兰树枝上。

安德来郡王走到屋前。在旧园里，有几棵菩提树被斩去，一匹花马带着小驹在屋前蔷薇花中践踏。屋子的窗子都钉封了。只有楼下的一扇窗子开着。侍童看见安德来郡王，便跑进屋里。

阿尔巴退支把他的家庭送走后，独自留在童山；他坐在屋里，读《圣徒生活录》。知道了安德来郡王来到，他鼻上戴着眼镜，扣着纽子，从屋内走出，急促地走到郡王的面前，什么也未说，哭着，吻安德来郡王的膝。

然后，他愤慨自己的软弱，转过身去，开始向他报告情况。所有值钱的、贵重的都送到保古洽罗佛去了。一百担麦子也送走了。草秸和春麦——照阿尔巴退支说，是今年异常的收成——被兵碧青地割下带走了。农人破产了，有的也去了保古洽罗佛，一小部分留了下来。

安德来郡王，不听完他的话，便问：

"父亲和妹妹是什么时候走的？"他意思什么时候到莫斯科去的。阿尔巴退支以为他问什么时候去保古洽罗佛的，回答说是七号去的，又详述农事，并请示。

"我要凭收条让他们把燕麦拿去吗？我们还有六百担。"阿尔巴退支问。

安德来郡王想着"回答他什么呢？"，看着老人在太阳下发光的头，从他的面部表情上，察觉出来他自己明白这些问题不合时，但是他问只为了压制自己的悲伤。

"是，让他们拿去吧。"他说。

"若是看见团里没秩序，"阿尔巴退支说，"这是不能阻止的。有三团人打这里经过，在这里宿夜，大都是龙骑兵。我写下了司令官的阶级和名字，好去控诉。"

"你还要做什么呢？假若敌人占领了这里，你不走吗？"安德来郡王问他。

阿尔巴退支转面向着安德来郡王，看着他。忽然，他用严肃的姿势举起了手。

"他是我的保护者，他的意志将实现！"他说。

一群农夫和家人光着头从草坪上走近安德来郡王。

"再见吧！"安德来郡王向阿尔巴退支点头说，"你自己走吧，能带走的就带走，叫别人到锐阿桑去，或者到莫斯科乡下去。"

阿尔巴退支贴着他的腿哭着。安德来郡王小心地推开他，刺马奔腾，走过园道。

那个老人仍旧坐在陈列园中敲草鞋楦模，没有感觉，好像一只苍蝇在可爱的死人脸上。两个女孩用衣襟兜着李子（这是在花房的树上摘下的），从那里跑了出来，正对着安德来郡王。大女孩看见了年轻的主人，脸上带着惊恐之色，抓住小女孩的手，和她一同藏在桦树的后边，不及拾起落下的青李子。

安德来郡王惊惶急速地避开她们，恐怕她们知道他看见了她们。他对这个美丽的、受惊的女孩觉得抱歉。他怕看她，但同时他又不可遏制地希望看见。当他看着这两个女孩，并了解了别的、对他完全陌生的，但和他自己的兴趣同样合法的人类兴趣之存在时，一种新的安慰与舒服之感觉支配了他。这些女孩显然只热烈地希望一件事——带走并吃完这些青李子，不被人抓到，并且安德来郡王也希望她们计划的成功。他不能禁止自己不再看她们一下。她们以为自己已经没有危险，从藏身处跳出，用柔细的声音说着话，提着衣襟，用晒黑的光腿在草地上愉快而迅速地跑着。

安德来郡王从行军的大道的灰尘中走出，舒畅了不少。但离童山不远，他又走上大道，在小池岸边的休息处赶上自己的军队。已经是下午一点多钟了。太阳，灰尘里的红球，不可忍受地蒸炽着黑衣下面的背。灰尘仍旧不动地弥漫在嗡嗡说话的停止着的兵士们的头上。风不吹动。从池边经过时，安德来郡王闻到池里清凉的气味。他想到水里去——不管它是多么脏。他看着池子，池里发出叫声和笑声。长着绿藻的小池子，显然是涨高了一尺多，溢到岸上。因为池里满是游水的，有砖红色手臂、脸孔、颈项的兵士们光白的身子。所有的这些裸裸的白身体，带着笑声和叫声，浸在这口污池子里，好似鲤鱼放在水罐中。这种游水显得是快乐的，即因此，这种游水是特别可惨的。

第三连的一个年轻的美发的兵——安德来郡王知道他——腿上有一条带子，画了十字，向后退着，以便好好地跑着泅进水里；另外一个黑色的，一向蓬发的军曹，水齐到腰，动着有肌肉的身体，愉快地嗅着，用黑到腕部的手捧水淋头。他们发出彼此溅水声、叫声和喘息声。

在岸上，在堤边，在池中，处处是白的健康的身体。军官齐摩亨有红鼻子，用手巾在堤边擦身体，看见了安德来郡王，觉得可羞，却决定了向他说：

"这很好，大人，你试试看！"

"脏。"安德来郡王皱着脸说。

"我马上替你弄干净。"齐摩亨还未穿衣，便跑着去清理池子。

"郡王要洗澡。"

"哪一个？我们的郡王吗？"大家说，都忙乱着，以致安德来郡王很难阻止他们。他觉得最好是在马房洗澡。

"肌肉，身体，炮的粮食！"他看着自己裸裸的身体，这么想着。他打战，这不是由于冷，而是由于当这么多的在污池里跳动的人面前，他所不了解的厌恶与恐惧。

* * *

八月七日，巴格拉齐翁郡王在斯摩楞斯克大道上的休息处——米哈洛夫卡村写了下面的信。

"亲爱的阿列克塞·安德来维支伯爵大人。

(他写给阿拉克捷夫,但是他知道他的信会被皇帝读到,因此,尽他的能力,思索了每一个字)。

"我想,大臣已经报告过了斯摩楞斯克放弃给敌人的事。痛苦而悲伤,全军在失望中,因为他们把这样重要的地方无代价地抛弃了。我这方面,曾经亲自恳切地求过他,最后并写了信,但他一点也不同意。我对你发誓,拿破仑是处在那样从未有过的困境里,即使他损失一半军队,也不能攻下斯摩楞斯克。我们的军队从未有过的那么战斗过,现在战斗着。我曾用一万五千人支持三十七小时以上,并击败敌人;但他却十四小时也不愿支持。这是我们军队的羞耻、侮辱。我觉得,他自己不该再活在世上了。假若他报告,损失很大——这是不确的,也许是四千人,不会多了,但也许没有这么多;但即使是一万,也无所谓,这是战争!但敌人的损失是无限的……

"支持两天,对他有什么牺牲呢?至少,他们自己退走,因为人马没有水喝。他向我说他不退,但忽然送了命令给我,说他夜里撤退。这样的打仗是不可能的,我们可以迅速地把敌人带到莫斯科……

"有谣言说,你想和平。上帝禁止讲和!在一切的牺牲之后,在这样疯狂的退却之后——讲和:你是使全俄国反对你,使我们都觉得穿军服可耻。即使要和——也要打仗,只要是俄国还能打,只要是俄国还有人的时候……

"应该是一个人指挥,不是两个。你的大臣,也许是做大臣好;

但他做将军，不但是坏，而且没有价值，我们国家的命运交在他的手里……我实在气得发疯了，请原谅我大胆地这么写。主张讲和并把军队交大臣指挥的人，显然是不爱君主，希望灭亡我们全体。我向你说实在的话：预备民团吧。因为大臣用最精妙的方法把客人引到首都。全军对副官福尔操根先生有很大的怀疑。据说他为拿破仑多，为我们少，并且他总是参与大臣的事。我不但对他尊敬，且服从他，如同一个伍长那样，虽然我比他阶级高，这是痛苦的；但是，我爱我的恩主和皇帝，我服从。我只为皇帝可惜，他把这样好的军队交托给他这样的人。你想想看，在我们的退却中，我们因为疲倦和住院而损失的人在一万五千以上；假使我们进攻，就不至于如此了。凭上帝，对我说吧，我们的俄国——我们的母亲，对于我们这样怯懦，说了什么呢？并且为什么我们把这良好热情的祖国给了暴徒，而引起每个人民的仇恨与羞耻呢？为什么懦怯，惧怕谁呢？大臣没有决断，怯懦，无理性，迟缓，有一切的坏处。我是无罪的。全军都痛哭，并咒他死……"

六

在生命现象的无数的分类中，有一种是把它们分为两类——一类是实质占优势，一类是形式占优势。在后一类之中，可以把那种和乡村、镇市、外省，甚至莫斯科生活相反的彼得堡生活，特别是客厅生活，算在内。这种生活是不变的。

从一八〇五年起，我们同拿破仑讲和又争执，我们立了许多宪法，又把它们取消；但安娜·芭芙洛芙娜的客厅和爱仑的客厅还是照旧，一个和七年前一样，一个和五年前一样。在安娜·芭芙洛芙娜的客厅里，他们还是带着惊奇说拿破仑的胜利，并且在他的胜利中，以及在欧洲各国君主对他的附从中，看见了恶毒的共谋，它的唯一目的是使这个朝廷团体觉得不愉快与不安宁，这个团体的代表便是安娜·

芭芙洛芙娜。爱仑那里是路密安采夫[1]所常光临的,并且认为她是极聪明的女人,在这里,一八一二年和一八〇八年一样,他们喜悦地说着大国和伟人,并且可惜俄国和法国的分裂,照爱仑的客厅里客人们的意见,应该用和平来结束。

新近,在皇帝离开军队来到这里以后,在这些敌对的客厅里发生了一点兴奋情绪,并且彼此做了一点示威,但团体的偏见依然如旧。在安娜·芭芙洛芙娜的团体里,只准许法国人里根深蒂固的正统主义者赴会,这里所表现的爱国思想是不该去法国戏院,而戏班的维持费足够维持一个军团。他们对于战事热心注意,并且传播着于我军最有利的消息。在爱仑、路密安采夫、法国人的团体里,他们否认关于敌人野蛮的消息,并且讨论拿破仑对和平的一切企图。在这个团体里,他们攻击那些主张做太匆忙的布置,以备将朝廷和女学校迁至卡桑的人,这些女学校是在皇太后保护之下的。大体上,全部的战事,对于爱仑的客厅,显得只是一些空洞的示威,它们很快要用和平来结束,并且俾利平的意见最得势,他此刻在爱仑的彼得堡的家里很随便(一切聪明人都该到她家去),他说解决战争的不是火药,而是发明火药的人。在这个团体里,他们嘲讽地、很聪明地,而又很小心地讥笑莫斯科的热情,这消息是和皇帝一同来到彼得堡的。

反之,在安娜·芭芙洛芙娜的团体里,他们羡慕这种热情,并且谈到它,正如卜卢塔克说到古人。发西利郡王仍然占着重要的地位,成了两个团体间的联系。他到"我的好朋友"安娜·芭芙洛芙娜家

---

[1] 路密安采夫曾为商相,一八〇七年为外相,一八〇九年任首相。——毛

去,也到"我的女儿的外交客厅里"去,因为不断地从这个阵营转入那个阵营,他常常弄错,在爱仑家说了应该在安娜·芭芙洛芙娜说的话,及相反的情形。

在皇帝到后不久,发西利郡王在安娜·芭芙洛芙娜家说到战事,严厉地批评巴克拉·德·托利,又不能决定谁将做总司令。客人中有一个人,著名的"很有美德的人",说他今天看见选为彼得堡民团的司令官库图索夫在财政部里主持接收新兵的事,又让自己小心地表示他假定库图索夫是能够满足各项要求的人。

安娜·芭芙洛芙娜忧郁地笑着,并且认为库图索夫除了引起皇帝的不快而外,什么也没有做。

"我在贵族会里说了又说,"发西利郡王插言说,"但是他们不听我的话。我说,选他做民团总司令,要使皇帝不愉快,但他们不听我的话。"

"这全是一种反对狂,"他继续说,"这是对谁呢?这一切是由于我们希望模仿愚笨的莫斯科热情。"发西利郡王说,一时弄错,忘记了应该在爱仑那里嘲笑莫斯科的热情,而在安娜·芭芙洛芙娜这里要称赞它。但他立刻自行纠正了。"库图索夫伯爵,这位俄国最老的将军,是否适宜在财政部主持军务呢?他什么事都做不好!我们怎能够任命不能骑马、在会议中打盹、道德最坏的人做总司令!他在部卡累斯特声名好极了,我不说他做将军的资格,但我们在这样的时候能够任命衰老而瞎眼的人——只是瞎眼的人吗?瞎眼将军多么好!他什么都看不见!好像捉迷藏……什么都看不见。"

没有人反对他这个意见。

在七月二十四日这是全对的。但在七月二十九日，库图索夫封了郡王爵位。郡王爵位的意思也许是希望不用他，因此发西利郡王的假定还是对的，不过他不急着表现这个意见。但八月八日，萨退考夫大将、阿拉克捷夫、维亚倚米齐诺夫、洛普亨及考邱别举行会议，讨论军事。会议决定了战事的失败是由于分权，虽然会议里的人知道皇帝不喜库图索夫，但经过简短讨论后，即提议任命库图索夫为总司令。就在这一天，库图索夫奉命为各军及军队整个驻区的全权总司令。

八月九日发西利郡王又在安娜·芭芙洛芙娜家里遇见了那个"很有美德的人"。这个很有美德的人侍候安娜·芭芙洛芙娜，为了希望获得女学堂监督的任命。发西利郡王带着胜利者的快乐神色走进屋里，好像一个人达到了他的希望。

"咇，你们知道这件大事。库图索夫郡王做了总司令。一切的争论都完结了。我是这样快乐，这样欢喜！"发西利郡王说，"我们终于有一个人了！"他说后，郑重而严厉地看着客厅中所有的人，那个"很有美德的人"虽然希望自己获得监督的地位，却不能抑制自己不提起发西利郡王前次的批评（在安娜·芭芙洛芙娜的客厅里，这对于发西利郡王和她都是不恭的，她也是喜悦地听这个消息；但他不能自禁）。

"但有人说他是瞎子，郡王？"他说，提起发西利郡王的话。

"可是，他看得很清楚。"发西利郡王用低沉迅速而有咳嗽的声音和咳嗽解决一切困难。"可是，他看得很清楚。"他重复了一遍。"我所欢喜的，"他继续说，"就是皇帝给他全权指挥所有的军队和所有的驻区——这权力是任何总司令不曾有过的。这是第二个君主。"他带着胜利的笑容做了结束。

"上帝许可,上帝许可。"安娜·芭芙洛芙娜说。

那个"很有美德的人"在朝廷团体里还是生手,希望阿谀安娜·芭芙洛芙娜,在这个问题上辩护她从前的意见,说道:

"他们说皇帝是勉强地给了库图索夫这种权力,他们说别人念《约康德》(*Joconde*)给他听,并向他说'皇帝和国家给你这种荣耀'的时候,他脸红得像一个姑娘。"

"或者他的心没有注意到这里。"安娜·芭芙洛芙娜说。

"啊,不是,不是。"发西利郡王激烈辩护。现在他不把库图索夫看在任何人下。照发西利郡王的意见,不但库图索夫本人好,而且大家都崇拜他。"不是,这是不可能的,因为皇帝早就么看重他。"他说。

"只是上帝许可,让库图索夫,"安娜·芭芙洛芙娜说,"总揽实权,不许任何人作梗。"

发西利郡王立刻明白这个"任何人"是谁。他低声说:

"我确实知道,库图索夫坚决地说过不要皇太子留在军中。你们知道他向皇帝说什么吗?"发西利郡王把据说是库图索夫向皇帝所说的话重复了一下:"假使他做坏了,我不能责罚他;假使做得好,也不能奖赏。"他又说:"啊!这个聪明人,库图索夫郡王,我早就知道。"

"他们甚至于说,"这个很有美德的人说,没有朝廷的机敏,"他提出明白的不可变更的条件,就是皇帝自己也不到军队里去。"

他刚刚说了这话,发西利郡王和安娜·芭芙洛芙娜都立刻转身对他,愁闷地彼此相觑,并为他的简单而叹气。

七

　　这个消息传到彼得堡的时候，法军已过斯摩楞斯克，渐渐临近莫斯科。拿破仑的历史家提挨尔，和拿破仑的其他历史家一样，企图辩护他的英雄，说拿破仑是不愿意地被引诱到莫斯科城边。他是和所有的历史家们同样的对，他们要在个人意志中寻找历史事件的解释；他是和俄国的将军们同样的对，他们相信拿破仑是被俄国将军们的机谋引诱到莫斯科的。追溯律认为一切前面的事件是后面事件的预备，此外还有交互律，它扰乱整个的问题。好棋手输了将棋，直爽地相信他的失败是由于他的错误，并且从棋局的开始寻找这个错误，没有一着是对的。他对于这个错误加以注意，这个错误引他注意只是因为对手利用了这个错误。战争发生在一定时限，在这里不是一个意志在领导许多无生命的物件,而一切是产生于各种意志的无数冲突,这种战局更是多么复杂呢?

在斯摩楞斯克战役之后,拿破仑在道罗高部什那边,先在维亚倚马,后在擦来佛·萨伊密赤寻找战争;但是在到达离莫斯科一一二里的保罗既诺以前,由于各种环境的冲突,俄军不能应战。在维亚倚马,拿破仑下令,向莫斯科直进。莫斯科,这个大帝国的亚洲首都,亚历山大的人民的圣城,有无数的教堂,好像中国的宝塔!

这个莫斯科不使拿破仑的心绪安宁。从维亚倚马到擦来佛·萨伊密赤的行军中,拿破仑骑在栗色的英国马上,随带着侍卫、卫兵、侍从和副官。参谋总长柏提埃留在后边,审问骑兵所捕的俄国俘虏。他带着翻译员勒劳姆·提代维勒纵马奔腾,追上了拿破仑,并且带着快乐的面色驻了马。

"怎样?"拿破仑问。

"卜拉托夫[1]的一个卡萨克兵说,卜拉托夫的部队正要和大军联合,说库图索夫做了总司令。他很聪明,很会说话。"

拿破仑笑着,命人给这个卡萨克兵一匹马,带到他的面前。他想亲自和他说话。几个副官骑马跑去,一小时后,带来皆尼索夫让给罗斯托夫的仆人拉夫路施卡,他穿着马弁的短衣,坐在法国骑兵的马上,带着狡猾、酩酊而快乐的面色,到了拿破仑面前。拿破仑命他并马而行,并开始问道:

---

[1] 他是指挥卡萨克兵的,是一八一二年战事中最著名的俄国英雄之一。有一次,他几乎掳获了拿破仑。——毛

"你是卡萨克兵吗?"

"是卡萨克兵,大人。"

"这个卡萨克兵不知道自己是和谁在一起——因为在拿破仑的简朴上,没有地方能够使这个东方人想到是皇帝在此——他极亲昵地说着目前战事的情形。"提挨尔说这个插曲时这么说。确实,拉夫路施卡前一天喝醉了,没有吃饭便离开了主人,被打了一顿,又被派到乡间去找鸡,他在乡间忙于偷窃,被法兵掳获了。拉夫路施卡属于那种粗野无理的仆人,他们看过各种事情,他们认为做狡猾欺诈的事是他们的责任,他们准备为自己的主人做任何事情,并且他们狡猾地推测主人的坏思想,特别是关于虚荣和琐事方面。

同拿破仑在一起时,拉夫路施卡很确实地、容易地认出了他,一点也不慌张,只是企图尽力侍候新主人。

他很知道这是拿破仑本人,并且在拿破仑面前,较之在罗斯托夫面前或执棍子的曹长面前,更不能使他窘迫,因为曹长和拿破仑都不能剥夺他任何东西。

他说了一切在马弁间所说的话,其中也许是正确的。但在拿破仑问他俄国人是否想打败拿破仑的时候,拉夫路施卡眯着眼睛想了一下。

他在这里看见了巧妙的狡猾,正如拉夫路施卡这类人,在一切之中都看到狡猾。他皱眉沉默。

"是这样的:假使有战争,"他思索地说,"并且很快事情就正是那样。但假使过了三天,过了这个期限,这个战事就要延长。"

别人把这话这样翻译给拿破仑:"假使战争在三天之内结束,法国人就胜利；但假使过了这个期限，上帝晓得会发生什么事情。"勒劳姆·提代维勒笑着翻译。拿破仑未笑，但他显然是在最快乐的心情中，并且命令把这话再向他翻译一次。

拉夫路施卡注意到这个，并且为了使他愉快，做作地说不知道他是谁。

"我们知道，你们有一个保拿巴特，他征服了世界上的一切，可是关于我们，是另外一件事……"他说，自己并不知道如何，以及为什么结尾在话里露出夸大的爱国主义。翻译者将这话转达给拿破仑，省了结尾的话，拿破仑笑着。提挨尔说："这个年轻的卡萨克兵使了万能的对话者发笑。"无言地走了几步，拿破仑向柏提埃说，他想试试看这个消息对于"这个顿区的孩子"有何效果，就是使他知道，同他说话的人正是皇帝，这位皇帝在金字塔上写不朽的胜利的名字。

这个消息传达给他了。

拉夫路施卡（知道这件事是眩惑他的，并且拿破仑以为他要害怕）为了取悦新主人，立刻装作惊慌，发呆，睁大眼睛，做出听说要挨打时所常有的面色。提挨尔说："拿破仑的翻译还未说完，这个卡萨克兵处于发呆情形中，说不出一个字，继续前进，眼不离开胜利者。他的名字经过了东方的草原，到达了他面前。他的健谈忽然没有了，并且被一种简单而沉默的喜悦情绪所代替。拿破仑奖赏了他，给了他自由，好像放鸟雀回到它故有的田野。"

拿破仑向前走，幻想着那个莫斯科，莫斯科那样引他注意。这个被放回到它故有的田野的鸟雀，骑马跑到哨兵线，预先设想什么不要、什么要向他的同伴们说。他所真正经历的，他不想说，因为他觉得这不值得去说。他回到卡萨克兵那里,探问他的团(属于卜拉托夫的支队)何在,到晚上找到了他的主人尼考拉·罗斯托夫驻扎在扬考佛,他正骑马,要同依利因到附近的乡村去散步。他给了拉夫路施卡另外一匹马,带了他一道。

八

玛丽亚郡主不在莫斯科,也未出危险,如安德来郡王所料的。

在阿尔巴退支回到斯摩楞斯克后,老郡王好像忽然从睡梦中醒觉过来。他命人在各乡村召集民团,武装他们,并写信给总司令,告诉他,说他有意留在童山,直到最后关头,并且要自卫,由总司令斟酌是否采取保卫童山的计划,在这里一个俄国的老将军将被掳或被杀。他向家里说他要留在童山。

虽然自己留在童山,郡王却预备送郡主、代撒勒和小郡王到保古洽罗佛,由那里到莫斯科。玛丽亚郡主诧异父亲的急切的、不眠的活动,代替了从前的宁静,她不能决心让他独自在这里,她平生第一次让自己不顺从他。她拒绝离开,郡王的可怕的怒火对她爆发了。他使她想起一切对她不公正的地方。郡王试图责罚她，向她说，她苦恼他，她使他和儿子争吵，她对他有恶意的怀疑，她的生活目的是妨害他的生活，并且他把她从房里赶出，向她说，假使她不走，这在他还是一样。他说，他不愿意知道她的存在，但预先警告她，不要她在他眼前出现。玛丽亚郡主虽然惧怕如此，他却没有命令强迫把她送走，只是不要她在他眼前出现，这使玛丽亚郡主欢喜。她知道，这证明她留在家里不走，是他心里欢喜的。

在尼考卢施卡走后的次日，老郡王早上穿了全副制服，准备去看总司令。车辆已经备好。玛丽亚郡主看见他穿了制服，戴了全部勋章，出了门，走到花园，检阅武装农民和家丁。玛丽亚郡主坐在窗边，听着他从花园里传来的声音。忽然有几个人带着惊惶的面色从路上跑来。

玛丽亚郡主跑到台阶，跑到花径，跑到路上。一大群民团和家丁向她走近，在他们当中有几个人在腋下扶着穿制服、佩勋章的矮小老人。玛丽亚郡主跑到他面前，在菩提树列的阴影漏过来的跳动的小光点里，她不能看出他脸上有了什么变化。有一点她看到的，就是他脸上先前严肃而坚决的表情变为胆怯而卑顺的神色。看见女儿，他动了动无力的嘴唇，发出粗声，不能了解他希望什么。他们把他抬起送到房内，放在他近来那么害怕的长躺椅上。

当夜请来的医生将他放了血，并说明郡王的右边患了中风。

留在童山，是更加危险了。在中风的第二天，他们将郡王送到保古洽罗佛。医生同他一道。

他们到保古洽罗佛时，代撒勒和小郡王已去莫斯科。

老郡王患中风，病势如旧，不好也不坏，在保古洽罗佛躺了三周，在安德来郡王所盖的新屋子里。老郡王没有知觉，他躺着如同一具尸体。他不断地说着什么，眉毛和嘴唇痉挛着，不知道他是否明白别人在他四周。有一件事可以确实知道——就是他痛苦，觉得还需表现什么。但要表现的是什么，没有人明白：这是病人和半疯人的某种狂想呢，这是关于战争的大势呢，或者这是关于家庭事务呢？

医生说，他所表现的不安没有任何意义，说这是由于生理的原因，但玛丽亚郡主（她的在场总是增加他的不安，这意思肯定了她的假定）以为他想和她说什么话。

他显然是身体上、精神上都痛苦。病况减轻的希望是没有的。送他走是不可能的。假若他死在路上，将如何呢？"完结，一切完结，不是更好吗？"玛丽亚郡主有时这么想。她日夜几乎不睡地看护他。说来很可怕，她常常看护他，不希望获得病势减轻的征兆；但看护他，常常希望获得接近结局的征兆。

郡主自己感到这种情绪，这虽然奇怪，但她是有这种情绪。对于玛丽亚郡主更可怕的，就是从父亲病时（甚至更早，在她同他留下，并期待什么的时候）她的一切睡眠的、忘却的、个人希望与愿望都苏醒了。多年未想起的思想——没有父亲恐怖的自由生活，甚至爱情及家庭快乐之可能性，不断地发生在她的想象中，好似魔鬼的引诱。她虽然从自己心中赶走这些思想，这个问题不断地来到她的脑子里，就是，在这事以后，她现在如何布置自己的生活。这是魔鬼的引诱，玛丽亚郡主知道这个。她知道，反对他的唯一武器是祈祷，她试图祷告。她处在祈祷的姿势中，看着圣像，读祈祷文，但她不能祷告。她觉得，现在抓住她的是另外一种人生趣味、劳苦和自由活动的世界，完全不像那种精神的世界，在这种精神世界里，她一向被幽禁着，而且这种生活里最好的安慰是——祈祷。她不能祷告，不能哭，生活的忧虑抓住了她。

留在保古洽罗佛，显得危险了。从各方面听说法军靠近了，并且在一个乡村里，离保古洽罗佛十五里，有一个村舍被法国强盗抢劫。

医生坚持说，应当把郡王送远一点。贵族代表派人看玛丽亚郡主，劝她赶快离开。警长来到保古洽罗佛，同样坚决地说，法国人在四十里之外，在乡村里有法国的告示，并说，假使到十五日郡主还不同郡王离开，他便什么都不能负责。

郡主决定十五日动身。准备的烦神，命令的发给，占据了她一整天，大家都要讨她的命令。在十四日到十五日的夜间，她和平常一样，没有脱衣，郡王躺在隔壁的房里。她醒了几次，听见他的呻吟、呓语、床声，以及齐杭和医生转动他时的脚步声。她几次在门边注意，她觉得他今天说话比平常高，翻动更勤。她不能睡，几次走到门边，听着，希望出去，又不能决定这么做。虽然他未说，但玛丽亚郡主看到，知道，任何对于他的担心，是如何使他不快。她注意到，他如何不满地避开她的偶尔不觉地、坚定地向他直视的目光。她知道，在夜晚非常的时间进去，将触怒他。

但她从来不曾这么可怜他，这么恐怕失去他。她想起所有和他在一起的生活，在他的每句话里，每个行为里，她找得到他对她的慈爱。有时，在这种回忆之间，有魔鬼的引诱来打断她的想象，就是在他死后，她将如何，并如何布置她的自由的新生活，但她厌恶地赶走这些思想。早上他安静了,她睡了。

她醒得很迟,在清醒时所有的诚笃,明显地指示她,在她父亲的疾病中,什么东西最使她注意。她醒了,听着门外发生的事情,并且听到他的呻吟。她叹气向自己说,一切还是如旧。

"但将如何呢?我希望什么呢?我希望他死。"她叫着,并厌恶自己。

她穿了衣,洗了脸,念了祈祷文,走出台阶。在台阶前停了几辆无马的车,车上放着行李。

早晨是温暖而灰色的。玛丽亚郡主停在台阶上,不断地惊悸自己心中的恶念,试图在到他面前以前,把自己的思想理出头绪。

医生从楼梯下来,走到她面前。

"他今天好了一点,"他说,"我来找你。也许有人懂得他说什么,头脑子清醒些了。去吧。他叫你……"

玛丽亚郡主的心因为这项消息而猛力地跳动,她脸色发白,倚着门,以免跌倒。此刻,当玛丽亚郡主心里充满着这种可怕而罪恶的诱惑,却去见他,和他说话,出现在他眼前——是苦恼、愉快而可怕的。

"去吧。"医生说。

玛丽亚郡主进了父亲的房,走到床前。他高高地仰面躺着,他的小、瘦、有打结的紫脉的手放在被上,左眼直视着,右眼侧视,眉毛和嘴唇没有动静。他那么瘦小、可怜。他的脸显得枯缩或者溶化了,面形变小了。玛丽亚郡主走近,吻他的手。他的左手那样地握着她的手,显然是他等待她很久了。他握住她的手,他的眉和唇愤怒地动着。

她惊惶地看他,企图猜测他希望她做什么。当她变动地位,向前移动,让他的左眼看到她面孔的时候,他安静了,他的眼有好几秒钟没有离开她,后来他的唇和舌动了一下,发出了声音,于是他开始说话,羞怯而乞求地看她,显然是怕她不懂他的意思。

玛丽亚郡主集中全部注意力,看着他。他转动舌头时的喜剧的努力,使玛丽亚郡主垂下了眼睛,并且困难地压制在她喉咙里起来的哭咽。他说了什么,把自己的话重复了几遍,玛丽亚郡主不懂这些话;但她企图猜出他说的是什么,并且疑问地重复了他所说的话。

"阁阁——保……保……"他重复了几次。了解这些声音是不可能的。医生以为他猜中了,重复着他的话,问道:"郡王害怕吗?"他否认地摇头,又同样地重复……

"心,心痛。"郡主猜着说。他肯定地说着,抓住她的手,放在自己胸前的各部,似乎要寻找手的适当地点。

"思想!关于你……思想……"他说得比先前更加清楚、更可了解,此刻他相信别人了解他了。玛丽亚郡主把头贴在他的手上,企图遮藏自己的哭咽和眼泪。

他用手摩她的发。"我叫了你一夜……"他说。

"假使我知道……"她含泪说,"我怕进来。"

他紧握她的手。

"你没有睡吗?"

"没有,我没有睡。"玛丽亚郡主摇着头说。她不自觉地模仿父亲,此刻和她父亲说话一样,企图多用记号来说,好像也难以转动舌头。

"心爱的……"或者"亲爱的……",玛丽亚郡主不能辨别;但相信,从他目光的表情上看,所说的是温柔仁爱的话,这是他从未说过的。"为什么不来?"

"而我希望过他死!"玛丽亚郡主想。

他沉默。

"谢谢你……女儿,亲爱的……一切,一切……原谅……谢谢……原谅……谢谢……"泪水从他眼里流出。"叫安德柔沙!"他忽然地说。说这个要求时,他脸上显出孩子般羞怯而不相信的表情。他似乎自己知道,他的要求没有意义。至少,玛丽亚郡主觉得如此。

"我收到了他的信。"玛丽亚郡主回答。

他惊讶而羞怯地看着她。

"他在哪里?"

"他在军中,爸爸,在斯摩楞斯克。"

他闭了眼,沉默良久;后来,似乎解答自己的疑惑,并肯定他现在了解并想起一切,他肯定地点头,睁开眼睛。

"是,"他清晰而低声地说,"俄国毁灭了!他们把俄国毁灭了!"他又哭了,泪水从眼里流出。玛丽亚郡主不能再行抑制,也看着他的脸哭。

他又闭了眼。他的哭咽停止。他用手向眼做记号。齐杭了解他意思,为他拭去眼泪。

然后他睁开眼睛说了什么,别人好久不能了解,最后只有齐杭了解,重述出来。玛丽亚郡主按照刚才他说话的方向,寻找他话中的意思。她以为他说到俄国，又说到安德来郡王，又说到她，说到他的孙子，又说到自己的死。就是因此她不能猜中他的话：

"穿上你的白衣裳，我爱它。"他说。

玛丽亚郡主懂了这些话，哭得更高。医生拉住她的手臂，把她从房里带到露台上，劝她安心，并专心预备起程。在玛丽亚郡主离开郡王以后，他又说到儿子，说到战争，说到皇帝，愤怒地皱眉，开始提起粗声，他有了第二次和最后的袭击。

玛丽亚郡主留在露台上。天气晴和，有阳光而温暖。她什么都不了解，什么都不想，什么都不感觉，除了她自己对父亲的热爱，这种爱她觉得以前还不曾知道。她跑到园里，哭着向下跑到池边，跑到安德来郡王所种的新菩提树的道路。

"是……我……我……我曾希望他死！是，我曾希望迅速完结……我曾希望安宁……我将如何呢？他死了，我的安宁有什么意思呢！"玛丽亚郡主出声地说，快步地在园里走，用手搥胸，胸口痉挛地发出哽咽。在园里走了一圈，又回到屋前，她看见部锐昂小姐迎面向她走来（她留在保古洽罗佛，不想从这里离开），还有一个不认识的男子。这人是本县的贵族代表，亲自来找郡主，要向她说明迅速离开的必要。玛丽亚郡主听了却不懂得，她带他进了屋，请他进餐，同他坐下。然后，在贵族代表面前告了恕，她走到老郡王的房门前。医生带着焦虑的脸色走出来，向她说不能进去。

"走吧，郡主，走吧，走吧！"

玛丽亚郡主又走到园里，走到山下池边，坐在草地上，这里没有人看见她。她不知道在那里留了多久。一个妇女在道上跑步的声音使得她恢复神志。她抬头看见她的女仆杜妮亚莎，她显然是来找她的，忽然停止了，好像是看到女主人而惊吓。

"请，郡主……郡王……"杜妮亚莎用破碎的声音说。

"马上就去，就去。"玛丽亚郡主迅速地说，不让杜妮亚莎有时间说完她要说的；她企图不看到杜妮亚莎，跑进屋里。

"郡主，上帝意志完成了，你应该准备一切。"在门口遇见她的贵族代表说。

"让我去吧！这不确实，"她愤怒地向他叫，医生想止住她，她推开医生，跑到门边，"为什么这些带着惊慌面孔的人要止住我？我什么人都不需要！他们在这里做什么！"她推开门，在这间先前半暗的房间里的明亮日光使她惊吓。房里有妇人们和保姆，她们都从床边让开，给她让路。他照旧地躺在床上，但他的安静面孔上的严厉神色把玛丽亚郡主止在门口。

"不，他未死，这是不可能的！"玛丽亚郡主向自己说，压制着侵袭她的恐惧，走到他面前，把嘴唇贴在他的腮上。但她立刻离开了他。忽然，她心中对他的柔情消失了，而代之以对于前途的恐怖情绪。"不，他不再存在了！他没有了，在他的那个地方，有陌生而仇恨的东西，有可怕的、恐怖的、可憎的神秘！"玛丽亚郡主用手蒙了脸，倒在扶她的医生的怀里。

* * *

妇人们当齐杭和医生的面洗了郡王的遗体，用布巾扎了他的头，以免他的张开的嘴变硬，用另外一条布巾扎了他的岔开的腿。然后，他们为他穿有勋章的制服,把干小的身体放在桌上。上帝晓得,谁在什么时候顾虑到这个,一切似乎是自动地发生的。傍晚,在棺材四周点了蜡烛,棺上有罩,地板上散着松枝,在死人干瘦的头下放了一张印刷的祈祷文。教堂执事在房角上坐着,读诗篇。

好像是群马在死马前惊跳,挤动,喷鼻。在客厅里许多生的和熟的人挤在棺材四周——贵族代表、管事、农妇都惊恐地带着停顿的眼睛,画十字,鞠躬,吻老郡王冷而硬的手。

九

保古洽罗佛,在安德来郡王居住之前,一向是不住主人的田庄。保古洽罗佛农民的性格和童山农民完全不同。他们在言语上、服装上和性格上都有差别。他们叫作草原的人。在他们到童山帮助收获、挖池、掘沟的时候,老郡王曾经称赞他们对于工作的能耐,但不欢喜他们的粗野。

安德来郡王最近在保古洽罗佛的居住,以及他的改革——医院、学校和减租——不曾感化他们的性格,且反之加强他们的特性,即老郡王所说的粗野。在他们当中,总是流传着来历不明的传说,有时说要调他们全体去当卡萨克兵,有时说要他们改新的宗教,有时说到某种御旨,有时说到一七九七年对巴夫尔·彼得罗维支的誓言(关于这件事，他们说那时候已经准许了农民自由，但贵族反对），有时说到彼得·费道罗维支[1]将重登大宝七年，他来了，便一切都自由，而且简单，什么麻烦都不会有。关于战争及拿破仑及其侵略的传说，和他们对于基督叛徒、世界末日及完全自由等同样空洞的概念，混合在一起。

在保古洽罗佛的四周是皇家农奴和佃农们的大村庄。住在这个地带的地主很少，家奴和识字的人也很少，而且在这个地带的农民生活中，比别处更显著、更强力的是俄国农民生活的秘密暗流，它的原因和意义是当时人士不明白的。这种现象之一是，二十年前这个地方曾有过农民向"温暖河流"移居的运动。几百个农民，保古洽罗佛的农民也在内，忽然开始卖去他们的牛，带着家庭到东南某处去。好像鸟雀向海那边飞，这些人带了女人和小孩向东南某处去，那地方，他们当中没人到过。他们组成旅行队，逐一赎回自由，或跳跑、骑马、步行到温暖河流那里。许多人受了处罚，被放逐到西伯利亚，许多人因饥寒而死于道途。许多人回转，这个运动自行停止了，正似它没有显著理由即开始了。但在这些人们之中，这个暗流不停地流动，并且集中着新的力量，这新的力量显得那么稀奇、意外，同时那么简单、自然而有力。现在，一八一二年，和这些人住得近的人，可以看到这些暗流产生了强力的激动，并且接近爆发时期。

阿尔巴退支在老郡王死前不久来到保古洽罗佛，注意到在农民之

---

[1] 彼得三世在他夫人叶卡切锐娜二世于一七六二年即位后被暗杀。农民常以为沙皇是未死的。——毛

间有了激动，而且和童山区半径六十里内所发生的事件不同，那里的农民都跑开了（让卡萨克兵破坏他们的乡村）；而在草原区，在保古洽罗佛，听说农民和法军有勾结，接收了某种传单在他们当中流传着，并且留在当地。他从对他忠实的家奴中知道，几天前和政府运输车同去的农民卡尔卜在农民中有大势力，他带了消息回来，说卡萨克兵破坏乡村，人民从乡村里逃出，但法军不破坏乡村。他知道另一个农民甚至昨天从维斯洛乌号佛村——法军驻在那里——法国将军那里带来一个传单，在传单里面向居民说，对于他们不会有任何损害，对于从他们那里拿去的，都付价钱，只要他们留下。为了证明这一点，这个农民从维斯洛乌号佛村带来一张一百卢布的钞票（他不知道这是假的），这是向他预付草价的。

最后，比一切都重要的，阿尔巴退支知道，在当天早晨，在他吩咐管事集合车辆把郡主的行李运出保古洽罗佛时，有一个乡村集会，在会里决定了大家不走，等候着。同时，时间是很紧迫的。贵族代表在郡王死的那天，八月十五日，坚持玛丽亚郡主要在当天离开，不离开是很危险的。他说，在八月十六日以后他便什么都不能负责了。在郡王死的那天，他晚上离开了，但答应第二天来参加葬礼。但第二天他不能来，因为他自己接到消息，法军意外地向前推进，他只来得及从自己的田庄把家庭和珍宝送走。

管事德隆管理保古洽罗佛三十年，老郡王叫他德隆卢施卡。

德隆属于那种身体上和精神上都强健的农民，他们一成年便长满胡须，没有变动地活到六七十岁，没有一根灰发，不豁一颗牙齿，在六十岁和三十岁时是同样地硬直而有力。

德隆在向温暖河流的移民以后（他和别人同样地参加），即做了保古洽罗佛的村长和管事，从那时起，一直二十三年，没有过失地尽了他的职务。农民怕他甚于主人。老郡王、小郡王、管家都尊重他，在笑话中，称他大臣。在他服务的全部时间之内，德隆从未醉酒，从不生病；在熬夜以后，在任何劳动以后，从不显得丝毫疲倦，并且他不识字，却从未忘记一笔账务和出卖的大车上的面粉斤两以及保古洽罗佛每块田地上的一锹麦。

阿尔巴退支从被抢的童山来此之后，即在郡王葬礼的那天叫来这个德隆，命他准备十二匹马送郡主的车，十八辆运车运送应该从保古洽罗佛送走的东西。虽然农民是佃农，阿尔巴退支以为，执行这个命令不至于遇到困难，因为保古洽罗佛有二百三十家佃农，农民都是小康。但管事德隆听了命令，沉默地垂了眼睛。阿尔巴退支向他提出他所知道的农民，并命令从他们那里要车辆。

德隆回答说这些农民的马都赶车去了。阿尔巴退支提出别的农民，德隆说这些农民没有马：有的为公家运输去了，有的没有力，有的没有食料饿死了。照德隆说，不但没有马送行李，而且没有马送车。

阿尔巴退支注视德隆，并且皱眉。德隆是模范的农民管事，而阿尔巴退支也未凭空管理了郡王的产业二十年，他是模范的管家。他极能用直觉了解农民的要求和本能，这些农民是他要应付的，因此他是好管家。他看着德隆，立刻明白，德隆的回答不是德隆的思想表现，而是控制了管事的，保古洽罗佛一般人的情绪表现。但他同时知道，有钱而被众人仇恨的德隆应该动摇在两个阵营——贵族和农民——之间。他在他的目光中看见了这种动摇,因此,阿尔巴退支皱着眉走到德隆面前。

"你,德隆卢施卡听着!"他说,"你不要向我说废话,安德来郡王大人亲自命令我,要所有的人走开,不和敌人留在一起,并且皇帝也有这个命令。谁留下,谁便是皇帝的奸贼,听见吗?"

"听见了。"德隆回答,没有抬起眼睛。

阿尔巴退支不满意这个回答。

"哎,德隆,这样是很坏的!"阿尔巴退支摇着头说。

"你有权力!"德隆愁闷地说。

"哎,德隆,丢开!"阿尔巴退支又说,从前襟里把手取出,做了严重的手势,表示德隆脚下的土地。"我不但看透了你,并且看透了你脚下三'阿尔申'的地方。"他看着德隆脚下的土地说。

德隆慌了一下,匆忙地看阿尔巴退支,又垂下眼。

"你丢开这些无聊的话,向他们说,收拾行李,从家里到莫斯科去,在明天早晨准备好郡主行李车,你自己不要去开会。听见吗?"

德隆忽然趴在他脚下。

"雅考夫·阿尔巴退支,辞我吧,把我这里的钥匙拿去吧。凭基督的名义,辞掉我吧!"

"丢开吧!"阿尔巴退支严厉地说。"我看到你脚下三'阿尔申'的地方。"他重复说,知道他养蜂的技能,何时播燕麦的知识,以及他二十年来取悦老郡王的成功,已替他获得巫师的声名,看见人脚下三"阿尔申"的能力是巫师所有的。

德隆站起来想说什么,但阿尔巴退支打断了他。

"你心里想的是什么？啊？你现在想什么？啊？"

"我同他们怎么办呢？"德隆说，"都在骚动。我要和他们说……"

"我向你说。"阿尔巴退支说。"他们喝酒吗？"他简短地问。

"都在骚动，雅考夫·阿尔巴退支。他们又弄到一桶。"

"那么你听我说。我去找警长，你去告诉他们，要他们丢开这事，准备车辆。"

"听见了。"德隆回答。

雅考夫·阿尔巴退支不再坚持什么。他管理农民很久，他知道要农人顺从的主要方法就是不要向他们表示怀疑他们可以不顺从。听德隆服从地说了"听见了"，雅考夫·阿尔巴退支满意了这话，虽然他不但怀疑，而且相信，没有军队帮助，车辆不会拿出。

确实，车辆到晚还未备齐。在乡村的酒店里又有了集会，在会里决定了把马赶到树林里去，并且不拿出车辆。阿尔巴退支毫未向郡主提起这事，命人将他的行李从那由童山来此的车上取下来，把这些马配上郡主的车子，他自己去找官长。

十

在父亲的葬礼以后,玛丽亚郡主把自己锁闭在房里,不让人去看她。女仆走在门口说,阿尔巴退支来问关于上路的命令(这在阿尔巴退支和德隆谈话以前)。玛丽亚郡主从沙发上站起来,她原先是躺着的,她隔着关闭的门说,她绝不到任何地方去,并请求让她独自安静。

玛丽亚郡主躺在房里,房的窗子是向西。她躺在沙发上,脸向墙,用手指摩弄皮垫上的扣子,她只看着这个垫子,心里空洞的思想集中在一点:她想到死亡者不复返,想到自己心中的恶念,这是她从前所不知道,而在父亲生病时出现的。她希望,但不能祈祷,不能在她此刻的心情中去祈求上帝。她这样地躺了很久。

太阳落在房子的另一边,斜阳的光线从敞开的窗子照进了房和摩洛哥皮垫子的一部分,玛丽亚郡主正看着垫子。她的思路忽然中断,她无意识地坐起,理了头发,站起来走到窗口,不禁地吸了明亮而吹风的黄昏冷气。

"是的,现在你舒服地欣赏暮色!他不在了,没有人干涉你。"她对自己说,坐在椅上,把头伏在窗口。

有人用女性的低微的声音在园里叫她,并吻她头。她看了一下。这人是部锐昂小姐,穿着黑衣和丧服。她静静地走到玛丽亚郡主面前,叹着气吻她,并且立刻哭了。玛丽亚郡主看着她。所有以前和她的冲突,对她的嫉妒,都在玛丽亚郡主心里想起来了;她并且想起,他如何近来对部锐昂小姐改变了态度,不能看见她,以及玛丽亚郡主心里对她的责备是如何不平。"我,我,希望他死了,批评谁呢!"她想。

玛丽亚郡主生动地想起部锐昂小姐的地位,她近来不同她在一起,但同时又依她生活,并且是住在异国人的家里。她觉得她可怜。她温柔而疑问地看她,并向她伸手。部锐昂小姐立刻哭了,开始吻她的手,并说到磨难郡主的苦恼,并使她自己分担这种苦恼。她说,她苦恼中唯一的安慰便是玛丽亚郡主许她分担她的苦恼。她说,所有以前的误会都应该在伟大的苦恼前消灭,说她觉得自己在大家面前是纯洁的,说她看见她的爱与感激。郡主听她说,不懂她的话,但有时看着她,听着她的声音。

"你的地位是加倍的可怕,亲爱的郡主。"部锐昂小姐沉默了一会儿说。"我知道你不曾而且不能想到自己;但我,以我对你的爱,应当这么做……阿尔巴退支在你这里吗？他和你谈到上路吗？"她问。

玛丽亚郡主未回答。她不了解谁应该到何处去。"现在能做什么事吗，想什么事吗？一切不是一样吗？"她想着，没有回答。

"你知道，亲爱的玛丽亚，"部锐昂小姐说，"你知道我们在危险中，我们被法军包围了，现在走是危险的。假使我们走，我们一定要被掳，上帝晓得……"

玛丽亚郡主看着她的同伴，不懂她所说的。

"啊，假若有谁知道，现在一切对我都是一样，"她说，"当然，我无论如何不希望离开他……阿尔巴退支和我说过上路的事……告诉他，我什么都不能做，并且也不希望……"

"我和他说过了。他希望我们明天能走，但我想，现在最好是留在这里，"部锐昂小姐说，"因为你会同意的，亲爱的玛丽亚，在路上，落在兵士或者暴动的农民的手里，是可怕的。"部锐昂小姐从提袋中取出法国将军拉摩的宣言（不是用俄国通常的纸印的），递给了郡主，宣言说，居民如不离开家宅，将得到法国当局正当的保护。

"我以为最好是去找这个将军，"部锐昂小姐说，"我相信他们要向你表示正当的尊敬。"

玛丽亚郡主念了宣言，无泪的哭容露在她脸上。

"你从谁那儿弄到的？"她问。

"或者他们知道我的名字是法国人。"部锐昂小姐红了脸说。

玛丽亚郡主手拿着宣言，站起离开窗子，带着苍白的脸走出了房，进了从前安德来郡王的书房。

"杜妮亚莎，把阿尔巴退支、德隆卢施卡或者别的人叫来！"玛丽亚郡主说,"告诉阿玛利亚·卡尔洛芙娜(即部锐昂——译),她不要到我这里来。"她加上这话,听到了部锐昂小姐的声音。"快去!快去!"玛丽亚郡主说,恐怕自己会落在法军势力之下。

"但愿安德来郡王知道我在法军势力下!我,尼考拉·安德来维支·保尔康斯基郡王的女儿,求拉摩将军大人给他保护,并接受他的仁慈!"这种思想使她恐惧,使她打战、脸红,并感觉到未曾经验过的愤怒与骄傲。一切痛苦的,尤其是对于她侮辱的地方,她都生动地想起来了。"他们,法国兵,住在这个房子里。拉摩将军占据安德来郡王的书房,他将为了消遣而翻看并阅读他的书信和文件。部锐昂小姐将尽保古洽罗佛的地主之谊。他们将由于仁惠给我一间房;兵士们将挖毁父亲的新坟,拿去他的十字架和星章;他们将同我谈起他们战胜俄国人,将虚伪地表示同情我的苦恼……"玛丽亚郡主不是用自己的思想在思索,却觉得应该用她父亲和哥哥的思想而思索。对于她自己,无论身在何处,无论发生什么事件,都是一样;但她同时觉得自己是亡父和安德来郡王的代表。她不禁用他们的思想而思想,用他们的感觉而感觉。他们所要说的,他们现在所要做的,是她觉得必须要做的。她走进安德来郡王的书房,企图用他的思想而深思,考虑自己的地位。

生活的要求,在她父亲死后,她认为无关紧要,此刻忽然用不曾知道的新力量在玛丽亚郡主的面前发生了,并且抓住了她。

她兴奋、脸红,在房里走动,先后命人去唤阿尔巴退支、米哈伊·依发诺维支、齐杭和德隆。杜妮亚莎、保姆和所有的女仆都不能说部锐昂小姐所说的话正确到什么程度。阿尔巴退支不在家,他到营长那里去了。被请来的建筑师米哈伊·依发诺维支带着睡眼走到玛丽亚郡主的面前,什么也不能告诉她。他带着同样的同意之笑容(他在十五年中惯于用这种笑容回答老郡王,而不表示自己的意见)回答玛丽亚郡主的问题,从他回答中不能获得任何确定的意见。被唤来的老侍仆齐杭带着消瘦而憔悴的面孔,具有不可减轻的痛苦神色,他对于玛丽亚郡主所有的问题回答说"听见了",并且看着她,不能约制啼哭。

最后管事德隆进了房,停在门口向郡主鞠躬。

玛丽亚郡主在房里走着,对他站住。

"德隆卢施卡,"玛丽亚郡主说,把他看作可靠的朋友,就是这个德隆卢施卡,他每年到维亚倚马去赶集,每次都笑着带给她心爱的姜饼,"德隆卢施卡,现在,在我们的不幸之后。"她开始又沉默了,没有力说下去。

"我们都在上帝的脚下活动。"他叹气说。他们都沉默。

"德隆卢施卡,阿尔巴退支出去了,我没有人好找。他们说我不能走,是真的吗?"

"为什么不走,小姐能走。"德隆说。

"他们向我说,要受到敌人的危险。好朋友,我什么也不能做,什么也不知道,没有人在我这里。我一定要在今晚或者明天一早就走。"

德隆沉默。他低头看玛丽亚郡主。

"没有马,"他说,"我和雅考夫·阿尔巴退支说了。"

"为什么没有?"郡主问。

"这都是天谴，"德隆说，"多好的马被兵抢去了，多好的马死了，是这样的年头！这不是喂马的事，我们也要饿死了！我们三天没有吃的了。什么也没有，完全抢光了。"

玛丽亚郡主注意地听他说。

"农人被抢吗？他们没有粮吗？"她问。

"他们要饿死了，"德隆说，"不用说车马了。"

"但你为什么不说呢？德隆卢施卡，不能帮助他们吗？我尽力帮助……"玛丽亚郡主觉得稀奇，现在，当她心里充满苦恼的时候，还能有富人和贫人，而富人还能不帮助贫人。她模糊地知道并且听说，有主东存粮，可以散给农民。她知道她的哥哥和父亲不会拒绝农民的要求，她只怕在说将存粮分散农民时有错误。她喜悦，她有了顾虑的对象，因此没有犹豫的她忘记了自己的苦恼。她开始询问德隆卢施卡农民需要的详情，并问保古洽罗佛的主东存粮。

"我们还有哥哥的存粮吗？"她问。

"主东存粮还是完完全全，"德隆骄傲地说，"我们的郡王不许人出卖。"

"把存粮给农民，给他们所需要的一切。我代表哥哥向你吩咐。"玛丽亚郡主说。

德隆什么也未回答，只深深叹气。

"假若这够他们分，你把这存粮分给他们，都分给他们。我代表哥哥命令你，告诉他们：我们的东西，就是他们的。我什么都不惜给他们。这样告诉他们。"

德隆当郡主说话时，注视着郡主。

"请你辞掉我,小姐,凭天,叫人把我的钥匙拿去吧。"他说,"做了二十三年,没有做错事,辞掉我,凭天。"

玛丽亚郡主不明白他希望她做什么,为什么他请求辞退。她回答他说,她从不怀疑他的忠心,她准备为他、为农民去做任何事情。

十一

一小时后,杜妮亚莎到郡主面前说德隆来了,并且所有的农民奉郡主之命聚在谷食前面,希望同女主人说话。

"但我从来没有叫他们,"玛丽亚郡主说,"我只向德隆卢施卡说,把存粮分给他们。"

"只是为了上帝,亲爱的郡主,叫人把他们赶走,不要去见他们。只是一种骗局,"杜妮亚莎说,"雅考夫·阿尔巴退支来了,我们就走……但你不要……"

"什么骗局?"郡主惊讶地问。

"我晓得,你只听我的话,为了上帝!你去问保姆。他们说,不遵守你的命令离开。"

"你这话不是这么说的。我从来没有命令他们离开……"玛丽亚郡主说,"叫德隆卢施卡来。"

德隆来了,证实了杜妮亚莎的话:农民奉郡主之命来此。

"但我从来没有叫他们,"郡主说,"你一定没有那样向他们说。我只说,你给他们存粮。"

德隆叹气未答。

"假若你下命令,他们就走。"他说。

"不,不,我去见他们。"玛丽亚郡主说。

不管杜妮亚莎和保姆的劝阻,玛丽亚郡主走到台阶。德隆卢施卡、杜妮亚莎、保姆和米哈伊·依发诺维支跟着她。

"他们或者以为我给他们粮食,是要他们留在这里,我自己走开,让他们受法国人蹂躏,"玛丽亚郡主想,"我要允许他们在莫斯科乡下有月粮,有住处。我相信,安德来处在我的地位,一定做得更多。"她想着,在暗光中走到人群之前,他们站在仓门前的草地上。

人群挤动、靠紧,并迅速脱了帽子。玛丽亚郡主垂了眼,脚踩了衣边,走近他们。那么多各种老少的眼睛看着她,还有那么多不同的面孔,玛丽亚郡主不看任何一个面孔,觉得必须立刻向他们大家说,却不知如何开始。但这个意识——她是父兄的代表——又给了她力量,她勇敢地开始了她的话。

"我很欢喜,你们来了,"玛丽亚郡主开始说,没有抬起眼睛,觉得她的心跳得快而有力,"德隆卢施卡向我说,你们都受到战争的损失。这是我们大家的苦痛,我不惜一切,帮助你们。我自己要走,因为这里危险……敌人靠近了……因为……我要给你们一切,我的朋友们,请你们带着一切,我们所有的粮食,你们可以不致受饿。假使有人说,我给你们粮食,是要你们留在这里,这是不对的。反之,我请你们带了你们所有的财物到莫斯科乡下,在那里我自己问事,并且应许你们,你们不会没有吃住,要给你们房子和粮食。"郡主停止了。人群里只听到叹息声。

"我不是为自己做这件事,"郡主继续说,"我做这件事,是代表我的亡父,他是你们的好主东,并且是代表我的哥哥和他的儿子。"

她又停止了。无人打断她的沉默。

"苦痛是我们大家的,我们要平均分担。我有的一切,是你们的。"她看着站在面前的人说。

所有的眼睛都看着她,都带着同样的表情,它的意思她不能了解。无论这是好奇、顺从、感激或惊悸、怀疑,但所有面孔上的表情是一样的。

"很感谢你的盛意,只是我们不要拿主东的粮食。"后面的声音说。

"但为什么呢?"郡主问。没有人回答,玛丽亚郡主看着人群,注意到现在所有的目光,遇见了她的目光都立刻垂下了。

"但为什么你们不愿呢?"她又问。无人回答。

玛丽亚郡主感觉到这种沉默的沉闷,她试图抓住一个人的目光。

"你为什么不说?"郡主向一个老人说。他扶着手杖,站在她面前。"你说,假使你想到了,还需要什么,我什么都做。"她说,抓住他的目光。但他好像因此而愤怒,垂下头说:

"为什么我们要同意?我们不需要粮食。"

"为什么我们要抛弃一切，不同意，不同意……我们不同意。我们同情你，但我不同意。你自己去，一个人去……"人群中各方面发出的声音。在这个人群的所有的面孔上又有了同样的表情，现在这确实不是好奇与感激的表情，而是愤怒的、坚决的表情。

"但是你们没有弄清楚。"玛丽亚郡主苦笑地说，"为什么你们不愿走？我允许给你住吃。但这里，敌人要抢你们……"但她的声音被群众的声音压下去。

"我们不同意，让他们抢！我们不要你的粮食，我们不同意！"

玛丽亚郡主企图在人群里再抓一个人的目光，但没有一个人的目光对着她，显然目光都逃避她。她觉得稀奇、不自在。

"你看，她聪明地教训我们，为她去做奴隶！毁了家，去做奴隶。以后怎样？她说，我给你们粮食！"人群中发出的声音。

玛丽亚郡主垂头离开人群，走进了房。她又命令了德隆明天备好马匹上路，便回到自己房中，独自沉思。

十二

这天夜里,玛丽亚郡主在自己房间敞开的窗前坐了很久,听着乡村里传来的农民话声,但是她不去想他们。她觉得,任她想到他们多么久,她也不能了解他们。她只想到一件事——自己的苦恼,这苦恼因焦虑现在而一度中断,已经属于过去的了。她现在已经能够回忆,能哭,能祈祷。风平日落,夜是安静而清新的。在十一点钟以后,人声开始安静了,鸡鸣了,从菩提树那边升出圆满的月亮,腾起了新鲜的、白色的烟雾,寂静统治了乡村和房屋。

最近过去的情景一一呈现在她眼前——她父亲的疾病和最后的时间。她此刻带着忧郁的喜悦停留在这些影像上,只恐惧地排除了他临死时的最后情景。她觉得,她甚至在这个安静而神秘的夜里,也没有力量在想象中思索这一幕。这些情景是那么明显而细致地呈现在她面前,她觉得这些情景似乎忽而是现在,忽而是过去,忽而是未来。

她又生动地想起这个时候:他患了中风,别人把他从童山的花园里扶进家里,他用无力的舌头说了什么,皱起灰眉毛,并且不安地、羞怯地看着说。

"他那个时候就想向我说他临死时向我所说的话,"她想,"他总是想着他向我说过的。"于是她十分琐细地想起了在童山他患中风的前一夜,那时候玛丽亚郡主预觉到不幸,违反他的意志,和他留在一起。她没有睡,并且夜晚用脚尖走下楼,走到花房的门前,那天晚上他的父亲在里面过夜,她听着他的声音。他用困苦而疲倦的声音和齐杭说话。他说到克里来,说到温暖的夜晚,说到皇后。他显然是想和谁谈话。"他为什么不叫我去呢?他为什么不许我代替齐杭呢?"玛丽亚郡主当时和现在都是这么想。"他现在已经不能够再将心里的事向人说出来了。那个时辰对他、对我都不能回返了,在那个时辰,他可以向我说他所想说的,能听而了解的是我,不是齐杭。为什么我那时候不进房呢?"她想,"也许那时候向我说了他临死那天所说的。甚至那时他和齐杭说话,他也问到我两次。他想看见我,但我站在那里,在门外。他和齐杭说话是悲伤而痛苦的,齐杭不了解他。我记得,他如何同他说到莉萨,好像她是活的——他忘记她死了,并且齐杭提醒他说她不在了,他叫道:'呆子。'他是痛苦的。我在门外听到,他如何呻吟,躺在床上大声叫:'我的上帝!'为什么我那时候不进去?他将向我做了什么呢?我会损失什么呢?也许那时候他得到安慰,他向我说了那个字。"于是玛丽亚郡主出声地说了那个亲爱的字,这是他死的那天向她说的。"心—爱—的!"玛丽亚郡主重复着这句话,并且淌着排解心绪的眼泪。她现在看见了他的面孔在自己面前。这不是那个面孔,如她自己回忆时所知道而一向远远所看见的;而是那个羞怯而无力的面孔,如她在最后一天,凑近他嘴边,听他说话,第一次在近处看见的有皱纹的脸。

"心爱的。"她重复。

"他说这话时,心里想什么。他现在想什么?"她忽然想到这个问题。在回答这个问题的时候,她看见了他在自己面前,他的脸上带着在棺材里白巾扎头时的表情。那个恐怖在她接触他而又跑开,觉得这不但不是他,而是神秘可惜的东西的时候——曾经抓住她,现在又抓住了她。她希望想到别的,希望祈祷,但什么都不能做。她用睁开的大眼睛看着月光和阴影,时时等待着看见他的死面孔,并且觉得屋内屋外的寂静锁住了她。

"杜妮亚莎!"她低声叫。"杜妮亚莎!"她用野蛮的声音叫着,并且突破了寂静,向女仆人房里跑,遇见向她跑来的保姆和女仆。

十三

八月十七日，罗斯托夫和依利因带着刚被法国人放回的拉夫路施卡和骠骑兵侍卒离开他们的驻扎地扬考佛，离保古洽罗佛十五里，骑着马出行——试验依利因新买的马，并探看乡村中是否有草秣。

保古洽罗佛这三天是处在对敌的两军之间，因此俄军的后卫和法军的前卫一样，很容易来到那里，并且因此，罗斯托夫，一个小心的骑兵连长，希望在法军之前，利用留在保古洽罗佛的粮秣。

罗斯托夫和依利因都在最快乐的心情中。在赴保古洽罗佛（在这个有庄房的郡王田庄，他们希望找到很多仆人和美丽的女子）的道途中，他们有时向拉夫路施卡问到拿破仑，并且笑他的谈话；有时竞赛，试验依利因的马。

罗斯托夫不知道也不考虑，他要去的村庄正是他妹妹的未婚夫保尔康斯基的田庄。

罗斯托夫和依利因最后一次纵马，在保古洽罗佛前的斜坡上奔驰。罗斯托夫赶上了依利因，先进了保古洽罗佛村的街道。

"你抢先了。"面红的依利因说。

"是呀，总是占先，在草原上和这里都占先。"罗斯托夫说，用手抚摸他的汗马。

"我坐着法国马，大人，"拉夫路施卡在后边说，称他的挖车的驽马为法国马，"本可以赶上前，但只是不愿意叫人难为情。"

他们步行到谷仓前，那里站立着一大群农民。

有的农民脱帽，看着来人。两个高长的老农民，有打皱的面孔和稀疏的胡须，从酒店走出，笑着、跳着，唱无意义的歌，走到军官前。

"好家伙！"罗斯托夫笑着说，"你们有草吗？"

"大家都是一样的……"依利因说。

"快……乐……的……同……"农民快乐地笑着唱。

有一个农民从人群中出来，走到罗斯托夫前。

"你们是哪里的？"他问。

"法国人。"依利因笑答。"这就是拿破仑。"他笑着指拉夫路施卡说。

"那么你们是俄国人吗？"农民问。

"你们这里有很多兵吗？"另一个不高的农民走到他面前问。

"很多，很多。"罗斯托夫回答。"你们为什么聚在这里？"他又说,"是节期吗?"

"老人们聚会,为了村上的事。"农民回答,离开他。

这时候,从主人的屋子出来了两个妇人和一个戴白帽的男人,向军官这里跑。

"穿红衣裳的是我的,不要摸!"依利因说,看着杜妮亚莎直向他跑。

"她是我们的!"拉夫路施卡向依利因眨眼说。

"我的美人,要什么?"依利因笑着说。

"郡主命我来问,你们是哪一队,是什么名字?"

"这是罗斯托夫伯爵,骑兵连长,我是你的贱仆。"

"同……啊……伴!"醉农民唱着,快乐地笑着看依利因和女孩说话。阿尔巴退支在杜妮亚莎后边走到罗斯托夫面前,他远远地脱下帽子。

"大胆打搅大人,"他恭敬地说,把手放在胸前,却对于军官的年轻带着相当的轻蔑,"我的女主人,十五日逝世的总司令尼考拉·安德来维支·保尔康斯基郡王的小姐,因为这些人的无知,感到困难,"他指着农民们,"请你来……对不起,"阿尔巴退支忧郁地笑着说,"再骑向前走一点,因为不便在……"阿尔巴退支指两个农民,他们跟在他身边,好似马身边的蛇蝇。

"啊!阿尔巴退支……啊!雅考夫·阿尔巴退支……好极了!凭基督!原谅我们吧。好极了!啊?"农民愉快地笑着向他说。罗斯托夫笑着看醉民。

"这能叫大人欢喜吗?"雅考夫·阿尔巴退支用安详的神气说,

用未放在胸前的手指着老农民。

"不,这里没有什么愉快。"罗斯托夫说过,即离开。"是什么事?"他问。

"大胆报告大人,这里粗野的农民不让女主人离开田庄,并且威胁要解马,所以,虽然早上就预备好了,但到现在女主人还不能走。"

"这不行!"罗斯托夫叫着。

"能有荣幸向你报告实情。"阿尔巴退支说。

罗斯托夫跳下马,把马交给侍卒,和阿尔巴退支走进屋,问他详情。的确,昨晚郡主给农民粮食,她向德隆和集会的农民们的解说,把事情弄毁了。德隆终于交出了钥匙,和农民们合在一起,阿尔巴退支找不到他,并且早晨郡主命人套马上路,一大群农民走到仓前,并派人去说,他们不让郡主离开村庄,又说有了命令,不许离开,并且他们要解马。阿尔巴退支到他们面前劝告他们,但他们回答他说(卡尔卜说得顶多,德隆没有在人群中露面),不能让郡主离开,又说有命令如此;但是只要郡主留下,他们便照旧侍候她,事事顺从她。

在罗斯托夫和依利因在路上驰马的时候,玛丽亚郡主不听阿尔巴退支、保姆和女仆们的劝阻,命人套马,希望上路;但看见了骑马而来的骑兵,他们以为是法国人,车夫跑走,妇女在屋内啼哭。

"父呀!我的父呀!上帝派你来的。"在罗斯托夫穿过前厅时,他们动情地说。

玛丽亚郡主在别人领罗斯托夫到她面前时,正丧气无力地坐在客厅里。她不明白他是谁,他如何来此,她自己将发生什么事。看见了俄国的面孔，并根据他的步态和开口的话，她认出他是她自己团体中的人。她用蓝色明亮的眼睛看他，并开始用断碎的因兴奋而打战的声音谈话。罗斯托夫立刻把这次会见当作一种奇遇。"无保护的伤愁的女孩，独自受粗野暴动的农民蹂躏！多么奇怪的命运把我带到这里！"罗斯托夫想，听着她，看着她。"她的脸上和表情上是多么温柔高贵！"他想，听着她的羞涩的叙述。

当她说到这都是在昨天她父亲的丧仪后发生的，她的声音打战。她转过身，后来又恐怕罗斯托夫以为她的话是要唤起他的怜惜，疑问而惊惶地看着他。罗斯托夫的眼里含着泪。玛丽亚郡主注意到这个，并且用她的发亮的眼睛感激地看罗斯托夫，使人忘记了她面孔的不美丽。

"郡主，我不能表达我是多么快乐，我偶然来到这里，并且准备为你做任何事情，"罗斯托夫站起来说，"请走，我发誓回答你，没有一个人敢使你不愉快，假使你允许我伴送你。"于是恭敬地鞠躬，好像是向皇家妇女，他然后向着门走。

罗斯托夫似乎是用他的语调的恭敬表示，虽然他认为认识她是一种快乐，但他不愿为了自己接近她而利用她的不幸。

玛丽亚郡主明白并尊重这个语调。

"我很，很感谢你，"玛丽亚郡主用法文向他说，"但希望这一切只是误会，并且没有一个人有罪。"玛丽亚郡主忽然哭了。"原谅我。"她说。

罗斯托夫皱了眉，又低头鞠躬一次，走出房。

十四

"哎，怎样，漂亮吗？但是，老兄，我的红姑娘漂亮，她叫杜妮亚莎……"但是，看见了罗斯托夫的面孔，依利因沉默了。他看见他的英雄和长官是在完全不同的思绪中。

罗斯托夫愤怒地看依利因，并且未回答他，快步地走向村庄。

"我要教训他们，处置他们，这些混蛋。"他向自己说。

阿尔巴退支快步追赶罗斯托夫，刚好不是跑步。

"大人有什么决定吗？"他追着他说。罗斯托夫止了步，忽然握紧拳头，威胁地走到阿尔巴退支前。

"决定？什么决定？老挑唆！"他向他叫着，"你在干什么！啊？农民造反，你不管他们吗？你自己是奸贼，我知道你，我要剥全体的皮……"好像恐怕空费了他的怒气,他丢下阿尔巴退支,迅速走上前。阿尔巴退支忍受着侮辱之感,用摇摆的步子追赶罗斯托夫,并继续向他表示自己的意见。他说农民们是顽固的,现在没有兵士而反对他们是不谨慎,又说是否最好先派人去找兵队。

"我给他们兵队……我反对他们。"尼考拉无意义地说着,因为无理性的、兽性的怒火而窒息,并要发泄这个怒气,没有想到要做什么,他以无意识的、迅速的、坚决的步伐走向人群。他愈走近他们,阿尔巴退支愈觉得他的不谨慎的行为不会产生好结果。人群中的农民们看着他的迅速而坚定的步伐和坚决而皱蹙的面孔,也发生同样感想。

在骠骑兵来到村庄而罗斯托夫去见郡主以后,人群中发生了怀疑和分歧。有的农民开始说到来人是俄国人,他们不让女主人走,是一件错误。德隆也是存这个意见,但他刚表示这个意见,卡尔卜和许多别的农民都攻击他这个旧管事。

"你靠村!吃了多少年?"卡尔卜向他叫,"你觉得什么都是一样!你要拿出钱柜,走开,我们的房子毁不毁,与你有什么关系?"

"有人说过,要守秩序,不让一个离开家里,一点东西也不许带走——就是这样了!"另一个人叫。

"轮到你的儿子,你不怕,爱惜自己的儿子,"忽然一个矮小的老人迅速地说,攻击德隆,"却要我的凡卡去剃头当兵。哎,我们要死了!"

"是的,我们要死了!"

"我不是反对村上的人。"德隆说。

"不是反对村上的人,你养肥了!……"

两个高长的农民说了自己的意思。罗斯托夫刚刚带了依利因、拉夫路施卡和阿尔巴退支走近人群,卡尔卜把手指放在腰带上,轻笑着走上前。反之,德隆走到人群的后边,人群集得更紧密。

"哎,你们这里的管事是谁?"罗斯托夫叫着,快步走近人群。

"管事吗?你有什么事?……"卡尔卜问。

但他还不及说完,他的帽子便飞去,他的头因有力的挞击而偏歪了。

"帽子脱下,奸贼们!"罗斯托夫用愤怒的声音回答。"管事在哪里?"他怒声地叫。

"管事,叫管事来……德隆·萨哈锐支,叫你。"急速而顺从的声音从各处发出,帽子也开始从头上脱下。

"我们不能乱动,我们要守秩序。"卡尔卜说。此刻忽然在后边有几个声音说:

"是管事们所决定的,你们的首领太多……"

"说……暴动……混蛋!奸贼!"罗斯托夫用不像自己的声音无意义地叫着,抓住卡尔卜的领子。"把他绑起来,绑起来!"他叫着,但除了拉夫路施卡和阿尔巴退支以外,没有人绑他。

拉夫路施卡终于跑近卡尔卜,从后面抓他的臂。

"要叫山下的弟兄们来吗?"他叫着。

阿尔巴退支向农民们按名字喊了两个人绑卡尔卜。农民顺从地从人群中走出,开始解带子。

"管事在哪里?"罗斯托夫叫着。

德隆带着皱蹙发白的脸从人群中走出。

"你是管事？绑起来，拉夫路施卡。"罗斯托夫叫着，好像这命令不会遇到反抗。并且，确实又有两个农民开始绑德隆，好像是帮助他们，德隆解下腰带，递给他们。

"你们都听我说，"罗斯托夫向农民们说，"立刻回家去，不要让我听见你们的声音。"

"为什么，我们什么破坏也未做。你知道，我们只是因为愚笨。只是做了一点无聊的事……我早就说过，这是不合规矩。"各人的声音彼此指责。

"我向你们说过，"阿尔巴退支说，恢复了他的权利，"你们错了，儿郎们。"

"我们的愚笨，雅考夫·阿尔巴退支。"许多声音回答，人群立刻开始走散，在村中解散了。

被绑的两个农民被人带到主人的屋里。两个醉农民跟着他们。

"哎，我看你！"其中的一个向卡尔卜说。

"能够同老爷们那样说吗？想了什么？呆子，"另一个肯定地说，"地道的呆子！"

两小时后，车马停在保古洽罗佛庄房的院子里。农民们热心地把主东的行李搬出放在车上，德隆照玛丽亚郡主的意思从禁闭家里被放了出来，站在院中指挥农民们。

"你不要把这个放坏了，"农民中一个圆脸带笑的大汉子说，从女仆的手里拿起了匣子，"它是很值钱的。你怎能那样地抛下来，或者是放在绳子底下——它要坏的。我不喜欢这样。要做得合适，要合规矩。要这样，放在席子底下，用草盖起来，这样好极了。"

"书，啊，书，"另外一个搬安德来郡王的书架的农夫说，"你不要碰！重得很，孩子们，书很结实！"

"是，他们写，不玩。"圆脸高长的农民有意地眯眼说，意思是指上边的辞典。

罗斯托夫不愿勉强结识郡主，不到她那里去，却在村上，等她上路。等到玛丽亚郡主的车子从家里出来了，罗斯托夫上了马，送她到了保古洽罗佛十二里外我军所在的路上。在扬考佛，在旅店里，他恭敬地和她道别，第一次让自己吻她的手。

"你说得难为情，"他红着脸回答玛丽亚郡主谢他搭救的表示（她以为他的行为是搭救），"任何警官也能这样做。假使我们只是要和农人战争，我们也不会让敌人走了这么远。"他羞涩地说，并试图变更话题，"我只是愉快，有了机会认识你。再见，郡主，祝你快乐、安心，希望在更快乐的地方遇见你。假使你不要我脸红，就请你不要道谢。"

但郡主虽然不再用言语感谢他，却仍然用她的充满感激与温柔的面情谢他。她不能相信她没有谢他的原因。反之，她觉得无疑的是，假使不是他，她便要受到暴动农民和法军的损害；他为了搭救她，让自己去冒明显而可怕的危险。更无疑的，他是具有高贵心灵的人，他能了解她的幸和不幸。他的仁爱而诚笃的眼睛，在她自己哭着向他说自己的损失时，也含着泪水，这情形没有离开她的想象。

当她同他道别后，独自一个人的时候，玛丽亚郡主忽然觉得眼里有泪，并且她又想起了这个可怕的问题：她是否爱他？

在赴莫斯科的其余路程中，虽然郡主的心情不愉快，和她同车的杜妮亚莎却屡见郡主看着车窗外边，愉快而忧悒地为什么事情在笑。

"假使我爱上他，又如何呢？"玛丽亚郡主想。

她虽然羞涩地向自己承认，她先爱上了一个男人，这男人也许绝不爱她，她却用这种思想安慰自己，就是没有人会知道这件事，并且假使她不向任何人说，而爱着她初次并且是末次所爱的人，直到生命的尽头，她是无罪的。

有时她想起他的目光、他的同情、他的话，并且她觉得幸福不是不可能的。就是在这种时候，杜妮亚莎看见她笑着向车窗外边看。

"他应当来到保古洽罗佛，并且是正在这个时候！"玛丽亚郡主想，"并且他的妹妹应当拒绝安德来郡王！"[1]玛丽亚郡主把这一切看作天意。

玛丽亚郡主给罗斯托夫的印象是满意的。当他想起她的时候，他觉得愉快。当他的同伴们知道他在保古洽罗佛的冒险，取笑他，说他去寻草，却碰见了俄国一个最富的闺女的时候，罗斯托夫便发怒。他发怒，显然因为这个思想——娶他所满意的、温柔的而有大财产的玛丽亚郡主，常常违反他的意志，来到他的头脑里。对于自己，尼考拉觉得不能娶到比玛丽亚郡主更好的人。娶她可以使伯爵夫人——他的母亲——快乐，并改善他父亲的境遇，尼考拉觉得，甚至还可以使玛丽亚郡主快乐。

但是索尼亚呢？许诺的话呢？因此，别人向他取笑保尔康斯基郡主的时候，他发怒。

---

[1] 女子不可嫁给嫂嫂或姐丈的兄弟。——毛

十五

就任全军总司令后，库图索夫想起了安德来郡王，给他命令来总司令部。

安德来郡王在库图索夫初次阅兵的那天，并且正在阅兵的时候，来到擦来佛·萨伊密赤。安德来郡王歇在村上神甫的屋外，屋前停着总司令的车子。他坐在门前的凳子上，等候大人，现在都称库图索夫为大人。在村庄那边的田野上有军乐声，以及向新总司令呼喊"乌拉"的群众的大声音。在门外离安德来郡王十步远的地方，因为郡王外出与好天气，站着两个侍从、一个信使和一个用人。长着胡须的、黑脸的、矮小的骑兵中校，来到门前，看着安德来郡王，问道："大人住在这里，快要回来了吗？"

安德来郡王说他不属于大人的司令部,他是刚到的。骑兵中校去问整洁的侍从,总司令的侍从用那种特有的轻蔑向他说话,这种轻蔑是总司令的侍从向军官们说话时所有的,他说:

"找大人吗?应该马上就要回来了。你有什么事?"

骑兵中校对于侍从的语调在胡须中笑了一下,下了马,把马交给随从,自己走到保尔康斯基面前,向他微微鞠躬。保尔康斯基让到凳子边上,骑兵中校坐在他的身边。

"也是等候总司令吗?"骑兵中校说。"据说,他什么人都接见,谢谢上帝!和吃香肠的人在一起是可怕的!叶尔莫洛夫不是凭空要做日耳曼人。现在似乎俄国人可以说话了。鬼知道他们要做什么。总是退——总是退。你行军过吗?"他问。

安德来郡王回答说:"我不但有荣幸参与退却,而且在退却中损失了一切我所宝贵的,不要说田庄和生长的家了……家父因为忧伤而死。我是斯摩楞斯克人。"

"啊?你是保尔康斯基郡王吗?很快乐地和你认识:我是中校皆尼索夫,但发西卡这个名字,知道的人更多一点。"皆尼索夫说,和安德来郡王握手,并且用特别和蔼的神情看保尔康斯基的脸。"是的,我听说,"他同情地说,沉默了一会儿,又继续说,"这是大月氏人的战争。这是十分好的,只是对于受打击的人不好。你是安德来·保尔康斯基郡王吗?"他摇头。"很快乐,郡王,很快乐和你认识。"他又用忧郁的笑容说,和他握手。

安德来郡王从娜塔莎关于她的第一个情人的叙述中,已知道皆尼索夫。这个回忆现在又甜又苦地把他带到痛苦的情绪中,这种情绪他近来久已不想，但仍然是在他的心中。近来许多别的严重的印象，例如斯摩楞斯克的放弃，他到童山，父亲逝世的新近消息——许多种的情绪充满了他的胸怀。这些回忆已经久不想起，并且在想到的时候，也远不像从前那样有力地感动他。至于皆尼索夫，他觉得被保尔康斯基所引起的那种回忆是遥远的、诗意的过去。那时候，在饭后娜塔莎唱歌后，他自己不知如何便向十五岁的女孩求婚。他自笑那时的回忆和他对娜塔莎的爱情，但立刻又想到现在强烈而单独使他注意的事情。这是一个作战计划，是他在退却时的前卫勤务中所做的。他曾将这个计划献给巴克拉·德·托利，现在又想献给库图索夫。计划的根据是法军的战线太长，代替阻隔法军进路的前线攻击的，或与它同时并行的，应该是攻击法军的交通线。他开始向安德来郡王说明他的计划。

"他们不能够维持整个的战线。这是不可能的，我要去破坏他们：给我五百人，我要切断他们，这是可靠的！有一个办法——就是游击战。"

皆尼索夫站立起来，做着手势，向保尔康斯基解释他的计划。在他解释时，军队的更不整齐、更广散的喊叫声和音乐声、唱歌声混在一起，从阅兵处传来。在村庄的附近有马蹄声和喊叫声。

"他来了，"站在门边的卡萨克兵叫着，"他来了！"

保尔康斯基和皆尼索夫走到门前，那里站了一群兵（一个荣誉侍从）。他们看见库图索夫从街上走来，坐在不高的棕色马上。一大群将军们跟在身后。巴克拉几乎是和他并行。一大群军官跟着他们跑并环绕他们，叫着："乌拉！"

副官们在他前面骑马进了院子。库图索夫不耐烦地踢他的坐骑,他的马驮着他慢步前行。他不断地点头,把手举到头上白色骑兵帽(有红扁带而无帽檐)前。他走近荣誉侍从,他们是勇敢的掷弹兵,大部分是骑兵。他们向他行礼,他沉默了一会儿,用司令官坚决的目光注视他们,又转过来看环立在身边的将军们和军官们。他的脸上忽然显出思索的表情,他带着怀疑的姿势耸动肩膀。

"有这样的年轻人,还要退却,又退却!"他说。"再会,将军。"他添说后催马经过安德来郡王和皆尼索夫面前,进了大门。

"乌拉!乌拉!乌拉!"他后边的喊声。

库图索夫在安德来郡王没有看见他的时候,又长胖了,皮肤松弛了,全身是肉。但是他所熟悉的白眼球、疤痕和他身体与面貌上的疲倦表情,还是如旧。他穿着制服(肩膀上搭着窄皮条),沉重地摆动着,坐在他的坐骑上。

"嘘……嘘……嘘……"他进院子时吹着口哨,几乎听不见。他脸上显出一个表演后要休息的人的安静之乐。他从足镫里抽出左脚,倾斜全身,因用力而皱眉,困难地把脚蹬到鞍上,撑着膝头,哼了一声,落在接他的副官和卡萨克兵们的手里。

他镇定了一下,用半闭的眼睛环顾,并且看到安德来郡王,显然未认出他是谁,便踏着蹒跚的脚步走上台阶。

"嘘……嘘……嘘……"他吹着口哨,又看安德来郡王。安德来郡王面部的印象,经过了几秒钟后(老人常是如此),才和他和身份的记忆连在一起。

"你好,郡王,你好,好孩子,到这里来……"他疲倦地说,环顾着，沉重地走上在他脚下出声的台阶。他解开纽扣，坐到台阶上边的凳子上。

"啊，你父亲好吗？"

"昨天才接到他去世的消息。"安德来郡王简短地说。

库图索夫用惊惶大睁的眼睛看安德来郡王，然后拿下帽子，画了十字。"愿他进到天国！上帝的意志要来到我们全体的身上！"他沉重地、很悲伤地叹气，又沉默了一下。"我爱他，我尊敬他，我全心全意地同情你。"他抱住安德来郡王，把他搂在自己的肥胖的胸前，好久未放开他。在他放开他的时候，安德来郡王看见库图索夫的松软的嘴唇打战，他眼里有泪。他叹气，用双手抵凳子，站立起来。

"来，到我这里来，我们谈谈。"他说，但这时候，皆尼索夫在长官面前是和在敌人面前同样地不胆怯，不顾台阶上的副官用愤怒的低声阻挡他，勇敢地走上台阶，马刺在台阶上响着。库图索夫把手放在凳子上，不满地看皆尼索夫。皆尼索夫通报了姓名，说明要向大人报告一件与祖国福利有关的很重要的事。库图索夫开始用疲倦的目光看皆尼索夫，并且用厌烦的姿势举起双手放在腹部，说："与祖国福利有关的？是什么？"皆尼索夫脸红得像女孩子（在这个多毛的、苍老的、好酒的面孔上看见发红是奇怪的），勇敢地开始说明他在斯摩楞斯克与维亚倚马之间切断敌人战线的计划。皆尼索夫生长在这个地区，很熟悉地形。他的计划似乎无疑是好的，特别是由于他言语中那种信念的力量。库图索夫看自己的脚，有时看邻近屋舍的门，好像是他等候着那里的不愉快的事情。从他所注视的屋舍里，确实，在皆尼索夫说话的时候，出来了一个将军，在腋下挟着一个公文夹。

"哎?"库图索夫在皆尼索夫报告时说，"已经预备了吗?"

"预备了，大人。"将军说。库图索夫摇头，似乎是说"一个人怎能做这许多事呢"，并继续叫皆尼索夫说话。

"我以俄国军官的身份发誓，"皆尼索夫说，"我要破坏拿破仑的交通线。"

"基锐尔·安德来维支·皆尼索夫，那位军需长是你什么人?"库图索夫插言问。

"是我的叔父，大人。"

"啊!我们是老朋友，"库图索夫愉快地说，"好，好，孩子，留在总司令部里，我们明天再谈。"他向皆尼索夫点了头，转过身，伸手去接考诺夫尼村带给他的公文。

"大人可否进屋呢?"值日的将军用不满意的声音说，"必须看这些计划，批几件公事。"从门内走出一个副官，报告室内一切都预备好了。但库图索夫显然希望无事地进房。他皱眉……

"不进去，好孩子，叫人把桌子放在这里，我在这里看。"他说。他又向着安德来郡王说："你不要走。"安德来郡王留在台阶上，听值日将军说话。

在报告的时候，安德来郡王听见门内妇人的低语和妇人绸衣的窸窣声。他朝这个方向看了几次，看见门内有一个头扎淡紫色绸巾，身穿淡红色衣服，肥胖的、红润的美妇人，拿着一个碟子，她显然是等候总司令进门。库图索夫的副官低声向安德来郡王说这是神甫的夫人、居停女主人,她预备给大人盐和面包[1]。她的丈夫在教堂里拿着十字架迎接他,她在家里……"很美丽。"副官带笑加上这一句。库图索夫寻找这话声。库图索夫听了值日将军的报告(它的主要目的是批评擦来佛·萨伊密赤的阵地),正如他听皆尼索夫说话,正如他七年前听奥斯特里兹军事会议中的辩论。他听,显然只是因为他有耳朵,虽然有一个耳朵听觉不好,却不能不听。但显然是,不但值日将军所能向他说的,没有一点能够使他惊异或使他发生兴趣,而且他早已知道了一切要向他说的,他听这一切,只是因为应该要听,正似应该要听歌唱的祈文。皆尼索夫所说的一切是实际的、智慧的,值日将军所说的一切是更实际、更智慧,但显然是库图索夫轻视知识与智慧,他知道别的将决定事物的东西——与智慧及知识无关的别种东西。安德来郡王注神地察看总司令脸上的表情,他所能看出的唯一的表情是:厌烦,对于门内妇人话声的好奇,以及遵守礼节的愿望。显然是库图索夫轻视智慧与知识,甚至轻视皆尼索夫所表现的爱国情绪,但他不是用智慧,不是用情绪,不是用知识(因为他不愿表现它们)去轻视它们,而是用别的东西去轻视它们。他用自己的年纪和生活的经验去轻视它们。库图索夫自己对于这个报告所加的唯一指令,是关于俄国抢劫的。值日将军在报告的末尾,将一件公文递给大人签字,这是几个军官因地主的要求呈请赔偿被割的燕麦的公文。

库图索夫咬动嘴唇,摇头,听着这件事。

"下炉子……下火!我最后向你说一次,好孩子,"他说,"这些

---

[1] 献"面包与盐"给住新屋的人,是俄国风俗。实际上,是用饼与糖作代替。——毛

公文都下火。让他们割麦，烧树，高兴。我不命令，也不许可这种事，但也不能赔偿。不这样不行。砍树总有碎屑的。"他又看公文。他摇头说："啊，日耳曼人的精确！"

十六

"现在都完了。"库图索夫说,批着最后一件公文。他沉重地站起,伸直胖白颈项上的褶皱,带着愉快的面色向门口走。

神甫夫人带着充血的面孔,抓起碟子,虽然她准备了好久,她却未能适时地递上碟子。她低低鞠躬,把碟子递给库图索夫。

库图索夫的眼眯着,他笑着用手摸她的腮,说道:

"多么漂亮!谢谢,亲爱的。"

他从裤袋里取出几个金币放在碟子里。

"哎,你过得好吗?"库图索夫说,走向为他预备的房间。神甫夫人的红润面孔上带着靥窝笑着,跟他走进房里。副官出来走到台阶上来找安德来郡王,邀他用膳。半小时后,又有人传安德来郡王去见库图索夫。库图索夫仍然穿着解开的衣服,躺在椅子上。他手里拿着一本法文书,在安德来郡王进房时,他放进纸刀做记号,将书合起。安德来郡王从书壳上看见这本书是让理夫人的作品《白鸟骑士》。

"坐下,坐在这里,我们谈谈。"库图索夫说,"伤心,很伤心。但记住,好朋友,我是你的父亲,另一个父亲……"

安德来郡王向库图索夫说了他所知道关于父亲去世的一切,以及他经过童山时所见的事情。

"到什么地步……把我们弄到什么地步!"库图索夫忽然用兴奋的声音说,显然是从安德来郡王的谈话中清晰地想到俄国的地位。"给我时间,给我时间,"他脸带怒气,显然是不愿继续这种使他兴奋的谈话,说道,"我找你来,是要留你在我身边。"

"谢谢大人,"安德来郡王回答,"但我恐怕不适合总司令部之用。"他带着库图索夫看到的笑容说。库图索夫疑问地看着他。安德来郡王又说:"主要的是我惯于部队生活,我爱军官们,我的部下似乎也爱我,我离开部队觉得可惜,若我竟敢辞谢追随,请相信……"

智慧的、仁慈的,同时是淡泊嘲讽的表情,出现在库图索夫的胖脸上。他打断保尔康斯基的话。

"可惜,我需要你;但你是对的,你对。不是我们这里没有人。这里有很多参谋,但没有人才。假使所有的参谋在部队里都像你这样地服务,部队都不至于如此。我在奥斯特里兹就记得你……我记得,记得,记得你拿一面旗子。"库图索夫说。一种快乐的羞红,因为这个回忆,上了安德来郡王的脸。库图索夫拉他手,把面庞伸给他,安德来在老人的眼睛里又看见了泪水。虽然安德来郡王知道库图索夫容易流泪，他对他特别柔和热情，因为希望对于他的损失表示同情，但安德来郡王觉得这个奥斯特里兹的回忆是愉快而阿谀的。

"跟随上帝一同走你的道路。我知道，你的道路——是光荣之道。"他沉默一会儿。"我在部卡累斯特为你可惜，我应该派人去找你。"更换了话题，库图索夫开始说到土耳其战争与媾和。库图索夫说："是的，为了战争、为了和平而责备我的人不少……但一切做得适时，知道等待的人，能获得一切。"他说了这句法国成语。"那里的参谋并不比这里少……"他继续说，又回到那显然盘踞在他心中的"参谋"问题。"啊，参谋们，参谋们！"他说，"若是要听所有的参谋的话，我们就要在土耳其，我们不会订和约，战争也不会结束。一切都匆忙，但愈匆忙，反愈迟缓。假若卡明斯基不死，他便失败了。他用三万人猛攻要塞，占领要塞不难，要战胜就难了。因此我们不需要猛攻与攻击，却需要忍耐与时间。卡明斯基派兵去攻路处克，但我只派它们——忍耐与时间——去攻，比卡明斯基攻下了更多的要塞，使土耳其人吃马肉。"他摇头。"法国人也要如此！相信我的话，"库图索夫激昂地说，拍自己胸脯，"我要使他们吃马肉！"他的眼睛又含着泪。

"但是我们要交战吗？"安德来郡王说。

"假使大家希望交战，当然要战，做不出什么……你相信，好孩子，没有东西更强于这两个战士——忍耐与时间！这两个战士做成一切，但参谋们不听这话，困难在此。有的人愿意，有的人不愿意。怎么办呢？"他问，显然是等候回答。"那么，你要我怎么办？"他重复着，他的眼睛里仍动着精湛的、智慧的表情。"我要告诉你做什么，"

因为安德来郡王还未回答,他说,"我要告诉你做什么,以及我做什么。在怀疑中,我的好朋友。"他停了一下,从容地说:"要约制自己。"

"好,再会,好朋友!记着,我全心同情你的不幸,并且我不是你的大人,不是郡王,不是总司令,但我是你的父亲,假使需要什么,直接来找我。再会,好孩子。"他又抱他、吻他。安德来郡王还未出门,库图索夫安静地叹气,又拿起未看完的让理夫人的小说《白鸟骑士》。

如何以及为何发生这个事情,安德来郡王一点也不能说明;但在这次和库图索夫会面后,他回到自己的部队,对于战争的大势,对于战争所信托的人,他觉得很安心。他愈看见这位老人没有任何个人的利害,愈觉得安心,觉得一切都要像应该的那样。这位老人似乎只保留着情感的习惯,并且只有一种安心考虑事势的能力,以及搜集事件与制作推论的智慧。"他没有什么个人的利害。他什么也不计划,什么也不做。"安德来郡王想。"但他听一切,记得一切,把一切放在适当的地位,不阻挠任何有用的东西,不许可任何有害的东西。他知道,有一种东西比他的意志更有力、更重要——这是事件的不可避免的趋向。他能看见这些事件,能了解这些事件的意义,并且在意义的明见中,他能够不干预这些事件,能够约制个人的意志,注意着别的东西。尤其是,"安德来郡王想,"为什么人相信他,因为他是俄国人,虽然他看让理夫人的小说,讲法文成语,他说'把我们弄到什么地步'时,他的声音打战,因为他说'使他们吃马肉'时,他气哽。"

库图索夫之选任为总司令，共同一致的赞成，就是根据这种为大家所或多或少朦胧地体验到的感觉，这是合乎民意而违反朝廷阴谋的。

十七

在皇帝离开莫斯科后，莫斯科的生活仍循从前的故道而流动，这种生活之流是那样如常，我们难以记得过去爱国热情与兴奋的日子，我们难以相信俄国是果真在危险中，而英国俱乐部的会员同时是祖国的臣子，他们准备为祖国去做任何牺牲。有一件令人想起皇帝在莫斯科时一般热忱爱国情绪的事，就是要求贡献人与钱。二者在许诺之后，都立刻采取了合法的官方的形式，并且显得是不可免的。

在敌人临近莫斯科时，莫斯科居民对于自己地位的观看，不但不觉得更严重，且反之，觉得更愉快，这是看到临近的巨大危险的人们向来如此的。在危险来近时，人心中总是有两个声音，同样有力地说话：一种很理性地说，使人想到危险的性质以及避开危险的方法；另一种更理性地说，想到危险是痛苦而烦恼的，因为预见一切以及逃避事件的一般趋势不是人的权力，因此最好是在痛苦来临之前不想到它，而想到愉快的事。在孤独时，大部分的人听从第一种声音，反之，在社会上则听从第二种声音。莫斯科的居民现在也是这种情形。莫斯科好久没有像今年这样愉快了。

拉斯托卜卿的公告上边印着一家酒店、一个酒保和莫斯科市民卡尔普施卡·齐给润，"他是民团团员，在酒店饮了过多的酒，听说拿破仑想来到莫斯科，便发火，用最坏的话骂一切的法国人，走出酒店，向聚集在鹰旗下的民众说话"。这种公告正似发西利·勒福维支·普希金最近的韵诗那样被阅读、被讨论。

在俱乐部的角室里，聚了许多人在读这种公告。有些人很高兴卡尔普施卡那样的嘲讽，他们说，"法国人要被黄芽菜涨碎，被粥涨裂，被菜汤撑死，他们都是矮子，一个农妇能用叉子打倒三个法国人"。有些人不赞成这种语调，说这些话是空洞而愚笨的。他们说拉斯托卜卿把法国人甚至所有的外国人都送出了莫斯科，其中还有拿破仑的间谍和侦探；但他们说这话，主要地是为了要在这种场合重述拉斯托卜卿在押送他们时所说的警语。外国人被船送到尼示尼，拉斯托卜卿用法文向他们说："进到你们的舱里去，下船吧，当心这只船不要成为你们的卡隆的船。"他们说，所有的政府机关都从莫斯科搬走了，并且在这里他们加上沈升的笑话，他们说，单是为这一件事，莫斯科就应该感谢拿破仑。他们说，马摩诺夫的团要耗费他八十万，说别素号夫在民团上所花费的更多。但别素号夫的最好的行为是，他要自己穿上军装，骑马走在民团的前面，但对观众的座位一点费也不收。

"你对任何人都没有好意。"尤丽·德路别兹考说,用戴戒指的纤细手指抓起并压紧一堆撕裂的麻布。

尤丽准备第二天离开莫斯科,并举行告别夜会。

"别素号夫是可笑的,但他是那么良善,那么仁慈。为什么乐于这样地嘴坏呢?"

"罚钱!"穿民团制服的年轻人说,尤丽称他为"我的骑士"。他要同她一道去尼示尼。

在尤丽的团体中,正和在莫斯科的许多团体相同,大家决定只说俄语,谁犯了错,说法语,就交罚金给捐输委员会。

"又是一次对于说法语的罚金,"在客厅里的俄国作家说,"'乐于'不是俄国话。"

"你对任何人都没有好意。"尤丽继续向民团团员说,不注意作家的提议。"为了嘴坏,我承认错,"她说,"我罚钱,但为了乐于向你说实话,我准备再罚钱;对于说法语,我不负责。"她向作家说:"我没有钱,没有时间,像高里村郡王那样,聘教师学俄语。他在这里。""当他(她用法文说了这两个字——译者)……不,不,"她向民团团员说,"你不要抓我。当他们说太阳的时候,他们看见阳光。"女主人说,可爱地向彼挨尔笑。"我们刚刚说到你,"尤丽用社交妇女特有的说谎的机智说,"你的民团确比马摩诺夫的好。"

"啊,不要向我说我的民团了,"彼挨尔回答,吻女主人的手,坐在她旁边,"这使我那样厌烦!"

"你真要去亲自指挥吗?"尤丽说,狡猾而嘲笑地和民团团员交换目光。

民团团员当彼埃尔的面不是那么嘴坏,他的脸上表示不明白尤丽笑容的意思。彼埃尔虽然是无心、善意,但他的在场立刻打断任何向他嘲笑的企图。

"不是,"彼埃尔笑着回答,看着自己高大肥胖的身躯,"我太容易做法国人目标,我恐怕不能上马……"

在选出作谈话对象的许多人当中,尤丽的团体又选了罗斯托夫家。

"据说,他家的情形很坏,"尤丽说,"伯爵本人是那样地不聪明。拉素摩夫斯基家要买他的房子和莫斯科乡下的财产。这件事还拖延着。他要抬价。"

"不然,似乎几天之内买卖可以成交,"有人这么说,"不过现在,在莫斯科买东西是发疯。"

"为什么?"尤丽说,"你是以为莫斯科有危险吗?"

"为什么你要走呢?"

"我吗?这奇怪。我走,因为大家都走,并且因为我不是贞德,不是阿玛松。"

"啊,啊!再给我几块麻布。"

"假使他会处理事情,他能够偿清一切债务。"民团团员继续说到罗斯托夫。

"他是好心的老人,但很可怜。为什么他们住在这里这么久?他们早就想下乡。似乎娜塔丽(即娜塔莎——译者)现在好了吧?"尤丽狡猾地笑着问彼埃尔。

"他们等候小儿子,"彼埃尔说,"他进了奥保林斯基的卡萨克兵队，要到别拉·策尔考夫去。队伍在那里成立。但现在他们又把他调到我的民团里来，每天都在等候他。伯爵早想走，但伯爵夫人不等儿子到了，无论如何不同意离开莫斯科。"

"我前天在阿尔哈罗夫家看见他们。娜塔丽又漂亮了，又快活了。她唱了一曲情歌。有些人对于一切觉得是多么轻易！"

"对于什么？"彼挨尔不满地问。尤丽笑。

"你知道，伯爵，像你这样的骑士只有苏萨夫人的小说里才有。"

"什么骑士？为什么？"彼挨尔红着脸问。

"啊，够了，好伯爵，这是全莫斯科的传说。我发誓，我羡慕你。"（后面一大部分的话是用法文说的——译者。）

"罚钱，罚钱！"民团团员说。

"啊，好吧。不能说话，多么恼人！"

"什么是全莫斯科的传说？"彼挨尔站起发怒地问。

"够了，伯爵。你知道！"

"什么也不知道。"彼挨尔说。

"我知道，你是娜塔丽的朋友，因此……不，我一向和韦娅是更好的朋友。那个可爱的韦娅。"

"不是，夫人，"彼挨尔继续用不满意的音调说，"我并没有让自己做罗斯托夫家骑士的角色，我已经几乎一个月不去他们家了。但我不懂这种残忍……"

"欲盖弥彰。"尤丽笑着摇着麻布说，并且为她留着最后的话，她立刻改变了话题。"还有，我今天知道不幸的玛丽亚·保尔康斯基昨天到了莫斯科。你听说，她死了父亲吗？"

"当真！她在哪里？我很想见她。"彼挨尔说。

"我昨天在夜会中和她在一起。她今天或者明天早晨要带侄子到莫斯科乡下去。"

"她现在怎么样？"彼挨尔问。

"没有什么，她很伤心。但是你可知道，谁救了她？这是一个完全的奇遇。是尼考拉·罗斯托夫。有人包围她，想弄死她，打伤了她的仆人。他冲进去，救出了她……"

"又是一桩奇遇，"民团团员说，"的确，大家的奔跑，是要使老处女嫁人。卡姬施是一个，保尔康斯基郡主又是一个"。

"你知道，我确实以为她有一点爱上了这个年轻人。"（下半句是用法文说的——译者。）

"罚钱！罚钱！罚钱！"

"但是用俄文怎么说这句话呢？"

十八

彼挨尔回家后,他们给了他两张今天带来的拉斯托卜卿的公告。

第一张公告说,拉斯托卜卿伯爵禁止人民离开莫斯科的谣言——是不真实的,且相反地,拉斯托卜卿高兴妇女和商家太太们离开莫斯科。"恐怖更少,消息更少,"公告里说,"但我凭性命说,坏人不会来到莫斯科的。"这些话第一次明白地向彼挨尔表示,法国人将到莫斯科。第二张公告说,我们的总司令部在维亚倚马,说维特根卡泰恩伯爵战胜了法军,但因为许多居民愿意武装起来,因此为他们在军火局里预备了武器:刀剑、手枪、步枪,这些都可以由居民廉价购买。公告的语气不像以前齐给润的谈话那么好笑。彼挨尔考虑着这些公告。一心一意所期待的那个可怕的暴风雨的云,显然在他心里激起了不快的恐怖，显然这块云来近了。

"服务兵役，加入军队呢，还是等候着？"彼挨尔已经对于这个问题考虑了一百次。他拿了一副牌，把牌放在桌上，开始玩"排心思"。

"假使这牌'排心思'顺利，"他洗了牌，把牌拿在手里，眼向上看，自言自语，"假使顺利，意思就是……什么意思……"他未及决定是什么意思，在房门外已经有了老郡主的声音，探问可否进房。

"那么意思是我应该加入军队。"彼挨尔向自己说完。"进来，进来。"他向郡主这么说。

她是最长的郡主，有长腰身、苍白面孔，只有她继续住在彼挨尔家，两个年轻的都已结婚。

"对不起，表弟，我来找你。"她用责备而又兴奋的声音说，"总之，我们终于要决定一个办法。这样下去怎么呢？大家都离开了莫斯科，人民造反了。为什么我们要留在这里？"

"相反地，一切似乎很满意，我的表姐。"彼挨尔用那种习惯的游戏态度说，这是彼挨尔一向在郡主面前用来不舒服地扮演他的恩人角色的。

"是，满意……很满意！今天发尔发妲·依发诺芙娜向我说，我们的军队如何地显身手。这应当是他们的荣耀。人民完全造反了，不听话了。我的女用人，也变坏了。这样很快就要来打我们了。在街上不能走路。顶要紧的，今明两天法国人要到，我们为什么要等呢！我只求你一件事，我的表弟，"郡主说，"叫人送我到彼得堡去，无论我怎样，我不能在拿破仑的势力下过活。"

"够了，我的表姐，你从哪里得的消息？相反地……"

"我不对你的拿破仑屈服。别人可以随意……假使你不愿做这件事……"

"我要做，我马上叫人。"

郡主显然觉得烦恼，因为不曾对谁发脾气。她低语着什么，坐到椅子上。

"但他们把不正确的告诉了你。"彼挨尔说，"城里安静如常，没有任何危险。我刚才看到……"彼挨尔把公告递给郡主。"伯爵写的，说他凭性命向我们说，敌人不会到莫斯科的。"

"啊，这是你的伯爵，"郡主愤怒地说，"他是一个伪君子，一个坏人，他自己使人民造反。他不是在这些呆笨的公告里说过，随便他是什么人，他们要拖他的头发进牢（多么蠢）。他说，谁抓住他，谁有光荣与荣耀。这就是他所爱做的。发尔发啦·依发诺芙娜向我说，人民几乎把她杀死了，因为她说法语……"

"原来如此……你太把一切都记在心里了。"彼挨尔说，开始排列"排心思"。

虽然"排心思"顺利，彼挨尔却不加入军队，仍然留在荒凉的莫斯科，仍然在同样的兴奋、怀疑、惊恐中，同时在快乐中，等待着可怕的事情。

第二天傍晚，郡主走了。彼挨尔的总管来向他报告，说假使不卖出一处田庄，他所需要的军装费用便不能筹足。总管大概地向彼挨尔说，这一个团的费用定要使他破产。彼挨尔听着总管的话，困难地隐藏着笑容。

"好,卖吧,"他说,"怎么办呢,我现在不能拒绝!"

任何事情,特别是他自己的事情,形势愈坏,彼挨尔愈快乐,愈显然是他所等待的灾难来近了。几乎彼挨尔所有的熟人都不在城了。尤丽走了。玛丽亚郡主走了。在最接近的熟人中,只有罗斯托夫家还停留着,但彼挨尔不去看他们。

这天,彼挨尔为了散心,曾去福隆操佛村看大气球,这是雷皮赫为了消灭敌人而制造的。一个试验的气球要在明天升放,这只气球尚未完备;但彼挨尔听说,他是奉皇帝的意思做的。关于这只气球,皇帝曾经向拉斯托卜卿伯爵写了如下的话:

"雷皮赫一预备好,即为他的悬篮组织一队可靠伶俐的人,并派人去库图索夫将军处向他通知。我已向他提及此事。请提醒雷皮赫注意他第一次下降的地方,以免错误,并勿落敌手。他的动作必须配合总司令的动作。"

自福隆操佛村回家经过保洛特累广场时,彼挨尔在洛不诺耶场[1]看见一群人,他停下来,下了车。他们是在鞭打一个犯间谍罪的法国厨子。鞭答刚刚完毕,鞭打者从柱子上放下一个有棕色胡须、穿蓝袜绿衫的、痛哭的胖子。另外一个瘦的、苍白的犯人也站在那里。从面貌看来,他们是法国人。彼挨尔用惊恐而疾病的面色,好像那个瘦法国人,挤进人群之中。

"这是什么事?谁?为什么?"他问。但群众——官吏、市民、商人、农人、穿外套和皮衣的妇女——的注意是那么热心地集注在洛

---

[1] 这是刑场。在莫斯科红场那里。——毛

不诺耶场所发生的事件上，没有人回答他。胖子站立起来，皱眉耸肩，显然是希望表示刚强，不看四周的人，开始穿外衣；但他的嘴唇忽然打战，他哭，对自己发脾气，好像成年的血质的人哭的那样。群众大声说话，彼挨尔觉得，这是为了要压下他们自己的可怜情绪。

"某家郡王的厨子……"

"哎，先生，俄国的酱油对于法国人是酸的……涩牙齿。"站在彼挨尔旁边的一个脸上打皱的官吏，在法国人哭时这么说。这个官吏环视四周，显然等候别人对他的笑话的赞赏。有的人笑，有的人惊悚地继续看着打手，他在脱第二个法国人的衣服。

彼挨尔用鼻子喘气，皱眉，迅速地转过身，回到车前。在他行走以及坐进车内的时候，他不断向自己低语着什么。在途中，他跳动了几次，并且那样地大声喊叫，车夫问他：

"吩咐什么？"

"你向哪里赶？"彼挨尔叫着问车夫，他把车赶到庐毕安卡街。

"你吩咐赶到总司令那里。"车夫回答。

"呆瓜！笨家伙！"彼挨尔叫着骂他的车夫，他很少有这种情形。"我说回家。放快一点，笨瓜。我今天一定要走。"彼挨尔向自己说。

彼挨尔看到被打的法国人和围在洛不诺耶场的群众，最后决定了，他不能再留在莫斯科，他今天去加入军队，他觉得或者他告诉了车夫这件事，或者车夫自己应该知道这件事。

到了家，彼挨尔命令他的全知、全能、全莫斯科闻名的车夫叶夫斯他非维支，说他当夜要到莫沙益司克的军队里去，要把他的坐骑送到那里去。这是当天不能做成的，因此，据叶夫斯他非维支的意见，彼挨尔应当把起程延迟到第二天，以便让轮替的马来得及上路。

二十四日，在坏天气之后，又晴朗了。这天饭后，彼挨尔离开了莫斯科。夜间在撒尔胡市考佛换马，彼挨尔得知当晚有了一次大战。他们说，在撒尔胡市考佛这里，土地因炮声而震动。没有人能够回答彼挨尔的这个问题，是谁胜了（这是二十四日涉发尔既诺战役）。天亮时，彼挨尔到了莫沙益司克。

莫沙益司克所有的房屋皆驻扎了军队，在彼挨尔遇见他的马夫和车夫的旅店里，没有了房间，都被军官住满了。

在莫沙益司克及莫沙益司克的那边，处处驻扎着、行走着军队。卡萨克兵、步兵、骑兵、粮车、弹箱、大炮，处处可以看见。彼挨尔急促赶上了前，他离莫斯科愈远，愈深入兵海，他的不安情绪以及从未经历的新快乐感觉愈是强烈。这种感觉正似他在斯洛保大宫当皇帝进门时所经验的，即必须有所举动、有所牺牲的感觉。他现在经验到一种愉快的感觉，即组成人类快乐、生活享受、财富，甚至生命本身的一切，是尘芥，和别的东西比较起来，把它抛弃，是愉快的……别的什么，彼挨尔不能回答，也确实不企图向自己说明，为谁、为什么他觉得牺牲一切是特别愉悦。他没有注意到，为什么他希望牺牲，但"牺牲"本身给了他一种新快乐情绪。

十九

涉发尔既诺堡垒前的战役是在二十四日，二十五日双方不发一弹，二十六日是保罗既诺战役。

为什么并且如何发动并应接了涉发尔既诺及保罗既诺战役？为什么发生了保罗既诺战役？对于法军，对于俄军，皆无丝毫意义。对于俄国人，最近的结果是，并且应该是——我们临近莫斯科的失陷（这是我们在世界上最怕的事）；而对于法国人，是他们临近全军覆没（这也是他们在世界上最怕的事）。这个结果在当时是很明白的，但拿破仑却发动，而库图索夫也应接了这个战役。

假使军事领袖听从理性的考虑，则似乎对于拿破仑应该很明白，就是前进两千里，而作战也许会损失四分之一的军队，他是走上一定的溃败之途；对于库图索夫也应该是同样地明白，就是应战而冒险损失四分之一的军队，他一定要失去莫斯科。对于库图索夫，这是算学般地明显，正似下棋一样明显，就是，假使我的棋少了一枚，并且我要拼棋，我一定要败，因此不应该拼棋。

敌手有十六棋，我有十四棋时，则我比敌人弱八分之一；在我又拼去十三个棋的时候，则敌人将比我强过两倍。

在保罗既诺战役前，我们的兵力比诸法军大概是五对六；但在战役以后，是一对二，即在战役前是十万比十二万，在战役后是五万比十万。但敏慧而有经验的库图索夫应接了战役。拿破仑，别人称他为天才的指挥官，发动了战争，损失四分之一的兵力，但仍然把战线向前伸展。假使说，他想占领莫斯科后结束战争，像占领维也纳一样，则反对这一点的有许多证明。拿破仑的历史家说，他在斯摩楞斯克时即想停留，他知道伸长战线的危险，并且知道占领莫斯科不是战争的完结，因为他在斯摩楞斯克看到留给他的俄国城市是什么样，并且关于他希望举行谈判的一再声明，没有得到任何回答。

发动并应接保罗既诺战役，库图索夫和拿破仑的行为是被动的、无理性的。后来历史家对于既成事实，举出指挥官远见与天才之狡猾造作的证明。指挥官在此事的一切被动工具中，是最弱、最被动的人物。

古人留给我们史诗的例子，在这些史诗中，英雄们成了历史的全部兴趣，我们还不能惯于这个思想，即对于我们人类时代，这种历史没有意义。

对于另一个问题——保罗既诺和以前的涉发尔既诺战役是如何发

生的？有同样的极确定、极通晓而完全虚谎的记述。所有的历史家都如下地记述事实：

他们说，俄军在退出斯摩楞斯克时，曾寻找最有利的阵地作大战。他们说，这个阵地在保罗既诺找到了。

他们说，俄军事前加强了这个阵地，在大道（斯摩楞斯克与莫斯科之间）的左边，与大道几乎呈直角，自保罗既诺到乌齐擦，就在这个地方发生了战争。

他们说，在这个阵地之前，为了侦察敌人，曾在涉发尔既诺堡垒上建起武装的前线哨岗。他们说，二十四日，拿破仑攻击前线哨岗，并占领了它；二十六日，他攻击保罗既诺平原阵地上的全部俄军。

历史是这么说的，而这一切是完全不确实的，任何人，谁愿意深究事实真相，便容易认识清楚。

俄军不曾找得最好的阵地；但反之，在退却时，俄军经过许多好于保罗既诺的阵地。他们没有在其中任何一个阵地上停留，因为库图索夫不愿采用不是他所选择的阵地，因为大众对于战役的要求表现得还不够强烈，因为米洛拉道维支尚未领民团赶到，还有其他无数的理由。这个事实——以前的阵地是更坚强，而保罗既诺的阵地（即作战的地方）不但不坚强，而且较之俄罗斯帝国的任何一处，并不是更好的阵地——这可以任意用针在地图上指示出来。

俄军不但不曾加强左边与大路呈直角的保罗既诺平原阵地（即作战的地方），而且在一八一二年八月二十五日以前，从未想到战事能够发生在这个地方。对于这一点的证明，第一是，不但在二十五日这地方还没有工事，而且二十五日所开始的工事，在二十六日还未完成；第二点证明是，涉发尔既诺堡垒的阵地，涉发尔既诺堡垒在发生战事的那个阵地之前，并没有任何价值。为什么要把这个堡垒加得比其他一切据点更强？为什么，要在二十四日深夜，用尽一切力量，损失六千人，保卫它？卡萨克兵斥候足够作侦察敌人之用；第三点是，发生战事的阵地不是预料到的，而涉发尔既诺堡垒不是这个阵地的前哨据点，它的证明是巴克拉·德·托利和巴格拉齐翁在二十五日之前还确信涉发尔既诺堡垒是阵地的左翼，而库图索夫在战后匆促写成的报告中，认为涉发尔既诺堡垒是阵地的左翼。很迟以后，在闲空时编造保罗既诺战役报告的时候，才想出这个不确而奇怪的陈述（或者是为了辩护万无一失的总司令的错误），说涉发尔既诺堡垒是前线哨岗（当时这只是左翼的加强的据点），说保罗既诺战役发生在我们预先选定的加强的阵地上，但当时这个战役是发生在完全未预料到，而且几乎未设防的地方。

事实显然是如此：阵地是选择在考洛洽河上，这条河横截大道，不呈直角，而是锐角，因此左翼是在涉发尔既诺，右翼靠近诺佛耶村，中心是在保罗既诺，在考洛洽河与福益那河的合流处。

对于任何观看保罗既诺平原而忘记战争如何经过的人，这个阵地——在考洛洽河掩护之下，对于志在阻止敌人顺斯摩楞斯克大道向莫斯科前进的军队——是明显的。

拿破仑，二十四日，到了发卢耶佛，没有看见（历史里这么说）自乌齐擦到保罗既诺的俄军阵地（他不能看见这个阵地，因为它不存在），没有看见俄军的前线哨岗，而在追赶俄军后卫时，在涉发尔既诺堡垒碰到了俄军阵地的左翼，并且出乎俄军意料，使军队渡过了考洛洽河。俄军不及作大战,即将左翼退出他们要守的阵地,而守了未曾预料的和没有设防的新阵地。渡到考洛洽河的左岸,在大道的左边,拿破仑把全部将来的战事从右边移到左边(从俄国这方面看),而把战事移在乌齐擦、塞米诺夫斯考和保罗既诺之间的平原上(在这地带,没有任何条件,比俄国任何其他地点更宜于作阵地),并且在这个地带发生了二十六日的全部战事。

假使拿破仑不在二十四日晚间到达考洛洽河,不当晚下令攻击堡垒,而在第二天早晨开始攻击,则没有人怀疑涉发尔既诺堡垒是俄军阵地的左翼,则战争经过将如我们所希望的。在这种情形之下,我们也许能够更巩固地保卫我们的左翼涉发尔既诺堡垒,我们也许在中部和右翼攻击拿破仑,而二十四日大战将发生在那个加强的和预料的阵地。但因为对于我们左翼的攻击是在晚间我方后翼退却以后,即紧随格锐德涅发战役之后,又因为俄国指挥官不愿或者不及在二十四日晚间开始大战,所以保罗既诺战役中最初而最重要的战斗是在二十四日失败了,且显然酿成二十六日战争的失败。

涉发尔既诺堡垒失陷后,在二十五日早晨,我们发现左翼没有阵地,不得不缩回我方左翼,并迅速加强左翼我们能防守的地方。

不仅如此,八月二十六日,俄军处在薄弱的未完成的工事掩护下,这个阵地的不利因以下原因而更加严重起来,就是俄军指挥官没有充分认识既成事实(左翼阵地的失守以及未来全部战场自右移到左边),阵地仍然是从诺佛耶村延长到乌齐擦村,因此必须在战斗时把军队从右翼调到左翼。俄军就是这样地在全部战斗时间中抵抗攻击我方左翼的全部法军,而我们的军力只有法军一半(波尼亚托夫斯基在乌齐擦村前以及乌发罗夫在法军右翼的行动，是和战役的进行无关的）。

因此，保罗既诺战役不像历史家所叙述的（他们企图遮饰我们军事领袖的错误，因此轻视了俄国兵士和民众的功绩）。保罗既诺战役不是用稍弱的俄国兵力在选择的、设防的阵地上进行的，而保罗既诺战役，因为涉发尔既诺堡垒的失陷，是俄军用只有法军一半的兵力，在暴露的而几乎没有工事的地方进行的，即在这种情形之下，不但战斗十小时并作非决定的交战是不可思议的，而且在三小时内要兵士不完全溃散、逃跑也是不可思议的。

二十

　　二十五日早晨，彼挨尔离开莫沙益司克。在城外极陡而弯曲的山坡上，彼挨尔下了车，步行经过山右的教堂，它里面正在举行祷告、敲钟。在他后边，有一个骑兵团下山，队前有唱歌班。迎面上山的是载运昨天战役中伤兵的车队。赶车的农民叫着马，并且鞭子打着，不断地从这边跑到那边。车子在斜陡高坡的铺路石块上颠簸着，每辆车上坐着三四个伤兵。伤兵裹了破布，面色苍白，咬紧嘴唇，皱了眉，抓住车上横木，在车内颠簸震动。几乎都用孩子般单纯的好奇心看彼挨尔的白帽子和绿衣服。

　　彼挨尔的车夫愤怒地向伤兵车喊叫，要伤兵车靠一边走。唱歌的下山的骑兵团，遇上了彼挨尔的车子，挤塞了道路。彼挨尔停下来，挤在山间开阔的道路的旁边。阳光还没有从山坡那边照到道路的洼处,那里寒凉而潮湿;在彼埃尔的头上是明朗的八月的早晨,钟声愉快地响着。一辆伤兵车紧靠彼埃尔停在路边。穿草鞋的、喘气的车夫跑到自己的车边,在没有铁箍的后轮下放了一块石头,开始整理马身上的尻带。

一个年老的裹了胳膊的伤兵,走在车后,用完好的手抓住车子,看彼埃尔。

"呶,老乡,是把我们放在这里,还是到莫斯科?"他问。

彼埃尔是那样地沉思着,没有听到这个问题。他看看和伤兵车辆迎面的骑兵团,又看看身边的运送车,车上坐着两个伤兵,躺着一个。坐在车上的当中有一个大概是伤了腮,他整个的头都用破布裹扎着,他的一面腮肿得像小孩的头。他的嘴和鼻子歪在一边。这个兵看着教堂画十字。另外一个美发的、苍白的、年轻的新兵,好像瘦脸上没有一点血色,带着不变的善意的笑容看彼埃尔。第三个躺得很低,他的脸不能看见。骑兵唱歌班走过了这辆车子。

"啊迷失了……敏感的头……"

"哎,住在外国的地方……"他们唱着跳舞的军歌。山上金钟响着,好像是应和他们,却是另一种愉快。太阳炎热的光洒射对面山坡的顶端,又是另一种愉快。但在山坡下,在伤兵车边,在彼埃尔身旁喘气的马那里,是潮湿、阴暗而愁惨的。

肿腮的兵愤怒地看骑兵唱歌班。

"啊,快活哥儿们!"他责骂地说。

"今天不但看见了兵,还看见了农民!农民们,他们也要去。"

站在车后的兵，用忧郁的笑容，向彼挨尔说，"今天他们没有分别……他们要用全体人民攻击他们，一句话——莫斯科。他们要做一个结束。"虽然兵的话不清楚，彼挨尔却懂得他所要说的一切，并且赞成地点头。

路松了，彼挨尔向山下走，并且坐车向前行。

彼挨尔向前行，看着路的两边，寻找着熟悉的面孔，但处处只遇见各种兵士的生面孔，都同样惊异地看他的白帽子和绿礼服。

走了大约四里，他遇见了第一个熟人，并且喜悦地和他招呼。这个熟人是军中高级医官之一。他坐在篷车里和彼挨尔迎面，他身边坐着一个年轻的医生。他认识彼挨尔，叫坐在车夫位上的卡萨克兵停住。

"伯爵！阁下怎么到了这里？"医生问。

"啊，我想看看……"

"是，是，有东西看……"彼挨尔下了车，停住和医生说话，向他说明自己参战的计划。

医生劝他直接去会大人。

"啊，上帝晓得，交战时你在什么地方，不见你。"他说，和年轻的医生交换目光。"大人总知道你，并且会仁爱地接待你。朋友，就这么做。"医生说。

医生显得疲倦而匆忙。

"你这么想……我还想问你一声，阵地在哪里？"彼挨尔问。

"阵地吗？"医生说，"这个我不知道。你到塔塔锐诺佛去，那里有许多人在掘土。到那里的小山上去，从那里可以看见。"

"从那里可以看到吗……假使你要……"

但医生打断他的话,走近自己的车子。

"我要送你去,但凭上帝——这里(医生指着喉咙),我要赶到军团长那里去。我们要怎么办呢?你知道,伯爵,明天要有战事,十万兵中至少要有两万伤兵,我们的担架、病床、救护、医生不够六千人之用。有一万辆运送车,但是需要别的东西,我们要尽力去做。"

在那许多活泼的、健康的、年轻的、年老的、用愉快的惊异看他帽子的人当中,有两万人注定了要伤亡(也许就是他所看见的这许多人)——这种奇怪的思想感动了彼挨尔。

"他们也许明天要死,为什么他们在死之外想到别的东西呢?"忽然,由于某种内在的思想联系,他生动地想起莫沙益司克的山坡、伤兵车、钟声、斜射的阳光、骑兵的歌声。

"骑兵去作战,遇见伤兵,无时无刻不想到那等着他们的事情,但他们走过并且观看伤兵。这些人当中两万人注定了要死,但他们惊异我的帽子!奇怪!"彼挨尔想,向前朝塔塔锐诺佛走。

在路左绅士宅第的前面,停着马车、辎重车、许多侍从和哨兵。大人住在这里。但在彼挨尔到此的时候,他不在这里,几乎司令部里一个人也没有,都在做祈祷。彼挨尔向前到高而该去。

上山到了村庄的小街,彼挨尔第一次看见农民民团,帽上有十字架,穿着白衫。他们大声说笑、兴奋、流汗,在长满青草的大土堆上的路右边工作着。

他们当中有的用锹在掘土,有的用独轮车顺着板条运送泥土,有的站着什么也不做。

两个军官站在山上指挥他们。看到这些农民显然在享受他们自己的新兵的地位，彼埃尔又想起莫沙益司克的伤兵，他了解了那个说"他们要用全体人民攻击他们"的兵所要表现的意思。这些在战场上工作的有胡须的农民，穿着古怪笨重的鞋子，他们的颈子淌汗，有的人解开了斜的衣领，露出晒黑的锁骨——这情形较之彼埃尔先前关于此时的严肃与重要性所见所闻的一切，更强力地感动了他。

二十一

彼挨尔下了车，从工作的民团身边，上了土堆，从那里，如医生向他说的，可以看见战场。

是上午十一时。太阳有点偏彼挨尔的左后方，并且透过清洁明朗的空气，明亮地照耀着展开在他面前的大全景，好像高地上的圆剧场。

斯摩楞斯克大道，通过丘前下边五百步外有白色教堂的村庄（这是保罗既诺），蜿蜒在这个圆剧场的左上方，并将它划分为二。道路经过村旁的桥梁，并且经过山坡和高岗，渐高地曲折通到六里外可见的发卢耶佛村（此刻拿破仑在这里）。在发卢耶佛的那边，道路隐藏在地平线上变黄的树林中。在这个桦松林中，在道路的右边，考洛洽僧院的十字架和钟楼遥远地闪耀在阳光下。在这全部绿野上，在树林和道路的左边与右边，在各处可以看到冒烟的营火以及不清楚的我敌双方的军队。在右边，顺着考洛洽河与莫斯科河，是丘谷地带。在这些山谷之间，可以看见远处的别素保佛村和萨哈锐诺村。左边地形较为平坦，是麦田，可以看见一座冒烟的燃烧的村庄——塞米诺夫斯考。

彼挨尔所见的左右的一切是那样地不清晰，原野的左边和右边都不合他的预料，没有一处是他所期望看见的战场。只是田地、草原、军队、树林、营火的烟、村庄、山丘、河流，无论彼挨尔如何辨别，他不能在这个生动的地面上找出阵地，甚至也不能分别我们的军队和敌人的军队。

"应该问短简的人。"他想着，并且走近一个军官，他好奇地看着他的非军人的大身体。

"请问，"彼挨尔向这个军官说，"前面是什么村庄？"

"布尔既诺吧？"军官说，问他的同伴。

"保罗既诺。"另一个人回答，更正他。

军官显然愿意有机会说话，走近彼挨尔。

"那里是我们的人吗？"彼挨尔问。

"是，再远便是法国人，"军官说，"他们在那里，看得见。"

"哪里？哪里？"彼挨尔问。

"肉眼看得见。就在那里！"军官用手指示可以在河左边看见的烟，他的脸上显出庄重而严肃的表情，这是彼挨尔在所遇见到的许多人的脸上看到的。

"啊，这是法国人！哪里呢？……"彼埃尔指着左边的山丘，那里附近可以看见军队。

"这是我们的人。"

"啊，我们的人！哪里呢？……"彼埃尔指示远处村庄附近有大树的山丘，这个村庄在山谷中，那里有营火的烟和发黑的东西。

"这又是他的。"军官说（这是涉发尔既诺堡垒），"昨天是我们的，但现在是他们的了。"

"那么我们的阵地如何呢？"

"阵地？"军官带着满意的笑容说，"我可以向你说明白，因为我几乎建造了我们所有的工事。那里，你看，我们的中心在保罗既诺，在那里。"他指示前面有白色教堂的村庄。"那里是考洛洽河的渡水处。在那里，你看，在那有成行的草堆的低地方，那里是一座桥。这是我们的中心。我们的右翼在那里（他直指右方，在山谷的远处），那里是莫斯科河，我们在那里筑了三个很强的堡垒。"军官在这里止住。"你看，这个很难向你说明……昨天我们的左翼在那里，在涉发尔既诺，在那里，你看，有着树的地方；但现在我们撤回左翼，现在，在这里，这里，你看见村庄和烟吗？这是塞米诺夫斯考，看这里。"他指示拉叶夫斯基山丘。"只是战争不一定然那里。他把军队调到这里，这是欺骗！他大概要从右边绕过莫斯科河。好，随便怎样，明天要损失许多人！"军官说。

年老的军曹在军官说话时走到他身边，沉默地等候他的长官说话的结果；但在这里，他显然不满军官的话，打断了他。

"应该去取堡监了。"他严厉地说。

军官似乎自惭,他似乎明白,他能够想到明天损失多少人,但不该说这话。

"好,再派第三队过去。"军官匆促地说。

"但你是谁?是不是医生?"

"不是,我不是。"彼挨尔回答。于是彼挨尔下山,又经过民团。

"啊,天谴的!"跟在他身后的军官说,按着鼻子,从工人的身边走过。

"他们来了……抬着走……她来了……马上就要到……"忽然传来这些声音,军官兵士和民团向路上跑。

教会的行列从保罗既诺村向山上走。在尘土道路上,脱了帽、低下枪的步兵整齐地走在最前边。在步兵的后边,发出教会的歌声。

兵士和民团没有帽子,对着上山的人跑去,赶过了彼挨尔。

"他们抬了圣母!我们的保卫者!……依佛斯基圣母!"

"斯摩楞斯克的圣母。"另一个人更正。

在村庄里的和在炮台中工作的民团,抛下锹,奔跑迎接教会的行列。在灰尘道路上的步兵营的后边,有穿僧服的神甫们、一个戴头巾的老人和教会执事及唱歌班。在他们后边,兵士和军官抬着一个圣像,黑脸上有边饰。这是从斯摩楞斯克带出的圣像,一直带在军中。在圣像的前边、后边和四周,走来一个光头的兵士,鞠躬到地。

上了山,圣像停止了,用布巾抬圣像的人们更换了,教会执事重新点起香炉,开始了祈祷。炎热的阳光对直地照耀在头上,新鲜的微风吹动了光头上的发和装饰圣像的缎带,歌声微弱地发出在光天之下。一大群军官、兵士和民团,光着头,围绕着圣像。在神甫和执事身后的地上，站着要人们。一个光头的将军，头上挂着圣乔治勋章。他正站在神甫的背后，没有画十字（显然是日耳曼人）,忍耐地等候祈祷的结束，他认为应当听完祈祷，也许是为了激起俄国人民的爱国心。另一个将军英武地站立着，手在胸前摆动着，环视自己的四周。站在农民中的彼挨尔，在这些高级人员之中，认识几个熟人；但他不看他们：他的全部注意力被兵士与民团们脸上严肃的表情吸引了，他们同样热心看着圣像。疲倦的副执事们刚开始懒懒地、习惯地唱（他们唱第二十次了）："神母啊，从灾难中救出你的仆人吧。"神甫和执事便唱："我们都跪到你面前，把你当作不可犯的墙，当作保护人。"在所有的脸上又显出同样的认识目前严重性的表情；他曾在莫沙益司克山上，以及由于窥察许多他早晨遇见的人，看出了这种严重性的表情；他们的头垂的次数更多，发摆动着，发出叹气和胸前画十字的声音。

环绕圣像的人群忽然散开，挤到彼挨尔。有人走到圣像前，从别人让路的迅速上看，他是很重要的人。

这人是巡视过阵地的库图索夫。他正回塔塔锐诺佛，来此祈祷。彼挨尔立刻从他的与众不同的身躯上认出了库图索夫。

他巨大肥胖的身上穿着长外衣，弓着背，光着白颈项，胖脸上凸出白眼睛，库图索夫用蹒跚的摇摆的步子走进人群，站在神甫的身后。他用习惯的姿势画十字，把手伸到地上，并且费力地叹气，垂着灰发的头。在库图索夫身后是别尼格生和侍从。虽然总司令在场，引起全部高级官吏的注意，但民团和兵士继续祈祷，没有看他。

祈祷完结时，库图索夫走近圣像，沉重地跪下，弓身到地，因为体重与衰老，好久想起来而不能起来。他的灰发的头因为出力而战抖。他最后站了起来，并且用小孩般单纯的伸出的嘴唇吻圣像，又躬下身躯，把手伸到地上。将军们仿效了他的样子，然后是军官们，在他们之后，兵士和民团碰触着、喘着、推着，彼此拥挤着，带着兴奋的面孔匍匐着。

二十二

彼挨尔因为身边的挤压而踉跄,环视他的四周。

"伯爵,彼得!你怎么到这里的?"有人这么说。彼挨尔环顾。

保理斯·德路别兹考用手弹擦膝盖(大概是在吻圣像时弄污的),笑着走近彼挨尔。保理斯穿得华丽,带着现役军人的精神。他穿了长外衣,肩上搭着皮带,正如库图索夫一样。库图索夫这时候走进村庄,坐在最近的屋荫下的凳子上,这是一个卡萨克兵为他兜来的,另外一个迅速地在凳上铺了一个毯子,很多显赫的侍从环绕了总司令。

圣像走得更远,人群跟随着。彼挨尔离库图索夫大约三十步,站住了,和保理斯谈话。

彼挨尔说明他要参战及视察阵地的计划。

"应当照这样做,"保理斯说,"我要用军营的礼欢迎你。你在别尼格生伯爵所在的地方,可以看见一切,最好的东西。我侍候他。我为你向他说。假使你希望观察阵地,你就同我们走,我们马上就到左翼去。然后我们回来,请你赏光在我们这里过夜,我们玩牌。你当然认识德米特锐·塞尔格其了?他在这里。"他指示高而该村中的第三个房子。

"但是我希望看右翼,听说右翼很坚固,"彼挨尔说,"我希望从莫斯科河走过全部阵地。"

"好,迟一迟这是可以的,但主要的——是左翼……"

"是,是。但哪里是保尔康斯基郡王的团呢?你能不能告诉我?"彼挨尔问。

"安德来吗?我们要走过他那里。我带你到他那里去。"

"左翼的情形如何呢?"彼挨尔问。

"向你说实话吧,说知己的话,我们的左翼天晓得是什么样子。"保理斯确信地压低声音说,"别尼格生伯爵完全没有料到这样的事。他主张设防这个山丘,完全不这样……但……"保理斯耸肩。"大人不愿意,或者别人告诉他。其实……"保理斯没有说完,因为这时候库图索夫的副官卡依萨罗夫走近彼挨尔。"啊,巴依西·塞尔格其,"保理斯带着无拘束的笑容向卡依萨罗夫说,"我正想向伯爵说明阵地。奇怪,怎么大人能够那样准确地猜中敌人的计划!"

"你是说左翼吗?"卡依萨罗夫问。

"是,是,正是。我们的左翼现在是很,很强。"

虽然库图索夫免了总司令里所有的冗员，保理斯在库图索夫的人事调动之后，还留在总司令部里。保理斯追随别尼格生伯爵。别尼格生伯爵和保理斯所侍从过的所有的人一样，认为年轻的德路别兹考是无价之宝。

在军事领袖当中，有两个俨然划分的派别：库图索夫派和参谋总长别尼格生派。保理斯属于后一派，并且没有人能够像他那样奴隶般地尊敬库图索夫，而又使人觉得这个老人无用，而一切的事是别尼格生主动的。现在到了战事的决定时间，它应该决定是库图索夫下台而权柄让给别尼格生，或是即使库图索夫打了胜仗，也要使人觉得一切是别尼格生做的。在任何情形中，明天以后，一定要颁给巨大的奖赏，并有新的人升出人前。因此，保理斯整天都在剧烈的兴奋中。

在卡依萨罗夫之后，还有别的熟人走近彼挨尔，他来不及回答他们问他的关于莫斯科的问题，来不及听他们向他所说的话。各人脸上都表现了兴奋与激昂。但彼挨尔觉得，这些人中一部分人脸上所表现的兴奋的原因，大都是个人成败的问题，他没有忘记另一部分人脸上所表现的兴奋表情，这不是关于个人问题，而是普遍的生死问题。

库图索夫看见了彼挨尔的身躯和他身边的人群。

"叫他到我这里来。"库图索夫说。副官传了大人的意思，彼挨尔向凳子走。但在他前面已经有一个民团走近库图索夫。这人是道洛号夫。

"这个人怎么到这里的？"彼挨尔问。

"这个人是混蛋，无处不钻！"他们回答彼挨尔，"他曾经被贬职。现在他又要升了。他做了一种计划，他晚上爬进敌人的前线……

但他勇敢！……"

彼挨尔摘下帽子，在库图索夫前恭敬地鞠躬。

"我决定了，假使我报告大人，你或许叫我去，或者说你明白了我要报告的，那时候我就不失……"道洛号夫说。

"当然，当然。"

"假使我对，则我就为祖国效劳，我准备为他死。"

"当然……当然……"

"并且假使大人需要不怕死的人，就请记着我……也许大人要用到我。"

"当然……当然……"库图索夫重复说，笑着，用半开的眼睛看彼挨尔。

这时候，保理斯用朝臣的伶俐，和彼挨尔并排走近总司令，并且用最自然的态度，好像继续已开始的谈话，低声地向彼挨尔说：

"民团只是穿了清洁的白衫，准备送死。多么英勇啊，伯爵！"

保理斯向彼挨尔说这话，显然是要大人听到。他知道库图索夫要注意这话，果然大人向他说：

"你说民团什么？"他问保理斯。

"大人，他们穿白衫，准备明天去送死。"

"啊！特异的，少有的人。"库图索夫说，闭了眼，摇头。"少有的人！"他叹气重复地说。

"你要闻火药味吗？"他向彼挨尔说，"是的，愉快的气味。我有荣幸做你夫人的崇拜者，她好吗？我的住处给你用。"库图索夫开始散漫地环顾，似乎忘记了他应该说的或做的，老年人是常常如此。

显然是想起了他要找的,他把他的副官的弟弟安德来·塞尔格其·卡依萨罗夫叫到面前。

"如何,如何,马林的诗句如何,诗句如何,如何?他写盖拉考夫:'你要做军中的教师……'"库图索夫说,显然是要笑。卡依萨罗夫背诵了……库图索夫笑着随诗节而点头。

彼挨尔离开库图索夫时,道洛号夫走到他身边,抓住他的手。

"我很高兴在这里遇见你,伯爵,"他特别坚决地、严重地大声向他说,不注意到外人在场,"在天晓得我们当中谁注定还要活的日子的前夜,我很高兴有机会向你说,我惋惜我们当中的误会,并且希望你不要有什么地方反对我。请你原谅我。"

彼挨尔笑着看道洛号夫,不知道对他说什么。道洛号夫眼里含着泪,搂抱并吻彼挨尔。

保理斯向他的将军说了什么,别尼格生伯爵向彼挨尔说,邀他同阵到前线去。

"这你会觉得有趣。"他说。

"是,很有趣。"彼挨尔说。

半小时后,库图索夫到塔塔锐诺佛去了。别尼格生带着随从以及彼挨尔赴前线。

二十三

别尼格生从高而该下来顺大路到了桥,这桥就是军官从山上指示给彼挨尔说是我们阵地中心的,在桥边的岸上躺着许多堆新割的有香气的草秸。他们过桥走到保罗既诺村,从那里向左转,经过许多军队和大炮,走上高丘,丘上有民团在掘土。这是一个堡垒,还没有名字,后来叫作拉叶夫斯基堡垒或者山丘炮台。

彼挨尔没有特别注意这个堡垒。他不知道,这个地方将比保罗既诺全区的地方对他更可纪念。后来他们经过山谷,到了塞米诺夫司考村,在这里兵士们拖走农舍与仓库的最后木材。后来他们下山又上山,穿过毁坏的好像被雹雨压倒的燕麦田,顺着炮兵在田块上新筑的道路，走到当时还在掘挖的突角堡。[1]

别尼格生停在突角堡上，在前边视察涉发尔既诺堡垒（昨天还是我们的），在上边可以看出几个骑马的人。军官们说，那里有拿破仑或牟拉。大家热心地看这一群骑马的人。彼挨尔也看着那里，企望猜出这些几乎看不见的人当中谁是拿破仑。最后，骑马的人下山不见了。

别尼格生向走近他面前的一位将军说话，开始向他说明我军全部形势。彼挨尔听了别尼格生的话，倾全部理解力注意着，以便了解目前战役的要点，但他惋惜地感觉到他的理解力对于这个事是不够的。他什么也不懂。别尼格生停止说话，并且注意到彼挨尔在谛听，忽然向他说：

"我想，你觉得没有趣吧？"

"啊，不然，很有趣。"彼挨尔一点也不真实地重述。

从突角堡，他们走上更左的，穿过低密桦林的路。在这个树林的当中，在他们前面，有一只棕色的白腿的兔子跳上了路，它被大群马蹄声惊吓得那样恐怖，在他们前面的路上跑了很久，引起大家的注意与笑容，并且刚刚在几个人声向它叫唤的时候，它跳到路边，隐入草丛。他们在树林中走了两里，到了空地，那里驻扎了屠契考夫军团的部队，担任左翼的防卫。

这里，在极左翼，别尼格生热切地说了很多，并且下了彼挨尔觉得在军事上很重要的命令。在屠契考夫军团阵地的前边有一个高地，

---

[1] 一种工事。——托

这个高地没有军队驻扎，别尼格生大声批评这个错误，说让这个控制全区的高地闲空着，而把军队驻在下边，是发疯。几个将军也表示同样的意见。特别是有一个将军，带着军人的气愤说，这是把他们置于死地。别尼格生用自己的名义命令把军队调到高地。

左翼上的此番调度，使彼挨尔更怀疑自己了解军事的能力。听到别尼格生和将军们批评山下的军队阵地，彼挨尔充分了解了他们，并且采取同样的意见；但显然，因此他不能了解这一点，就是把军队扎在山下的人，如何能够做出这样明显而重大的错误。

彼挨尔不知道这些军队驻在这里不是为了保卫阵地，如别尼格生所想的，而是扎在隐蔽处作埋伏，即为了不被注意而忽然突击前进的敌人。别尼格生不明白这个意思，凭自己的考虑把军队调到前面，没有向总司令报告这件事。

二十四

安德来郡王，在八月二十五日明朗的黄昏，用胳肘支着头，躺在克尼亚倚考佛村的破仓里，这地方在他的部队营地的边端。从破墙的隙里，他看着篱笆旁一排折断了下部枝柯的三十年的桦树，看着有燕麦捆束的田，看着灌木，在旁边可以看见营火的烟——这是兵士在烧饭。

安德来郡王的生活，现在对于他自己，好像是拘束的、繁重的，于人无用的；他却和七年前在奥斯特里兹一样，当交战的前夜，觉得自己兴奋而愤慨。

他接到并发出明日交战的命令。他不能再做别的事了。但是思想——最单纯、明白，而因此最可怕的思想——不使他安宁。他知道,明日的会战是他所参加的许多会战中最可怕的。在他的生活中,死的可能性第一次生动地、几乎真实地、简单地使他可怕地感觉到了,这个死是和世事无关的,和它对别人的影响无关的,而只是有关于他自己和他的心灵。在这个想象的高处,一切从前苦恼他、盘踞他的东西,忽然被寒凉的白色的光线照亮了,没有阴影,没有背景,没有轮廓。他觉得一切生活如幻灯,他从玻璃里用人为的光线看了很久;现在没有玻璃,在明亮的白天光线下,忽然看见了这些乱涂的画。"是,是,它们在这里,这些使我兴奋的、狂喜的、烦恼的假形象。"他向自己说,在他的想象中细察他的生活幻灯中的主要图画。现在他在寒凉的白色的日光下——在明白的死的思想之下——看这些图画。"他们在这里,这些粗劣涂画的人物,他们好像是美丽而神秘的东西。光荣,社会福利,对女子的爱情,祖国——这些图画对我好像是多么伟大,它们好像是充满了多么深奥的意义!而这一切在白色的晨光下是这么简单、明白、粗糙,这个早晨我觉得是为我而曙亮的。"他生活中三个主要的烦恼,特别地引他注意:他对一个女子的爱情,他父亲的死以及占领俄国一半的法军侵略。"爱情……这个小姑娘,我觉得她充满了神秘力量。我多么爱她!我对于爱情,对于和她同居时的快乐,做了诗意的计划。啊,可爱的年轻人!"他用愤怒的声音说,"当然!我相信一种理想的爱情,它应当为我在我全年的离别中保持她的信心!如同神话中温柔的鸽子,她应当在我的别离中消瘦了——这一切是更简单……这一切是惊人的简单、丑恶!"

"父亲还在童山建设,以为这是他的地方、他的土地、他的空气、他的农民;但拿破仑来了,不知道他的存在,把他赶跑,像路旁的草芥,并且把他的童山和他的全部生命都破坏了。玛丽亚郡主还说这是天降的试验。他已经没有了,将来也不会有,为什么要有试验呢?他不再存在了!他没有了!这个试验是为谁的呢?祖国,莫斯科的毁灭!明天有人杀死我——甚至不是法国人,而是自己的人,好像昨天一个兵在我的耳边把枪放下;法国人要来,把我的头脚抬起来抛入坑中,不让我在他们鼻下发臭;并且要发生新的生活情形,它将对于别人是同样的习惯,但我不会知道,我不存在了。"

他看着闪耀在太阳下的一排有静止的黄绿白色表皮的桦树。"死,让他们明天杀死我,让我不再存在……让这一切存在,但让我不存在。"他生动地想到他在这种生活中的缺席。这些有明暗的桦树,这些卷曲的云和营火的烟,四周的一切他觉得变形了,好像成了可怕的、吓人的东西。他的背上打冷战。他迅速立起,走出仓库,开始走动。在仓后传来人声。

"谁在那里?"安德来郡王喊。

红鼻子上尉齐摩亨,曾任道洛号夫的连长,现在因为军官缺乏,做了营长。他胆怯地走进仓库。一个副官和团部会计跟在他身后。

安德来郡王匆忙立起,听军官向他报告职务上的事情,要了他们几道命令,并预备遣走他们,此刻从仓库后边传来熟识的含糊的话声。

"碰鬼!"一个人说,这人颠踬在什么东西上。

安德来郡王从仓库看出去,看见向他走来的彼挨尔,他碰在一根横柱子上,几乎要跌倒。安德来郡王通常不愿看见自己来往中的人,特别是彼挨尔,他引他想起最后一次他在莫斯科的痛苦时候。

"啊,是真的吗?"他说,"什么风把你吹来的?想不到的"。

当他说这话的时候,他的眼睛和他的全部面色上有比冷淡更甚的东西——仇视,这彼埃尔立刻感到了。他带着最兴奋的心情走到仓库,但看到安德来郡王脸上的表情,他觉得拘束而不自在。

"我来……因……你知道……我来……我觉得很有兴趣。"彼埃尔说,他在这天已经无意识地重复了许多次"很有兴趣","我想看交战。"

"是,是,但共济会的弟兄们对于战争说了什么呢?如何阻止战争?"安德来郡王嘲笑地说。"莫斯科怎样?我家里人怎样?他们最后到了莫斯科吗?"他严肃地问。

"到了。尤丽·德路别兹考向我说的。我去看他们,没有看见,他们到莫斯科乡下去了。"

二十五

军官们想离开,但安德来郡王似乎不愿和他的朋友面对面留在一起,要他们坐下吃茶。凳子和茶都送来了。军官们惊异地看彼挨尔胖肥高大的身躯,听他说到莫斯科,说到他曾观看的我军阵地。

安德来郡王沉默着,他的脸色是那样不愉快,以致彼挨尔向好心的营长齐摩亨所说的话,比向保尔康斯基所说的多。

"那么你明白全部的军队形势了?"安德来郡王插言。

"是,你以为如何?"彼挨尔说,"我不是军人,不能说完全明白,但仍然明白一般的形势。"

"好,你比任何人知道得多。"安德来郡王说。

"啊!"彼挨尔怀疑地说,从眼镜上边看安德来郡王。"那么你对于库图索夫的任命说什么呢?"他问。

"我对于这个任命很高兴,这是我所知道的一切。"安德来郡王说。

"那么,你说,对于巴克拉·德·托利,你是什么意见呢?在莫斯科天晓得他们说他什么。你怎么批评他?"

"问他们。"安德来郡王指着军官们说。

彼挨尔用谦虚怀疑的笑容看他。大家都不自觉地这样看他。

"大人,清天来了,我们看到光明[1]。"齐摩亨胆怯地、不停地看着他的团长说。

"为什么如此?"彼挨尔问。

"至于说到燃料和食料,让我告诉你。我们退出斯文促安的时候,不敢触动一个枯枝、一根草秸,或是什么别的。我们走开,留给他[2],是不是,大人?"他向他的郡王说,"但是我们不敢。在我们团里,有两个军官因为这种事受审判。在清天指挥时,一切都向前直进。我们看到光明……"

"他为什么禁止?"

齐摩亨困难地环顾,不知如何回答这个问题。彼挨尔以同样问题问安德来郡王。

"为了不破坏我们留给敌人的乡村。"安德来郡王愤怒而嘲讽地说。"这很重要:不许抢劫乡村,不教兵士掠窃。在斯摩楞斯克他同

---

[1] 此处"清天"之原文为 CBETreuwnn,意为"光明",系指库图索夫。此字之前端 CBET "光明",这是原文的戏弄文字。——毛
[2] 指敌人。——毛

样正确地判断法国人能够越过我们，他们的力量比我们强。但他不懂，"安德来郡王忽然用尖锐的、好像是逃避的声音说，"但他不懂我们在那里是第一次为俄国土地而战斗，兵士们有那种我从未见过的精神，我们连续两天打退了法国人，并且这个胜利增强了十倍我们的力量。他下令退却，所有的努力和损失都落了空。他不想到阴谋，他尽力做最好的事，他考虑一切，但因此他不适宜。现在他不适宜，正因为他很郑重地、很精确地考虑一切，正如每个日耳曼人所应该的一样。我怎么样向你说……好，你父亲有一个日耳曼用人，并且他是很好的用人，并且比你更能满足他一切的需要，那么让他侍候吧；但假使你父亲病得要死，你辞退这个用人，并且用你自己的不习惯的、不伶俐的一双手去侍候你的父亲，比灵巧然而是外国的人更使你父亲安心。这就是我们对于巴克拉的看法。当俄罗斯是健康的时候，外国人可以侍候它，并且做一个好丞相，但当它一旦有危险时，就需要自己的同类的人了。但你们的俱乐部以为他是国贼！诽谤他是国贼，只是为了后来惭愧自己的谎话，忽然把国贼当作英雄或天才，这更是不公平。他是诚实，而且很精确的日耳曼人……"

"但听说他是一个能干的指挥官。"彼挨尔说。

"我不懂能干的指挥官是什么意思。"安德来郡王嘲笑地说。

"能干的指挥官，"彼挨尔说，"就是他预见一切的事变……猜中敌人的计划。"

"但这是不可能的。"安德来郡王说，好像是说到一件早经决定的事。

彼挨尔诧异地看他。

"但是,"他说,"你知道,有人说,战争像下棋。"

"是,"安德来郡王说,"不过有点小差别,在下棋的时候,你能对于每一着,尽你思量多少时候,你没有时间的限制;有一个差别,就是马总比卒强,两个卒总比一个卒强,但在战争中,一营人有时比一师人强,但有时比一连人弱。军队相对的力量没有人能够明白。相信我。"他说,"假使有什么东西依靠参谋处的计划,则我愿意在参谋处做计划,但我却有荣幸在这里服务,在团里,和这些先生们在一起,我认为明天确实是依靠我们,而不是依靠他们……胜利从不,将来也不依靠阵地、武器,甚至人数,尤其是不依靠阵地。"

"那么,是靠什么呢?"

"是靠情绪,这我有,他有,"他指齐摩亨,"每个兵都有。"

安德来郡王看齐摩亨,他惊异而怀疑地看自己的长官。和他先前约制的沉默相反,安德来郡王现在显得兴奋。他显然不能约制自己不表现那些他偶然想到的思想。

"谁坚强地决定要胜的人,便打胜仗。为什么我们在奥斯特里兹打败仗?我们的损失和法军相等,但我们很早便向自己说我们打败仗,我们打败了。但我们说这话,因为我们在那里打仗不是为了什么:希望很快地离开战场。'败了,我们跑吧!'于是我们跑了。假使我们到晚不说这话,天晓得会发生什么事。但明天我们不说这话。你说:我们的阵地,左翼弱,右翼延长,"他继续说,"这都是废话,这毫无意义。但明天有什么东西等待我们呢?上万万的各种最不同的事变将在顷刻之间决定是他们抑或我们要逃跑,决定杀这个人、杀那个人;但现在所做的一切只是儿戏。事实是这样,那些同你一道视察阵地的人，不但无助于战事的大势，而且妨害它。他们只注意到自己的小利益。"

"在这样的时候吗？"彼埃尔责备地说。

"在这样的时候，"安德来郡王重复说，"他们觉得这只是倾倒敌手并领受更多勋章和勋绶的时候。对于我，明天的事情是：十万俄军和十万法军交战，而要点是在这里，就是，就是，这二十万人打仗，谁最拼命战斗，最不惜牺牲自己，便是谁得胜。你愿意，我就向你说，无论那里发生什么，无论那里有什么上面阻碍，明天的交战我们要获胜。明天，无论那里发生什么，我们要打胜仗！"

"大人，这是真的，实在是真的，"齐摩亨说，"现在谁爱惜自己！你相信，我营里的兵不要吃麦酒了：他们说，现在不是这种日子。"大家都沉默着。

军官们站起。安德来郡王跟他们走出仓库，向副官发了最后的命令。军官们去后，彼埃尔走到安德来郡王面前，刚要开始说话，离仓不远的大路上传来三匹马的蹄声，安德来郡王朝这个方向看去，认出是福尔操根、克劳塞维兹[1]和随带的卡萨克兵。他们走近了，继续说话，彼埃尔和安德来不觉地听到下面的话。

"战争应该扩大范围。我不能过分称赞这种观点。"一个人用日耳曼语说。

"啊，是的，"另一个人用日耳曼语说，"因为唯一的目的是要削

---

[1] 克劳塞维兹（Karl Von Clausewitz，1780—1831），为普鲁士将军，著名军学家。著有《战争论》（*Vom krilqe*）及关于拿破仑战争之书籍。——毛

弱敌人,当然不要注意私人的损失。"

"啊,是的。"第一个人的声音又说。

"是,扩大范围,"安德来郡王当他们走近时,愤怒地嗅着鼻子说,"在那个范围内我有父亲、儿子和姐妹住在童山。他觉得这都是一样。这就是我向你说过的——这些日耳曼先生们明天不会打胜仗,只是尽他们的力量在破坏,因为在日耳曼人头脑里只有不值一只空蛋壳的理论,但在他们心里却没有明天所需要的那件东西,这件东西齐摩亨心里有。他们把全欧洲给了他,并且来教我们——好教师!"他的声音又尖锐起来。

"因此你以为明天的交战要得胜吗?"彼挨尔问。

"是,是。"安德来郡王散漫地说。"我只要做一件事,假使我有权,"他又开始说,"我不要俘虏,俘虏有什么意思呢?这是骑士精神,法国人毁了我的家,要来毁莫斯科,每秒钟他们侮辱了我,并且在侮辱我。他们是我的敌人,我认为他们都是罪犯。假使他们是我的仇人,就不能是我的友人,无论他们在提尔西特说了什么。"

"是,是,"彼挨尔说,用发亮的眼睛看安德来郡王,"我完全,完全同意你!"

从莫沙益司克山上开始的,并且在这一整天扰乱彼挨尔的那个问题,现在他觉得完全明白并且彻底解决了。现在他了解这个战争和眼前战役的全部要点和意义。他在这一天所看见的一切,他所窥察的全体严肃庄重的面情,对他显出了新的意义。他了解那个如物理学上所说的爱国潜热,这是他所见到的这些人全有的,这使他明白为什么这些人安静地并且轻松地准备去死。

"不获俘虏，"安德来郡王继续说，"这一点要改变全部战争的面目，使战争较不残忍。他们在战争中做游戏——这是罪恶。我们耍弄宽大和类似的东西。这种宽大和敏感——类似女子的宽大与敏感，当她看见被杀的小牛，她觉得不安，她是那样仁慈，不能看血，但她用酱油吃这个牛肉时却有胃口。有人向我们说战争法、骑士法、休战旗法、救护伤兵等等，这都是废话。我在一八〇五年看见了骑士精神和休战旗。他们欺骗我们，我们欺骗他们。他们抢劫别人的房子，发行假钞票，但最坏的是他们杀我的小孩，杀我的父亲，他们还说战争法，还说对敌人宽大。不获俘虏，去杀，去死！谁听到这个，像我这样经过同样痛苦……"

安德来郡王想到，他们是否要占领莫斯科一如占领斯摩楞斯克，对于他都是一样，他忽然因为抓住他喉咙的意外痉挛而把话止住。他沉默着徘徊几趟，但他的眼睛火热地发光，当他又开始说话时，他的嘴唇打战。

"假使不是战争中的宽大，则我们只在值得像现在这样确实去死的时候才打仗。那时候也不会因为巴弗尔依发尼支侮辱了米哈伊·依发尼支而有战争。假使战争像现在这样，这才是战争。那时候，军队的决心将不像现在这样。那时候，拿破仑率领的所有韦斯特腓利亚人和黑森人都不会跟他来到俄国，我们也不会不知道为什么到奥国、到普鲁士去打仗。战争不是礼貌，而是生活中最丑恶的事，我们应该懂得这一点，不在战争中游戏。我们应该严肃地、郑重地接受这个可怕的需要。一切都在这里：去除虚伪，战争就是战争，不是儿戏。但现在，战争是懒惰轻率人们所爱好的游戏……军职是最光荣的。但什么是战争，什么是战争胜利所需要的，什么是军人的精神？战争的目的是杀人。战争的手段是间谍、欺骗及鼓励人民的破产，为了军队的给养而强夺或偷窃人民。欺诈与说谎叫作军事的策略。军人阶级的精神是没有自由，即纪律、懒惰、无知、残忍、放荡、饮酒。虽然如此，这是最高的阶级，受大家的尊敬。所有的皇帝，除了中国皇帝外，都穿军服，并且杀人最多的，获得最大的回报……他们明天要在一起互相屠杀，杀死上万的人，然后为了杀死很多人（它的数目还要被夸大）而做感恩的祈祷，并且宣布胜利，以后杀人愈多，功绩愈大。上帝如何在那里看他们做，听他们说？"安德来郡王用尖锐的刺耳的声音说。"啊，我的好朋友，近来我觉得活着是痛苦。我看到我懂得太多。人不宜去尝试善恶的知识的果子……好，不久了！"他加上这话。

"但是你要睡了，我也到时候了，回高而该去吧。"安德来郡王忽然说。

"啊，不！"彼挨尔回答，用惊异而同情的眼神看安德来郡王。

"回去吧，回去吧，在交战之前要睡得好。"安德来郡王又说。他迅速走近彼挨尔，搂抱他，吻他。"再会，去吧，"他叫，"我们是否再见面……"他匆促转身，进了仓库。

天已经黑了，彼挨尔不能辨别安德来郡王脸上的神情是愤怒还是温和。

彼挨尔沉默着站了一会儿，考虑着是否跟他进屋。"不，他不需要如此！"彼挨尔自己决定了，"我知道，这是我们最后的会面。"他沉重地叹气，回高而该。

安德来郡王回到仓库，躺在毡上，却不能入睡。

他闭了眼。一群一群的心像相随而来。他在一个心像上愉快地停了很久。他生动地忆起在彼得堡的一夜。娜塔莎用活泼而兴奋的面色向他说,她如何在去夏寻找菌子,迷失路途在大森林中。她不连贯地向他叙述森林的深和她自己的情绪,以及她与所遇的养蜂人的谈话,并且时时地打断自己的叙述,说:"不,我不能,我不是这么说;不,你不懂。"虽然安德来郡王安慰她,说他懂,他确实懂她要说的一切。娜塔莎不满意自己的话——她觉得没有表现出那个热情的诗意的情绪,这是她在这一天所经验到并且希望表明的。"他是那么可爱的老人,森林中是那么黑暗……他是那么仁慈……不,我不会说……"她红着脸,兴奋着说。安德来郡王现在笑着他当时看着她的眼睛所笑过的、同样的、快乐的笑容。"我了解她。"安德来郡王想,"不但是了解,而且这种精神力量,这种忠实,这种心地坦白,她的心好像和她的身躯连在一起,这个我所爱的心……我爱得那么强烈,那么热情……"他忽然想到他的爱情是如何完结的。"他不需要这类东西。他不看这种东西,并且不懂。他看她是一个美丽而鲜艳的姑娘,他不愿和这个姑娘共命运。我呢?他到现在还是活着,愉快。"

安德来郡王,好像有什么东西烫了他,跳了起来,又开始在仓库前来回走。

二十六

在八月二十五日，在保罗既诺战役的前后，法国皇宫总监德·波赛先生从巴黎，法不维挨上校从玛德里，来到发卢耶佛行营见拿破仑皇帝。

德·波赛先生换了朝服，命人将他从巴黎带来给皇帝的箱子抬在前面，走进拿破仑营帐的前室，在那里忙着开箱，和环绕他的拿破仑副官们交谈。

法不维挨未进营帐，留在门口和熟识的将军们谈话。

拿破仑皇帝还未走出卧室，在结束他的服装。他嗅鼻子，清喉嗓，忽然转动肥胖的后背，忽然把肥胖的有毛的前胸凑近侍从刷他身体的刷子。另一个侍从用一个手指按住瓶口，把香水洒在皇帝的肥满的身体上，他脸上的神情好像说只有他一个人知道香水应该洒多少，洒在哪里。拿破仑的短发是湿的，鞞在额前。但是他的脸虽然黄肿，却显得生理的满足。"用点劲刷，刷……"他耸着肩，哼着喉咙向刷衣的侍从说。一个副官进卧室向皇帝报告昨天战役中获得俘虏的数目，他说过所要说的，站在门边，等候奉旨退出。拿破仑皱眉，低头看副官。

"不要俘虏。"他重复副官的话。"他们要我们消灭他们。俄国军队是更糟。"他说。"刷，用力刷。"他说，曲着背又伸起他的胖肩膀。

"好！让波赛进来，也让法不维挨进来。"他点头向副官说。

"是，陛下。"于是副官向帐门外走去。

两个侍从迅速地帮皇帝穿了起来，他穿着卫队的蓝制服，用坚决的、迅速的步伐走进客室。

波赛这时候用手忙着把他从皇后那里带来的礼物放在皇帝门前正面的两只椅子上。但是皇帝是那么意外迅速地穿好衣服，走了出来，以致他来不及预备好这个意外礼物。

拿破仑立刻注意到他们做的是什么，猜中他们尚未准备，他不愿夺去他们为他布置意外礼物的快乐。他装作未看见波赛先生，把法不维挨叫到面前。拿破仑严厉地皱着眉，沉默着，听法不维挨说他的军队的勇敢与精忠，他们在欧洲另一端的萨拉曼卡作战，他们只有一个想法，就是不负他们的皇帝，只有一个恐惧，就是不能使他高兴。交战的结果是失败。拿破仑在法不维挨报告时说了讽刺的话，好像他未料到，他不在时事情就不是那样。

"我一定要在莫斯科补救这个。"拿破仑说。"再见。"他又说,并且唤来德·波赛,他此刻已经预备妥当意外的礼物,放了什么在椅子上,用布遮盖起来。

德·波赛用法国宫廷礼节,鞠躬很低,这只有部蓬朝的遗老才能够如此。他走上前,递了一封信。

拿破仑愉快地向他说话,捏他耳朵。

"你赶到了,我很高兴,巴黎方面说些什么呢?"他说,忽然把他先前严厉的表情变得极和蔼。

"陛下,全巴黎可惜你离开了。"德·波赛回答,好像应该如此。但拿破仑虽然知道波赛应该说这话或类似的话,虽然他在清白的时候知道这是虚假,他却欢喜听德·波赛的这话。他又捏他耳朵,抬举他。

"我抱歉,使你走了这样远。"他说。

"陛下!我希望至少要在莫斯科城门口遇见你。"波赛说。

拿破仑笑,散漫地抬起头,向右看。副官拿了金烟壶,快步走来递给他。拿破仑接住。

"是,对你是好机会,"他说,把打开的烟壶凑近鼻子,"你喜欢旅行,三天以内,你就可以看到莫斯科。你当然没有期望看见亚细亚的首都。你做一次愉快的旅行。"

波赛鞠躬,感谢皇帝对他旅行兴趣的注意(他到这时候还不明白)。

"啊!这是什么?"拿破仑说,注意到所有的朝臣都看着遮在布下的东西。波赛用朝臣的伶俐,没有转过身来,退了两步,作了半

转,同时拉去遮布,说道:

"皇后送陛下的礼物。"

这是热拉尔用鲜明颜色画的拿破仑和奥国皇帝的女儿所养的男孩的画像,由于某种原因,他被人称为罗马王。

这个极美丽的、卷发的男孩,他的目光好像谢克斯丁的圣母像中的基督,被画着在玩棒球。球代表地球,另一只手中的棒是一个笏。

虽然不十分明白这个画家画了所谓罗马王用棒敲地球是要表现什么,但这个譬喻显然对于拿破仑,如同对于所有的在巴黎看过这画的人一样,是很明白的,而且是极满意的。

"罗马王,"他说,用优美的手势指画像,"美极了!"用意大利人特有的自由改变面情的本领,他走到画像前,做出沉思的温柔神情。他觉得,他现在所说所做的——便是历史。他觉得他现在能做最好的事——就是在他的伟大之中(因为他的伟大,他的儿子用地球做棒球戏),他要表现和这种伟大相反的最简单的父爱。他的眼睛模糊,他向前移近,寻找椅子(一只椅子在他身下跳出来了),并且对着画像坐下。由于他的一个手势,大家用脚尖走出,让这个伟大人独自表现他的情绪。

坐了一会儿,并且他自己也不知道为什么,摸画像上粗糙的明亮处,他站起,又传见波赛和值日官。他令人将画像悬在营帐前,以便站在帐外的老卫队不失去一见罗马王——他们所崇拜的皇帝的儿子和继承人——的快乐。

如他所希望的,在他与得荷光宠的波赛先生吃早饭时,帐前传来老卫队中跑来看画像的军官与兵士的热烈呼喊声。

"皇帝万岁！罗马王万岁！皇帝万岁！"热烈地喊着。

早饭后，拿破仑当波赛面，授写给军队的命令。

"简短而有力！"拿破仑读了一次记成没有修改的宣言后这么说。命令如下：

"兵士们！这个会战是你们久已期待的。胜利依靠你们。胜利是我们必需的；胜利给我们一切必要的东西，舒服的住宅和迅速的回返祖国。要做得像你们在奥斯特里兹、弗利德兰、维切不司克和斯摩楞斯克所做的一样。让后代骄傲地想到你们在今天的胜利。让他们说你们每个人：他参加过莫斯科前的大战。"

"莫斯科前！"拿破仑重述，并且邀了爱好旅行的波赛先生同他骑马出游，他走出营帐，到上鞍的马前。

"陛下太仁慈了。"波赛对于陪伴皇帝的邀请这么说。他希望睡觉，他不会而且怕骑马。

但拿破仑向旅行家点了头，波赛应该出游。拿破仑走出营帐时，他儿子画像前面卫队们的叫声更加热烈。拿破仑皱眉。

"把他拿下来，"他说，用优美的高贵的手势指画像，"他看战场还太早了。"

波赛闭眼低头，深深叹气，这表示他能够欣赏并了解皇帝的话。

二十七

照拿破仑的历史家说,八月二十五日全天,拿破仑骑在马上视察阵地,批评他的将军们向他提出的计划,并亲自向他的将军们发命令。

俄军在考洛洽河原有的阵线被突破,这个阵线(即左翼)的一部分,因为二十四日涉发尔既诺堡垒的被占领,转移到后方。这部分阵线是未设防的,不再有河流的掩护,而在它前面的是更暴露的平坦的土地。任何军人和非军人都显然觉得法国人一定要攻击这部分阵线。对于这一点似乎无需很多的考虑,无需皇帝和他的将军们的担心和匆忙,而且根本不需那种特别高强的本领,即所谓天才,他们是那样地爱将这种天才称赞拿破仑;但后来记述这个事件的历史家们,当时环绕拿破仑的人们，以及他自己，又是一种看法。

拿破仑在田野上行走，深思地环顾地形，满意地或怀疑地向自己点头，没有告诉他四周将军们这个深思的线索，这线索领导他做决断，他只把最后的结论用命令的形式发给他们。听了所谓爱克牟尔公爵大富的包围俄军左翼的提议，拿破仑说无须这么做的，却未说明为什么不需要这么做。对于考姆班将军领他的一师兵穿过树林的提议（他应该攻击突角堡），拿破仑表示同意，虽然所谓厄尔升根公爵，即奈伊，大胆地说在树林里的行动是危险的，而且会散乱师的队形。

看了涉发尔既诺堡垒对面的地形，拿破仑沉默地思索了一会儿，指了几个地方，在那里明天要布置两个炮兵连作攻击俄军工事之用，又指了几处并排的地方安置野炮。

下了这些及其他命令后，他便回到自己住处，凭他的口授而写了作战训令。

法国历史家们热情地说到这种训令，别的历史家们用深厚的尊敬说这种训令，它是如下：

"夜间在爱克牟尔公爵驻扎的平原上所布置的两个新炮兵连，在黎明时向对面敌人的两个炮兵连开火。

"同时，第一军团的炮兵司令柏内提将军统率考姆班师的三十门大炮及德赛师与弗利安师的全部榴弹炮，向前推进，开火猛轰敌人的炮兵，攻击敌人的有：

| 近卫炮兵的大炮 | 二四门 |
| 考姆班师的大炮 | 三〇门 |

弗利安师及德赛师的大炮	八门
总共	六二门

"第三军团的炮兵司令富晒将军率领第三军团及第八军团全部榴弹炮,共十六门,在炮兵阵地的两翼;该地炮兵系奉令攻击左翼工事,攻击它的共为四十门大炮。

"索尔必埃将军应准备:一听命令,即率领近卫炮兵的全部榴弹炮向前推进,攻击敌人任何方面的工事。

"在炮击时间,波尼亚托夫斯基郡王向树林中的村庄推进,包围敌方阵地。

"考姆班将军穿过森林,以便占领最前线工事。

"在战事如是开始后,将按敌方行动而发命令。

"左翼的炮战,在右翼炮声可以听得时,即行开始。莫朗师及副王[1]师的射手,看到右翼的攻击开始,即猛烈开火。

"副王将占领保罗既诺村,并从三座桥上过河,和莫朗师及热拉尔师向同一高地推进,该二师在他的领导之下向堡垒推进,并与其他军队呈一直线。

"这一切要按照次序和方法而执行,尽可能地保留预备队。

"一八一二年九月六日,于御营,在莫沙益司克附近。"

这种极含糊而混乱的作战训令,假使我们对于拿破仑军事布置的天才没有宗教的恐惧,则可以纳入四点——四个命令。这些命令之中没有一个是做到了,或是可以做到。

---

[1] 副王是指牟拉,拿破仑曾封他那不勒王。——毛

训令中第一点是：在拿破仑选定的地点上布置炮兵，以及与它们平列的柏内提及富晒的大炮，共一〇二门大炮，开火攻击俄军的突角堡及堡垒。这是不能做到的，因为从拿破仑指定的地点，炮弹飞不到俄军工事，这一百多门大炮是空放了，直到最近的指挥官违反拿破仑命令，命他们前进。

第二项命令是：波尼亚托夫斯基向树林中的村庄推进，包围俄军左翼。这是办不到的，而且不曾办到，因为波尼亚托夫斯基向树林的村庄推进时，在那里遇见阻路的屠契考夫，不能也不曾包围俄军阵地。

第三项命令是：考姆班将军向森林推进，以便占领前线工事。考姆班师没有占领前线工事，却被击退，因为出树林时，该师必须在霰弹火力下整理队形，这一点拿破仑没有看到。

第四点是：副王将占领保罗既诺村，并由三座桥上过河，和莫朗师及弗利安师向同一高地推进（却未说到他们何时向何处推进），该两师在他的领导之下向堡垒推进，并与其他军队呈一直线。

凭我们的理解力看来，不是由于这句含混的话，而是由于副王要执行所奉到的命令的企图——他应当经过保罗既诺的左边而向堡垒推进，莫朗师和弗利安师应同时自前线推进。

这一点和训令中的其他各点，不曾办到，而且不能办到。过了保罗既诺，副王在考洛洽河被击退，不能再向前进；莫朗师和弗利安师没有攻下堡垒，反被击退，而堡垒在交战结束时被骑兵占领了（这似乎是拿破仑没有料到，没有听见的战斗）。所以训令的各点没一点是办到了，而且不能办到。但在训令中说道，在战事如是开始后，将按敌方行动而发命令，因此可以假定交战时一切必要的命令都是拿破仑发的；但事情并不如此，而且不能如此，因为在交战的全部时间，拿破仑离战场很远，战事的趋势是他不能知道的（如同后来所明白的），而他在战时所发的命令没有一项是可以执行的。

二十八

　　许多历史家说，保罗既诺战役没有被法军打胜，因为拿破仑患伤风，假使他不患伤风，则他战前及战时的命令将更显出天才，俄国将失败，而世界的面目业已改变了。有些历史家认为俄国的改造是由于一个人——大彼得——的意志，法国自共和转成帝国，而法军来到俄国，是由于一个人——拿破仑——的意志，对于这种历史家，这种结论——俄国还是强国，因为拿破仑在八月二十六日患重伤风——似乎是不可避免的、彻底的。

　　假使是拿破仑的意志决定保罗既诺战役打不打，假使是他的意志决定下这种或别种命令，则显然对于他意志的表现有所影响的伤风可以算作俄国得救的原因，而因此，八月二十四日忘记将不透水的皮鞋给拿破仑的侍从，便是俄国的救主了。按照这种思路，这个演绎法是无疑的，是和伏尔泰说笑话（他自己不知道是对谁的）时所做的演绎法同样无疑，他说巴托罗牟的屠杀是由于查理九世的胃病。但有些人不承认俄国的改造是由于彼得一世一个人的意志，以及法国帝制的成立和对俄战争的开始是由于拿破仑一个人的意志，对于这种人，此种理论不但不足信、不合理，而且违反整个的人性。对于"什么是历史事件的原因"这个问题，有另外一个回答，就是世事的历程是天定的，它依靠许多参与这些事件的人的全部意志的凑合，而拿破仑对于这些事件历程的影响完全是外在的、虚假的。

这个假定初看似乎是稀奇的，就是巴托罗牟的屠杀的命令是查理九世发出的，但这不是由于他的意志，只是他自己觉得这是他命人做的；保罗既诺八万人的屠杀不是由于拿破仑的意志（虽然他下命令开始战争），只是他自己觉得是他下令做的——这个假定似乎是稀奇的，但人类的尊严——它向我说，我们当中任何一个人，即使不是比拿破仑更大的人，也不是比他更小的人——命我们授受这个问题的解答，而历史的研究充分地证实这个假定。

在保罗既诺战役中拿破仑不曾射击任何人，也不曾杀死任何人。这一切都是兵士们做的。因此，不是他杀死了那些人。

在保罗既诺战役中，法国兵去杀俄国兵，不是由于拿破仑的命令，而是由于自己的欲望。全军法国人、意大利人、日耳曼人、波兰人——饥饿、褴褛，并且因行军而疲倦，他们在阻止他们去莫斯科的军队前，觉得酒已斟，当饮尽。假使拿破仑现在禁止他们和俄军作战，他们会将他杀死而去和俄军作战，因为他们觉得必须如此。

当他们听到拿破仑的命令,为了对于他们的伤残死亡表示安慰,而提到他们的后代所说的话:"他们参与过莫斯科前的战役。"他们呼喊"皇帝万岁"正似他们看到那个小孩的画像——他用棒子贯穿地球作棒球玩——他们呼喊"皇帝万岁",正似他们听任何无意义的话而呼喊"皇帝万岁"!他们没有要做的事情了,除了呼喊"皇帝万岁"和去打仗,以便做了胜利者在莫斯科找得食物与休息。因此,他们屠杀同类,不是由于拿破仑的命令。

而且规定战斗历程的并不是拿破仑,因为在他的训令中没有一点是办到了,并且在战斗的时间,他不知道他面前要发生什么事情。因此,这些人互相屠杀的方法,不是由于拿破仑的意志,而是与他无关的,是由于参加大战的几十万人的意志。只是拿破仑觉得这一切是由于他的意志。因此拿破仑是否患伤风的问题,对于历史,并不比最下级辎重兵的伤风问题更有兴趣。

再者,八月二十六日拿破仑的伤风并无意义。有些作者说道,因为拿破仑的伤风,所以他在战时的训示和命令不如以前的好——这是完全不正确的。

这里所录的作战训令,比他从前所有的打胜仗的训令,不但不坏,甚至更好。在交战时的假定的训令,也不比以前的坏,而是和寻常的完全一样。但这些训示和命令似乎比以前的坏,只是因为保罗既诺战役是拿破仑第一个未打胜的战役。所有的最好的、最周密的训令和命令似乎很坏,当战役因它们而失败时,则每个有学问的军人都用严肃的态度批评它们;最坏的训示和命令似乎很好,当战役因它们而得胜时,则严肃的作者们用整卷的著作证明坏命令的价值。

威以罗特在奥斯特里兹战役中所作的训令，是此类文件中的完全模范，但还是有人批评它，批评它的完善，批评他太详细。

拿破仑在保罗既诺战役中尽了权力代表者的任务，和在其他战役中是同样地好，甚至更好。他未做任何对于战争的程序有害的事情；他接受最周密的意见；他没有混乱，没有和自己矛盾，没有惊吓，没有从战场逃跑，却用他的巨大才能和战争经验，安静地、尊严地完成他的外表上支配者的任务。

二十九

在第二次仔细视察阵线后归来时，拿破仑说：

"棋摆开了，明天开始棋局。"

他命人给他五味酒，并召来波赛，开始同他谈到巴黎，谈到打算在皇后宫中要做的一些更动，使他的御宫总监惊异他对于宫中一切琐事的记忆力。

他对琐事表示兴趣，嘲笑波赛对于旅行的爱好，并大意地谈话，如同一个有名望、有自信、有本领的外科医生，卷起袖子，穿上外衣，而病人抬上手术台时所做的。"全部的工作是清楚而确定地在我的手上和心里。在我要做工作的时候，我要做得和任何别的人不同，但现在我能嘲笑，我愈嘲笑愈安心，你应当愈相信，愈安心，愈惊讶我的天才。"

喝完了第二杯五味酒，拿破仑要在严重战事发生前休息，这战事他觉得是在明天等待着他的。

他那样地注意着那等待他的战事，以致他不能入睡，虽然是因为夜晚的湿气而伤风加重，他却在凌晨三点钟的时候，大声地打着喷嚏，走进大帐里。他问俄军是否后退了。有人报告他说，敌人的火光还是在原来的地方。他满意地点头。

值日副官进了帐。拿破仑问他：

"呶，拉卜，你觉得我们今天的事情是好的吗？"

"无疑的，陛下！"拉卜回答。

拿破仑向他看着。

"陛下还记得让我在斯摩楞斯克所说的话吗？"拉卜说，"酒已斟，当饮尽。"

拿破仑皱眉，沉默地坐了好久，把头靠在手上。

"这个可怜的军队！"他忽然地说。"在斯摩楞斯克战役以后，人数大减了。命运只是情妇，拉卜，我一向这么说，现在我开始经验到这个。但是卫队，拉卜，卫队是完好的吗？"他疑问地说。

"是的，陛下。"拉卜回答。

拿破仑取了一粒定剂，放在口里，看了看表。他不想睡，但天亮还很遥远；要消磨时光，又没有任何要下的命令，因为一切都已发出，而现在在执行了。

"他们把饼干和米发给卫队各团了吗？"拿破仑严厉地问。

"是的，陛下。"

"米呢？"

拉卜说他曾传下皇帝发米的命令，但拿破仑不满地摇头，似乎是他不相信他的命令是执行了。一个侍仆拿了五味酒来。拿破仑命他再给拉卜一杯，沉默地从自己杯中呷了一口。

"我没有味觉，没有嗅觉，"他说，嗅着酒杯，"这个伤风磨难我。他们说到药品。他们不能医好伤风，说什么药品呢？考尔维萨尔[1]给了我这些定剂，但它们一点用也没有。它们能医治什么呢？什么也不能医治。我们的身体是生命的机械。身体是为生命而组织的，这是身体的本性；让生命安静在这个机械中，让生命保卫自己，生命比你在身体中填进药品摧残它时，能做出更多的事。我们的身体好像一个钟表，应该走一定的时间；钟表匠不能将它打开，他只能用摸索方法用蒙扎的眼睛去处理它。是的，我们的身体是生命的机械，只是这样。"似乎是要下定义，他意外地做了一个新定义，拿破仑爱下定义。

"拉卜，你知道什么是战争的艺术？"他问，"这艺术便是在一定时间内比敌人更强。一切在此。"

拉卜未作回答。

"明天我们要同库图索夫打仗了！"拿破仑说，"我们看吧！你记得，他在不劳诺指挥军队，他在三星期内没有骑过一次马，去视察工事。我们看吧！"

他看了看表，才凌晨四点钟。他不想睡，五味酒喝完了，还是没

---

[1] 考尔维萨尔（Baron J. N. de Corvisart-Dewarets），法国名医，拿破仑的御医。——毛

有事做。他站立起来,前后地走,穿了暖大衣,戴了帽子,走出营帐。夜是黑暗而潮湿的,几不可闻的水点从上面落下来。营火在附近法军卫队营里并不明亮,在远处俄军阵线的烟气中燃烧着。处处是寂静,可以清晰地听到法军已开始运动,占据阵地的人声及蹄声。

拿破仑在帐前徘徊,观看火光,谛听蹄声,走过一个高大卫兵的身边,停在他面前。这个卫兵戴着皮帽,站在他帐前守卫,看见皇帝时,伸直身体,像一根黑柱子。

"你是哪一年入伍的?"他用那种习惯的矫饰的军人的粗鲁与和蔼问他,他总是这样地问兵士们。卫兵回答了他。

"啊!是一个老兵!团里的人领到米吗?"

"领到了,陛下。"

拿破仑点头,走去。

五时半,拿破仑上马去涉发尔既诺村。

天开始亮了,天空清朗,只有一片乌云横在东方。遗弃的营火在早晨的弱光中熄灭了。

右边传来一声冗长寂寞的炮声,穿过空中,沉静在整个的寂静中。过了几分钟,传来第二、第三炮声,震动空气。第四、第五声在左边靠近地、严肃地发出。

第一声还未静下来,第二声又响了,更多的、更多的声音,彼此混合交杂。

拿破仑同侍从们到了涉发尔既诺堡垒下了马。战局开始。

三十

彼埃尔从高而该村安德来郡王处回来后,命马夫准备马匹并在早晨叫他起床,他便立刻在房角屏风后保理斯让给他的地方睡着了。

彼埃尔第二天早晨完全醒来时,屋里已经没有一个人。玻璃在小窗子上震动。马夫站着在推他。

"大人,大人,大人……"马夫坚持地说,推他的肩膀,不看彼埃尔,显然是失去了唤醒他的希望。

"什么,开始了吗?时候到了吗?"彼埃尔醒来说。

"请你听炮声,"马夫说,"各位先生们都走了。这里的清天大人早已走了。"

彼埃尔匆忙地穿了衣服,跑到台阶上。院中是光明、新鲜,有露,而愉快的。太阳刚刚从遮掩它的云块后升起来,被云遮破的阳光,经过对面街道的屋顶,照在露湿的道尘上、屋墙上、仓库窗上和屋前彼埃尔的马上。在院里听到更清晰的炮声。有一个副官和一个卡萨克兵从街中跑过。

"时候到了,伯爵,时候到了!"副官说。

命人将马牵在身后,彼埃尔从街上到山冈,他昨天曾在这里观看战场。这个山冈上有一群军人,并且可以听到参谋们的法语声,看见库图索夫的灰头,他戴着有红边的白帽子,灰的后领垂缩在两肩之间。库图索夫用望远镜看着前面的大道。

顺级上到冈头,彼埃尔看着前面,对着景色的美丽而兴奋得忘形。这还是他昨天在这个山冈上所欣赏的全景,但现在这全部的地方被兵士和弹烟遮盖了。太阳从彼埃尔的左后方升起,明亮的、斜射的光线,在澄明的早晨的空气中,穿过金黄淡红的光彩和黑暗的长影子,照在这幅全景上。全景边际的远林好像是由黄绿色的宝石雕刻的,还可看见地平线上树顶的曲线。斯摩楞斯克大道在发卢耶佛村后边穿过树林,路上也满是军队。附近是黄金的田野和丛木。前边、左边、右边,处处是军队。这一切是生动的、壮观的、想不到的,但最使彼埃尔惊异的是战场本身的景色,即保罗既诺村和考洛洽河两岸的低地。

在考洛洽河上,在保罗既诺村和河的两岸,尤其是左岸,在福益那河流入考洛洽河的地方,在潮湿的岸上,笼罩着一层雾,它消化、分散,在明亮的太阳下闪耀,并且使雾中可见的一切涂上幻术的色彩和线条。弹烟和雾化合,在雾与烟中的各处耀动着早晨闪光,有时是水面上的，有时是露水上的，有时是岸边及保罗既诺村中拥挤的士兵刺刀上的。穿过这层雾，可以看见白色教堂、保罗既诺村各处的屋顶、各处的紧密的军队、各处的绿色弹箱和大炮。这一切都在运动，或者似乎在运动，因为雾与烟蔓延在这全部的空间。在雾中保罗既诺村附近的低下处，在它外边、上边，特别是在全线的左边，在林中，在草原上，在凹处，在高地的尖端，没有来源地、不断地发出弹烟，有时单独，有时很多，有时很稀，有时很密，这些弹烟冒出、升散、卷曲、化合，出现在这全部的空间。

说来奇怪，这些弹烟以及枪声产生了景色主要的美丽。

"卟夫！"忽然出现了圆的、密的，自淡紫色变为灰色和乳白色的烟。"嘭姆！"一秒钟后发出烟的声音。

"卟夫，卟夫！"又升起两团烟，相碰、化合。"嘭姆，嘭姆！"声音证实着眼睛所看见的。

彼挨尔转看第一个烟，他刚才看见是一个圆而密的球，在这个地方已经成了许多烟球，飘向一边，卟夫……（停了一下，）卟夫，卟夫——升起第三个、第四个，每一个烟球在同样的间隔中嘭姆……嘭姆……嘭姆……嘭姆——发出美丽、坚决而着实的声音。这些烟似乎忽然跑动，忽然站立，而树林、草原和发亮的刺刀似乎是从烟旁飞过。在草原和丛木的左边不断地升起那些大的烟块，带着惊人的回声，更近凹处和树林的地方，升起小的不及成球的枪烟，同样地发出小的回声。特拉嘿——塔——塔——塔嘿，枪声继续地响着，但和炮声比较起来，却是无规律而微弱的。

彼挨尔希望身在有烟，有刺刀闪光，有运动和有这些声音的地方。他看库图索夫和他的侍从,以便和别人比较自己的印象。都和他一样,并且他觉得都带着同样的感觉,在看前面的战场。在所有的面孔上现在都显出那种情绪的潜热,这是彼挨尔昨天注意到并在他和安德来郡王谈话后十分明了的。

"去吧,好朋友,去吧。基督与你同在。"库图索夫向站在身边的将军说,眼不看战场。

这个将军听到命令,走过彼挨尔身边下山去了。

"到十字路口!"这个将军冷淡而严厉地回答司令部里的一个人,这人问他何处去。

"还有我,还有我。"彼挨尔想,朝将军的方向而去。

将军骑上卡萨克兵牵给他的马。彼挨尔走到他的牵马的马夫面前。问过哪一匹较和驯,彼挨尔便上了马,抓住马鬃,把脚跟夹住马腹,并且觉得他的眼镜掉下了,他不能放手脱离马鬃和马缰,奔跑在将军的后边,引起在小冈上看山的参谋们嘲笑。

三十一

彼埃尔所追赶的将军下了山,直向左转,彼埃尔看不见他了,驰奔到他前面的步兵行列中。他企图离开步兵,忽而向前,忽而向左,忽而向右,但处处是兵。他们都有同样的焦灼的面孔,忙于某种不可见的但显然是重要的事情,都用同样不满的、怀疑的目光看这个戴白帽的胖子,不知道为什么他用自己的马践踏他们。

"为什么在这一营里骑马?"一个兵向他叫。另一个兵用枪托打他的马,彼埃尔紧贴着鞍桥,几乎不能控制他的惊吓的马,跑到兵士前面的空地上。

在他前边是一座桥,桥边有别的兵士在射击。彼埃尔驰到他们那里。他并不知道,便来到考洛沧河上的桥,此桥在高而该村与保罗既诺村之间,在交战的初步战斗中为法军(已占领保罗既诺)所攻击。彼挨尔看到前面是一座桥,看到桥的两边,及草原上,及他昨天看过的草捆间,有兵士们在烟气中活动;虽然这地方的枪声不停,他一点也未想到这地方正是战场。他未听到各方面响着的枪弹声和头上飞过的炮弹声,未看见河那边的敌人,虽然许多人倒在离他不远的地方,他却好久没有看到死伤。他带着不离脸的笑容环顾四周。

"这个人为什么在前线骑马?"又有人向他叫。

"向左,向右。"有人向他喊。

彼挨尔向右转,无意地遇到一个他所认识的拉叶夫斯基将军的副官。这个副官愤怒地看彼挨尔,显然已经预备叫他,但认出了他,便向他点头。

"你怎么到了这里?"他问,并向前驰奔。

彼挨尔自己觉得不自在,没有任务,恐怕再妨碍别人,于是跟着副官向前跑。

"这里是什么事?我能跟你一道吗?"他问。

"马上,马上。"副官回答,跑到站在草原上的胖上校面前,告诉了他什么,然后又向彼挨尔说话。

"你为什么来到这里,伯爵?"他带笑向他说,"还是好奇吗?"

"是,是。"彼挨尔说。但副官转了马向前走。

"这里谢上帝,还好,"副官说,"但在巴格拉齐翁的左翼打得很激烈。"

"当真吗?"彼挨尔问,"这是什么地方?"

"那么同我一起到山冈上去吧,从我们那里可以看见。在我们的炮兵阵地还不要紧,"副官说,"那么你去吗?"

"好!我同你去。"彼埃尔说,环顾四周,并寻找他的马夫,此刻彼埃尔第一次看见蹒跚步行着的和抬在担架上的伤兵。在这个有芬芳草捆的草原上,即在他昨天骑马经过的地方,有一个未戴帽子的兵士横躺在草中,不能动弹,头笨拙地向后偏着。"他们为什么不抬他走呢?"彼埃尔开始说,他见到副官严肃的面孔,也向这边看着,他又沉默。

彼埃尔没有找到自己的马夫,和副官一同顺山坳向拉叶夫斯基的山冈上去。彼埃尔的马落在副官后边,并且均匀地颠簸着他。

"你似乎不惯骑马,伯爵?"副官问。

"不,没有什么,只是马跳动得凶。"彼埃尔踌躇地说。

"哎!马伤了。"副官说。"前边左腿,膝头上边。一定是子弹打伤的。恭贺你,伯爵,"他说,"受了炮火的洗礼。"

他们在烟中经过了炮兵后边的第六军团,走近一个小树林。炮兵正向前移动,发出震耳的炮声。树林里清凉、安静,有秋天的气息。彼埃尔和副官下了马,步行上山。

"将军在这里吗?"副官问,走上山冈。

"刚才还在这里,从这边走的。"有一人指着右边回答。

副官看彼埃尔,似乎不知道现在要和他做什么。

"不要挂心,"彼埃尔说,"我上山冈,行吗?"

"行,去吧,在那里可以看到一切,而且不那么危险。我来找你。"

彼埃尔走向炮兵连,副官走向前去。他们未再相见。好久以后,彼挨尔知道了这个副官在这一天打断了一只胳膊。

彼挨尔所去的山冈是那个著名的（后来俄军称它为炮台的山冈或拉叶夫斯基的炮垒，法军称它为大堡垒、致死的堡垒、中央堡垒）地方，在它的四周死伤了几万人，并且它被法军认作阵地的最重要的据点。

这个堡垒是山冈做成的，三边凿了战壕。在壕沟里摆了十个大炮，在壁垒的缝里向外射击。

两边的炮位和这个山冈呈一线，这些炮也不断地在射击。在炮后不远的地方是步兵。上这个山冈时，彼挨尔一点也不知道这个掘成许多小壕沟的地方是会战中最重要的地方，在壕沟里有几门大炮在射击。

反之，彼挨尔觉得这个地方（只是因为他在这里）是战场中一处最不重要的地方。

到了山冈，彼挨尔坐在环绕炮队的壕端，带着不自觉的快乐的笑容，看身边所发生的事件。有时，彼挨尔带着同样的笑容站立起来，在炮队中徘徊，企图不阻碍上弹退膛的兵士们，他们拿着弹盒和炮弹不断地从他身边走过。这个炮队中的大炮不断地相继射发，炮声震耳，火药的烟遮蔽四周全部。

和步兵掩护队中所感觉的恐怖相反，这里，在炮兵阵地中，有一小群忙于任务的人，和其他的壕沟相隔绝，这里大家感觉到同一的家庭般的兴趣。

戴白帽的彼挨尔非军人的身躯的出现，起初引起这些人的不快。从他身边走过的士兵，惊讶地甚至害怕地斜视他的身躯。高级炮兵军官是一个长腿的、麻面的高汉子,似乎是为了视察边端大炮的活动,他走近彼挨尔,并且好奇地看他。

一个圆脸的少年军官,还是一个小孩子,显然是刚从军事学校毕业,他极热心地指挥着两门炮,肃厉地向彼挨尔说话。

"先生,请你让开,"他说,"你不能在这里。"

兵士们看着彼挨尔,不满地摇头。但后来大家相信这个戴白帽子的人不但无碍,而且他或者安静地坐在工事的斜坡上,或者带笑地、恭敬地避让兵士们,在炮火之下,在炮兵阵地中走动,那么安静,好像在树道中行走,这时候,对他的恶意怀疑情绪,开始逐渐变为和蔼的、嘲笑的同情,好像兵士们对于军队中他们的狗、鸡、羊等动物所有的。这些兵士立刻在心中把彼挨尔看作他们自己的同伴,和他结识,并且给他一个名字,称他为"我们的先生",并且他们好意地拿他取笑。

离彼挨尔两步远的地方,一颗炮弹掀起泥土。他从衣上拍去炮弹溅起的泥土,笑着环顾四周。

"你怎么不怕这个,先生,当真的?"一个红鼻宽肩的兵向彼挨尔说,露出强劲的白牙齿。

"你真怕吗?"彼挨尔问。

"那当然啊!"兵士回答。"要晓得炮弹不留情,它打下来了,打出肠子。不能不怕。"他笑着说。

有几个兵带着快乐和蔼的面色站在彼挨尔身边。他们似乎没有期望他说话和大家一样,这个现象使他们高兴。

"这是我们兵士的任务。但对于先生,这是稀奇的。你是一个先生！"

"到自己位子上去！"年轻的军官向环绕在彼埃尔身边的兵士们喊叫。这个年轻的军官显然是第一次或第二次供职，因此他对于兵士和长官都特别严格而有礼貌。

横飞的枪炮的弹，在全部田野上更加激烈了，特别是在左边，在巴格拉齐翁的突角堡的那边，但从彼埃尔所在的地方看去，枪炮烟中的东西几乎一点也看不见。此外，对于炮兵阵地中如同家庭（与其他所有的阵地隔开了）团体的兵士们的注视，吸引了彼埃尔的全部注意力。由于战场声色而产生的他最初无意识的快乐的异常，现在换了别种情绪，特别是在他看到草原上那个孤独的阵亡兵士以后。他此刻坐在壕沟的斜坡上，注视着身边的人。

十点钟的时候，已经有二十人左右从炮兵阵地中抬出去了。两尊炮破坏了，落在炮兵阵地中的炮弹逐渐加多，远处的枪弹吱吱嗖嗖地飞射。但在炮兵阵地中的人似乎没有注意到这个，从各方面发出愉快的谈话和笑话。

"汤圆！"一个兵士向着嗖嗖地飞来的炮弹说。"不是这里！"第二个人看到炮弹飞了过去，落在掩护的步兵阵地中，嬉笑地说，"落到步兵里去！"

"什么，向朋友行礼吗？"另外一个兵嘲笑那个农民，他看到一颗横飞的炮弹而坐倒。

有几个兵士在工事里观看前面所发生的事情。

"他们撤退了前哨，你看，他们后退了。"他们指着工事那边说。

"注意你们自己的事情，"年老的军曹向他们叫着，"向后退，意思是后边有任务。"军曹抓住一个兵士的肩头,用膝盖撞他,他们发出笑声。

"第五门炮推出去!"他们在一边喊叫。

"一下子,一同推,像拉船一样。"发出愉快的换炮的叫声。

"哎,差一点把我们先生的帽子打脱了。"红鼻子诙谐地露出牙齿向彼挨尔笑着说。"唉,笨家伙。"他责骂地对着打在炮轮和人腿上的一颗炮弹说。"哎,你们是狐狸!"另一个人问那个弯腰爬进炮兵阵地来抬伤兵的民团说。"哎,粥没有味吗?哎,你们这些乌鸦,害怕了!"他们向那个迟疑在断腿伤兵前面的民团们说。"啊……啊,孩子,"他们仿效农民们,"他们一点也不欢喜它!"

彼挨尔注意到如何在每颗坠落的炮弹之后,在每次损失之后,一般的激情是更加激烈。

好像从临近的暴风雨的云中发出来的,所有这些人的脸上更明亮地、更相继地显出潜藏的烈火的闪光(如同是反抗目前的事件)。

彼挨尔不看前面的战场,不愿意知道那里所发生的事件:他专心地注意在渐渐炎烈的火上,这种火,他觉得,也同样地在他自己的心中燃烧。

十点钟的时候,炮兵阵地前丛木中和卡明卡河边的步兵退却了。从炮兵阵地中可以看到,他们把伤兵用枪抬着,从炮兵阵地的旁边向后退。有一个将军带了侍从来到山冈上,和上校说了话,向彼挨尔愤怒地看了一眼,命令了站在炮兵后边的掩护步兵躺下来以免中弹,又下山了。然后,在步兵行列中,在炮兵的右边,传来鼓声和命令声,从炮兵阵地里可以看见步兵行列如何向前推进。

彼挨尔从工事上看出去，有一个人特别引他注意。这人是一个军官，具有苍白的、年少的面貌，他向后走，带了向下的佩刀，不安地四顾。

步兵行列隐藏在烟中，可以听到他们尖长的叫声和连续的枪声。几分钟后，成群的伤兵和异床从那里走来。炮弹更密地落在炮兵阵地中。有几个人倒在地上，未被抬起。在大炮的附近，兵士们更匆忙、更兴奋地活动着。没有人注意彼挨尔。有两次，别人愤怒地向他喊叫，说他挡路。那个上级军官皱着眉，用大快步从这个炮位走到那个炮位。年轻的军官面色更红，更专心地指挥着兵士们。兵士们传递炮弹，转动炮弹，装上炮弹，并用紧张的动作做他们的工作。他们走时跳动着，好像是在弹簧上。

暴风雨的云临近了，在所有的面部上明亮地燃烧着彼挨尔所注意的热火。他站在那个上级军官的旁边。年轻的军官跑到上级军官面前，举手行礼。

"报告上校，炮弹只有八发了，还命令继续放吗？"他问。

"霰弹！"上级军官喊叫着，从工事上看出去。

忽然发生了这样的事：年轻的军官哼了一声，翻身坐下，好像中弹的飞鸟。在彼挨尔看来，一切似乎奇突、不明白，而且模糊。

炮弹一个一个地响着，打在胸墙上，打在兵身上，打在炮上。彼挨尔先前没有听到这些声音，现在只听到这些声音。在炮队的左边，彼挨尔觉得那些叫着"乌拉"的兵士们不是在向前跑，而是在向后退。

炮弹正落在这个工事的边端，掀起泥土。彼挨尔站在工事的前面,在他眼前闪过一个黑色的圆球,同时钻入了什么东西。进炮兵阵地的民团又跑回去了。

"都用霰弹!"军官叫着。

军曹跑到上级军官的面前,用恐惧的低声(好像在吃饭时,厨子向主人说,所要的酒没有了)说,炮弹没有了。

"混蛋们,他们做什么的!"军官叫着,转向彼挨尔。上级军官的脸发红淌汗,皱蹙的眼睛发光。"跑到后备队里去拿弹箱来!"他向部下的兵士叫着,眼睛愤怒地把彼挨尔周身看了一眼。

"我去。"彼挨尔说。军官未回答他,大步走到另一边。

"不要放……等一下!"他叫着。

奉命去拿炮弹的兵撞了彼挨尔。

"哎,先生,这里不是你待的地方。"他说完便向山下跑去。

彼挨尔跑在兵士的后边,经过年轻军官的坐处。

一个、两个、三个炮弹飞过他头上,打在前面、旁边和后边。彼挨尔向下跑。"我到何处去?"他忽然想起,但已经跑到绿色弹箱的前面。他犹豫地止住,是向后退还是向前走。忽然,一个可怕的震动把他打向后,坐在地上,同时一道大火光炫了他的眼,同时有响亮的震耳的轰声、撞击声和穿射声。

彼挨尔恢复了知觉,手支在地上仰坐着。他身边的弹箱不在了,只有绿色的燃烧过的木板和碎片留在焦草上,有一匹马拖着车杠的断木从他身边跑过,另一匹马和彼挨尔一样地躺在地上,发出尖锐、冗长的叫声。

三十二

彼挨尔恐惧得忘了自己，跳起来，向回跑到炮兵阵地中，好像从包围他的恐怖中跑到唯一的躲避处。

彼挨尔进散兵壕时，注意到炮台上听不到炮声，但有人在那里做什么。彼挨尔来不及认出这些人是谁。他看见那个上级军官背对着他卧在工事里，好像是向下看着什么。他看见一个被他注意的兵士，这个兵士在抓他手臂的人群中向前冲突，叫着："弟兄们！"他又看见别的稀奇的事情。

但他还未来得及看出这个上校已经被打死，喊"弟兄们"的那人是一个俘虏，已经在他的眼前有一柄刺刀戳进另一个兵士的背。他还未跑进散兵壕，便有一个瘦黄、汗脸、穿蓝军服的人，手执长刀，喊着什么，向他奔来。彼挨尔本能地保卫自己，在他们没有看清而彼此相撞的时候，彼挨尔伸手抓住这个人（他是一个法国军官），一手抓他的肩膀，一手抓他的喉咙。这个军官放了刀，抓住彼挨尔的领子。

几秒钟后，他们两个人用惊悸的眼光彼此看着陌生的脸，两人都怀疑他们在做什么，要做什么。"我是他的俘虏呢，他是我的俘虏呢？"各人这么想。但显然法国军官更觉得自己是俘虏，因为彼挨尔的被不觉的恐惧所感动的强力的手，更加紧地扼他的喉咙。这个法国人想说什么，忽然在他们头上飞过一颗很低的可怕的炮弹，彼挨尔觉得这个法国军官的头掉下来了：他那么迅速地将头闪避过去。

彼挨尔也闪头，放了手。不再想到谁是俘虏，那个法国人跑回炮兵阵地，彼挨尔跑下山，踬蹶在死尸和伤兵的身上，他觉得他们在抓他的腿。他还未跑下山，便迎面出现了一队奔跑的密集的俄国兵，他们跌倒着、踬蹶着、喊叫着，愉快而猛勇地向炮台上跑（这就是叶尔莫洛夫所自负的攻击，他说，只有他的勇敢和幸运才能立这个功，在这个攻击中，他把衣袋中的圣乔治勋章抛在山冈上）。

占领炮台的法军逃跑了。我们的军队喊着"乌拉"，把法兵追赶到炮台的那边，他们难以停住。

有人从炮台上带走俘虏，其中有一个受伤的法国将军，他被军官们围绕着。一群彼挨尔认识的和不认识的俄国的和法国的伤兵，带着歪曲的、痛苦的面孔，走着，爬着，由异床抬着离开炮台。彼挨尔上了山冈，在那里留了一小时以上，在那个接待他的家庭团体中，他一个人也找不到了。许多他不认识的人死在那里，但有几个他认识。年轻的军官在工事的边际，缩成一团，坐在血泊中。红脸的兵士还痉挛着，但没有人把他抬走。

彼挨尔跑下山。

"啊，现在他们要停止了，现在他们害怕自己所做的事情了！"彼挨尔想，无目的地随着异架队离开战场。

但被烟遮蔽的太阳还很高，在塞米诺夫斯考村的前面，尤其是左面，还有人在烟中骚动。枪炮的声音不但不息，而且拼命地变强，好像一个人用最后的力量在拼命地喊叫。

三十三

　　保罗既诺战役中主要的战斗，发生在保罗既诺村与巴格拉齐翁的突角堡之间一千沙绳（约合六千六百中尺，七千英尺——译者）的地方（在这个区域之外，一端是俄国乌发罗夫的骑兵在中午的示威；另一端，在乌齐擦村那边，是波尼亚托夫斯基与屠契考夫的接触。但和战场中部所发生的战事比较起来，这是两个分别的微弱的战斗）。在保罗既诺与突角堡之间的地方，在森林的旁边，在祖露的可以从两端看见的原野上，发生了主要的战斗，它的形式是最简单、最不艺术的。

　　战争开始于双方数百尊大炮的射击。

　　后来，在烟弥全野的时候，法国方面右边有德赛和考姆班的两师在烟中向突角堡推进，左边有副王的部队进攻保罗既诺。

这些突角堡距涉发尔既诺堡垒（拿破仑站在这里）有一里，但保罗既诺是呈一直线地在两里外，因此拿破仑不能看到那里所发生的一切，尤其是因为烟和雾化合，遮盖了整个区域。德赛师的兵士进攻突角堡，一直到他们下到山谷中的时候，还可以看见山谷是在他们和突角堡之间。他们刚到山下，突角堡上枪弹、炮弹的烟是那样地浓密，遮盖了山谷那边的整个山坡。从烟中可以看见那里有黑色的东西，也许是人，偶尔可见刺刀的闪光。但他们是在行动，是站立着，他们是俄国人，是法国人，从涉发尔既诺堡垒这里不能看出。

太阳光明地升起，斜光直射在拿破仑的脸上，他从手掌下边看着突角堡。烟笼罩在突角堡的前面，有时似乎是烟在动，有时似乎是兵士在动，有时可以在射击中听到人声，但不能知道他们在那里做什么。

拿破仑立在山冈上，用望远镜看，在望远镜的小圆圈里他看见烟和人，有时看见他自己的人，有时看见俄国人；但他所看见的东西在何处，当他再用肉眼去看时，已不可知了。

他下了山冈，在冈前来回徘徊。

他偶尔停住，谛听枪声，注视战场。

不但从他所站的低处，不但从他的将军们现在所站的冈头，不能看出这个地方所发生的事情，甚至在突角堡上也不能看出，突角堡上忽而同时地，忽而轮流地发现俄国的和法国的，死的、伤的、活的、惊恐的和疯狂的兵士。在几小时内，在不断的枪炮声中，在这个地方有时出现俄国人，有时出现法国人，有时是步兵，有时是骑兵；他们出现,倒下、射击、冲突、呼喊、向前跑,不知道彼此要做什么。

拿破仑派出的副官和他的将军们的传令兵,不断地从战场上骑马奔跑到拿破仑面前,报告战事的进展,但这一切的报告都是虚谎:因为在交战的火热中,不能说在一定时间内所发生的事;因为许多副官没有跑到实在的战地上,而是转报他们在别人那里所听到的;又因为副官们骑马跑了二三里到拿破仑面前的时候,情形已改变,而他所带来的消息已不实在。例如一个副官从副王处带来消息,说保罗既诺已占领,考洛洽河上的桥已在法军手中。这个副官问拿破仑,是否命军队过河。拿破仑命令在河那边成队并等待命令,但不仅在拿破仑下这个命令的时候,甚至在这个副官离开保罗既诺村的时候,桥已经在战事开始时,在彼挨尔所参与的接触中,被俄军攻回烧毁。

一个面色苍白惊恐的副官从突角堡骑马跑来,向拿破仑报告说,进攻已被打退,考姆班受伤,大富被杀;但这时候突角堡被别一部分的军队所占领,在副官说法军被击退的时候,大富还活着,只是受了微伤。拿破仑根据这种不可免的虚谎的报告而下命令,这些命令有的在他发出之前已经执行,有的不能且不曾执行。

离战场较近的将军们和拿破仑一样,未曾参与实际的战争,只是偶尔骑马来到枪弹射程内,他们不请示拿破仑,便发出他们的作战命令,发出他们的命令:向何处、从何处射击,骑兵向何处跑,步兵向何处跑。甚至他们的命令,正和拿破仑的命令一样,只在最小的范围内偶然地被执行。大部分的事情和他们所命令的正相反。被令前进的兵士在霰弹的射击下向后退;被令留守原地的兵士忽然看到俄军意外地向自己面前跑来,有时向后退,有时向前冲,骑兵未奉命令追赶逃跑的俄军。例如两团骑兵跑过塞米诺夫斯考的山谷，刚刚上了山，又转头猛力向回跑；步兵也是同样地行动，有时跑到和奉命要去的地方完全相反的地方。全部的命令：向何处以及何时运动大炮，何时派遣步兵射击，何时派骑兵践踏俄国步兵，这一切的命令都是行伍中最近的部队指挥官们发出的，他们不仅没有请示拿破仑，甚至也不请示奈伊、大富和牟拉。他们不怕因为不执行命令或因为自己发令而受处罚，因为在交战中，人所最觉得宝贵的是个人的生命，有时似乎觉得安全是向后跑，有时是向前跑，在实际交战中的这些人是按照当时的士气而行动的。事实上，这些向前和向后的运动不曾减轻、不曾改变兵士的地位。他们所有的奔跑和彼此的撞闯几乎不发生伤害，而伤害、死亡和残废却系于横飞旷野的炮弹和枪弹，他们便是在这个旷野上撞来闯去。这些人刚刚走出炮弹、枪弹横飞的地方，站在后边的上级军官立刻编整他们，恢复纪律，并在这种纪律的势力下又带领他们到火线下，在火线下他们又（在死亡恐怖的势力下）失去纪律，随士气的变化而撞来闯去。

三十四

　　拿破仑的将军们——大富、奈伊和牟拉,离火线很近,有时甚至骑马走进火线,他们几次把整齐的大量的兵队领进火线。但与以前所有的战争中不变地发生的事情不同,所期待的敌人逃跑的消息没有传来,而整齐的军队变为零乱的、惊惶的群众从火线上转回。他们又将兵士们排列起来,但人数却更减少。中午,牟拉派他的副官去向拿破仑要求增援。

　　拿破仑坐在山冈下饮五味酒,此刻牟拉的副官带来劝告,说假使陛下再拨一个师,俄军就要崩溃。

　　"增援吗?"拿破仑说,好像不懂他的话,并且严厉地、惊异地看这个有黑发长垂的(如同牟拉头发一样的)美丽的青年副官。"增援"！拿破仑想，"他们手里有一半军队攻击薄弱的无工事的俄军侧翼，此刻他们还要什么'增援'？"

"去告诉那不勒王，"拿破仑严厉地说，"现在还未到中午，我还没有看清我的棋盘。去吧……"

长发的美丽的青年副官，手未离开帽子，深深叹气，又向杀人的地方跑去。

拿破仑站起，召来考兰库尔和柏提埃，开始和他们谈论无关战局的事情。

在拿破仑开始注意的谈话的当中，柏提埃的眼睛向着一个将军和随从看去，这个将军在汗马上向山冈跑来。这人是白利阿尔。他下了马，快步走到皇帝面前，勇敢地、大声地开始说明增援的必要。他发誓说，假使皇帝再增加一个师，俄军即将崩溃。

拿破仑耸了耸肩膀，什么也未回答，继续着来回走。白利阿尔开始大声地、兴奋地和他身边的侍从将军们谈话。

"你很性急，白利阿尔，"拿破仑说，又走近刚才到的将军，"在火热中容易有错。你去看一下，再来找我。"白利阿尔还未走得看不见，又有一个战场上派来的人从另一个方向跑来。

"有什么事？"拿破仑因为不断地被打搅用发怒的语气说。

"陛下，亲王要……"副官开始说。

"要求增援吗？"拿破仑用发火的姿势问。副官肯定地垂头，并开始报告；但皇帝转过身走了两步，停下，又向后转并召来柏提埃。"我们应该派后备队了。"他说，轻轻伸开了手臂。"你想派谁到那里去呢？"他问柏提埃，问这个"由我使之变为鹰的鹅"，他后来这么称他。

"陛下，派克拉巴来德师。"柏提埃说，他心里记得所有的师、团、营。

拿破仑同意地点头。

副官骑马去克拉巴来德师。几分钟后，扎在山冈后边的少年卫队离开了原来的地方。拿破仑沉默地看着这个方向。

"不行，"他忽然向柏提埃说，"我不能派克拉巴来德师。派弗利安师去。"

虽然派弗利安师代替克拉巴来德师没有任何利益，甚至此刻停止克拉巴来德师而派遣弗利安师有显然的不便与耽搁，但命令却严格地执行了。拿破仑没有看到他对于他的军队成了一个医生，他用医品妨害生机，这是他那样深知而反对的。

弗利安师和别的师一样，隐没在战场的烟中。从各方面继续有副官们跑来，好像是有了共谋，大家都说同样的话，都要求增援，都说俄军还保持着阵地，并且射出可怕的火力，法军便在这个火力下消失。

拿破仑坐在折椅上沉思。

爱旅行的，从早晨饿到现在的德·波赛先生，走到皇帝的面前，大胆地、恭敬地请皇帝用早餐。

"我希望现在就能庆祝陛下胜利。"他说。

拿破仑沉默着反对地摇头。德·波赛先生以为这个反对是对于胜利，而不是对于早餐，他让自己游戏而恭敬地提示说，在能够用早餐的时候，世界上没有理由能够妨碍用早餐。

"你去……"忽然拿破仑闷闷地说,并转过了身。一种抱歉懊悔与狂喜的祝福笑容,出现在波赛先生的脸上,他摇晃地走到别的将军们当中去了。

拿破仑尝到苦闷的感觉,好像一向幸运的赌博者所尝到的。这人无心地押了钱,总是赢,忽然正在他计算所有的赌博机会时,他觉得,他愈考虑他的赌博,他的失败愈是确实。

兵士们是同样的,将军们是同样的,准备是同样的,训令是同样的,"短劲的宣言"是同样的,他自己也是同样的,他知道这一点。他知道,他甚至现在比从前更有经验,更加能干,甚至敌人也和在奥斯特里兹及弗利德兰时是同样的;但他的手的可怕的挥动,变为魔术般地没有力量了。

所有从前不变地获得胜利的那些方法,炮力集中一点,后备队的攻击破坏阵线,"铁人"骑兵的进攻,所有这些方法都用到了,不但没有胜利,而且从各方面传来同一的消息,说到将军的死伤、增援的必要、击破俄军的不可能和军队的崩溃。

从前,在两三道命令、两三句话之后,将军们和副官们便带着庆祝的愉快的面孔,骑马跑来,报告胜利品:成队的俘虏、成捆的敌旗和鹰旗、大炮、辎重,而牟拉也只要求准许派骑兵去截夺行李车。在洛提,在马任哥,在阿尔考拉,在耶拿,在奥斯特里兹,在发格拉姆等处是如此。但现在他的兵士发生了奇怪的事情。

虽有占领突角堡的消息,拿破仑看到这不像,完全不像从前所有的战役。他看到他所感觉到的,也是他四周有战事经验的人们所感觉到的。所有的面孔是郁闷的,所有的眼睛彼此逃避。只有波赛一个人不能了解目前事件的意义。拿破仑有长久的战争经验，很知道——在八小时各种努力之后，它的意义是未胜利的攻击。他知道这是失败的战役，现在最小的机会——在发生战役的紧张地点——可以消灭他和他的兵士。

他考量这次全部的奇异的对俄战争，在这个战争中没有获得一次胜利，在这个战争中两个月来没有俘得一面旗、一尊炮、一个军团。他看四周的隐忧的面孔，他听人报告俄军还保持着阵地——这时候，一种可怕的感觉，好像噩梦中所经验的感觉，抓住了他，他想起足以致他失败的所有不幸的机会。俄军能够攻击他的左翼，能够突破他的中央，一颗流弹可以把他打死。这一切是可能的。在以前的战役中，他只想到胜利的机会，现在他想起无数的不幸的机会，并且他等候着这些机会。这正似在噩梦中，一个人梦见了一个恶汉攻击他，这个人在梦中举手用可怕的力量打击这个恶汉，他知道这个力量一定要把这个恶汉打死，却又觉得他的手软弱无力，落下来好像破布，必死的恐怖抓住了这个无助的人。

俄军攻击法军左翼的消息，在拿破仑心中引起这种恐惧。他沉默地坐在冈下的折椅上，垂着头，把胛肘支在膝盖上。柏提埃走到他面前，提议巡视前线，以便确定战争的情况。

"什么？你说什么？"拿破仑说，"好，叫人牵马来。"

他骑马向塞米诺夫斯考而去。

在拿破仑经过的这全部地域的缓缓飘散的火药烟气中——在血泊里躺着单独的或成堆的人马。在这么小的地域死了这么多人，这样可怕的情形是拿破仑和他的将军们全未见过的。十小时连续不停的震耳的炮声,给了这个情景一种特别的意义(好像音乐之对于活动画片)。拿破仑上了塞米诺夫斯考的高地,在烟气中看见穿军服的成行的人,军服的颜色是他所未看惯的,这些人是俄军。

俄军密集地站在塞米诺夫斯考高地和山冈的后面,他们的枪不停地放射,他们的全线冒烟。这已不是一个交战。这是延长的屠杀,对于俄军与法军皆无任何用处。拿破仑驻了马,又沉入思索之中,柏提埃曾将他从这种沉思中唤醒;他不能停止他面前和他四周所发生的事情,这种事情算是他所领导并依靠他的,在不胜之后,他第一次觉得这种事情是不必要的、可怕的。

有一个将军走到拿破仑面前,大胆地提议要老卫队加入战争。站在拿破仑旁边的奈伊和柏提埃因此交换目光,轻蔑地讥笑这个将军的无思想的提议。

拿破仑垂头,沉默良久。

"离法国八百'里约'(合三点二〇〇里,二点〇〇〇里——译者),我不要破坏我的卫队!"他说,调转马头,回到涉发尔既诺村。

三十五

库图索夫垂下灰色的头,弯下肥胖的身躯,坐在铺了毡子的凳子上,坐在彼挨尔早晨看见他的地方。他不下任何命令,只同意或不同意向他所报告的事。

"是,是,做这件。"他回答各种建议。"是,是,去,好孩子,看一看。"他向身边的这个人或那个人说。或者他说:"不,不要,最好是等一下。"他听带来给他的报告,并在部下要求下令时发命令;但是他听报告却似乎不注意他们向他所说的话意,而是面部表情和说话语气中别的东西引他注意。由于多年的战争经验,他知道,并由于老年的智慧,他了解,领导几十万人与死亡争斗,不是一个人所能够的;并且他知道决定战争命运的不是总司令的命令,不是兵士驻扎的地方，不是大炮和杀人的数目，而是那种不可捉摸的力量，叫作士气，并且他随着这种力量，并在他能控制的时候，领导这种力量。

库图索夫脸上的大概表情是集中的安静的注意与紧张，几乎不能克服他老弱身躯的疲倦。

上午十一时，有人向他带来这个消息，就是被法军占领的突角堡又夺回来了，但巴格拉齐翁郡王受了伤。库图索夫叹息摇头。

"到彼得·依发诺维支郡王那里去详细探听，"他向副官中的一个说过，又向站在他身后的孚泰姆堡[1]亲王说，"阁下愿意指挥第一军吗？"

亲王刚走后，他还未到达塞米诺夫斯考的时候，他的副官便回来向总司令说亲王要求军队。

库图索夫皱眉，下令给道黑图罗夫指挥第一军，并召回亲王。他说，在这个重要的时候，没有亲王，他便不能应付。当人传来消息说牟拉被掳而参谋部的人员向他庆祝时，他笑了一下。

"等一下，诸位，"他说，"战事胜利了，俘虏牟拉并不是什么非常的事。但最好等一等再高兴吧。"但他却派副官去向士兵报告这个消息。

在柴尔必宁从左翼上带来法军占领突角堡和塞米诺夫斯考的消息时，库图索夫根据战场的声音和柴尔必宁的脸色，认为这些消息是不好的，他站起，好像是伸腿子，他抓住柴尔必宁的手，把他领到

---

[1] 孚泰姆堡（Alexander Frederick of Wurtemberg, 1771—1833）是玛丽亚·费道罗芙娜皇后之弟，于一八〇〇年入俄军服务。——毛

旁边。

"你去，好孩子，"他向叶尔莫洛夫说，"看看，有什么事是办不到的。"

库图索夫在高而该村，在俄军阵地的中心。拿破仑所指挥的对我左翼的进攻被击退好几次。法军在中央没有超过保罗既诺。乌发罗夫的骑兵从左翼上赶跑了法军。

三时前，法军的进攻停止。在所有来自战场的人的脸上，在身边各人的面部上，库图索夫看出极高度的紧张表情。他满意这天的胜利超过了他的期望。但老人的体力衰弱了，有几次他的头垂得很低，好像要跌倒，他打盹了。有人叫他吃饭。

高级副官福尔操根在吃饭的时候来到库图索夫面前，他就是那个走过安德来郡王身边说战争应该"扩大范围"而为巴格拉齐翁那么仇恨的人。福尔操根是从巴克拉那里来报告左翼的战况。聪明的巴克拉·德·托利看见成群的伤兵向回跑，看见溃散的行列，考量了全部的情形，断定战事失败了，并且派他心爱的人来向总司令报告这个消息。

库图索夫费力地嚼着烤鸭，眯着眼，用愉快的眼睛看福尔操根。

福尔操根大意地伸腿，嘴上带着半似轻视的笑容，走近库图索夫，手几乎没有举到帽边。

福尔操根用做作的粗心对待总司令，他的目的在表示，他这个有高等教育的军人，让俄国人把这个老而无用的人当作偶像，而他自己知道他是在和谁办事。"这位老先生（他的日耳曼人团体如此称呼他）自己倒舒服。"福尔操根想，严厉地看库图索夫面前的碟子。他按照巴克拉的吩咐和自己的见解，开始向这位老先生报告左翼的战况。

"我们阵地的所有据点都在敌人手中,不能打退,因为军队没有了;他们逃跑,不能阻止他们。"

库图索夫停止嚼咬,似乎不了解他所说的,惊异地看福尔操根。福尔操根看见这位老先生的兴奋,笑着说:

"我不认为我应该隐瞒大人我所看见的……军队完全溃散了……"

"你看见的……你看见的……"库图索夫皱着眉叫着说,迅速地站起,向福尔操根面前走去。"你怎……你怎敢……"他用颤抖的手做出威胁的姿势,叫着说。"你怎敢告诉我这话,阁下。你一点也不知道。替我告诉巴克拉将军,说他的消息是不确的,我,总司令,对于目前的战况比他知道得更清楚。"

福尔操根希望有所辩驳,但库图索夫打断了他。

"敌人在左翼被打退,在右翼打败了。假使你没有看清楚,那么阁下就不要让自己说你所不知道的事情。请你到巴克拉将军那里去,告诉他我明天一定要攻击敌人。"库图索夫严厉地说。大家都沉默着,只听见喘气的老将军的沉重呼吸。"处处打退了敌人,因此我感谢上帝和我们的勇敢兵士。敌人打败了,我们明天要把敌人赶出神圣的俄国领土。"库图索夫说,画着十字,忽然他因为涌泪而哭了。福尔操根耸肩膀,抿嘴唇,沉默地走开,诧异这个老先生的顽固。

"啊,他来了,我的英雄!"库图索夫向一个胖、美、黑发的将军说,这个将军正骑马上山。这人是拉叶夫斯基,他整天在保罗既诺战场的主要据点上。

拉叶夫斯基报告军队还坚强地守住阵地，法军不敢再作攻击。

听了这话，库图索夫用法文说："你和别人不一样，以为我们应该退却吗？"

"相反，大人，对于未确定的事，总是最坚毅的人是胜利者，"拉叶夫斯基回答，"我的意思……"

"卡依萨罗夫！"库图索夫叫他的副官。"坐下来，写明天的命令。你，"他向另一个副官说，"到前线上去说我们明天要进攻。"

在他和拉叶夫斯基谈话并授写命令的时候，福尔操根从巴克拉那里回来说巴克拉·德·托利将军希望获得总司令这个命令的文字证明。

库图索夫不看福尔操根，命副官写这个命令，这是前任总司令为了避免个人负责，极周全地希望获得的。

一种不能解释的神秘的联系维持着全军的同一情绪，即所谓士气，并且它是战争的主要神经，库图索夫的话、他明天作战的命令，即由于这种联系同时到达了军队的各端。

传到这个联系的最后一环的，已远非原来的话、原来的命令。甚至军队各端彼此相传的话，没一点和库图索夫所说的相同；但他的语意传到了各处，因为库图索夫所说的话不是从巧思中流出的，而是从情绪中流出的，这种情绪深藏在总司令的心中，正似深藏在每一个俄国人的心中。

知道了我们明天要攻击敌人，从高级军官那里听到了他们所希望相信的东西的证实，疲倦的、动摇的人们得到了安慰和勇气。

三十六

　　安德来郡王的团是在后备队中,后备队在两点钟以前,在强烈的炮火下,扎在塞米诺夫斯考的后边,没有作战。在两点钟以前,团里已经损失了二百人,这个团向前移到被践踏的燕麦田上,在塞米诺夫斯考和山冈炮台之间的那个地段上,在这个山冈上这天死了几千人,两点钟的时候,敌人数百门大炮的火力集中在这个山冈上。

　　没有离开这个地方,没有放一颗弹药,这一团在这里又损失了三分之一的人。在前面,特别是在右边,大炮在不散的烟气中轰射,从遮盖前边全区的神秘的烟气中,飞出响声不断的迅速的炮弹和响声迟缓的霰弹。有时似乎是让他们休息,在一刻钟之内所有的炮弹和霰弹都飞过了他们头上;有时在几分钟之内,打死团里好几千人。他们不停地忙着拖死尸，抬伤兵。

因为每颗新弹的轰击，生存的机会对于那些未死的人是更加减少了。团分为营纵队，相隔各三百步，虽然如此，全团的人都在同一的情绪之下。全团的人都是同样地沉默、愁闷。在弹声之间偶尔听到谈话声，但这些话声在有落弹声和喊叫"担架"声的时候又常常寂静了。团里的人大部分时间是奉长官之命，坐在地上。有的取下帽子，将帽子小心地放开又折起；有的在手掌里揉干土，擦刺刀；有的移动皮带，将带扣扣紧；有的将裹腿小心地理平、重打，又穿上鞋子；有的用田土盖小屋子，或用麦田的茎秸编小篮子。大家似乎专心注意在这些事上。在有伤亡时，在舁床走过时，在我军后退时，在大队敌军可以从烟气中看出时，没有人对于这些情形加以注意。在炮兵、骑兵前进，我方步兵的运动可以看见时，从各方面可以听到称赞的声音。但大部分的注意力是集中在完全与战事毫无关系的外务上。似乎这些精神紧张的人们把注意力放在这些寻常生活事件上，就可以得到休息似的。一个炮兵连走到团的前面，有一个炮弹车的马绊了挽革。

"哎，那匹挽马……把腿放出来！要跌的……哎，他们没有看见……"全团的行列中都发出这样的叫声。

另一个时候，大家的注意力落在一条尾巴竖起的棕色小狗上，这条狗天晓得从哪里来的，用担心的步伐跑在行列的前面，忽然，因为一颗炮弹落在附近，叫了一声，夹了尾巴，跑开了。全团的人发出笑声和叫声。这种开心不过一分钟，但他们已经在不释的死亡恐怖下站了八小时以上，没有食物，没有任务，苍白而愁闷的面孔变得更苍白、更愁闷。

安德来郡王和全团的人相似，愁闷而苍白，在燕麦田旁的草地上来回地从这边界线走到那边界线，手交在背后，头低垂。他没有事情要做，也不需要下令。一切都自动地在进行。他们把死尸拖到后方，抬走伤兵，行伍紧密起来。假使有兵士跑走，他们立刻赶快跑回。起初，安德来郡王认为自己的责任是要唤起兵士的精神，并做他们的榜样，在行列间来回走动；但后来，他觉得他没有东西要教他们。他全部的精力，正似每一个兵士，无意识地只注意着如何约制自己不去考量地位的恐怖。他在草地上来回走，拖着他的腿，擦响草地，注视着鞋上的尘土；有时他跨大步，企图蹈在草地上收割人遗留的足迹上；有时他数自己的步子，计算着，他从这边界线到那边界线要走多少次才是一里；有时摘下生长在田塍上的野艾的花，把花揉在手掌里，并嗅强烈的甜苦气味。他昨天所思索的，不留一点痕迹。他什么也不想。他疲倦地谛听仍然如日的声音，分辨炮弹的横飞声与射发声，注视第一营兵士们的熟悉的面孔，并等待着。"它来了……它又落在我们这里！"他想，听着从烟气中飞来的嗞嗞声。"一个、两个、又是一个，落了……"他停住，看行列。"不是，飞过去了。但这个落下了。"他又开始散步，企图大步走，以便在十六步内到达那个田塍。

嗞嗞声和撞击声！在他五步之外，飞起了干土，一颗炮弹钻进地下。一阵不自觉的冷气穿过他的后背。他又注视行列。也许是损失了很多人，一大群的人聚集在第二营里。

"副官先生，"他喊，"告诉他们不要挤在一起。"

副官执行了命令，走到安德来郡王面前。从另一边，一个营长骑马而来。

"当心！"这是兵士的惊惶的叫声，好像急飞落地的鸟，离安德来郡王两步远，在营长的马边，一颗霰弹低声地落下。马不管露出恐怖的样子好不好，最先嗅鼻，鸣叫，跑开了，几乎差点把少校抛下。马的恐惧影响到人。

"睡下来！"副官喊叫，卧倒在地上。安德来郡王迟缓地站着。一颗霰弹，如同一个陀螺，在他和卧倒的副官之间，在麦田与草地交界处，在野艾的旁边，冒烟打转。

"难道这是死亡吗？"安德来郡王想，用极新的欣羡的目光看青草，看野艾，看打转的黑球冒出的烟缕。"我不能，我不想死，我爱生命，爱这个草，土地，空气……"他想着这个，同时记得别人在看他。

"可羞，军官先生！"他向副官说，"什么样的……"他没有说完。同时有了破裂声，如同击破窗格的碎片声，窒息的火药气味，安德来郡王跄到一边，举起手，俯跌下来。

几个军官跑到他面前。从右边肚子流出一大块血渍在草上。

被唤而来的几个民团带了异床站在军官的后边。安德来郡王胸脯向下躺着，脸贴了草，困难地打鼾、呼吸。

"等什么，来！"

几个农民走来，拉他的肩和腿，但他可怜地哼着，农民们交换了目光又将他放下。

"抬起来，放上去，不要紧！"有人在叫。他们又抬他的肩，把他放在异床上。

"啊，我的上帝！我的上帝！这是怎么一回事……肚子！这是完结！啊，我的上帝！"这是军官之间发出的声音。"差一点就擦了我的耳朵。"副官说。农民们把舁床抬上肩，迅速地从他们踏成的路上去野战医院。

"合上步子……哎……农民们！"军官说，按住步伐不齐、颠动舁床的农民的肩膀。

"合上了吗？郝费道尔，郝费道尔。"前面的农民说。

"就这样，好极了。"后边的快乐地说，合上了脚步。

"大人？啊？郡王？"跑来的齐摩亨，看着舁床，颤抖地说。安德来郡王的头深陷在床中，他睁开眼睛，从舁床上看了说话的人，又闭了眼睑。

* * *

民团们把安德来郡王抬到树林里，医药车和野战医院在这里。野战医院是桦树林边三个撑开的帐篷做成的。帐篷卷着。在桦树林中有医药车和马匹。马在秣袋中吃燕麦，麻雀飞来啄食落粒。老鸦闻到血味，不安地聒叫，在桦树间飞来飞去。在帐篷外两皆夏其那（每皆夏其那约合十七中亩，二点七英亩——译者）的地方，躺着、坐着、立着穿各种服装的流血的人。在伤兵的四周站了一群丧气的、注意的担架兵，维持秩序的军官要把他们赶出这里，却没效果。兵士们不听军官的话，站在那里靠着舁床，注意地看他们面前所发生的事，似乎企图懂得这个情景的困难意义。从帐篷里可以听到大声的、愤怒的啼哭和可怜的呻吟。时有助理医生跑出来取水，并指定应该抬进去的人。伤兵在帐外等候轮次，呻吟、号叹、啼哭、喊叫、诅咒、求酒。有的讲胡话。他们在尚未诊治的伤兵中走过,把团长安德来郡王抬到一个帐篷的旁边,等候命令。安德来郡王睁开眼睛,好久不能了解他身边所发生的事。他想起了草地、野艾、麦田、黑的滚的球和他对于生命的热爱。离他两步之外,站着一个裹头的、高大的、美丽的、黑发的军曹,他倚在树枝上,大声说话,引起大家对他的注意。他头上和腿子受了枪弹伤。在他四周聚集了一群伤兵和担架兵,他们注神地听他说话。

"我们踢开他,所以他抛弃一切,我们把国王也抓住了,"这个兵叫着,用火热的黑眼看他的四周,"后备兵只要按时赶到,弟兄们,他便什么也没有了,因为我老实告诉你……"

安德来郡王和说话者四周所有的人一样,也用同样发光的眼睛看他,并感觉到一种安慰的情绪。"但现在一切不是一样吗?"他想,"那里是什么,这里是什么呢?为什么我舍不得离开生命呢?这个生命中有点东西我不曾了解,现在也不了解。"

三十七

有一个医生穿着有血迹的围衣,两只小手沾有血迹,一只手上在拇指和小指间夹了一支雪茄(以免染污),走出帐篷。这个医生抬起头,从伤兵们头上向旁边看。他显然是想休息一会儿,他的头左右地转了一会儿,他叹气,垂下眼睛。

"好,立刻看。"他回答一个助手的话,这助手向他指示安德来郡王。他命人把安德来郡王抬进帐篷。

在等待的伤兵之间发出低语声。

"似乎在来世也只有绅士们活命。"有一个人说。

他们把安德来郡王抬了进去,放在刚刚清理的桌子上,一个助手从桌上洗去什么。安德来郡王不能清楚地辨别帐篷内的东西。各方面可怜的呻吟,他大腿上、肚子上和脊背上的剧痛,分散了他的注意。他所看见的四周一切,似乎化成一个裸体的有血迹的人体的一般印象,它似乎充满了低帐篷的全部,正似几周以前,在炎热的八月天,这个同样的人体充满了斯摩楞斯克道上污秽的池塘。是的,这是那个同样的身体,那个同样的"炮的食物",这个情景在当时已经引起他的恐怖,似乎预示现在。

帐篷里有三张桌子。两张已被占用,他们把安德来郡王放在第三张桌子上。他们把他独自放在这里好一会儿,他不禁地看到另外两张桌子上所发生的事。在最近的一张桌上坐着一个鞑靼人,从抛下的军服上看,也许是卡萨克兵。四个兵抓住他。戴眼镜的医生在他棕色肌肉的背上割什么。

"哎哟,哎哟,哎哟!⋯⋯"这个鞑靼人似乎在哼,忽然他抬起宽大的、扁短鼻子的黑面孔,露出白牙齿,开始挣扎、痉挛,用尖锐冗长的叫声呼喊。在另一张桌子的旁边聚集了许多人,在桌上有一个胖大的人背向下躺着,他的头向后仰着(卷曲的头发、发的色泽、头的形状,是安德来郡王极熟悉的)。几个助手按住他的胸脯,并抓住他。一只白、大而丰满的腿,不停地、迅速地、痉挛地打战。这个人痉挛地啼哭、呛咽。两个医生——一个苍白打战——沉默地在诊治这人的另一只血红的大腿。处理了鞑靼人,在他身上披了大衣,戴眼镜的医生拭着手,走近安德来郡王。

他看了看安德来郡王的脸,迅速地走开。

"脱衣裳!等什么?"他愤怒地向助手说。

当助手用匆忙的卷了袖子的手解开他的衣扣,脱下他的衣服时,安德来郡王想起了最早的、遥远的童年。医生低下头看受伤者,抚摸他,并沉重地叹气。然后他向人打了手势。腹部的剧痛使安德来郡王失去了知觉。当他神志恢复时,他大腿的碎骨已取出,碎肉片已割去,伤已裹扎。在他脸上洒了水。当安德来郡王睁开眼睛时,医生弯下头,沉默地吻了他的嘴唇,匆忙地走开。

在经过的痛苦以后,安德来郡王感到久不感觉的幸福。他生活中最好的、最幸福的时代,尤其是最遥远的童年,那时候有人为他脱衣,把他放到床上,那时候保姆为他唱催眠歌,那时候他把头藏在枕间,感觉到唯一的快乐的生活意识!他想起这些,觉得这些不是过去的,而似乎是现在的。

在那个头发的样式为安德来郡王所熟悉的受伤者的旁边,医生正忙着,他们把他扶起来,安慰他。

"让我看……哦哦哦!哦!哦哦哦!"这是他的惊恐的忍受痛苦的呻吟,因哭声而中断。安德来郡王听了这个声音,便想哭。或者因为他要无光荣地死去,或者因为他舍不得离开生命,或者是因为不回返的童年记忆,或者是因为他痛苦,因为别人痛苦,因为这个人在他面前那样可怜地呻吟,他想哭出儿童般的、善意的、几乎是快乐的眼泪。

他们给受伤者看了鞋中有干血迹的断下的腿。

"哦!哦哦哦!"他哭得像一个女人。站在受伤者前面的医生,遮着他的脸,走开了。

"我的上帝啊!这是怎么?他为何在此?"安德来郡王自语。

安德来郡王认出那个不幸的、啼哭的、无力的、刚刚断下腿的人是阿那托尔·库拉根。他们抱住阿那托尔，给他饮水，他的打战的浮肿的嘴唇碰不上杯边。阿那托尔伤痛地哭泣。"是的，就是他；是的，这人由于某种原因和我发生密切的、痛苦的关系。"安德来郡王想，还不能清楚地明白他面前的东西是什么。"这个人在什么地方和我的童年、我的生活发生关系呢？"他问自己，却找不出回答。忽然，安德来郡王想起了童年纯洁亲爱的世界中的一种意外的新的回忆。他想起娜塔莎，正似他在一八一〇年的跳舞会中初次见她时那样，她有细颈纤臂，有惊异的、快乐的、准备表示狂喜的面孔，对她的爱恋与柔情比以前更生动、更强力地在他的心里苏醒了。他现在想起了他与这个人之间的关系，这个人从肿眼的泪水里模糊地看他。安德来郡王想起了一切，对于这人的热烈怜悯和亲爱充满了他的快乐的心胸。

安德来不再能约制自己，他为同伴、为自己、为他们的和自己的错误流出慈柔的、亲爱的眼泪。

"同情，对于兄弟们和对于爱我们者的亲爱，对于恨我们者的亲爱，对于仇人的亲爱，是的，那种亲爱是上帝在地上所宣传的，是玛丽亚郡主教我的，是我所不了解的；就是因此我爱惜生命，假若我曾活过，这就是我所余的。但现在太迟了。我知道这个！"

三十八

　　遍布死伤的战场的可怕情景，连同头脑的沉重，二十个熟悉的将军的死伤消息，从前强力手腕的无力之感，对于拿破仑发生了意外的印象，他寻常爱看死伤，借此试验自己的精神（他这么想）。在这一天，战场的可怕情景胜过了他的精神，他认为这种精神是自己的美德和伟大处。他匆忙地离开战场，回到涉发尔既诺山冈。他坐在折椅上，面色黄肿而愁闷，眼光朦胧，鼻子发红，声音发沙，他无心地听着炮声，不抬起眼睛。他带着痛苦的烦恼等候这个战斗的结束，他自认是这个战斗的主动人，但他却不能停止这个战斗。个人的、人性的情绪，在短时间内，战胜了他所久经的人为的生活幻想。他自己感觉到他在战场所见的那种痛苦与死亡。头脑和胸脯的沉重，使他想到他的痛苦与死亡的可能。他在这时候不想到莫斯科，不想到胜利，不想到光荣。（他为什么还要光荣！）他现在只希望一件事——休息、安静与自由。但他在塞米诺夫斯考高地的时候，炮兵指挥官向他提议调几连炮兵到这个高地上来，以便对于驻扎在克尼亚倚考佛的俄军加强火力。拿破仑同意了，并命人向他报告这些炮兵连所发生的效力。

一个副官来报告说，二百门大炮奉皇帝之命射击俄军，但俄军仍然保持着阵地。

"我们的炮火整行地消灭他们，但他们还不动。"副官说。

"他们还要受轰击！……"拿破仑粗声地说。

"陛下？"未听清楚的副官问。

"他们还要受轰击，"拿破仑皱眉用粗声音说，"轰他们。"

他所希望的事情，没有他的命令，已经在执行。他下命令，只是因为他以为他们等他的命令。他又回转到先前某种人为的幻想的伟大世界中，他又（好像一匹马，在转动的轮子中行走，以为是为自己在做什么）驯服地表演那种残忍的、不幸的、沉闷的、非人情的角色，这是对他命定的。

不仅是在这个时候，在这一天，这个人的智慧和良知是阴暗的，他对于当前事件的责任，比所有其他参加这个战事的人，负得更重；而且直到他生命的尽头，他绝不能够了解善良、美丽、真理、他行为的意义。他的行为太违反善良与真理，离一切合乎人性的事情太远，他不能了解它们的意义。他不能否认他的为半个世界所称赞的行为，因此他必得否认真理、善良与一切合乎人性的事情。

不仅在这一天，他巡视堆满死尸和残疾人（他以为是由他的意志)的战场时,他看着这些人,计算多少俄国人抵一个法国人,他欺骗自己,找出快乐的理由,就是五个俄国人抵一个法国人。不仅在这一天,他写信到巴黎,说战场是极美的,因为在战场上有五万具尸体;而且在圣·爱仑拿岛上,在孤独的安静中,他说,他有意把自己的闲暇贡献于他所做的伟大事业的叙述,他写着:

"对俄战争应该是现代最著名的:这个战争是有健全思想与实际利益的,是为大家安宁与安全的,它是纯粹和平的、适度的。

"这个战事是为了伟大的目的,为了危险的结果,为了安全的开始。新的眼界、新的工作将要展开的,里面充满了大家的福利与富足。大陆制度建立了,它只剩下组织的问题。

"满意了这些伟大问题和各处的安宁,我也要有我的国会和我的神圣同盟。这是他们从我这里偷去的思想。在这个伟大君主们的集会中,我们要如同家人般地讨论我们的利益,向人民报告账目,好像管账的对于主东。

"欧洲确实很快就要这样地成为一个民族,并且每个人,无论在哪里旅行,将处处觉得是在共同祖国中。我还要求所有的河流对大家开放通航,海为大家所共用,常备大军减得只作各国君王的卫队。

"回到法国,回到伟大、强盛、华丽、安静、光荣的祖国的心怀,我就宣布它的国界是不可更变的,所有未来的战争是防御的,所有新的扩张是反民族主义的,我要联合我的儿子治理国是,我的独裁将结束,而开始宪法的统治……

"巴黎将为世界的首都,法国为各国所羡慕……

"然后,在我儿子的王业学习期间,在我的余暇和老年,我与皇后在一起,如同真正的乡村夫妇,骑着马,逐地视察帝国的每一角落,接受呈诉,纠正不平,在各处散布碑铭与福利。"

他被天意注定了扮演不幸的、不自由的、人类刽子手的角色,他自己相信他行为的目的是各国人民的福利,他能领导几百万人的命运,并借他的权力而造成福利。

关于对俄战争,他更写着:

"在越过维斯丢拉的四十万人中,有一半是奥地利人、普鲁士人、萨克森人、波兰人、巴发利阿人、孚泰姆堡人、美克楞堡人、西班牙人、意大利人和那不勒人。皇军,严格地说,有三分之一是荷兰人、比利时人、来因区的居民、彼爱蒙特人、瑞士人、日内瓦人、托斯康人、罗马人、第三十二军区的人、不来门人、汉堡人等等,其中不过十四万人是说法语的。征俄战事损失的法国人不过五万;俄军自维尔那退到莫斯科,在各次战事中,较法军损失,在四倍以上;莫斯科的大火损失了十万俄国人,他们死于寒冷和森林中的饥饿;最后,自莫斯科退到奥代尔时,俄军也受到恶劣天气的损害;到维尔那时,俄军不过五万人,在卡利什支时,已不足一万八千人。"

他自以为对俄战事是由于他的意志,而既成事件的恐怖不震动他的心灵。他大胆地负起事件的全责,他的阴暗的智慧在这种事实里获得了辩解,就是在几十万死亡的人中,法国人比黑森人和巴发利阿人死得更少。

三十九

　　几万人横死在田野与草地上，呈各种姿态，着各色制服，这些地方属于大卫道夫家，属于皇家农奴。在这些田野与草地上，数百年来，保罗既诺、高而该、涉发尔既诺和塞米诺夫斯考各村的农民同时收割庄稼，放牛。在野战医院，在一皆夏其那的地方，草土都浸了血。各部队的成群的伤兵及未伤的兵，带着惊惶的面色，一方面返回莫沙益司克，另一方面向发卢耶佛回跑。别的疲倦而饥饿的群众在长官领导下向前进，还有别的守着阵地并继续射击。

　　在全部的田野上，先是那样愉快的美丽，在早晨的阳光下有刺刀的闪光和烟缕，现在布满了湿气与烟气的黑云，发出奇异的、酸涩的硝气和血腥。黑云聚合，细雨开始洒落在死尸的身上，落在伤兵身上,落在惊惶的、疲倦的和怀疑的兵上。它似乎是说:"够了,够了,人们。停止吧……想一下。你们在干什么?"

两方面疲倦的没有食物和休息的人们同样地怀疑:他们是否应该还要彼此屠杀,并且在每一副面孔上可以看出怀疑神情,在每颗心中同样地发生这个问题:"为什么,为谁我要杀人并被杀?要杀谁你就杀谁,想做什么,你就做什么,但我什么也不想了!"傍晚的时候,这种思想发生在每个人的心中。在任何时候,这些人都能够恐怖他们所做的,放弃一切,而跑到任何处。

但虽然在战事结束时,人们感觉到自己行为的全盘恐怖,虽然他们极愿停止,却有一种不可解的神秘的力量继续领导他们;在火药气味与血腥中流汗的只剩三分之一的炮兵们,虽因疲倦而颠踬、喘息,却仍然送炮弹、上炮弹、瞄准,并放置导火线。炮弹照旧迅速而残忍地从两边飞出,击碎人体,并继续在做可怕的事情。这事情不是遵奉人的意志而做的,而是遵奉领导人类与世界者的意志。

* * *

谁看见了俄军后方的零乱,便要说,只要法军再加一点力量,俄军就要消灭;谁看见了法军的后方,便要说,只要俄军再加一点力量,法军就要消灭。但法军与俄军都不增加这点力量,而战争火焰迟迟燃熄。

俄军不加这点力量,因为不是他们攻击法国人。在战事开始时,他们只是站在莫斯科大道上,将它阻塞;在战争结束时,他们还是站在那里,和开始时一样。但即使俄军的目的是击破法军,他们也不能做这最后的努力,因为全部俄军已被击溃,没有一部分军队不曾受到战事的损失,守在阵地上的俄军损失了全部的一半。

法军还记着十五年来所有的胜利,相信拿破仑的常胜,明白他们已占领战场的一部分,他们只损失四分之一的人,他们还有两万未作战的卫队。法军很容易做这个努力。法军攻击俄军,目的在将俄军赶出阵地,法军应该做这一次的努力,因为在俄军阻塞莫斯科大道一如战前的时候,法军的目的并未达到,他们一切的努力和损失都落了空。但法军未做此努力。有几个历史家说,拿破仑为了战争的胜利,值得出动他的未作战的老卫队,说假使拿破仑出动他的卫队便会发生的事,正如同说秋行春令时便会发生的事一样。这是不可能的。拿破仑不出动他的卫队,不是因为他不想如此,乃是不能如此。所有法国的将军、军官与兵士都知道这个办不到的,因为沮丧的士气不许如此。

不只是拿破仑一个人有那种噩梦般的情绪,觉得他有力的手变为无力,并且所有的将军,所有法军中参战及未参战的兵士,根据所有以前战事的经验(只要十分之一的努力,敌人便逃跑)感觉到在这些敌人前的同样恐怖情绪,这些敌人损失了一半人数,在战事结束时无畏地守着阵地,和战事开始时一样。进攻的法军的士气耗尽了。不是那种塞夺杆头布块(即所谓军旗)与夺得敌军先前与现在所立之地的胜利,而是那种精神胜利——使敌人相信对方的精神优越与自己的无能——被俄军在保罗既诺获得了。法国侵略军如同一只野兽,在奔跑中受了致命伤,感觉到自己的灭亡;但它不能停止,正似只有一半力量的俄军不能后退。在所遇的阻挡之后,法军仍能达到莫斯科;

但在那里，没有俄军方面的新努力，它一定要灭亡，因为在保罗既诺所受的致命伤而流尽了血。保罗既诺战役的直接结果是拿破仑从莫斯科的无故逃跑，顺斯摩楞斯克旧道的回返，五十万侵略军的崩溃，拿破仑统治的崩溃，在他的统治上，在保罗既诺，第一次遭遇了精力较强的敌手。

第三部

一

    运动的绝对连续，是人类智慧所不能了解的。只有在他研究某种运动中任意选出的一个单位时，他才能够了解这种运动的规律。但同时，由于连续的运动之任意划分为不连续的单位，乃产生大部分的人类错误。

    我们知道一种所谓古人的诡辩，它说阿基利斯永远不能赶上走在他前的乌龟，尽管阿基利斯比乌龟跑得快十倍。因为阿基利斯刚刚走过了他与乌龟之间的空间，乌龟又在他前面走过了这个空间的十分之一；阿基利斯走过了这个十分之一，乌龟又走过了百分之一，如此以至无穷。这个问题是古人不能解决的。这个结论的无理（即阿基利斯永远赶不上乌龟），只是发生于武断地假定不连续的运动单位，其实阿基利斯与乌龟的运动是连续的。

采用更小、更小的运动单位，我们只是接近问题的解答，却永远没有达到问题的解答。只有采用了无穷小的数量以及由此而产生的十分之一的级数，并取用这种几何级数的总和，我们才能达到问题的解答。数学的一个新科门能够研究无穷小的数量，它在别的更复杂的运动问题中，现在对于似乎不可解决的问题，给予了回答。

这个新的、古人不知的数学科门，在研究运动问题时，采用无穷小的数量，即在这种数量之下，获得了运动的主要条件（绝对连续），这个新的数学科门改正了那种不可免的错误，这种错误是人类智慧将连续的运动作为不连续的运动单位时不能不有的。

在历史运动律的研究中，发生完全相同的错误。人类的运动是连续的，它发生于无限数量的个人意志。

这种运动律的了解，是历史的目标。但为了发现全数个人意志总和的连续运动的规律，人类智慧乃假定武断的不连续的单位。历史的第一方法，是采用一串任意选择的连续事件，而与别的事件划开，并研究这一串事件，其实任何事件是没有且不能有"开始"的，而一个事件总是连续地导源于另一事件。第二方法是研究皇帝、将军的个人行为，作为许多个人的意志的总和，其实个人意志的总和从未表现于个别历史人物的行为中。

历史科学在本身的进展中，继续采取更小、更小的单位以作研究，并企图借此而接近真理。但历史所用的单位无论多么小，我们觉得，假定与其他事件无关的单位，假定任何现象的"起始"，假定全数个人的意志表现在个别历史人物的行为中，这些假定本身都是谬误的。

任何历史结论，不借批评界丝毫力量，都散扬如尘土，不留一点痕迹；只有批评界为了研究的对象，而选择或大或小的不连续的单位：关于这一点批评界向来有权如此，因为历史单位总是武断的。

只有假定无穷小的研究单位——历史的微分，即同质的人类倾向——并获得计算积分（即获得这些无穷小的数量的总和）的技术，我们才能希望获得历史的定律。

* * *

在十九世纪起初的十五年中，欧洲发生了数百万人的非常运动。人们放弃自己的原有职务，从欧洲的这边向那边涌进，掠劫、互相屠杀、胜利、失望，全部生活趋势在数年之间改变了面目，并表现了一种加强的运动。这个运动起初是蓬勃前进，然后又衰弱下来。这个运动的原因如何，或者这个运动是顺从何种定律的？人类的智慧这么问。

历史家们回答这个问题时，向我们展示巴黎城内某一座房屋里数十人的言行，用"革命"这个名词称谓这些言行；后来又将拿破仑和他的赞成者与反对者的详细传记寄给我们，叙述其中某些人对于别人的影响，并说这个运动是由此发生的，而这个运动的定律便在这里。

但人类的理性不仅相信这种解释，而且坦直地说这种解释的方法是不可靠的，因为在这种解释之下，把微弱现象当作了强大现象的原因。人们个别意志的总和造成了革命和拿破仑；只是这种意志的总和忍受了他们，并毁灭了他们。

"但每每在征服的时候,总有征服者;每每在政府发生改变时,总有大人物。"历史这么说。确实,每每在征服者出现时,总有战争,人类的理性这么回答,但这不是证明征服者乃战争的原因,不是证明在个人的行为中可以寻找战争的定律。每次我看表时,看见指针到"十",我听到附近的教堂开始敲钟;但我不能因为每次指针在"十"的时候就开始敲钟,便有权利下结论说指针的地位是钟声的原因。

每当我看见火车头的运动,我听到汽笛的叫声,便看见汽瓣的打开和轮子的转动;但我没有权利因此而下结论说呼声和轮子转动是机车运动的原因。

农人说暮春吹冷风,因为橡芽茁长,并且确实每次春间橡树茁芽时,总吹冷风。虽然橡树茁芽时吹冷风的原因我不明白,但我不能同意农民说冷风的原因是橡树茁芽,只是因为风力是在芽的影响以外。我只看见这些现象的同时发生,这是一切生命现象中所常有的,并且我看到,无论我注意表的指针、汽瓣和汽机轮子、橡芽多么久,多么仔细,我仍不明白钟声、汽机运动和春风的原因。为了这个,我必须完全改变我的观点,研究汽力运动、钟声和风的原因。历史也应该同样地去做。并且,这种试验已经被人做过。

为了研究历史定律,我们应当完全改变观点,放弃皇帝、大臣和将军们,而研究领导群众的同质的无穷小的因素。没有人能说,人类能够用这种方法了解历史定律到何限度;但显然只有用这种方法才有发现历史定律的可能;并且在这种方法上所用的人类智力,较之历史家们用于描写各皇帝、将军、大臣们事迹时以及他们对于这些事迹发表意见时所用的努力,还不及百万分之一。

二

欧洲十二种语言的兵力侵入俄国。俄国军队和人民避免交战，返至斯摩楞斯克，自斯摩楞斯克退至保罗既诺。法军以继续增大的速度向莫斯科，向他们运动的目标推进。法军的速度在接近目标时更加增大，正似坠落物体，在接近地面时，速率增大。后边是数千里的饥饿的敌土，前面距目标尚隔数十里。拿破仑军队中每个兵卒感觉到这一点，侵略凭它自己的速度，自动地前进。

俄军在撤退中逐渐强烈地燃起了对于敌人的愤怒情绪，俄军向后退时集中并加强了这种情绪，在保罗既诺发生了战事。双方军队都不溃败，但俄军于交战后不得不立刻后退，正似一个球，撞上了另一个以更大的速度向它撞来的球，不得不弹回；同样地，猛进的侵略的球不得不（虽然在交撞中失去了所有的力量）再向前滚一段距离。

俄军退到莫斯科后边一百二十里。法军到达莫斯科，并在那里驻下。在此后五星期之内没有任何一次交战。法军不动。好像一只受了致命伤的野兽，流着血，舔着伤处，他们在莫斯科驻了五星期，什么也未做，忽然，没有任何新原因，他们又向回跑；直奔卡卢加大道，并且在胜利之后（因为他们又占领了马洛－雅罗斯拉维次的战场），不作任何一度严重的交战，更快地向回跑到斯摩楞斯克，跑过斯摩楞斯克，跑过维尔那，跑过柏来西那，跑得更远。

在八月二十六日的晚间，库图索夫和全部俄军都相信保罗既诺战役是打胜了。库图索夫曾如此写报告给皇帝。库图索夫下令准备作新的战斗，借以击溃法军，这不是因为他要欺骗谁，而是因为他知道敌人打败了，正如每个参与战事的人都知道。

但在当晚和次日，先后传来未曾听说的损失报告，损失一半军队的报告，而新的战役似乎在军力上是不可能的。

在报告未有集齐，伤兵未有运走，弹药未有补充，死亡未有计算，代替空缺的新军官未有任命，兵士未有吃饭睡觉时，作战是不可能的。同时在交战后，在次日早晨，法军（运动率现在增加了，好像是与距离的平方成反比）已经自动地向俄军推进。库图索夫希望第二天攻击，全军希望如此。但要作攻击，单是希望做这件事是不够的，一定要有做这件事的可能，而这种可能是没有的。不能不向后退一日的行军路程，后来同样地不能不向后退第二天、第三天的行军路程，最后，在九月一日，军队退到莫斯科时，虽然兵士间情绪的力量提高了，而环境的力量却要求这些军队退过莫斯科。于是军队又后退了最后一日的行军路程，放弃了莫斯科给敌人。

有些人惯于设想：指挥官们作军事计划，指挥战事，正似我们当中每一个人，坐在自己书房里的地图旁边，考虑他如何如何在某种某种战役中下令；对于这些人发生了这种问题，就是：为什么库图索夫在退却中不这样做，为什么他不在菲利城前占据阵地，为什么他不立刻退到卡卢加大道，放弃莫斯科，等等。惯于如此设想的人，忘记了或者不知道那些不可免的条件，任何一个总司令的行动都是在此类条件下产生的。指挥官的行动，和我们自己所设想的行动，没有一点是相同的，我们自由地坐在书房里，用已知的双方军队数目，在已知的地点，分析地图上某某战役，并且从某一已知的时间开始我们的考虑。总司令是向来不在任何事件的"开始"中，我们却总是在"开始"中考虑一桩事件。总司令总是在变动的一串事件的当中，因此他从来无暇考虑当前事件的全部意义。事件是极细微地、一刹那地在它本身的意义中形成，并且在事件的这种继续不断地形成之每一刹那，总司令是在阴谋、挂虑、依赖、权力、计划、会议、威胁、欺骗之复杂活动的当中，而且不得不继续回答向他提出的常常互相矛盾的无数问题。

有学问的军事家向我们严肃地说，库图索夫在到达菲利之前早该把军队调到卡卢加大道，又说甚至有人提出过这个计划。但在总司令面前，特别是在困难的时候，不只是一个计划，总是同时有数十个计划。这些根据战略与战术原则的计划当中的每一个计划，是和别的计划相冲突的。总司令的任务似乎只要从这些计划中选出一个。但这个他也做不到，事件与时间不等候他的。我们假定，有人向他提议，在二十八日向卡卢加大道移动，但在这时候，有一个米洛拉道维支的副官乘马奔来，探问是否立刻与法军交战，还是退却。他立刻在这个时候要下命令，退却的命令使我们不能转到卡卢加大道。在副官之后，军需总监又问要把粮食运到何处，医院院长又问把伤兵移到何处；从彼得堡来的信使带来皇帝的文书，不承认有放弃莫斯科的可能；而总司令的敌手，即想颠覆他的人（这种人总不是一个，而是好多个），提出新计划，与向卡卢加大道出发的计划正相反对；而总司令自己的精力，却需要睡眠与养息；而未获勋章的有令名的将军发出怨言，居民要求保护；派出视察地形的军官带回消息，和在他之前派出的军官所说的完全相反；而间谍、俘虏和作侦察的将军，各不相同地叙述敌军的地位。惯于不懂或忘记任何总司令行动的这些不可免条件的人，譬如，向我们举出军队在菲利的地位，说总司令能够在九月一日完全自由地决定放弃或保卫莫斯科的问题，其实当时俄军距莫斯科五里，这个问题是不会有的。这个问题是何时决定的？是在德锐萨，在斯摩楞斯克。最显著的是，二十四日在涉发尔既诺，二十六日在保罗既诺，在从保罗既诺退到菲利的每天、每时、每分钟内决定的。

三

被库图索夫派出视察阵地的叶尔莫洛夫回来向他说，在莫斯科前的阵地上不能作战，且必须退却。库图索夫无言地看着他。

"把手伸出来，"库图索夫说，并且把他的手转了过来，摸他的脉，又说，"你不好过，孩子。想想看，你在说什么。"库图索夫还不明白可以不战而退出莫斯科。

库图索夫在多罗高米罗夫门外六里的波克隆那山下了车，坐在路边的凳子上，一大群将军们环绕着他。自莫斯科来此的拉斯托卜卿伯爵和他们在一起。这个显赫的团体分成几个小组，彼此谈论着阵地的利害、军队的情况、提出的计划、莫斯科的局势和一般的军事问题。大家都觉得，虽然不是被召来开会，虽然这不叫作军事会议，但这却是一个军事会议。所有的谈话限于公共的问题。假使有人说出或探问个人的新闻,也是用低声说的,但立刻便又转回到一般问题。在所有这些人当中,没有笑话,没有笑声,甚至没有笑容。大家显然在努力保持情势的严重。谈话的各小组力图保持着接近总司令,(他的凳子成了这些小组的中心)并且说的话声要让总司令能够听见。总司令谛听,并有时探问在他身边说的是什么,但他自己不加入谈话,并且不表示任何意见。他常常是听了任何小组的谈话,便带了失望的神情转过身去,似乎他们所说的一点也不是他所期望知道的。有些人说到选择的阵地,对于阵地本身批评得少,对于选择阵地的人的智能却批评得多;又有些人证明错误是早已发生的,证明应该在三天之前交战;还有些人说到萨拉曼卡的战役,一个刚到的法国人,克罗萨尔,穿了西班牙军服,正在向他们叙述这个战役。(这个法国人和一个日耳曼亲王一同在俄军中服务,他批评萨拉高萨的围攻,并预料要同样地保卫莫斯科。)在第四小组里,拉斯托卜卿伯爵说他和莫斯科守城军准备死在首都的城下,但他仍然不能不埋怨他被人处在茫然的情形中,假使他早知道这种情形,事情便不同了……第五小组表示他们战略考虑的深沉,说到军队应该采用的方向。第六小组说些完全无意义的话。库图索夫的脸变得很焦虑,很愁闷。在所有这些谈论中,库图索夫只看见一点:保卫莫斯科是实力上绝对不可能的,即这是如此地不可能,即使有任何发疯的总司令下令作战,结果也是混乱,而交战还是不会有的。交战不会有,因为所有高级指挥官不但承认这个阵地是不能守的,并且在他们的谈话中,他们只讨论到在这个阵地必然放弃后所发生的事。指挥官们如何能够在他们认为不能守的阵地上领导军队呢？下级指挥官，甚至士卒（他们也讨论）也承认这个阵地是不能守的，因此他们不能带着失败的信念去打仗。假使别尼格生坚持要保守这个阵地，而别人还批评它，则这个问题的本身已经没有任何意义，它只是争论与阴谋的借口而已。库图索夫明白这一点。

别尼格生选择了阵地，热情地表现他的俄国人的爱国心（库图索夫不能不皱眉听他说），他主张保卫莫斯科。库图索夫明澈如阳光地看见了别尼格生的目的：如保卫而不成功，则归罪于不战而率领军队退到麻雀山的库图索夫；如成功，则归功于自己；如主张被拒绝，则洗脱自己放弃莫斯科的罪过。但这个阴谋的问题现在不能引起老将军的注意。只有一个可怕的问题使他注意。对于这个问题他听不到任何人的回答。他觉得这个问题的要点现在是："果真是我让拿破仑来到莫斯科吗，并且我什么时候做了这件事，这是何时决定的？果真是我昨天下命令给卜拉托夫退却，或者是前天我打盹，命令别尼格生下训令的吗？或者是更早？但何时，何时决定了这个可怕的事情？莫斯科应该放弃。军队应该后退，并且应该下这个命令。"他觉得，下这个可怕的命令，正似辞掉军队的指挥。不仅他爱好权力，惯于权力（对于卜罗骚罗夫斯基郡王的尊敬，激怒了库图索夫，在土耳其时，库图索夫在他下边做过事），他还相信他是注定了来拯救俄国，只是因此，他被选为总司令，这是违反皇帝意志而合乎国民意志的。他相信只有他一个人能够在困难的环境中做军队的统帅，全世界只有他一个人无所畏惧地知道自己是常胜的拿破仑的敌手，并且他想到要下的命令而恐惧。但应该有所决定，应该打断他身边的谈话，这种谈话开始显得太自由了。

他召来高级的将军们。

"我的头脑,无论是好坏,只靠自己。"他说过,离开凳子,骑马到了菲利,他的马车停在那里。

四

两点钟的时候，在农民安德来·萨佛斯千雅诺夫的最好的大房间里举行会议。农民大家庭中的男女和小孩拥挤在过道那端的黑房间里。只有安德来的孙女玛啦莎，六岁的女孩，留在大房间的火炉边，总司令抚爱她，在吃茶的时候，给了她一块糖。玛啦莎羞怯地、喜悦地看将军们的面孔、军服和勋章，他们先后地走进房，坐在明亮角落里圣像下的宽凳上。玛啦莎心里叫库图索夫"祖父"，这位祖父离开别人单坐在火炉后边的暗角落里。他深凹地坐在折椅里，不停地咳着喉咙，整理衣领，虽然领扣是解开了，却还似乎擦他的颈子。进房的人先后走到总司令面前，有的他握手，有的他点头。副官卡依萨罗夫企图拉开库图索夫对面的窗帘，但库图索夫向他愤怒地挥手，卡依萨罗夫明白了总司令不愿打开窗帘，以免别人看见他的脸。

在农家的枞板桌子上放了地图、计划、铅笔、纸张，桌子四周聚集了许多人。侍从又拿来一条板凳放在桌边，叶尔莫洛夫、卡依萨罗夫和托尔坐在这条凳子上。在圣像下边，巴克拉·德·托利坐在最前面，他颈子上挂了圣乔治勋章，面色苍白而有病容，高额运着光头。他发烧了两天，此刻他还在打战。乌发罗夫和他并排而坐，用低声（都是如此）和巴克拉说话，并迅速地做手势。年轻的、圆脸的道黑图罗夫竖起眉毛，把手放在肚子上，注意地听着。在另一边坐着奥斯忒曼·托尔斯泰伯爵，他的宽大的头支托在手掌上，他有着勇敢的神情和明亮的眼睛，他显得沉浸在自己的思想中。拉叶夫斯基带着不耐烦的表情，用习惯的姿势把太阳穴下的黑发向前扭，有时看着库图索夫，有时看着门。考诺夫尼村的坚决、映丽而善良的脸露出柔和而狡猾的笑容，他遇到玛垃莎的目光，用眼睛向她做记号，使得女孩发笑。

都在等候别尼格生，他以重新视察阵地为借口而在享用美味的大餐。他们从四点钟等候他到了六点钟，在这全部时间之内，都不从事讨论，只是低声地做不相干的谈话。

别尼格生刚刚进了房，库图索夫便从角落里出来，走近桌子，但不让他的脸被桌上的烛光照亮。

别尼格生用这个问题开会："不战而放弃俄国的神圣古都，还是保卫它？"接连是长久的全体的沉默。大家的脸都愁蹙着，在静默中可以听到库图索夫愠怒的叹声和低咳声。所有的眼睛都看他。玛垃莎也看着"祖父"。她距他站得比别人都近，看到他的脸如何愁蹙：他似乎正要哭。但这时间不久。

"俄国的神圣古都!"他忽然说,用发怒的声音重述别尼格生的话,借此表示这句话的虚伪。"让我告诉阁下,这个问题对于俄国人没有意义。"他将沉重的身体向前侧着,"这种问题无须提出,这种问题没有意义。我请诸位来此讨论的,乃是军事问题。问题是:'俄国的安全是靠军队。作战而冒险损失军队与莫斯科,或者不战而放弃莫斯科城,哪一个较为有利呢?'就是对于这种问题我希望知道你们的意见。"他又背向后靠着椅子。

开始了辩论。别尼格生还不认为战局是失败的。承认了巴克拉和别人的意见——不能在菲利作防御的战争——他充满了俄国人的爱国心和他对于莫斯科的爱护,他提议在夜间将军队从右翼调到左翼,并于次日攻击法军的右翼。他们意见分歧,并发生了与反对这个意见的争论。叶尔莫洛夫、道黑图罗夫和拉叶夫斯基赞同别尼格生的意见。被这种感觉——在弃城前必须牺牲——或别的个人考虑所左右,这些将军们似乎不明白,目前的会议不能改变战事的必然趋势,而莫斯科现在已经放弃了。其余的将军们明白这一点,丢开了莫斯科问题,谈论着在退却时军队应该采取的方向。

玛啦莎眼不移动地看着面前所发生的事情,对于这个会议的意义是另一种看法。她觉得这事情只是"祖父"与"长袍"(她这样称呼别尼格生)间的私人斗争。她看见他们彼此谈话时都发脾气,她自己心里是站在祖父的一边。在谈话的当中,她看见祖父对于别尼格生的迅速而聪明的目光,后来她又喜悦地看见祖父向长袍说了什么,使他坐下;别尼格生忽然脸红,愤怒地在房中徘徊。如是影响了别尼格生的那些话，是库图索夫用安静的、低微的声音对于别尼格生提议的利弊所表示的意见，他的提议是在夜间将军队从右翼调到左翼去攻击法军的右翼。

"诸位，"库图索夫说，"我不能赞同伯爵的计划。在敌人很近的距离内调动军队，总是危险的，战史证明这个观点。例如（库图索夫似乎在思索，寻找例子，并用明亮单纯的目光看别尼格生），好吧，例如弗利德兰[1]战役，这个战役，我觉得伯爵记得很清楚……没有完全胜利，只是因为我们的军队在敌人太近的距离内调动……"接着是暂时的沉默，但大家都觉得很久。

辩论又开始了，但常常有中断，似乎他们并不是在讨论什么。

在中断时，库图索夫沉重地叹气，似乎准备说话。大家都看他。

"那么，诸位，我看还是我来负损失的责任。"他说。他慢慢地站起，走到桌前。"诸位，我听过了你们的意见。有的人不赞同我。但我（他停了一下），凭皇帝和祖国交托给我的权柄，我下令退却。"

然后，将军们像带着丧仪后大家分散时所有的那种严肃而沉默的谨慎分散了。

有几个将军低声地向总司令说了什么，和他们在会议上说话时的音调完全不同。

玛啦莎小心地从会议室里向后退，她的光脚碰在火炉的台脚上，她在将军们的腿间溜逃，向门口直奔。她家里已经等她吃饭好久了。

遣散了将军们之后，库图索夫坐了很久，他的胳肘支在桌上，思

---

[1] 一八〇七年，别尼格生指挥的俄普联军，被拿破仑打得大败。——毛

索那个可怕的问题:"何时,何时终于决定了要放弃莫斯科?什么时候开了那个决定退却的会议?谁负这个罪名?"

"这个,这个我不曾期待,"他向副官施奈得说,他是晚上很迟的时候进房的,"这个我没有期待!这个我没有想到!"

"你应当休息了,大人。"施奈得说。

"不!让他们吃马肉,像土耳其人一样!"库图索夫喊叫,用胖拳头捶桌子,未回答他的话,"他们也要吃马肉,只要……"

五

同时,在比军队不战而退更为重要的事件中,在莫斯科的放弃与焚烧中,拉斯托卜卿的行动完全和库图索夫相反,似乎他是这个事件的领导。

在保罗既诺战役之后,这个事件——莫斯科的放弃与焚烧——是和军队不战而退过莫斯科同样地不可避免。

每一个俄国人,不根据理性判断,而根据在我们心中、在我们祖先心中的那种感觉,也能够预言所要发生的事。

自斯摩楞斯克开始,在俄国境土上所有的城市与乡村里,没有拉斯托卜卿伯爵的参加和他的告示,也发生了与莫斯科所发生的完全相同的事情。人民无虑地等候敌人,不叛变,不兴奋,不将任何人撕裂成块,却安心地等候他们的运命,觉得他们自己在最困难的环境中有力量找到应做的事。敌人刚要到,人民中富有的分子已经走开,放弃了他们的财产;贫穷的留着,焚烧并毁坏所留下来的东西。

此事要如是,并且永要如是——这种意识过去及现在都存在俄国人心中。这种意识以及莫斯科将被占领的预感,在一八一二年,存在莫斯科的俄国人心中。那些早在七月及八月初便离开莫斯科的人,表示他们期待这件事。那些带了他们能携去的东西而离城的人,丢下了房屋和一半的财产,他们如此做,是因为那种潜存的爱国心,这种爱国心不表现于言语,不表现于为拯救祖国而让自己的儿子去死,不表现于此类不自然的行为,而表现在不觉的、简单的、有机的方法中,因而总是产生最有力的效果。

"逃避危险是耻辱,只有懦夫逃开莫斯科。"拉斯托卜卿在他的告示中这么说,并提醒他们,说离开莫斯科是卑鄙的。他们羞于接受懦夫的称呼,羞于离开,但他们仍然离开,知道应该如此。他们为什么离开呢?不能假定说,拉斯托卜卿用拿破仑在占领区域所做的恐怖来恐吓了他们。富人和知识分子最先离开,他们很知道,维也纳和柏林还是完整的,那里的居民在拿破仑的占领时期仍然愉快地和动人的法国人相处,当时的俄国男子,特别是女子,是那么爱法国人。

他们离开,因为俄国人不能有这个问题:在莫斯科的法国人统治下是好还是坏。受法国人统治,是不可能的:这比任何事情都坏。他们甚至在保罗既诺战役之前便已离开,在保罗既诺战役之后,他们走得更快,他们不管守城的呼吁,不管莫斯科卫戍司令企图抬着依佛斯基圣母像而作战的宣言,不管那定要消灭法军的气球,不管拉斯托卜卿在告示中所寄的全部的无聊的话。他们知道军队应该打仗,如不能打仗,则无须用小姐们和奴仆们到三山去和拿破仑打仗,并且他们应该离开,无论是多么可惜地丢下财产任人毁坏。他们离开,并且没有想到这个巨大富庶的城市被居民抛弃,被火焚烧毁的伟大意义(巨大而荒凉的木城必然要被焚);他们各为自己而离开,同时正由于他们离开,乃发生那个伟大事件,这事件永久是俄国人民的最大光荣。那个太太模糊地觉得自己不是拿破仑的奴隶,恐怕拉斯托卜卿的命令阻拦她,在六月里便带了她的黑奴和小丑离开莫斯科,去到萨拉托夫村庄,她是简单而真实地做了那件拯救俄国的伟大事情。但拉斯托卜卿伯爵有时耻辱那些离开的人;有时迁出公家机关;有时将全无用处的武器发给醉汉;有时抬出圣像;有时禁止奥古斯丁神甫搬走遗物与神龛;有时统治莫斯科的全部私人车辆;有时用一百三十六辆车载走雷皮赫所做的气球;有时暗示他要烧莫斯科;有时描写他如何烧自己的房子,如何向法国人发宣言,严厉地指责他们毁坏了他的孤独院;有时他对于莫斯科大火夸功,有时又否认功劳;有时命令人民抓捕间谍送给他;有时因此责备人民;有时从莫斯科送走所有的法国人;有时又留下奥柏·涉尔美夫人,她是莫斯科全体法国人的中心;有时不以特殊罪名,命人逮捕并放逐年老而有令名的邮政总监克流洽罗夫;有时将人民聚集在三山,以便与法军交战;有时为了离开这些人,给他们去杀一个人,他自己从后门溜走;有时说他要与莫斯科共存亡;有时在手册里写法文时,歌颂自己参与了这个事件[1]——这个人不懂当前事件的意义,只是希望自己做一点事,惊服别人,做一点爱国的英勇的事迹,好像小孩子在莫斯科的放弃与焚烧这个伟大而不可免的事件中嬉戏,企图用他的小手,时而鼓动,时而阻挡那股卷带他的宏大的民众潮流。

---

[1] 诗文曰:我本鞑靼人,愿为罗马民,法人称我野蛮人,俄人呼我曰当庭(Gehrge Gandin)。

六

爱仑随同朝廷自维尔那回到彼得堡,处于困难地位。

在彼得堡,爱仑享受一个要人的特别垂爱,他在政府中做一份最高的差事。在维尔那,她接近一位年轻的外国亲王。当她回彼得堡时,亲王和要人同在彼得堡,两个人都要求自己的权利,对于爱仑发生了她事业中的新问题:保持自己和双方的亲密关系,而不得罪任何一方。

对于别的女子似乎是困难甚至不可能的事情,从来不曾使别素号夫伯爵夫人加以考虑,她显然不是凭空享受聪明的女子名誉。假使她企图掩饰自己的行为,企图狡猾地从困难地位中解脱出来,她便是承认自己的过错,破坏自己的事业了;但反之,爱仑如同真正伟大的想做什么便能做什么的人一样，立刻认为自己是对的（她意诚地相信），认为所有的别人是有过错。

年轻外国亲王第一次大胆地责备她的时候，她骄傲地抬起美丽的头，向他半转过身子，坚决地说：

"这就是男人们的自私和残忍！我不期望别的。女人为你牺牲，她受痛苦，而这就是她的回报。阁下有什么权利要求我报告我的关系和友情？这个人待我比我的父亲还好。"

亲王想说什么，爱仑打断他的话。"那么，是的，"她说，"也许他对我的情感不仅是父爱，但这不是我给他闭门羹的理由。我不是一个没有情义的人。阁下要明白我只将我的心意报告上帝和我的良心。"她说后，把手放在高耸的美丽的胸前，看着天。

"但你听我说，凭上帝的名义。"

"娶我，我就做你的奴隶。"

"但这是不可能的。"

"你无意低就我，你……"爱仑哭着说。

亲王开始慰藉她，但爱仑含泪地说（似乎忘了自己）没有东西可以阻碍她结婚，说有些前例（当时例子很少，但她举出拿破仑和别的要人），说她从来不是自己丈夫的妻室，说她是被牺牲者。

"但是法律，宗教……"亲王说，已经同意了。

"法律，宗教……假使他们不能做这件事，发明了它们有什么用！"爱仑说。

亲王诧异他自己从来没有想到这种简单的理由，并去咨询耶稣会的弟兄，他和这个会有密切的关系。

数日以后，在爱仑于石岛的别墅里举行的某次动人的庆宴中，有人给她介绍了一个不年轻的、发白如雪、黑眼发光的、动人的饶柏先生，一个穿短袍的耶稣会会员，他正在花园里的灯光和音乐声中与爱仑良久地谈到对上帝、对基督、对圣母慈心的爱，谈到真正天主教在今生和来生所供给的安慰。爱仑受了感动，有好几次，她和饶柏先生的眼里含着泪水，声音打战。在跳舞时，舞伴来请爱仑，打断了她和他的未来的"良心指导人"的谈话；但在第二天晚间，饶柏先生独自来看爱仑，此后便常来她家。

有一天他陪伴伯爵夫人进天主教堂，她被人领至讲坛前，在那里跪下。中年的动人的法国人把双手放在她头上，照她后来说，她当时觉得有一阵清风吹进她的心灵。他们告诉她，这是上帝的恩惠。

然后，有人将穿长袍的圣僧领到她面前，他听了她的忏悔，并赦免了她的罪过。第二天，有人送给她一个盒子，里面装着圣饼，放在她家里给她吃。数日之后，爱仑自己满意地知道她现在入了真正的天主教，日内教皇本人也将承认她，并送给她某种文件。

这时候在她四周和她自己所发生的一切事件，这许多聪明人帮她用那种愉快而精细的形式所表现的注意，以及她现在如鸽子般纯洁（这时她总穿有白缎带的白衣服）——这一切使她满意，但在这种满意之中她从不疏忽她的目标。如同在狡猾事件中，笨人总是欺骗了更聪明的人，她明白所有这些言语和麻烦的目的，主要的是使她信天主教，为了耶稣教而取得她的金钱（有人向她给了这个暗示），爱仑在出钱之前，坚持要举行各种手续，使她脱离丈夫。她觉得每种宗教的意义只是为了人类欲望的满足并保持一定的礼节。具了这个目的，在某一次她和赦罪的神甫谈话时，坚持要求他回答这个问题，她的婚姻拘束她到什么程度。

他们坐在客厅的窗边，天色已暗，窗外飘进花香。爱仑穿了胸前、肩头透明的白色衣。保养良好的圣僧有肥胖剃光的头，可爱的、强力的嘴唇和轻置膝上的白手，他坐在爱仑的旁边，唇上带了温柔的笑容，用羡慕爱仑美丽的目光，偶尔看她的脸，并对于所讨论的问题表示自己的意见。爱仑不安地笑着，看着他的曲发，剃光、发黑而饱满的腮，时时等候话题的转变。但圣僧虽显然是在享受谈话对方的美丽，却也注意到自己处事的高明。

良心指导者的理论层次是如下：你不知道你所做的事情的意义，你向他作婚姻忠实的誓言，他那方面不相信婚姻的宗教意义便结婚，他是犯了罪。这个婚姻没有它应有的双方意义。但虽然如此，你的誓言却拘束你。你破坏了它。你做了什么？可恕之罪还是不可恕之罪？可恕之罪，因为你犯了这个罪过，并没有恶意。假使你现在目的是要有小孩，就重新结婚，那么你的罪可恕。但这个问题又分为两方面：第一……

"但我觉得，"烦恼的爱仑带着动人的笑容忽然说，"我信了真实的宗教，我不能忍受虚伪宗教加诸我的束缚。"

良心指导者诧异这种解决，带着哥伦布的鸡蛋那样的简单，放在他面前。他羡慕学徒成功的意外迅速，但不能放弃他的聪明的困难造成的理论建设。

"让我们彼此了解吧，伯爵夫人。"他笑着说，并开始辩驳他的教女的理论。

七

爱仑明白这件事从宗教的观点上看来很简单、很容易，但指导者们为难，只是因为他们害怕政府对于这件事的看法。

因此爱仑决定应该公开地准备这件事。她引起年老要人的妒意，向他说了对第一个求爱者所说的相同的话，即提出这个问题，要获得专有她的权利，唯一的方法是娶她。年老要人和第一个年轻人相同，最初诧异脱离亲夫而结婚的这种提议；但爱仑的坚定信念感动了他，她相信这是如同处女结婚那样简单而自然。假若爱仑本人显得有丝毫动摇、羞耻或掩饰的形迹，则这件事对于她无疑是失败了；但不仅没有这种掩饰和羞耻的形迹，而且，相反，她坦白地、好意地、单纯地向她的亲密朋友们（这就是全彼得堡）说，亲王和要人都向她求婚，她两方面都爱，却恐怕使任何一方面失望。

彼得堡立刻散布了消息，不是说爱仑希望脱离她的丈夫（假使要传出这个消息，便有很多人反对这种不法的意向），却只是说不幸的、有趣的爱仑怀疑不定，不知要和两人当中的哪一个结婚。问题已经不是这个婚事可能到什么程度，只是哪一方面更为合适，以及朝廷如何观察这件事情。确实有几个顽固的人，不能认识这个问题的意义，而在这件事当中看出破坏婚姻神圣的意义；但这种人少，并且他们沉默，大部分的人只注意到爱仑的幸福以及何方较好，这两个问题。他们不说到脱离亲夫而结婚的好坏，因为这个问题在"比你我更聪明的人"（照他们说）看来是已经解决了，要怀疑这个问题解决的正确性，即冒险表示自己的愚笨和不识世故。

只有今夏来彼得堡看儿子的那个玛丽亚·德米特锐叶芙娜·阿郝罗谢摩夫大胆地坦直表白了违反一般舆论的意见。在跳舞会中遇见了爱仑，玛丽亚·德米特锐叶芙娜在大厅当中止住了她，在大家静默中粗声地向她说：

"你要脱离亲夫去结婚。你以为是你发明了这件新鲜的事吗？太太，他们有过前例了。这是早已发明过的。在所有的……他们做同样的事情。"说着这些话，玛丽亚·德米特锐叶芙娜用习惯的威胁的动作卷起她的宽袖子，严厉地四顾着，走过舞厅。

他们虽然怕玛丽亚·德米特锐叶芙娜，但在彼得堡他们却将她当作小丑，因此，在她的言语中，他们只注意到粗话，低声地彼此相传这句话，以为她的整个语意包括在这句话里。

发西利郡王近来常常忘记了他所说的，把同一的话重复到一百次，每见到他的女儿，他总是说：

"爱仑，我有一句话向你说。"他将女儿领到旁边，向下拉她的手。"我风闻某种计划，关于……你知道。那么，我亲爱的孩子，你知道你父亲的心很乐于知道你是……你受了这么多痛苦……但我的孩子，只凭你的心意去做吧。这就是我向你所要说的。"他每次掩藏那同样的情感，把腮贴上女儿的腮，然后离开。

俾利平不失聪明人的声名，并且是爱仑的没有利害关系的朋友，他是那些男朋友当中的一个，在显赫的妇女中总是有男朋友，他们从来不能变为情人。俾利平有一天在"一个亲密的小团体里"向他的朋友爱仑表示了他对这整个问题的意见。

"你听着，俾利平（爱仑对于这类朋友，例如俾利平，总是呼姓），"并且她用戴戒指的白手拉他的衣袖，"你告诉我，就如同告诉你的妹妹一样，我应该怎么办呢？两人当中哪一个呢？"

俾利平皱起眉毛上的皮，嘴唇带笑地沉思着。

"你不是突然问我，你知道，"他说，"我是你真正的朋友，我考虑又考虑了你的事情。你看，假使你嫁亲王（这是年轻人），"他曲了一个手指，"你就永远失去嫁另一个人的机会，并且还要引起朝廷的不快（你知道，他们有点亲戚关系）。但是假使你要嫁那老伯爵，则你便是他晚年的幸福，后来做了伟人的寡妇……亲王不做门第不当的婚姻，娶你……"俾利平放开了脸上的皱纹。

"这是一个真正的朋友！"欢乐的爱仑说，又用手拉俾利平的衣袖。"但是我两个人都爱，我不愿使他们不高兴。我将为了双方的幸福而贡献我的生命。"她说。

俾利平耸动肩膀，表示对于这种烦恼他也无能为力。

俾利平想："好一个太太！这才叫作露骨地提出问题。她希望同时嫁三个人。"

"但是你告诉我，你的丈夫对于这件事怎么看呢？"他说，因为自己声名的确立，不怕这种单纯的问题影响了自己，"他同意了吗？"

"啊！他是那样爱我！"爱仑说，由于某种原因，她觉得彼挨尔也爱她，"他准备为我做任何事情。"

俾利平皱起面皮，表示要说的警语。

"甚至于离婚吗？"他说。爱仑笑。

在那些敢怀疑这件提出的婚事的合法问题的人当中，还有爱仑的母亲——库拉根郡妃。她不断地因为嫉妒自己的女儿而苦恼，而现在嫉妒的对象是最接受郡妃的心的事情，她不能自安于这种思想。她咨询俄国的神甫，一个有亲夫的女子离婚又结婚，这件事可能到何种限度，神甫向她说，这件事是不可能的，并且使她高兴，向她说到福音书的文字，在福音书里（神甫觉得）直接地否认离夫另嫁的可能。

用了她觉得不可拒绝的这种理论做武器，郡妃为了单独看见女儿，清早便到女儿家去。

听到母亲的反对，爱仑羞怯而嘲讽地笑。

"很明显地说了：'认娶离婚的妇女……'"老郡妃说。

"啊，妈妈，不要说废话。你什么也不懂。在我这个地位，我有责任。"爱仑说，将谈话从俄文转为法文，她总觉得俄文总不能表白她的意思。

"但是，我亲爱的……"

"啊,妈妈,怎么你不知道圣父有权特赦……"

这时候,住在爱仑家的女友来向她说,大人在大厅里等着见她。

"不行,告诉他,说我不愿见他,我不高兴他,因为他食言。"

"伯爵夫人,各种罪过都有饶恕。"一个长脸、长鼻子、美发的年轻人走了进来说。

老郡妃恭敬地立起,并且行礼。进来的年轻人未向她注意。郡妃向女儿点了头,走出门。

"不错,她是对的。"老郡妃想,她所有的信念都在大人出现时消失了。"她是对的,但为何在我们一去不返的少年时,我们不会知道这一点?这件事是如此简单。"老郡妃坐在车里这么想。

* * *

在八月初,爱仑的事情完全决定了,她写了一封信给她的丈夫(她以为他很爱她),通知他她要嫁 N. N. 的意向,并说她信了唯一真正的宗教,并要求他去执行离婚所必要的全部手续,关于这些手续送信的人将告诉他。

"因此我祈求上帝将你,我的朋友,放在他的神圣的权力的保护之下。你的朋友爱仑。"

这封信送到了彼挨尔的家里,这时候他在保罗既诺战场上。

八

在保罗既诺战役结束时，彼挨尔第二次从拉叶夫斯基的炮台跑开，和一群兵士们经山谷向克尼亚倚考佛而去，他走到野战医院，看见了血，听见了叫声和呻吟，他快快地向前走，混杂在兵士中。

彼挨尔现在一心一意所希望的一件事，就是迅速地逃出他今天所经历的这些可怕的印象，回返到寻常的生活环境里，安静地睡在房中他自己的床上。只有在寻常的生活环境中，他才觉得能够了解自己和他所见所经的一切。但这种寻常的生活环境什么地方也没有。

虽然炮弹和枪弹不在他所走的这条路上响，但各方面的情景是和在战场上相同。痛苦的、疲倦的以及有时极不关心的面孔是同样的，血是同样的，兵士的大衣是同样的，遥远的然而仍旧引起恐怖的枪炮声是同样的，此外是炎热与灰尘。

在莫沙益司克大道上走了三里光景，彼挨尔坐在路边。

黑色降临大地，炮声沉寂。彼挨尔撑着胛肘，躺了好久，看着黑暗中从他身边走过的影子。他不断地觉得炮弹带着可怕的声音落在他的头上；他打战，站立起来。他不知道他在这里待了多久。半夜的时候，三个兵拖着树枝，坐在他旁边，着手生火。

兵士们乜斜彼挨尔，生了火，把小锅放在火上，将饼干揉碎放进锅里，并放了猪油。食物和油类的美味混合了烟气。彼挨尔抬起身叹气。三个兵吃着，不注意彼挨尔彼此谈着。

"你是干什么的？"兵士之一忽然问彼挨尔，显然，这问题含着彼挨尔的心意：假使你想吃，我们给你，只是要告诉我们，你是不是正经人？

"我？我……"彼挨尔说，觉得必须尽可能地降低自己的社会地位，以便更接近兵士，更被了解，"我实在是一个民团军官，只是我的队伍不在这里；我来参战的，丢开了我的队伍。"

"你看！"兵士之一说。

另一个兵士摇头。

"那么，假使你愿意，就吃点杂烩吧！"第一个兵说，舔过了木勺子，递给彼挨尔。

彼挨尔坐近火边，开始吃锅中的杂烩，这种食物，他觉得是他所吃过的食物中最美滋的。当他俯首向锅，馋馋地、一大勺一大勺地舀起啖嚼时，他的脸在火光中照亮，兵士们沉默地看他。

"你要到哪里去？你说！"他们当中的一个人又问。

"我要到莫沙益司克去。"

"那么，你是一位绅士吗？"

"是的。"

"叫什么？"

"彼得·基锐洛维支。"

"好，彼得·基锐洛维支，我们走吧，我们领你去。"

在完全的黑暗中，兵士们和彼挨尔一同走到莫沙益司克。

当他们走到莫沙益司克并开始攀登斜陡的有城市的山坡时，鸡已经叫了。彼挨尔和兵士们一同行进，完全忘记了他的旅店是在山下，他已经走过了。假使不是在半山中遇到他的马夫，他就不会想起这一点（他是那样地心神不定），马夫是到城里找他而此刻回返旅舍的。马夫从他的在黑暗中发亮的帽子上认出了他。

"大人，"他说，"我们已经觉得无望了。你为什么不走呢？你到哪里去，请问？"

"啊，是的。"彼挨尔说。

兵士们停住。

"那么，找到你的队伍了？"其中之一问。

"那么，再会！彼得·基锐洛维支，是叫这个吗？"别的声音说，"再会！彼得·基锐洛维支！"

"再会。"彼挨尔说后，同马夫向旅舍而去。

"应该给他们！"彼挨尔摸着衣袋想。"不要。"某种声音向他说。

旅舍的房间没有空，都住了客。彼挨尔走到院里，将头蒙了起来，睡在自己的车里。

九

　　彼挨尔的头还未落枕,便觉得要睡着了;但忽然几乎确实清楚地听到炮弹的嘭嘭声,听到呻吟、喊叫、炮弹的爆炸,闻到血与火药气味,而恐怖与怕死的情绪控制了他。他惊吓地睁开眼睛,从大衣下边抬起头。院里极其安静。只是有一个马弁和旅店夫人在门口谈话,在泥淖中行走。在彼挨尔的头上,在黑暗的松木檐板下,鸽子因为他抬头时的动作而鼓翼。全院充满了彼挨尔觉得安静而喜悦的强烈的马厩气味、草粪及柏油的气味。在两边黑色檐间可见澄碧星空。

　　"感谢上帝,这种事没有了。"彼挨尔又蒙了头想。"啊,这种恐怖是多么可怕,我害怕是多么可耻!而他们……他们自始至终是坚定的,安心的……"他想。在彼挨尔的意思,他们是兵,是炮台上的兵,给他东西吃的兵,向圣像祈祷的兵。他们——这些陌生的,他一向不认识的人,他们在他的思想中,和所有其他的人清楚地、鲜明地分开了。

"当兵,只是当兵!"彼挨尔睡时想。用整个心灵去过这种共同生活,充满着他们那样的精神。但如何丢开这些多余的极恶的东西,所有的外形负担?有一个时候我能够如此。我能够如愿地从父亲面前跑开。在同道洛号夫决斗之后,我还可以被遣去当兵。

在彼挨尔的想象中,出现了俱乐部里的宴会,在宴会中他挑衅了道洛号夫,并出现了在托尔饶克的恩人。在彼挨尔心中出现了会里庄严的聚餐,这个聚餐是在英国俱乐部里举行的。他所认识的、接近的、重视的人坐在桌端。是他!他是恩人。"他不是死了吗?"彼挨尔想,"是的,死了;但我不知道他活着。他死了,我多么惋惜;他又活了,我多么快乐!"在桌子的一边坐了阿那托尔、道洛号夫、聂斯维次基、皆尼索夫及其他同类的人(这些人在彼挨尔的睡梦中成为清晰的一类,好像被他称为"他们"的那些人成为一类),而这些人,阿那托尔、道洛号夫,大声喊叫,歌唱;但在他们的叫声中可以听到恩人的声音,他不停地在说话,他的话是和战场上的声音同样地有意义而不间断,但他的话声却是愉快而安慰的。彼挨尔不了解他的恩人所说的,但他知道(这类思想在他的睡梦中是同样地明显)恩人说到善良,说到如似"他们"的可能。他们带着简单、善良而坚决的面孔在各方面环绕恩人。他们虽然善良,他们却不注意彼挨尔,不知道彼挨尔。彼挨尔希望引起他们的注意,希望说话。他站起,但同时他的腿子发冷并且露了出来。

他觉得可耻,并且用手遮腿,大衣确实从他腿上滑下来了。彼挨尔拉好了大衣,把眼睛睁开了一下,看到同样的檐板、柱子、院子,但这一切现在发蓝发亮,并包藏在露水和霜的闪光里。

"天亮了,"彼挨尔想,"但这不是我所需要的。我需要听到并懂得恩人的话。"他又蒙上大衣,但聚餐和恩人都不在了,只有被文字所明白表现的思想,这些思想是谁向他在说或者是彼挨尔自己在想。

虽然这些思想是当天的印象所引起的,彼挨尔后来忆起这些思想,相信是他身外的人向他说的。他觉得,他在醒时从来不曾这样想,不曾这样表现他的思想。

"最困难的事是人类的自由对于上帝法律的服从。"这个声音说。"单纯,是对上帝的顺从;你不能离开上帝,他们单纯。他们不说,却行。说出的话是银的,未说出的话是金的。人在怕死的时候,不能有任何东西。而不怕死的人,一切都属于他。假使不是因为有痛苦,则人将不知自己的限度,不知自己。最难的事(彼挨尔在梦中继续想到听到的)是能够在自己心中联合一切的意义。联合一切吗?"彼挨尔向自己说。"不是,不是联合。不能联合思想,而是套合这些思想,这正是所需要的!是的,必须套合,必须套合!"彼挨尔带着内心的喜悦向自己说,觉得正是这些话,而且只有这些话,表现了他所要表现的,并且解决了麻烦他的问题。

"是的,必须套马,是套马的时候了。"

"应该套马了,是套马的时候了,大人!大人,"有人声重复说,"应该套马了,是套马的时候了……"

这是来唤他的马夫声音。太阳直射在彼挨尔脸上。他瞥了一下污秽的旅店院子,院中的井边有兵士们在喂饮疲马,荷车从院里拖出了门。彼挨尔不高兴地反转过身,闭了眼睛,又在车垫上迅速地缩成一团。"不,我不要这个,不要看见并懂得这个,我要懂得在梦中向我显现的东西。还要一秒钟,我就会懂得一切。但是我应该做什么呢?套合,但如何套合一切呢?"彼挨尔恐惧地觉得他在梦中所见所想的一切意义都消灭了。

马夫、车夫和旅店主向彼挨尔说军官带来消息,说法军向莫沙益司克前进,我军后退。

彼挨尔起来,命人套车跟随他们,步行出了城。

军队开走了,留下了大约一万伤兵。伤兵可以在院里、在窗里看见,并在街上拥挤。在街上运送伤兵的车辆旁边,可以听到喊叫、诅咒和打击声。彼挨尔将身后的车子让给了一个相识的受伤的将军,同他一道到了莫斯科。在路上,彼挨尔听到他内弟和安德来郡王的死亡的消息。

十

彼挨尔在三十号回到莫斯科。他几乎是在城门口遇见了拉斯托卜卿伯爵的副官。

"我们到处找你，"副官说，"伯爵急着要见你。他请你立刻到他那里去，有要紧的事。"彼挨尔未回家，叫了一辆租车去见守城总司令。

拉斯托卜卿伯爵今天早晨刚刚从索考尔尼基他的乡间别墅进城。伯爵家里的前室和客室满是官吏，他们是奉命而来，或是来请示。发西尔齐考夫和卜拉托夫已经见过伯爵，并向他报告保卫莫斯科是不可能的，莫斯科要放弃。这种消息虽然瞒住了市民，但各部的长官知道莫斯科将沦陷敌手，正如拉斯托卜卿伯爵所知道的；但他们大家为了免除自己的责任，都来问守城总司令他们应当如何处理各部。

彼挨尔进客室时，军中派来的信使正辞别了伯爵。

信使对于向他提出的问题失望地挥手，走出客室。

彼挨尔在客室等候，用疲倦的眼睛看室内各种年老、年轻、文、武、重要与不重要的官员。大家显得不满与不安。彼挨尔走近一小组官吏，其中有一人是他的相识。和彼挨尔道好后，他们继续说话。

"送走又带回，是无害的；但在这种情况中，什么事情都不能负责。"

"看这里，他写的。"另一个人说，指示手中的印刷文件。

"这是另一回事。对于民众，这是需要的。"第一人说。

"这是什么？"彼挨尔问。

"是新告示。"彼挨尔拿到手里，开始读：

"郡王大人（即库图索夫——译者），为了迅速和向他开拨的各部队联合，已经过了莫沙益司克，并驻扎在巩固的阵地上，这里是敌人不能忽然攻击的。这里有四十八门大炮和许多炮弹送给了郡王大人，大人说要保卫莫斯科直到最后一滴血，并准备作巷战。弟兄们，你们不要管法庭已经关闭，我们必须有所布置，我们要用自己的法庭处置恶徒！时候到了，我将需要城市和乡村的勇夫。我将在一两日之前发言，现在无须如此，我就沉默。斧头有用，矛枪也不坏，三尖叉最好：法国人没有一束草重。明天饭后，我将抬依佛斯基圣母像到叶卡切锐娜医院去看伤兵。我们要在那里供水：他们将迅速地康复；我现在也健康，我害了一只眼，但现在两眼都能看见了。"

"但军人们向我说，"彼挨尔说，"城里不能作战，而且阵地……"

"就是，我们正说这件事。"第一个人说。

"这是什么意思：我害了一只眼，现在两眼都能看见了？"彼挨尔说。

"伯爵有了脸粒肿，"副官笑着说，"我告诉他说有人来问他生什么病的时候，他很不安。您呢，伯爵？"副官忽然带笑向彼挨尔说："我们听说你有家庭麻烦，听说你的伯爵夫人……"

"我什么也未听说，"彼挨尔漠不关心地说，"但是你听到了什么？"

"啊，你知道，他们常常臆造。我说传闻罢了。"

"你听到什么？"

副官带了同样的笑容说："听说伯爵夫人，你夫人，准备出国。也许是无稽……"

"可能的。"彼挨尔无心地看着四周的人说。"这人是谁？"他问，指着一个不高的年老的人，这人穿了清洁的蓝色的农民外衣，有如大雪的胡子和眉毛，有红润面庞。

"他是一个商人，就是酒店老板韦来查根。你也许听到了那个宣言的故事。"

"嗯，这就是韦来查根！"彼挨尔说，看着老商人坚决而安定的面孔，寻找他的奸贼表情。

"这不是他本人。这是写宣言的人的父亲，"副官说，"那个年轻人下了牢，他似乎要受苦。"

一个佩星章的老人和一个颈上挂十字勋章的日耳曼官员走近说话

的人们。

"你看到,"副官说,"这是一个复杂的故事。这个宣言是两个月前出现的。有人带给了伯爵。他下令调查。加夫锐洛·依发尼支查出这个宣言整整经过六十三人的手。他去问这个人:'你从谁手里弄到的?''从某某人手里弄到的。'他又去问那个人:'你从谁手里弄到的?'这样地,一直追溯到韦来查根……教育不深的商人,你知道,做生意的公子哥,"副官笑着说,"他们问他:'你从谁那里弄到的?'其实我们知道他从谁那里弄到的。他不是从别人那里弄到的,是从邮政局长那里弄到的。但我们已经明白他们当中有默契。他说:'不是从别人那里弄到的,是我自己做的。'他们吓他,问他,他总说是自己做的。他们这样报告伯爵。伯爵命人传他。'你的宣言从谁手里弄来的?''自己做的。'好,你知道伯爵!"副官骄傲地、快乐地说,"他怒得可怕,你想想看,这样的无礼、说谎和顽固……"

"啊!伯爵需要他指出克流洽罗夫,我晓得!"彼挨尔说。

"一点也不是要这个,"副官吓他说,"克流洽罗夫没有这件事,罪也够了,这是他被放逐的原因。但事实是,伯爵很发火。'你怎么能够做这个宣言?'伯爵这么问。他从桌上拿起《汉堡日报》,说:'它在这里。你不是写,而是翻译,并且译得很坏,因为你这个呆子,不懂法文。'你以为如何呢?他说:'不,我什么报纸也未读过,是我写的。''假使如此,你便是奸贼了,我将你交付审判,把你绞死。你说,你从谁手里弄到的?''我什么报纸也未读过,是自己写的。'案子便是这样地搁着。伯爵传来他的父亲:他仍然维持己见。将他交付审判,并且似乎是定罪罚做苦工。他父亲现在来为他求情。但他是一个恶少!你知道,这样的商人儿子,花花公子,风流鬼,他在什么地方听了几次讲演,便以为鬼也不敢惹他了。他就是这样的少年!他父亲在卡明内桥有一爿酒店,在他的酒店里,你知道,有一个万能上帝的大画像,他一手拿了一个王笏,一手拿了一个球。他把这个画像带回家好几天,并且做了这样的事!他找了坏蛋画像师……"

十一

在这个新谈话的当中,有人传彼挨尔去见守城总司令。

彼挨尔进了拉斯托卜卿伯爵的书房。彼挨尔进房时,拉斯托卜卿皱眉,用手在擦额和眼睛。一个不高的人在(韦来查根的父亲)说什么,彼挨尔进门时,便停了声,走出去。

"啊,你好,伟大的战士。"那人刚出去,拉斯托卜卿便说。"听说了你的勇敢!但不是为了这件事。我的好朋友,说句知己话,你是共济会会员吗?"拉斯托卜卿伯爵用严厉的声音说,似乎是有了一种过错,而他有意饶恕。彼挨尔沉默。"我的好朋友,我知道得很清楚,但我知道有许多许多共济会会员,我希望你不是这种人,他们以拯救人类为名而企图毁灭俄国。"

"是的,我是共济会会员。"彼挨尔回答。

"那么,你看吧,我的好朋友。我想,你不是不知道,斯撒然斯基和马格尼次基被放逐到该去的地方;对于克流洽罗夫也是如此,对于别人也是如此,他们以建立所罗门神庙为名,而企图毁坏祖国的神庙。你可以明白,这有许多理由,假使不是因为此地的邮政局长是一个危险人物,我是不能放逐他的。现在我听说你把自己的车子送给他出城,甚至你接管他的文件。我喜欢你,不愿你坏,你比我年轻一半,我好像父亲一般地劝你和这类人断绝关系,你自己赶快离开这里。"

"但伯爵,克流洽罗夫的罪是什么?"彼挨尔问。

"这是我要知道的事,不是你问我的事。"拉斯托卜卿叫起来。

"假使定他的罪,说他散布拿破仑的宣言,这个不会被证明,"彼挨尔不看着拉斯托卜卿说,"而韦来查根……"

"要点就在这里。"拉斯托卜卿忽然皱眉,打断彼挨尔的话,声音比先前更高地说。"韦来查根是卖国贼,是叛徒,他要受到该受的处罚,"拉斯托卜卿带了人们想起受辱而说话时的那种怒火说,"但我不是找你来批评我的事情,是要给你劝告或者命令,假使你愿意的话。请你断绝和克流洽罗夫这类人的关系,并且离开这里。不管是谁有荒谬的言行,我也要将它敲出来。"或者是意识到他向并无罪过的别素号夫在发火,他友善地拉了彼挨尔的手,又说:"我们是在大难的前夜,我没有工夫对那些和我商量公事的人说文雅的话。我的头常常打旋!那么,我的好朋友,你个人打算做什么呢?"

"没有什么。"彼挨尔回答,仍然不抬起眼睛,不改变思索的表情。

伯爵皱眉。

"我是向你做友谊的劝告,我的好朋友。赶快逃走吧,这就是我要向你说的。会听话的人有福气!再会,我的好朋友。啊,还有,"他在门口叫他,"伯爵夫人落在耶稣会神父们的圈套里,是真的吗?"

彼挨尔什么也未回答,皱了眉愤怒地离开拉斯托卜卿,他从来不曾有过这样。

*　　*　　*

他到家时,天色已黑。这天晚上有八个身份不同的人等候他。一个委员会的秘书,他的义勇营的上校,他的管家、总管和其他来求事的人。都是要和彼挨尔商量事情,这些事他必须解决。彼挨尔什么也不明白,无兴趣于这类事,对于所有的问题只作这样的回答,就是他要离开这些人。最后,剩下他一个人,拆阅夫人的信。

"他们——炮台上的兵士们,安德来郡王被打死了……老人……单纯是对于上帝的服从。应当受苦……一切的意义……应该套合……女人要去嫁人……应该遗忘并了解……"他走到床前,未脱衣服,倒上床,立刻成眠。

第二天早晨他醒来时,管家来报告说拉斯托卜卿伯爵专派一个警官来打听——别素号夫伯爵是已经走了,还是正要走。

十个身份不同的人,和彼挨尔有事,在客室里等候他。彼挨尔匆忙地穿了衣服,他不去接见等候他的那些人,却走到后边的台阶,从这里出了门。

从那时起,直到莫斯科的破坏的完结,别素号夫家里的人尽管努力寻找,却没有一个人再看见他,也不知道他在何处。

十二

罗斯托夫家留在城内,直到九月一日,即敌人入莫斯科城的前一日。

在彼洽入了奥保林斯基的卡萨克兵团,和他到了该团编队的地方——别拉·策尔考夫以后,伯爵夫人发生了恐怖之感。他的两个儿子都在打仗,两人都是从她的羽翼下逃出的,今天或者明天,两人之一,也许两人一道——如同某一熟人的三个儿子——被人杀死,这个念头现在第一次在这个夏天极清楚地来到她的脑里。她企图将尼考拉召回到自己面前,想自己到彼洽那里去,为他在彼得堡找一个职务,但这都显得不可能。彼洽是不可能回来的,除非同队伍一道回来,或者调入另一个现役的队伍里,才可以回来一下。尼考拉在军中,在他最后一封信详细报告他和玛丽亚郡主的相遇以后，未再寄来消息。伯爵夫人晚间睡不着觉，她睡着了，便梦见被杀死的儿子。在许多次咨询和讨论之后，伯爵终于想出安慰夫人的方法。他把彼洽从奥保林斯基的团调入别素号夫的团，后者在莫斯科附近编队。虽然彼洽还在服兵役，但由于这种调动，伯爵夫人有了安慰，她至少可以看见一个儿子处在她的羽翼之下，她希望为她的彼洽这样打算：不再让他离开自己，却总把他调在没有战事的地方服务。在尼考拉一个人处于危险的时候，伯爵夫人觉得（她甚至懊悔）她爱长子甚于所有其他的儿女。但现在，她的幼子，顽皮的，不用功读书的，在家里总是闯祸的，人人讨厌的彼洽，这个扁鼻子的彼洽，有快乐的黑眼睛，鲜润的皮肤，腮上有刚出现的毫毛，他到了那里，到了年大的、可怕的、残忍的男子之间，他们在那里为了什么而作战，在作战中发觉快乐——这时候，母亲觉得她最爱他，远甚于爱其他的儿女。被盼望的彼洽回莫斯科的时期愈近，伯爵夫人心中的不安愈大。她已经觉得她绝不能等到这个快乐。不仅是索尼亚的在场，甚至心爱的娜塔莎的在场，丈夫的在场，也会恼怒伯爵夫人。她想："我要他们做什么，我什么人也不需要，除了彼洽！"

八月末，罗斯托夫家收到尼考拉的第二封信。他是从福罗涅示省寄来的，他被派到那里去备购马匹。这封信不曾安慰伯爵夫人。知道一个儿子出了危险，她却更挂念彼洽。

虽然在八月二十日，几乎所有罗斯托夫家的朋友们都离开了莫斯科，虽然大家劝伯爵夫人赶快离开，她却不待她的宝贝，她心爱的彼洽回家时，不愿再听到离开的话。八月二十八日，彼洽到了家。母亲接见儿子时的带病的柔情,不能使十六岁的军官高兴。虽然母亲不让他知道自己的意向——现在不许他从自己的羽翼下离开,彼洽却明白她的意思,并且本能地恐怕同母亲在一起将变得心肠柔软,变得"女人气"(他自己这么想),他对待母亲很冷淡,逃避她,当他在莫斯科的时候,他只同娜塔莎在一起,对于她,他总是具有特别的几乎近于爱恋的兄弟之情。

由于伯爵向来的粗心,在八月二十八日还没有动身的准备,所等候的从锐阿桑村及莫斯科乡下进城来运送全部家具的荷车,直到三十日才到。

自二十八日至三十一日,全莫斯科都在纷忙与骚动之中。每天从道罗高米罗夫城门运进来成千的保罗既诺战役中的伤兵,散在莫斯科各处,成千的车辆载了市民和财物,出别的城门。虽然有拉斯托卜卿的告示——或者与告示无关,或者因为告示——最相反的奇异的消息仍然在城里传播。有的说,禁止人离城;有的人,相反地说,教堂里所有的圣像都抬走了,大家都被强迫送走;有的说,又在保罗既诺战役以后发生了战事,法军大败;有的人相反地说,全部的俄军被消灭了;有人说到莫斯科的民团,在神甫的带领之下,开到三山;有人低声说到禁止奥古斯丁[1]离城,说到国贼被捕,说到农民叛变并抢劫离城的人,等等。但这只是传说,而事实上,这些离城的人和那些未离城的人(虽然菲利会议还会举行,在这个会议中决定了放弃莫斯科),虽然没有说出,却都觉得莫斯科是一定要放弃的,并且应该赶

---

[1] 本姓维诺格拉德斯基(一七六六 — 一八一八),莫斯科主教。——毛

快逃生,并救出自己的财物。大家觉得一定要忽然发生暴动,发生变化。但到九月一日,什么都没有改变。好像犯人被解到断头台,他知道他就要送命,却仍然环顾四周,并扶正头上歪戴的帽子。同样地,莫斯科不自觉地继续过寻常的生活,虽然知道死亡的时间临近,到了这时候,所有的过惯了的生活环境都要破毁。

在这三天之内,在莫斯科失陷前,罗斯托夫全家处在各种忙乱之中。家长依利亚·安德来维支不停地在城里走动,拾取各方面的流言,在家里发出关于准备离城的一般肤浅而急躁的命令。

伯爵夫人照料收拾东西,她对所有的人都不满意,并且跟随着不断地逃避她的彼洽,嫉妒他和娜塔莎时时在一起。只有索尼亚一个人实际上在料理事情:收拾东西。但近来索尼亚总是特别地愁闷而沉默。尼考拉的信提及玛丽亚郡主,这封信当她的面引起伯爵夫人的喜悦结论,她说玛丽亚郡主和尼考拉的相会是天意。

伯爵夫人说:"在保尔康斯基和娜塔莎订婚以后,我从来不曾这样高兴,但我总希望,并且我预料到,尼考林卡要娶郡主。这是多么好的事情!"

索尼亚觉得这是真的,就是,改善罗斯托夫家境遇的唯一途径是娶富家女,而郡主是很好的配偶。但这件事使她觉得很苦恼。虽然有苦恼,或者正因为有苦恼,她却负起照料收拾及包装物品的全部繁重任务,她整天地忙着。伯爵和夫人需要吩咐什么事的时候,便来找她。反之,彼洽和娜塔莎不但不帮助父母,而且常常在家里妨碍人,令人讨厌。家内几乎成天地听到他们跑动、喊叫和无故的嬉笑声。他们嬉笑快乐,完全不是因为有发笑的原因;但他们心里愉快而喜悦,因为无论发生什么事,都是他们高兴发笑的原因。彼洽愉快,因为他童年睡家,而回家时(大家这么向他说)已是一个少年;他愉快,因为他在家,因为他是从别拉·策尔考夫回来的,那里最近没有作战的希望,他来到莫斯科,这里数日之内便将发生战事;而主要的,他愉快,是因为娜塔莎愉快,他总是顺随娜塔莎的脾气。娜塔莎愉快,因为她愁闷太久,而现在没有东西引起她愁闷的原因,而且她康复了。再者她愉快,因为有人爱慕她(别人的爱慕好像车轮的膏油,为了它的机械转动得完全自如,这是不可少的),彼洽也爱慕她。主要的,他们愉快,是因为战争在莫斯科城下,因为要在城门口交战,因为要发散武器,因为大家逃避,跑到别处,因为,总之,发生了非常事件,这种事件对于人,尤其对于年轻人,是兴奋的。

十三

八月三十一日，星期六，罗斯托夫家的一切都似乎颠倒零乱。门皆敞开，家具都抬出或移动了，镜子和图画皆取了下来。房里摆了箱子，散着草秸、包扎的纸和绳。农民和家奴抬出家具，重脚步子在嵌木地板上行走。院里挤满了农民的荷车，有些已经装满了东西并绑了绳子，有些还是空的。

许多家奴和带车而来的农民的话声，在院里和屋里响应着。伯爵一早就出去了。伯爵夫人因为声音和扰攘而头痛，躺在新客室里，头上扎了浸醋的头布。彼洽不在家（他到朋友家去了，他打算和这个朋友从民团里调入作战的军队里）。索尼亚在大厅里照料包装玻璃器和瓷器。娜塔莎坐在自己零乱的房间地板上，坐在抛乱的衣服、缎带和肩巾之间，不动地看着地板，手里拿着旧舞衣（样子已经旧了），这件舞衣是她第一次在彼得堡的跳舞会中所穿的。

娜塔莎觉得惭愧，因为别人都是这样忙，而她却在家里什么也不做，从早晨起，她有好几次打算做点事情；但她的心不在这种事情上，若是不用全心全力，她便什么事也不能做。她站着看索尼亚包装瓷器，想帮助她，但立刻又抛弃了这个意思，去到自己房里包装自己的东西。起初，她将衣服和缎带散给女仆，觉得愉快，但后来要包装剩余的全部衣服的时候，她又觉得厌倦。

"杜妮亚莎，你装一下，好朋友？行吗？行吗？"

当杜妮亚莎高兴地答应了为她做一切事情的时候，娜塔莎坐在地板上，手里拿着旧舞衣，思索着完全不是她现在应该思索的。隔壁房间里女仆们的话声和她们从房里走到后边台阶时的迅速脚步声，将娜塔莎从沉思中唤起。娜塔莎站起，从窗口向外看。街上停了很多的伤兵车。

女仆、职差、守门人、保姆、厨子、车夫、马夫、小厨子站在门口看伤兵。

娜塔莎举起白手帕在头发上，双手捏住两角，走到街上。

从前看门的老太婆马富啦·库绮米妮施娜离开站在门口的团体，走到一辆有树皮篷的车前，和躺在车上的一个年轻苍白的军官谈话。娜塔莎前进了几步，羞涩地站住，仍继续捏着手帕，听看门婆子说话。

"那么，你在莫斯科一个人也不认识吗？"马富啦·库绮米妮施娜说，"你可以在房子里安静一下……就是在我们家也行。东家要走了。"

"我不晓得他们答应不答应呢,"军官用微弱声音说,"官长在那里……你去问一下。"他指着一个肥大的少校,他顺着车辆在街上向回走。

娜塔莎用惶悸的眼睛看受伤军官,并立刻去会少校。

"伤兵可以住在我们家吗?"她问。

少校带笑举手至帽边。

"你说哪一个,小姐?"他眯了眼笑着说。

娜塔莎又安静地重复了自己的问题,虽然她还捏着手帕的角,她的脸和整个的态度却是那么严肃,以致少校停住了笑,想了一下——似乎是问自己这件事可能到什么程度——肯定地答复了她。

"啊,行,当然可以。"他说。

娜塔莎轻轻点头,快步地回到马富啦·库绮米妮施娜面前,她站在军官旁边,带着怜悯的同情和他在说话。

"可以,他说,可以!"娜塔莎低声说。

荷车上的军官进了罗斯托夫家的院子,上十辆伤兵车子,由于居民的邀请,进了厨子街各家的院子,赶到台阶的前面。显然娜塔莎高兴自己在寻常生活之外和这些生人的关系。她和马富啦·库绮米妮施娜都企图把伤兵尽量招待到她们的院里。

"应当报告你父亲。"马富啦·库绮米妮施娜说。

"不要紧,不要紧,都是一样!一天以内我们就要搬到客厅里。我们可以让我们的一边给他们住。"

"小姐,你想想好!厢房可以,男下房可以,女下房也可以,但你应当问一下。"

"好,我去问。"

娜塔莎跑进屋,踮脚走进客室半开的门,室里发出醋和好夫曼[1]药水的气味。

"你在睡觉吗,妈妈?"

"啊,好觉哦!"刚刚入睡的伯爵夫人又醒过来说。

"妈妈,亲爱的。"娜塔莎说,跪在母亲的面前,把自己的脸贴着母亲的脸。"对不起,饶恕我,再不这样了,我把你弄醒了。马富啦·库绮米妮施娜叫我来说,领进来了几个伤兵(军官),你答应吗?他们没有地方去,我知道,你会答应……"她不换气地迅速地说。

"什么军官?领谁进来了?我不懂。"伯爵夫人说。

娜塔莎笑,伯爵夫人也微笑。

"我知道你要答应的……我这样去向他们说。"娜塔莎吻了母亲,站起来,走到门口。

她在大厅里遇见了父亲,他带了坏消息回家。

"我们拖延太久了!"伯爵不禁愠怒地说,"俱乐部也关门了,警察也走了。"

"爸爸,我领了伤兵来家住,不要紧吗?"娜塔莎说。

"当然不要紧,"伯爵无心绪地说,"不是这个,现在我求你们不要忙着无聊的事情,去帮着包装东西,离开这里,明天离开……"伯

---

[1] 俄国通用的一种药水,成分是硫黄二、酒精三。——毛

爵向管事和仆役们发出同样的命令。

吃饭时,彼洽回家报告他的消息。

他说今天民众在克里姆林宫领得了武器,说虽然拉斯托卜卿的告示上说他在两天之内发通告,却确实下了命令,明天所有的人都要带武器到三山去,那里要发生大战。

伯爵夫人当他说话时,带着羞涩的恐怖看着儿子愉快而兴奋的面孔。她知道假使她说出话来,求彼洽不去参加这个战事(她知道他对于目前这个战事是很高兴),他便要提到丈夫气、光荣、祖国——那些没有意义的、男性的、顽固的话——不能反对他这些话,那么事情就会弄糟。因此,为了希望能够在这个战事之前离开,并将彼洽带在身边,作为随身保护人,她什么也未向彼洽说,而在饭后将伯爵叫到身边,含着泪求他赶快把她送走,假若可能,就在今夜。以前她表示完全不怕,现在她带着女性的自然的爱情手腕,说假使今晚不走,她就会吓死。她现在没有虚假地惧怕一切。

十四

邵斯夫人看过了女儿，说起她在宓亚斯尼次基街酒店所见的情形，增加了伯爵夫人的恐怖。她上街回家时，因为酒店里捣乱的醉汉们而不能通过。她雇了一辆车子，绕路回家；车夫向她说，民众打开了酒店的酒桶，这是奉命而做的。

饭后，罗斯托夫的全家热心而急剧地忙于包装家具和离城的准备。老伯爵忽然也问事起来，饭后不停地从院里到屋里走来走去，向忙碌的仆人们做无意义的喊叫，使他们更忙碌。彼洽在院里照料。索尼亚在伯爵的矛盾的命令之下，不知做什么是好，完全昏乱了。仆人们喊叫、争吵、喧嘈，在房间里和院子里跑动。娜塔莎带着她在一切事件中特有的热心，也忽然问事了。开始，她对包装工作的干涉未能得人信任。他们都等待她出笑话，不愿听她的话。但她固执而热心地要别人听从她，她发怒，几乎要哭，因为他们不听她的话，终于她达到目的，别人信任她。她最费力的而因此获得权柄的第一件功劳，是地毯的包装。伯爵的家里有贵重的哥布兰绣帷和波斯地毯。娜塔莎开始工作时，大厅里有两只打开的箱子：一只几乎装满了瓷器，另一只满是地毯。瓷器还有许多在桌上，他们还在从收藏室里向外拿。应该开始装第三只新箱子了，仆人们去拿箱子。

"索尼亚，等一下，我们就是这样装进一切。"娜塔莎说。

"不行，小姐，已经试过了。"仆役说。

"不要，请你等一下。"娜塔莎开始从箱子里取出包在纸里的盘子和碟子。

"碟子应该放在毯子里。"她说。

"我们还有许多毯子，天晓得三只箱子装下装不下。"仆役说。

"但是请你等一下。"娜塔莎开始迅速而敏捷地将东西归类。她指基也夫盘子说："这是不要的。"她指萨克森碟子说："这是要的，包在毯子里。"

"放手吧，娜塔莎；够了，我们来装。"索尼亚指责地说。

"哎，小姐！"仆役说。但娜塔莎没有放手，她将所有的东西取出，又迅速地开始装入，她决定普通的毯子和多余的器皿无须全部带走。一切都取出后，她开始重装。确实，那些贱的不值得带走的东西几乎全取出来了，所有值钱的装进了两只箱子。只有装毯子的一只箱盖不能关紧。这可以取出几件东西，但娜塔莎要维持自己的意思。她装了又重装，向下按，叫仆役和彼洽按箱盖，她自己也使出极大的力。彼洽是她叫来帮同装箱的。

"够了,娜塔莎,"索尼亚说,"我看你对,但只要把上面的一件取出来。"

"我不要。"娜塔莎叫着说,一手拢住汗脸上的乱发,一手按毯子。"按吧,彼洽按!发西理齐按!"她这么叫。毯子按紧,箱盖关合了。娜塔莎拍手,乐得叫起来,眼里涌出泪水,但这只有一秒钟的时候,立刻她又着手做别的事情,并且大家完全信任她了。别人向伯爵说娜塔丽·依苏尼施娜改变你命令的时候,伯爵不发怒,而仆人们也来到娜塔莎面前问:车子是否要绑绳子,车子是否装够了?由于娜塔莎的料理,事情做得很快:不需要的东西丢下了,而最贵重的东西极紧凑地装了起来。

虽然大家忙碌,但迟至深夜还不能将一切装好。伯爵夫人睡了,伯爵将行期延到早晨,也去睡了。

索尼亚和娜塔莎未脱衣服,睡在休息室里。

夜间又有一个受伤的来到厨子街,站在门口的马富啦·库绮米妮施娜将他引入罗斯托夫家。这个受伤的,在马富啦·库绮米妮施娜看来,是很重要的人。他的那辆马车完全蒙了帷布,并且车篷下垂。车厢上边有一个庄重的老侍仆和车夫并坐。后边的车上有一个医生和两个兵。

"请到我们家来,请进来。东家要走了,全家是空的。"老太婆向老仆人说。

"好,"仆人叹气说,"我们没有企望赶到家了!我们自己有家在莫斯科,但很远,家里没有人住。"

"请你赏光进来,我们主人什么都有,请进。"马富啦·库绮米妮施娜说。"怎么,很不好过吗?"她又说。

侍仆摇手。

"我们没有希望赶到家了!一定要问医生。"仆人下了车,走近后边的车子。

"好。"医生说。

仆人又走到车前,向车子里看,摇了摇头,叫车夫赶进院子,他站到马富啦·库绮米妮施娜身边。

"主耶稣基督!"她说。

马富啦·库绮米妮施娜提议将受伤的抬进屋。

"主人不会说什么的……"她说。

但他们必须避免登梯,因此便将受伤的抬进厢房,放在邵斯夫人原先住过的房间里。这个受伤的人是安德来·保尔康斯基郡王。

十五

莫斯科的末日来临了。是一个明朗爽快的秋天。是星期日。和寻常的星期日一样,各教堂敲出祈祷的钟声。似乎尚无人能够明白莫斯科的前途。

只有两件社会情况的暗示,表明莫斯科所处的地位:乌合之众,即贫穷阶级和物价。工人、家奴、农民,其中夹杂着官吏、神学学生、绅士,这天早晨出城到了三山。在那里没有等到拉斯托卜卿,认为莫斯科将放弃,人们便散开,回至莫斯科的酒馆和酒店。这天的物价也表明事情的局势。武器、黄金、车辆和马匹的价格皆上涨,纸币和城市日用品的价格皆下跌,因此在中午有这样的事情,就是贵重的物品,如布,由车夫以对分的代价运走,而一匹农家的马要值五百卢布；家具、镜子和铜器无代价地送人。

在罗斯托夫家严肃而古老的屋子里，日常生活秩序的破坏，并不很明显。关于仆人，只是夜间在许多仆人的当中失去了三个人，但是什么也未被窃；至于物价，便是从乡里叫来三十辆车子值很大的代价，这件事引起许多人的嫉妒，而罗斯托夫家为它们花了很多钱。不仅是为了这些车子付了很多钱，而且在晚上和九月一日的早晨，在罗斯托夫家的院子里，来了许多受伤军官派来的侍从兵和仆人们，许多住在罗斯托夫家和别家的受伤的人，乞求罗斯托夫家的仆人，求他们用车子带他们离开莫斯科。仆役头目听到这些请求，虽然同情受伤的人，却坚决地拒绝他们，说他不敢将这件事报告伯爵。这些留下的伤兵很是可怜，但显然是，若给了一辆车子，便没有理由不给第二辆，便要给出所有的车子——甚至还要给出自己的马车。三十辆荷车不能救全体受伤的人，在大难之中，人不能不想到自己和自己的家庭。仆役头目替主人这么设想。

九月一日早晨醒来，依利亚·安德来维支伯爵轻轻地出了房，以免惊醒早晨刚睡着的伯爵夫人，他穿了淡紫色丝睡衣去到台阶。装妥的车辆停在院子里。马车停在台阶的旁边。仆役头目站在入口处，同老侍役兵及年轻的苍白的扎了手臂的军官在谈话。仆役头目看见伯爵，向军官和侍卒做了庄重而严肃的表示，要他们走开。

"那么，都准备好了吗，发西理齐？"伯爵说，摸着光头，并且好意地看军官和老侍役兵，向他们点头（伯爵爱生人）。

"马上就套马了，大人。"

"啊，好极了，伯爵夫人就要醒了，谢天谢地！"他又向军官说：

"你要什么,先生?住在我家吗?"

军官移近,他苍白的脸忽然变为赤红。

"伯爵,做点功德吧,准我……看上帝的面子……随便上到你车上的什么地方。我这里什么也没有……我在行李车上也是一样……"军官还未说完,另一个侍役兵也来为他的主人向伯爵作同样的请求。

"啊!行,行,行,"伯爵急遽地说,"我很,很乐意。发西理齐,你照料一下,清出一二辆荷车来……那么……那么……需要什么……"伯爵用含糊的表情说出了什么命令。但同时因军官热烈的感激神情,已经在他的命令上盖上印。伯爵环顾四周:院里、门口和厢房的窗口,都可以看见受伤的人和侍役兵。他们都看着伯爵,并向台阶走来。

"请大人到画室去一下吧,那里的图画要怎么吩咐呢?"仆役头目说。伯爵和他一同进了屋,重新吩咐,不要拒绝那些要求离城的伤兵。

"那么,还可以拿下一点东西。"他又用低微而神秘的声音说,似乎怕谁听到他的话。

伯爵夫人九点钟醒来,她的旧婢女马特饶娜·齐摩非耶芙娜现在为伯爵夫人担负类似宪兵队长的职务,她来报告旧主人,说邵斯夫人很伤心,说小姐们的夏衣不能丢在这里。由于伯爵夫人探问邵斯夫人为何伤心,于是说了出来,因为她的箱子被人从车上拿下来了,所有的荷车都卸空了,贵重的东西搬下来了,都装了伤兵,这些伤兵是伯爵因为自己的简单而命令装载的。伯爵夫人令人将丈夫叫至面前。

"这是怎么一回事,亲爱的,我听说,东西又拿下来了?"

"你晓得,亲爱的,我正要告诉你这件事……亲爱的夫人,军官来向我请求,给他们几辆车运伤兵。我们的东西都是买得到的;但他们留下来,是什么情形呢,你想想看……他们就在我们的院子里,我们自己要他们进来的,军官们在这里……你知道,我以为,实在,亲爱的,啊,亲爱的,让他们坐车走……急着到哪里去呢……"伯爵羞怯地说了这些话,每当事情涉及金钱,他总是这么说。伯爵夫人听惯了这种语调,这是在做有害于儿女的事情之前每次必说的,例如画室、花房的建筑、家庭戏院或音乐队的组织等事;她听惯了,总是认为反对这种羞怯语调所说的话是她的责任。

她做出屈服而哭泣的神情,向丈夫说:

"伯爵,你听,你弄到家里什么也不能添置,现在你想抛弃我们全部的——孩子们的——财产。你自己说过我们的贵重东西值十万卢布。亲爱的,我不同意,不同意。听你的自由!伤兵的事有政府,他们晓得。你看,对门洛普亨家三天以前把一切都搬走了。人家是这样做的。只有我们是呆子。你不顾到我,也该顾到孩子们。"

伯爵摇手,什么也未说,走出了房间。

"爸爸,你为什么如此?"娜塔莎说,跟他走进母亲房内。

"没有什么!这关你什么事!"伯爵愤怒地说。

"不,我听到了,"娜塔莎说,"为什么妈妈不愿?"

"这关你什么事?"伯爵喊叫。

娜塔莎走至窗前沉思。

"爸爸,别尔格到我们家来了。"她看着窗外说。

十六

罗斯托夫家的女婿别尔格已经做了上校,颈上挂了夫拉济米尔和安娜勋章,仍旧供着舒服而愉快的职务——第二军团第一师副参谋长的助理参谋。

他于九月一日自军中来至莫斯科。

他来莫斯科没有事做,但他看到大家都在军中请假去莫斯科做点什么事情。他认为自己也需要为了家庭及家属事故而请假。

别尔格乘了双栗色马的整洁的旅行车,好像一个郡王那样,来到丈人的家里。他注意地看了院中的车辆,上了台阶,取出干净的手帕打了一个结。

别尔格用浮动的、急剧的步子从前室跑进客室,拥抱伯爵,吻娜塔莎和索尼亚的手，并急速地问妈妈的健康。

"现在健康如何呢？呵，说吧，"伯爵说，"军队怎样？退却呢，还是要作战？"

别尔格说："爸爸，只有永生的上帝能够决定祖国的运命。军中燃烧着英雄情绪，现在，听说，长官们在开会。将来如何，不得而知。但我大概向你说，爸爸，这种英雄情绪，真正的俄军的古代精神，他们……"他又更正说："它指示或者表现在二十六日的战事中，没有一句话能够形容……爸爸，我向你说……"（他那样地捶胸口，好像一个在他面前说话的将军所做的，不过有点迟，因为应该在说"俄军"时捶他的胸口。）"我老实向你说，我们当军官的，不仅不该逼迫兵士，或做这一类的事，而且我们难能约束这些，这些……是的，英勇的古代的功绩。"他匆匆说出。"巴克拉·德·托利将军处处在兵士前面牺牲自己的性命，我向你说的。我们的军团驻扎在山坡上。可以想想看！"别尔格说出了他在这时候所听到的各种传闻中所能记得的一切。娜塔莎不移开那烦恼别尔格的目光，看着他，好像是要在他的脸上找出某个问题的回答。

"总之，俄军所表现的这种勇气是不能形容的，是值得称赞的！"别尔格说，看着娜塔莎，似乎希望她赞同，他向她笑，回报她的回执的注视……"'俄国的生命不在莫斯科，它是在俄国子孙们的心中！'是吗？爸爸？"别尔格说。

这时候，伯爵夫人带了疲倦而不满的神色从休息室里走出来。别尔格迅速跳起，吻伯爵夫人的手，问她的健康，并且站在她旁边，摇头[1]表示同情。

"是,妈妈,我老实向你说,这是每个俄国人的艰难而悲哀的时候。但为何这样不安心呢?你还来得及离开……"

"我不明白仆人们在做什么,"伯爵夫人向丈夫说,"他们刚才向我说,什么都未预备。其实应该有人去照料一下。可惜这时候没有德米特锐。这事没有个完结!"

伯爵想说什么,但显然自己约制住了。他离开椅子,走至门边。

别尔格这里好像是要打喷嚏,取出手帕,看着结,沉思了一下,悲哀而严重地摇头。

"爸爸,我向你有一个大要求。"他说。

"嗯?……"伯爵停住说。

"我刚才走过尤苏波夫家,"别尔格带笑说,"管家的我认识,他跑出来问我可买什么。你知道,我因为好奇便进去了,里面有一个饰橱和妆台。你知道,韦娅是多么想要这种东西,我们是怎样地因此争执。"(别尔格说到饰橱和妆台时,不禁对于自己的华丽陈设表示快乐语气。)"这样的美丽!向外推,有英国式的暗门,你知道吗?维饶其卡(即韦娅——译)早就想要了。因此我想给她意外高兴。我看见你家院里有这么多用人。请你给我一个用人,我要好好地赏他……"

伯爵皱眉并清喉咙。

"你去求伯爵夫人吧,我不吩咐。"

---

[1] 俄国人通常以头部的侧面迟缓转动表示挂念忧虑或疑惧。——毛

"假使困难,就请你不要了,"别尔格说,"我只是为了韦娅的缘故才想如此的。"

"呵,你们都去见鬼,去见鬼,去见鬼,去见鬼!"老伯爵叫着说,"我的头打旋了。"他走出了。

伯爵夫人哭了。

"是的,是的,妈妈,是很艰难的时代!"别尔格说。

娜塔莎同父亲一道走出,似乎困难地在考虑什么。她最初跟着他,后来又跑下楼。

彼洽站在台阶上,在发给用人们武器,他们要离开莫斯科的。装妥的荷车仍旧停在院子里。其中有两辆解了绳子,一个侍从兵正扶着一个军官向其中的一辆车上爬。

"你知道为什么?"彼洽问娜塔莎(娜塔莎明白彼洽的意思是为何父母争吵)。她不回答。

"因为爸爸要把所有的车子都给伤兵,"彼洽说,"发西理齐向我说的。我觉得……"

"我觉得,"娜塔莎忽然几乎叫起来,把发怒的脸向着彼洽说,"我觉得,这是那样的卑鄙,那样的丑恶,那样的……我不知道。难道我们是日耳曼人吗?……"她的喉咙因为痉挛的泣声而打战,她恐怕削弱并凭空发作了她的怒气,转过身,直向楼梯而去。

别尔格坐在伯爵夫人旁边,恭敬地以亲戚的态度安慰她。伯爵拿着烟斗在旁边走动。此刻,娜塔莎带着因怒气而难看的脸,好像风暴一样,闯入房内,快步地走到母亲面前。

"这是卑鄙!这是丑恶!"她喊叫着,"这不会是你吩咐的。"别尔格和伯爵夫人诧异而惊悸地看她。伯爵站在窗口听着。

"妈妈,这是不可能的,你看院里的情形!"她喊叫着说,"他们留下来……"

"你有什么事?他们是谁?你要什么?"

"就是受伤的!这样不行,妈妈;从来没有过这样的事……不行,妈妈,亲爱的,这样不行,请你饶恕,亲爱的……妈妈,我们带走的东西对我们有什么用,你只要看看院子里……妈妈……这是不可能的……"

伯爵站在窗边,头也不转,听娜塔莎说话。忽然,他嗅鼻子,把脸凑近窗子。

伯爵夫人看着女儿,看她羞耻母亲的面色,看到她的激动,明白了丈夫现在为何不看她,并且带着慌乱的神情环顾四周。

"呵,就照你的意思做吧!难道我妨碍谁吗!"她说,还不立刻让步。

"妈妈,亲爱的,饶恕我。"

但伯爵夫人推开女儿,走近伯爵。

"亲爱的,你照应该的去吩咐吧……我其实并不知道这件事……"她说,认罪地垂了眼。

"蛋……蛋教训了鸡……"伯爵带着快乐的眼泪说,并搂抱夫人,她高兴地把发羞的脸藏在他的胸前。

"爸爸,妈妈!我能吩咐吗?行吗?"娜塔莎问。"我们还是能带走最需要的东西……"娜塔莎说。

伯爵向她肯定地点头,娜塔莎用她在追捉游戏中的快步子从大厅跑至前室，由台阶跑进院子。

仆人集在娜塔莎四周，不相信她所传的这个奇怪的命令，直到伯爵自己用夫人的名义证实了这个命令，他们才相信，所有的荷车都给伤兵，箱子都取下来送进储藏室。明白了这道命令，用人们喜悦而忙碌地负起新任务。用人们现在不仅不觉得奇怪，且反之，觉得不能不如此。正似一刻钟之前，不仅没有人觉得丢下伤兵运走行李奇怪，而且觉得应当那样。

全家的人好像是补偿他们不曾早一点这么做，都匆促地忙着在做这件安置伤兵的新工作。伤兵们从自己的房间爬出，带着喜悦、苍白的面孔围了车子。邻家的屋里也传到了有车的消息，从各家走出许多伤兵进了罗斯托夫家的院里。伤兵当中有许多人要求不要取下行李，就让他们坐在上边。但卸东西的工作一旦开始即不能停止。全体留下来或是留下一半，似乎都是一样。院里放着许多未收集的装瓷器、铜器、图画、镜子的箱箧，这些都是昨夜那样小心地装车的，大家寻找并找得搬卸更多东西的可能性，并腾出更多的车辆。

"还可以有四辆，"管家说，"我要让出自己的行李车，不然，把他们带到哪里去呢？"

"把我装衣橱的车腾出来吧，"伯爵夫人说，"杜妮亚莎和我坐一辆车。"

装衣橱的车子也腾了出来，送到隔壁第三家去装伤兵。全家和仆役都愉快而兴奋。娜塔莎处在狂喜而快乐的兴奋情绪中，她好久没有这种情绪了。

"把这个绑在哪里去呢？"仆人说，把箱子放在马车后边的窄踏板上,"还应当留下一辆车子。"

"它是装什么的?"娜塔莎问。

"是伯爵的书。"

"留下来。发西理齐把它拿开。不需要这个。"

篷车里满是人,他们怀疑彼得将坐何处。

"他坐赶车的位子上。你到赶车的位子上好吗,彼洽?"娜塔莎说。

索尼亚还在不停地忙碌,但她忙碌的目的和娜塔莎的目的相反。她储藏那些应当留下的东西,奉伯爵夫人的意思将它们登记,并企图尽量随身多带。

十七

两点钟的时候，罗斯托夫家四辆装妥待发的轿车停在门口。载伤兵的车子先后离开院子。

载安德来郡王的篷车走过台阶，引起索尼亚的注意，她正同女仆在门口高大的马车里为伯爵夫人布置座位。

"这是谁的篷车？"索尼亚伸首窗外问。

"小姐，你不知道吗？"女仆回答，"受伤的郡王，他在我们家过夜，也同我们一道走。"

"这人是谁？姓什么？"

"就是我们从前的姑爷，保尔康斯基郡王！"女仆叹气说，"他们说，要死了。"

索尼亚跳下车子，跑到伯爵夫人面前。伯爵夫人已经穿好了旅行服装，戴了帽子，披了披肩，疲倦地在客室里行走着，等候家里人来坐下，闭了门，做起程前的祈祷。娜塔莎不在房里。

索尼亚说："妈妈，安德来郡王在这里，伤得要死了。他和我们一道走。"

伯爵夫人惊惶地睁开眼睛，抓了索尼亚的手，向四周看。

"娜塔莎呢？"她问。

对于索尼亚和伯爵夫人，这个消息最初只有一个意义。她们知道娜塔莎的脾气，娜塔莎知道这个消息后不知将发生何事的这种恐惧，使她们压下了对于二人所爱的人的同情。

"娜塔莎还不知道，但他和我们一道走。"索尼亚说。

"你说他要死了吗？"

索尼亚点头。

伯爵夫人抱了索尼亚哭。

"上帝的路是不可思议的！"她想[1]，觉得在此刻所发生的一切之中，开始出现了从前大家未看见的万能的手。

"呵，妈妈，一切都准备好了。你有什么事……"跑进房的娜塔莎带着兴奋的面孔问。

"没有什么，"伯爵夫人说，"准备好了，我们就走吧。"伯爵夫人低头看自己的提袋，以便遮藏失态的脸。索尼亚抱住娜塔莎吻她。

---

[1] 俄国教会风俗，男子不可娶姐丈之姐妹，如娜塔莎嫁安德来郡王，则尼考拉不能娶玛丽亚郡主。——毛

娜塔莎疑问地看她。

"你们有什么事？发生了什么？"

"没有什么……没有……"

"对我很不好的事情吗……什么事？"敏锐的娜塔莎问。

索尼亚叹气，没有回答。伯爵、彼洽、邵斯夫人、马富啦·库绮米妮施娜、发西理齐走进客室，闭了门，大家坐下，沉默着，彼此不相看，坐了几秒钟。

伯爵先立起，大声叹气，对圣像画十字。大家做了同样的事。然后伯爵开始搂抱马富啦·库绮米妮施娜和发西理齐，他们留在莫斯科，并且当他们吻他的手和肩膀的时候，他轻拍他们的背，说些不清楚的仁惠而安心的话。伯爵夫人走到小祭坛前，索尼亚发现她跪在散留在墙上的圣像前（最贵重的祖传的圣像都随身带来）。

离此的仆人们，在台阶上和院子里，执着彼洽发给他们的刀剑，他们的裤筒折在靴子里，紧系着皮带和腰带，和留下的人在道别。

在起程时都是如此，或是忘记了许多东西，或是东西放错了位置；两个仆人在打开的车门和踏蹬的两边等候很久，准备扶伯爵夫人上车，这时候，女仆带了垫子和袋子从屋里跑至大马车、轿车和篷车的前面，又跑了回去。

"他们一生都是忘记东西！"伯爵夫人说，"你晓得，我不能这样坐。"于是，杜妮亚莎咬紧牙齿，不作回答，脸上带着谴责的表情，闯进车子布置座位。

"呵，这些用人！"伯爵摇头说。

老车夫叶非姆是伯爵夫人唯一放心的车夫，他高坐在赶车位子上,甚至看也不看身后所发生的事情。他凭三十年的经验,知道他们向他说"天保佑"的时候还早,并且说了这句话,他们还要叫他停两次,以便讨取忘记的东西,在这以后还要停一次,于是伯爵夫人自己从车窗里向他伸头,求他凭基督的保佑,下坡时要格外当心。他知道这一点,并且因此比他的马更有忍耐(尤其是左边栗色的马——鹰儿,它踏着蹄,嚼衔口铁),他等候着所要发生的事。最后大家坐定了,踏蹬收起,折入车内,车门关起,派人去讨来了箱子。伯爵夫人伸头出来,说了应说的话。于是叶非姆迟缓地取下帽子,开始画十字。马夫和所有的仆人都做同样的动作。

"上帝保佑!"叶非姆说,戴上帽子。"走!"马夫催马。右边的马在辕内拖动,高弹簧发响,车子震动。跟班的跳上驭者座位。车子从院内进不平的街道时颠动了一下,别的车子也同样地颠动,于是一串车子都上了街。大马车、轿车和篷车里的人都向对面的教堂画十字。留在莫斯科的仆人们跟在两边送行。

娜塔莎很少感觉过像她现在所感觉的这样的喜悦情绪,她坐在车里伯爵夫人的身边,看着被遗弃的、激荡的莫斯科的城墙从她身边缓缓移过。她偶尔从车窗里将头伸出,看后面,又看前面长列的伤兵车辆。几乎在最前面,可以看到安德来郡王的关闭的轿车。她不知道里面是谁,每次她考量车辆的行列时,便寻找这辆轿车,她知道这辆车是在最前面。

在库德锐诺区,从尼基特斯基街,从卜来斯尼街,从波德诺文斯基街走出几列和罗斯托夫家车列相同的车辆。在萨道发街,轿车和荷车已经成了双列。

绕过苏哈来夫水塔时,娜塔莎好奇地、迅速地看着乘车的和步行的人,她忽然喜悦地、惊异地叫道:"天啊!妈妈,索尼亚,你们看,是他!"

"谁?谁?"

"看吧,天啦,是别素号夫!"娜塔莎说,把头伸出车窗外,看那穿车夫长袍的高大而肥胖的人,从步态和举止看来显然是化装的绅士,他和一个面黄齿豁穿绒大衣的老人走到苏哈来夫水塔的拱门下。

"天晓得,别素号夫穿了车夫衣服,和一个老人在一起。"娜塔莎说,"看哪,看哪!"

"不是,这不是他!怎么这样呆!"

"妈妈,"娜塔莎叫起来,"我拿头和你赌,这是他。我向你担保。停,停。"她向车夫喊叫;但车夫不能停,因为从灭施产斯基街又出来了许多荷车和轿车,并且向罗斯托夫家的人喊叫,要他们向前走,不要挡路。

确实,虽然比方才的距离还远,所有罗斯托夫家的人便已看见了彼挨尔,或者是一个异常像彼挨尔的人,穿了车夫衣服,垂了头,面色严肃,和一个像跟班的无胡的矮小的老人在街上行走。这个老人注意到从车里向他伸出的面孔,恭敬地捣彼挨尔的胳肘,指着车子向他说了什么。彼挨尔好久还不懂他说什么:他显然是沉浸在自己的思想中。最后,他懂了他的意思,顺着方向看去,认出了娜塔莎,立刻,在最初冲动之下,迅速向车子走去。但走了十来步,显然是想起了什么,他又停下。

从车里伸头的娜塔莎面孔上露出可笑的柔情。

"彼得,来呀!我们认出了!这多稀奇!"她喊,向他伸手,"你怎么这样?你为什么这样?"

彼挨尔执了她的手,很笨地跑着吻她的手(因为车子还继续在走动)。

"伯爵,你有了什么事?"伯爵夫人用惊异而同情的声音问。

"什么?什么?为什么?不要问我。"彼挨尔说,环顾娜塔莎,她的明亮喜悦的目光对他(他感觉到这一点,不向她看)倾注了期盼之美。

"你做什么,还是留在莫斯科吗?"彼挨尔无言。他疑问地说:"在莫斯科吗?是的,在莫斯科。再会。"

"呵,我若是一个男人,一定和你在一起。呵,这多么好!"娜塔莎说,"妈妈,让我留下来吧。"彼挨尔无心地看娜塔莎,想说什么,但伯爵夫人打断了他。

"我们听说你在打仗呢?"

"是的,我打过了。"彼挨尔回答。"明天又要有战事……"他开始说。但娜塔莎打断了他的话:"但伯爵,你有什么事?你不像你自己……"

"呵,不要问我,不要问我,我自己一点也不知道。明天……不是!再会,再会,"他说,"可怕的时代!"他离开车子,走上行道。

娜塔莎伸头窗外很久,向他露出温柔的、有点可笑的、喜悦的笑容。

十八

彼埃尔从自己家里出去后,已经在过世的巴斯皆夫的空房里住了两天。这是事情的经过。

在他回到莫斯科并与拉斯托卜卿会面后第二天醒来时,彼埃尔好久不明白他自己在何处,以及别人期望他什么。在其他许多在客厅里等着会他的人名之中,仆人向他通报,说有一个法国人等候见他,这人从发西利叶芙娜伯爵夫人那里带了信来,他听到这话,立刻发生了一种紊乱与失望的感觉,这种感觉是他最容易发生的。他显然觉得现在一切都完结了,一切都混乱了,一切都破坏了。他觉得没有是与非,觉得没前途,觉得脱出这种地位是不可能的。他不自然地微笑,并喃喃地说了什么,他忽而坐到沙发上,显得失望,忽而站立起来，走到门边，从门缝里向客室里看，忽而摇手，向回转，拿起一册书。仆役长又来向他通报，说带来伯爵夫人信件的那个法国人，很希望会到他，即使是一分钟；又说，巴斯皆夫的寡妇派人来请他保管几本书，巴斯皆夫夫人自己下乡去了。

"呵，是，马上就来，等一下……不，不行，去向他们说，我马上就来。"彼挨尔向仆役长说。

但仆人刚刚出门，彼挨尔便拿了桌上的帽子，从书房的后门走了出去。走廊上没有人。彼挨尔走完了走廊，到了楼梯，皱了眉，用双手擦额头，下到第一层的梯口。司阍站在大门口。从彼挨尔站立的这个梯口，有另外一条梯子通后门。彼挨尔顺这条梯子走进院子。没有人看见他。但在街上，当他刚刚出门时，站在马车旁边的车夫和守院的看见了他，向他脱帽。感觉到直射在自己身上的目光，彼挨尔的行动好像一只鸵鸟，把头藏在树中，以免被人看见；他垂下头，加快脚步，走到街上。

在那天早晨彼挨尔要做的许多事情当中，奥谢卜·阿列克塞维支的书籍文件的整理，他觉得最重要。

他雇了他所遇到的第一辆车子，要他赶到巴特里阿施池，巴斯皆夫寡妇的家在这里。

彼挨尔不停地注视在各方面行动的驶离莫斯科的车辆，纠正了自己的胖身躯，以免从颠簸的旧车子上滑下来，他感到一种喜悦的情绪，好像小孩逃出学校时的那种情绪，他和车夫谈着。

车夫告诉他，说今天在克里姆林宫散发武器，说明天要将人民赶到三山门外，说那里将有大战。

到了巴特里阿施池，彼挨尔寻找巴斯皆夫的家，他好久不曾来此。他走至侧门，盖拉西姆听到叩门声便走出来，他就是那个面黄无须的老人，彼挨尔五年前在托尔饶克看见过他和奥谢卜·阿列克塞维支。

"有人在家吗？"彼挨尔问。

"因为现在的环境，索斐亚·大妮洛芙娜带了小孩们到托尔饶克乡下去了，大人。"

"我进来，是一样，我要拾书。"彼挨尔说。

"请，请进来吧，故主——他在天国里——他的兄弟马卡尔·阿列克塞维支在家里，但是大人知道，他身体不好。"老仆人说。

彼挨尔知道马卡尔·阿列克塞维支是奥谢卜·阿列克塞维支半疯的酒徒兄弟。

"是，是，我知道。我们进去吧，进去吧……"彼挨尔说，走进屋。红鼻子、高大而秃顶的老人，穿了睡衣，光脚上穿了木鞋，站在前室里。看见彼挨尔，他愤怒地说些什么，进了走廊。

"从前很聪明，现在，你看，弱了，"盖拉西姆说，"到书房里去好吗？"彼挨尔点头。"书房封了，动也未动。索斐亚·大妮洛芙娜吩咐的，若是你派人来，就让拿书。"

彼挨尔走进这间悲惨的书房，在恩人的生时，他曾带了那样的恐怖进这间房。这间尘封的书房，自奥谢卜·阿列克塞维支去世后，无人触动，现在显得更加凄惨。

盖拉西姆打开一扇百叶窗，踮脚走出书房。彼挨尔绕过书房，走到存放手稿的书橱前，取出一个最重要的本会的怪物。这是原本

《苏格兰规律》,上有恩人的评注。他坐在尘封的写字台前,把手稿放在面前,打开,合起,最后又推开,用手撑着头,沉思。

盖拉西姆小心地向书房里看了几次,看见彼埃尔照旧地坐着,经过了两个钟头。盖拉西姆大胆地在门外作微声,借以引起彼埃尔的注意。彼埃尔未听见。

"大人不要车子了吗?"

"呵,是的。"彼埃尔醒觉过来说,迅速地站起。"你听着,"彼埃尔说,抓住盖拉西姆的衣扣,并用明亮、潮润而热情的眼睛,对着老人自上而下看,"听着,你知道,明天要有战事吗?"

"是这么说。"盖拉西姆回答。

"我请你不要向人说我是谁。照我所说的去做……"

"晓得了,"盖拉西姆说,"大人要吃东西吗?"

"不要吃,我要别的东西。我要件农夫的衣裳和一把手枪。"彼埃尔说,陡然脸红。

"晓得了。"盖拉西姆沉思地说。

这天其余的时间,彼埃尔独自留在恩人的书房里。盖拉西姆听见他不安地从这个房角走到那个房角,和自己说些什么,他在那里为他预备的床上过了夜。

盖拉西姆具有仆人的习惯,一生看过许多稀奇的事情,没有诧异地接受了彼埃尔的寄居,并且似乎愿意有人要他侍候。他这天晚上没有问自己为何需要这件事,便为彼埃尔弄得一件车夫衣服和帽子,并允许明天为他弄来所需的手枪。马卡尔·阿列克塞维支这天晚上两次拖着木鞋走到门前站住,邀宠地看彼埃尔。但彼埃尔刚刚向他转过身，他便羞涩而愤怒地裹紧了睡衣，匆促退去。彼挨尔穿了盖拉西姆为他弄来并蒸煮过的车夫衣服，和他在苏哈来夫水塔买手枪的时候，遇见了罗斯托夫家的人。

十九

九月一日晚，库图索夫下令俄军经由莫斯科退至锐阿桑大道。

前锋在夜间开拔。夜行军队并不匆忙，行动徐缓而有秩序，但在黎明时，行车到达道罗高米罗夫桥，便看见前面有不尽的车队在对面岸上拥挤，向桥上急进，在这边岸上向桥上走，并阻塞了街巷，后面有无数的军队向前涌。军队处在无故的急遽与惊惶中。大家都向桥边涌，向桥上涌，向涉水处和船上涌。库图索夫自己乘车由后街绕至莫斯科的那边。

九月二日上午十时，在道罗高米罗夫近郊，只留下后卫队在空旷之中。军队已经在莫斯科的那边，过了莫斯科。

同时，在九月二日上午十时，拿破仑在军队之间，站在波克隆那山上，瞻览展开在他面前的景物。自八月二十六日至九月二日，自保罗既诺战役至敌人入莫斯科，在这个骚乱而可纪念的一星期内，每天都是异常好的、惊人的秋季天气，低斜的太阳照耀得比春季更暖和，一切在异常纯洁的空气中闪耀，以致炫目，胸间吸入秋天的芬芳空气，便觉得有力而新鲜，甚至夜间也暖和，在黑暗而暖和的夜里，天空不断地落下使人又惊又喜的金星。

九月二日上午十时是这样的天气。晨光如仙境。从波克隆那山起，有河流、花园与教堂的莫斯科宽广地开展着，并且似乎在过寻常的生活，圆形屋顶在阳光下闪烁如星。

看到陌生的城市具有未曾见过的新奇的建筑，拿破仑感觉到一种近于艳羡的和不安的好奇心，这种好奇心是人们看见生疏的毫不了解的生活时所有的。我们可以根据那些不可确定的表象，在遥远的距离中，无误地分别活人与死尸。拿破仑根据这种表象，在波克隆那山上看到城内生活的动态，似乎感觉到这个庞大美丽物体的呼吸。每个俄国人看到莫斯科，便觉得莫斯科是母亲；每个外国人看到莫斯科，不明白莫斯科为母亲城市的意义，一定会注意到这个城市的女性，而拿破仑便感觉到这种女性。

"这个亚细亚的城市，有无数的教堂，圣城莫斯科！这个有名的城市，终于在这里了！已经到时候了。"拿破仑说，下了马，令人将莫斯科城市图展开在面前，并召来翻译勒劳姆·提代维勒。"一个被敌人占领的城市，好像一个女子失了贞操。"他这么想（他在斯摩楞斯克向屠契考夫说过这话）。他用这种观点去看那展开在他面前的他未见过的东方美人。他自己觉得稀奇，他久怀在心的并觉得不可能的愿望终于实现了。在明亮的晨光中,他忽而看城市,忽而看地图,详细观察这个城市,而占领之可靠使他兴奋又畏惧。

"但是会不会不如此呢?"他想,"这个都城在这里,它横在我的脚下,等候它的运命。亚历山大此刻在哪里?他觉得如何?新奇、美丽而伟大的城市!现在是新奇而伟大的时代!我要在什么情形下向他们露面呢?"他想到他的兵士们。"这是对于那些没有信心的人的酬报。"他想,环视身边的人和附近的编队的军队。"我一句话,一举手,沙皇的古城就要毁灭。但我的宽宏总是准备垂赐失败者。我应当做大度而真正伟大的人……但不然,我在莫斯科不是真的。"他忽然这么想。"然而莫斯科是横在我的脚下,它在阳光下闪烁颤动着金的圆形屋顶和十字架。但我要饶恕它。在野蛮与专制的古碑上我将镌刻正义与仁爱的伟大字句……亚历山大觉得最痛苦的就是这个,我知道他(拿破仑觉得目前事件的主要意义是他和亚历山大间的个人斗争)。在克里姆林宫的高处,是,那是克里姆林宫,是,我将给他们公平的法律,我将向他们指示真正文化的意义,我将使保亚尔[1]的子孙带着爱慕而怀念征服者的名字。我将向代表团说我既不曾希望并且也不希望战争,说我只是对他们政府的欺骗政策而打仗,说我爱慕并尊敬亚历山大,说我要在莫斯科接受值得我和我的人民接受的和平条件。我不希望利用战事的胜利来消灭他们所尊重的君王。我要向他们说:'保亚尔们,我不希望战事,而希望我所有的臣民的和平与幸

---

[1] 保亚尔(贵族)在从前是沙皇的辅佐,但至一七五〇年即不复存在。拿破仑用此字,是表示对于俄国情形的肤浅认识。——毛

福.'但我知道,他们的到场将鼓舞我的精神,并且我向他们说话,要和我平常一样:明显、严肃、伟大。但我在莫斯科,这是真的吗?是的,莫斯科是在这里!"

"让他们将保亚尔们带到我这里来。"他向侍从说。一个将军和英俊的侍从们立刻驰马去找保亚尔。

过了两小时。拿破仑吃了早饭,又站在波克隆那山上原先的地方,等候代表团。他对保亚尔们要说的话,已经在他心里想好。这个演说词里面充满了拿破仑所了解的那种尊严与伟大。

拿破仑预备在莫斯科采用的那种宽大的语调,吸去了他自己的注意。他在想象中指定了"在沙皇宫中集会"的日子,俄国要人将与法国皇帝的要人在沙皇宫中集会。他心中指定了一个能够获得民心的总督。他知道在莫斯科有许多慈善机构,他想象中决定了,这些机关都要沾他的泽惠。他想他在莫斯科应当仁德如沙皇,好像他在非洲应当穿了回教服装坐在回教堂里。为了最后感动俄国人心,他和每个法国人一样,若不想到"我亲爱的,我温柔的,我可怜的母亲",便不能设想任何动人的事情,他决定了要在这些所有的机关上命人用大写字母镌刻"此项建筑献给我亲爱的母亲",或者只是"我母亲的房屋",他自己这么决定。他想:"但我真是在莫斯科吗?是的,莫斯科在我面前,但为何这么久还不见人民的代表团呢?"

这时候,在御前侍从的后部,发生了统帅们与将军们之间的低声而兴奋的讨论。去找代表团的使者带回消息,说莫斯科是空城,人民都离开了。讨论者的面色都发白而紧张。不是莫斯科被居民放弃了这个消息(这似乎是重要的)惊动了他们;使他们惊动的是用何种方式告诉皇帝这件事，用那种不使皇帝处于可怕的，而法国人叫作可笑的方式，向他说，他空等了保亚尔这么久，说城里只有醉汉，没有别人。有的人说，不管情形如何，也该召集一个代表团来。别的人反驳这个意见，并主张应该小心地、巧妙地宣示皇帝，告诉他事实。

"我们仍然要告诉他……"侍从官们说，"但，诸位……"形势显得更加困难，因为皇帝考虑着他的宽大政策，耐烦地在地图前走来走去，有时在手掌下顺大道遥览莫斯科，并愉快地、骄傲地自笑。

"但这是不可能的……"侍从官们耸肩说，不敢说出心中可怕的字，"可笑的……"

这时，皇帝因空等而疲倦，并且根据他的演戏者的本能，觉得伟大的时间拖延太久了，开始失去了他的伟大，用手做记号。信号炮发出孤独的响声，在各方面包围莫斯科的军队由特维埃尔门、卡卢加门和道罗高米罗夫门入莫斯科城。军队逐渐加快地，彼此赶追地，快步地，奔跑地进了城，遮藏在渐起的尘烟中，他们的震耳的叫声撼动了空气。

受了军队行动的牵引，拿破仑随军队乘马到了道罗高米罗夫门，但又停在那里，下了马，在卡美尔——考列什斯基壁垒下走了很久，等候代表团。

二十

莫斯科在这个时候是空的。城内还有人,城中还有从前的居民五十分之一,但它是空的。它是空的,正似要死的无蜂后的蜂巢那样空。

在无蜂后的蜂巢里已经没有生命,但就表面的观察,它似乎还和别的蜂巢一样有生命。

在中午的暖和阳光下,蜜蜂愉快地飞绕无蜂后的蜂巢,好似围绕别的有生命的蜂巢;远处仍可闻到蜜香,群蜂仍飞出飞入。但须细察蜂巢,借以明白这个蜂巢里已经没有生命。蜜蜂不像在活蜂巢旁那样飞,养蜂人注意到香气和声音都不是那样的。在养蜂人敲拍蜂巢的板墙时,没有了从前迅速一致的反应和成千上万蜜蜂的飞声。它们威胁地弓起背，迅速鼓翼，发出了有生气的声音，而现在回答他的是空巢各部分发出来的不连续的嗡嗡声。蜂房口里不像从前那样发出强烈的蜜香和毒气，不由那里发出蜂群的暖气，而在蜜味之中混合了空虚与腐化的气味。在蜂房口不再有准备抵抗到死的、弓起脊背的、示威的守护蜂；不再有那种均匀而低微的声音，好像滚水的工作声，只听到不悦耳的、不和谐的、无秩序的声音。黑色长形的沾蜜的盗蜂羞怯地、偷偷地飞出飞入蜂巢，它们不蜇人，却逃避危险。从前只是带着蜜囊飞入、空身飞出的蜜蜂，现在却带着蜜囊飞出。养蜂人打开下面的壁板，看蜂巢的下部。没有了从前挂在下部的黑色的安然工作的润湿的蜂群，它们彼此抱住腿，带着不断的工作微声酿蜜——现在疲倦而憔悴的蜜蜂在各方面无力地爬动在蜂巢的底上和壁上。代替干净的胶粘的而被蜂翅扇得干干净净的底板的，是底板上有了蜜点、蜂粪、半死的几乎不能动弹的以及全死的未打扫的蜂身。

养蜂人打开上面的壁板，看蜂巢的上部。代替蜜巢的蜜蜂封住蜂房各口而孵育小蜂的，他看见精巧而复杂的蜂房，但已经没有了从前的纯洁情形。一切是荒芜与污秽。黑色的盗蜂迅速地、偷偷地突入蜂巢；巢内憔悴、缩短、无力，而好像是衰老了的蜜蜂，迟缓地爬动着，对谁也不加阻碍，什么也不希望，并且失去了生命的意识。雄蜂、大黄蜂、蝴蝶，无意义地飞撞在蜂巢的墙壁上。在有死蜂、小蜂和蜜的蜂房间的什么地方，有时从各方面发出愤怒的嗡嗡声。有的地方有两只蜜蜂，由于旧习惯和记忆，清理着蜂巢，十分用力地拖开死蜂或黄蜂，它们自己不知道它们为什么做这样的事情。在别的角落上，别的两只老蜜蜂无力地战斗着，或者在打扫自身，或者在互相喂养，它们自己不知道它们是敌对地抑或友谊地在做这件事。在第三个地方，有成群的蜜蜂，互相拥挤，进攻某一个牺牲者，殴打并践踏它，衰弱的或者打死的蜜蜂迟缓地、轻轻地，好像羽毛般的从上边坠落在尸堆里。养蜂人打开两个中部的蜜房，借以观察内巢。没有了从前复杂的上千蜜蜂的黑圈，背靠背坐着，看守崇高的、神秘的繁殖工作，他现在看见成百无气力的半死的睡眠的蜂体。它们几乎都死了，它们自己不知道这一点，坐在它们所看守的神圣的地方，而这个地方已经不再存在了。它们发出腐化与死亡的气味。它们当中只有几个在动，起来，无力地飞，落在敌人的手里，没有拼死蜇敌人的力气——其余的死的，好像鱼鳞般，轻轻地落下来。养蜂人闭了壁板，用粉笔在壁板上写了记号，并选了时间，将它破开焚烧。

当拿破仑疲倦、不安而皱眉，在卡美尔——考列什斯基壁垒下来回走动时，莫斯科也是这样空，他在等那种外表的然而他以为是必要的守礼——一个代表团。

在莫斯科的各个角落里，还有人在无意义地活动，顺着旧习惯，而不知他们在做什么。

当他们很小心地向拿破仑说明莫斯科是空城时，他愤怒地看报告的人，转过身继续沉默地走着。

"带马车来。"他说。他和值日副官一起在马车中，驾至近郊。

"莫斯科空了！多么不足信的消息！"他向自己说。

他不进城，却住在道罗高米罗夫近郊的旅店中。

戏剧的精彩处未得演出。(Le coup de tlieatre avait rtae.)

二十一

俄军走过莫斯科城,自夜晚两点钟直到午间两点钟,并随军带走最后离城的居民和伤兵。

军队行动时最大的拥挤,发生在卡明内桥、莫斯科河桥和雅乌萨桥。

当军队在克里姆林宫外分为两路向莫斯科河桥和卡明内桥拥挤时,许多兵士用这个停顿与拥挤,从桥边向回转,偷偷地、沉默地溜过发西利福堂[1],穿过保罗维兹基门,由山上走到红场。在红场上,他们凭着某种本能,觉得能够没有困难地拿取别人的东西。这样的人

---

[1] 在莫斯科红场克里姆林宫外的一个奇怪的教堂。——毛

群好像是在购买廉价物品,充满了高土钦内商场的大小街巷。但是没有商人甘言动听的声音,没有小贩,没有五颜六色的购买物品的妇女们——只有穿制服和大衣的兵士,不带武器,空手进去,沉默地带着东西出市场。店东与店伙(他们很少),好像失去了神智,在兵士间行走,打开并锁闭他们的铺子,亲自和年轻人将货物抬走。在高士钦内商场的广场上站着几个鼓手在敲着集合的鼓声。但鼓声不能使抢劫的兵士像从前那样应声而至,且反之,使他们远远跑开。在商店和街以及胡同里,在兵士当中可以看见穿灰衣的剃光头[1]的人。有两个军官站在依林卡街角上谈着什么,一个在军服上加了颈巾,骑在暗灰色瘦马上,另一个穿了大衣。第三个军官骑马跑到他们面前。

"将军下令,无论怎样,要立刻将他们赶出。呵,这是从来没有过的。一半的人跑走了。"

"你们哪里去……你们哪里去……"他向三个步兵喊叫,他们未带武器,提着大衣边,从他面前向人群中跑,"站住,混蛋!"

"还是要他们集合吧,"另一个军官说,"不能集合他们了,应该快走,不让最后的跑走了,就是这样!"

"怎么走呢?他们站在那里,挤在桥上,不能动。或者是派卫兵去,不让其余的跑掉了。"

"就到那里去吧!把他们赶走。"高级的军官喊着说。

戴颈巾的军官下了马,把鼓手叫到面前,同他一道走到拱门下。有几个兵士一起跑开。一个在鼻旁腮上有红丘疹的商人,在丰满的面

---

[1] 从牢中放出的囚犯。——毛

孔上带了安定而固执的神情,匆促而敏捷地摇着手走近军官。

"老总,"他说,"发慈悲吧,保护我们。我们是什么也不爱惜的,欢迎你们,我们是乐意的!请进来吧,我马上就将布拿出来,对于老总即使是两块,我们是乐意的!因为我们觉得,这是什么,这只是抢劫!请你行善!派一个卫兵吧,只要关了门……"

几个商人挤在军官旁边。

"哎!叫是没有用的!"他们当中一个有严肃面孔的瘦人说,"头掉下,不用哭头发了。你们拿走心爱的东西吧!"他用有力的姿势挥手,对军官将身侧转。

"你,依凡·谢道锐支,说得好,"第一个商人愤怒地说,"请吧,老总。"

"有什么说的呢!"瘦的人喊着说,"这里我的三爿店有十万块钱的货。兵士走了,你怎么保管呢?啊,这样的人,上帝的权柄不在我们手里。"

"请吧,老总。"第一个商人鞠躬着说。军官怀疑地站立着,他的脸上显出犹豫。

"这关我什么事!"他忽然叫起来,快步地走到人群的前面。在一爿敞开的店铺里发出打击与咒骂的声音,在军官走近门口的时候,从门内跑出一个穿灰色衣服的光头的猛奔的人。

这个人弯了腰,从商人与军官面前跑了过去。军官奔向店中的兵。但同时,在莫斯科河桥上传来广大人群可怕的叫声,军官又跑到广场。

"什么事?什么事?"他问,但他的同伴已经从发西利福堂前朝有叫声的那个方向驰马而去。这个军官上了马，跟随他。当他接近桥时，他看见两个脱离拖车的炮、过桥的步兵、几辆破烂的载运车、几个兵士的惊慌神色和几个兵士的笑脸。在炮的后边有一辆双马的载运车。车轮后边挤着四头有头圈的狼犬。车上是如山的物品，在最上边，在一把腿向上的小儿座椅的旁边，坐了一个妇人，她发出尖锐而失望的叫声。同伴们向军官说，群众的喊声和妇人的呼叫，是由于叶尔莫洛夫将军乘马来到人群之间，知道了兵士们跑入商店，市民阻塞了桥道，便下令从拖车上解下大炮，并做出他要向桥上轰击的样子。群众挤倒了车子，互相倾挤，绝望地呼号，拥挤着离开桥道，而军队向前进行。

二十二

　　城内这时是空的。街上几乎一个人也没有。大门和商铺都关闭了，在酒店附近的地方可以听到孤独的叫声和醉汉歌声。没有人在街上乘车，也很难听到脚步声。厨子街是完全寂静而空虚的。在罗斯托夫家的大院里，有几条草秸、马粪，却看不见一个人。在罗斯托夫家连同全部财产丢弃下来的屋子里，有两个人在大客厅中。他们是守院的依格那特和小仆人米什卡——发西理齐的孩儿，他和祖父一同留在莫斯科。米什卡打开大琴，用一个手指弹耍。守院的手叉着腰，愉悦地笑，站在大镜前。

　　"好极了！哎？依格那特叔叔！"小孩说，忽然开始用双手在键子上弹。

"咦，你！"依格那特回答，惊讶着他的面孔在镜子里渐渐地笑起来。

"不知羞！"真不知羞！悄然进来的马富啦·库绮米妮施娜在他们身后说，"那个胖子在咬牙齿。你是在这里做这个的！那里还没有拾清，发西理齐倦死了。等一下！"

依格那特理了理腰带，止住笑容，顺从地垂下眼睛，从书房里走出。

"婶妈，我只是轻轻地弹了一下。"小孩说。

"我也轻轻揍你一下。小混蛋！"马富啦·库绮米妮施娜大声说，向他挥手，"去，替爹爹弄茶炊。"

马富啦·库绮米妮施娜弹了灰，关了大琴，深深叹气，走出客厅，并关了进出的门。

到了院里，马富啦·库绮米妮施娜考虑她现在到哪里去：到发西理齐厢房那里去饮茶，还是到储藏室去收拾未储藏的东西。

寂静的街道上传来足音。脚步停在侧门外，门闩因试图推开侧门的手而响。

马富啦·库绮米妮施娜走到侧门边。

"找谁？"

"找伯爵，依利亚·安德来维支·罗斯托夫伯爵。"

"你是谁呢？"

"我是军官。我要见他。"俄国绅士和蔼的声音说。

马富啦·库绮米妮施娜开了侧门。一个十八岁的圆脸军官走进院子，脸模儿好像罗斯托夫家的人。

"先生，他们走了。昨天晚上走的。"马富啦·库绮米妮施娜和蔼地说。

年轻军官站在侧门边，碎舌头，似乎不能决定是进去，还是出来。

"呵，多么不巧！"他说，"我应该昨天……呵，多么可怜……"

这时马富啦·库绮米妮施娜注意地、同情地看年轻军官面孔上她所熟识的罗斯托夫家的模样，看他的破大衣，看他脚上穿坏了的鞋。

"你为什么要见伯爵？"她问。

"啊，做什么是好呢！"军官烦恼地说，扶着门，似乎是要走开。他又迟疑地停住。

"你晓得吗？"他忽然说，"我是伯爵的本家，他向来待我很好。所以，你看（他带着好意而愉快的笑容看自己的外衣和鞋子），衣裳破了，一个钱也没有；所以我希望求伯爵……"

马富啦·库绮米妮施娜未让他说完。

"先生，你等一会儿，一会儿。"她说。军官刚刚从门上将手放下，马富啦·库绮米妮施娜便转过身，用迅速老迈的步子走到后边院子，到自己厢房里去。

在马富啦·库绮米妮施娜向自己房间跑去的时候，军官垂了头，看自己的破鞋，微笑着在院中徘徊。"多么可怜啊，我没有找到叔叔。一个很好的老人！他跑到哪里去了？我怎么知道，从哪一条街，我能走近路赶上队伍呢？他们现在应该到罗高日斯基门了吧？"年轻军官此时想着。马富啦·库绮米妮施娜带着惊惶而同时又坚决的面色，拿了一条卷起的有缝的手帕，从角落里走出来。还相隔几步，她便打开手帕，拿出一张白色二十五卢布的钞票，连忙给了军官。

"若是主东在家，一定，他们要尽本家之礼的，但也许……现在……"马富啦·库绮米妮施娜发羞而慌乱。但军官不拒绝也不急促，接了钞票，并感谢了马富啦·库绮米妮施娜。"若是伯爵在家。"马富啦·库绮米妮施娜抱歉地说。"基督保佑你，先生。上帝保佑你。"马富啦·库绮米妮施娜说，鞠躬送客。军官好像是在笑自己，笑着摇头，快步地顺空旷的街道向前跑，向雅乌萨桥上去赶了他的队伍。

而马富啦·库绮米妮施娜还带了温润的眼睛在已闭的侧门前站了很久，沉思地摇头，对于不认识的年轻军官猛然感到一股母爱与怜悯的情绪。

二十三

在发尔发尔卡街一座未建成的房子下边有一个酒店,在那里发出了酩酊的叫声和歌声。在一间不大的污秽的房间里,在桌旁的凳子上,坐了大约上十个工人。他们都醉了酒,淌汗,带着蒙眬的眼睛,紧张地,并大张着嘴,唱着一种歌。他们的歌没有调子,困难而又费力,显然不是为了他们想唱,只是为了表示他们饮醉了在狂欢。他们当中一个高长的美发的青年,穿了清洁的蓝色的衣服,站在他们面前。他的优美而长的鼻子的面孔,假使不是因为他的薄紧而不断打战的嘴唇和蒙眬、皱蹙而不动的眼睛,便很美丽了。他站在那些唱歌者的前面,显然是自己在想什么,他的袖子卷到胛肘的白手臂,严肃地、急遽地在他们头上挥动,脏污的手指他不自然地企图岔开。他的衣袖不断地滑下来，年轻人小心地又用左手卷起，好像要这只白皙有劲的挥动的手不断地光露着，是一件特别重要的事。在唱歌的时候，从前廊和台阶上传来欢打的叫声。高长的年轻人摇了摇手。

"不要响！"他断然地喊着，"打架了，弟兄们！"他不断地卷袖子，走到台阶上。

工人们跟他走。工人们这天早晨在高长的青年领导之下来酒店饮酒，从工厂里将皮革带来给酒保，用它付酒账。附近铁铺里的铁匠们听到酒店中的叫声，以为酒店被暴力闯开，也想进去。在台阶上发生了殴打。

酒保和一个铁匠在门口殴打，在工人们出门时，铁匠逃开酒保，爬跌在街道上。

另一个铁匠冲进门，胸口撞上了酒保。

卷了袖子的青年还在行走，在冲进门的铁匠面孔上打了一拳，并且凶野地喊着：

"弟兄们！他们打我们！"

这时候，第一个铁匠从地上爬起，把被打伤了的脸抓出血，他用带哭的声音喊叫：

"警察！打死人了……打死人了！弟兄们！"

"哎呀，天啊，打得要死了，打死人了。"从附近大门里走出来的一个妇人喊叫着。一群人聚集在淌血的铁匠身边。

"你抢了人还不够吗？还脱衬衣，"一个人的声音向酒保说，"你怎么打死人？强盗！"

高长的青年站在台阶上，用蒙眬的眼睛时而看酒保，时而看铁匠,似乎在考虑现在应该同谁打。

"凶手!"他忽然地向酒保喊叫,"绑了他,弟兄们!"

"为何绑我这样的人?"酒保喊叫着,推开那些来抓他的人,并且从头上脱下帽子,抛在地上。似乎这种行为有一种神秘而威胁的意味,围攻酒保的工人们犹豫地停止住。

"弟兄们,我很知道法律。我去找警长。你以为我不敢去吗?现在是不准人抢劫的!"酒保拾起帽子喊叫。

"我们去,你走!我们去……你走。"酒保和高长的青年互相地说,两人一同在街上向前走,流血的铁匠和他并排地走。工人和旁边的人又说又叫地跟他们走。

在马罗塞益卡街角,在一座闭了窗子挂着鞋匠招牌的大房子对面,站着二十个面色颓丧的鞋匠,消瘦,枯槁,穿着外衣破褂。

"他应该如数地给钱!"一个有稀胡子和皱眉的瘦鞋匠说,"他为何吸了我们的血,又丢我们。他拖延我们,整星期地拖延。现在到了最后关头,他自己跑了。"

看到人群和流血的人,说话的鞋匠停了口,而所有的鞋匠带着急切的好奇心加入了行走的群众。

"这些人到哪里去?"

"当然是到警官那里去。"

"我们是真没有劲了吗?"

"你怎么在想!看他们在说什么。"

可以听到问话和答话,酒保利用人群增大的机会,落在人群之后,回到自己的酒店。

高长的青年没有注意他的敌人酒保的脱逃,挥动着光臂,不停地说话,引起大家对他注意。人大都向他身边挤,以为从他那里可以获得他们意中问题的解答。

"他要维持秩序,维持法律,政府就是为了这种事才有的!我不是这么说吗,正教的弟兄们?"高长的青年说,微笑着。

"他以为没有了政府吗?没有政府还行吗?他们抢了这些还不够。"

"为什么说空话!"人群中反应着。"他们把莫斯科这样地丢了!他们向你说笑话,你就相信。我们的兵不够吗?他们这样地让他进来!这是政府的事。你听那里的人在谈什么。"他们指着高长的青年说。

在中国城[1]的墙边,另一群不多的人围绕着一个穿绒大衣的手拿文件的人。

"命令,在读命令!在读命令!"群众里发出这声音,大众向宣读人面前涌去。

穿绒大衣的在读八月三十一日的告示。在群众环绕他的时候,他似乎不快,但由于向他靠近的高长的青年的要求,他的声音微微打战,开始重读告示。

"我昨天早晨去见郡王大人,"他读着(高长的青年,口笑眉皱,严肃地重复"大人!"),"和他交谈,处理,并帮助军队消灭奸贼;我们也要加入……"宣读中止了一下(高长的青年胜利地喊叫:"看

---

[1] 莫斯科的一部分。——毛

见吗？他要向你说明一切情形……"），"根本消灭他们，把这些客人送给魔鬼；我要回来吃饭，并着手工作，工作，做完工作，并将奸人去除。"

最后几个字被宣读人念得几乎听不见。高长的青年忧郁地垂下头。显然是无人明白最后的几个字。特别是"我回来吃早饭"这句话触怒了宣读人和听众。大众的情绪紧张到很高的程度，而这却太简单，并且不必要地明了；这是他们当中每一个人能够说出的，并因此，这是上面下来的命令所不能说的。

大家丧气而沉默地站立着，高长的青年动弹嘴唇并摇晃身体。

"要问他……这是他本人……无论如何，要问……那么……他说明……"忽然群众的后边这么说，大家的注意力转在一辆赶至广场的有两个龙骑兵护送的警察局长的马车上。

警察局长这天早晨奉伯爵命出去焚船，并因为这项任务而获得一大笔现款，此刻钱还在衣袋中，他看见向他走近的人群，乃命车夫停车。

"这些人是谁？"他向那些零碎地、羞涩地走近马车的人群喊叫。"这些人是谁？我问你？"警察局长又问，未得回答。

"他们，大人，"穿绒大衣的官员说，"他们，大人，听到伯爵大人的宣言，不惜生命，愿意服务，一点也不作乱，像伯爵大人所说的……"

"伯爵没有走，他在这里，要向你们发命令。"警察局长说。"走！"他向车夫说。人群停住，挤绕着那些听到警察局长说话的人，看着赶走的车子。

这时警察局长惊吓地四顾，向车夫说了什么，他的马于是跑得更快。

　　"欺诈，弟兄们！领我们找他本人去！"高长的青年喊叫，"不让他走，弟兄们！让他回话！抓住他！"大家叫着，于是群众向马车奔去。

　　追赶警察局长的群众喧嘈地走向卢毕安卡街。

　　"呵，绅士和商人都走了，我们要受危险。我们是狗吗？"群众里连续发出这种话声。

二十四

九月一日晚，在他和库图索夫见面之后，拉斯托卜卿伯爵因为他们没有邀他参加军事会议，因为库图索夫对于他要参与保城的建议不加注意，而被触怒、被侮辱；并因为军营中展示给他的新观点而被惊动，在这个新观点之下，城市的安宁和它的爱国情绪不仅显得次要，并且完全不需要，不足重——被这一切所触怒、所侮辱、所惊动，拉斯托卜卿伯爵回到莫斯科。伯爵吃了晚饭，未脱衣服，卧在躺椅上，在一点钟的时候，他被信使唤醒，这个信使从库图索夫那里带了一封信来给他。信里说军队要经过莫斯科向锐阿桑大道退却，伯爵是否愿意派警官领导军队穿城。这个消息对于拉斯托卜卿已不新鲜。不仅自从昨天他和库图索夫在波克隆那山上会面的时候，而且从保罗既诺战役的时候,拉斯托卜卿伯爵便已知道莫斯科要放弃,那时所有来莫斯科的将军们都同声地说再有战事是不可能的,并且那时,由于伯爵的决定,已经每天夜里送走公家财物,居民走出了一半,但这个以通告形式传来的信息,连同库图索夫的命令,在夜间收到,在他第一觉的时候,惊动并触怒了伯爵。

后来,解释他此时的活动,拉斯托卜卿伯爵在他的回忆录里写了几次,说他当时有两个主要目的:维持莫斯科的安宁并使居民退出。假若我们承认了这个双重的目的,则拉斯托卜卿所有的行为都是不可指责的。为何不运出莫斯科的神迹、武器、军火、火药、粮储,为何成千的居民被欺骗以为莫斯科不得放弃,并蒙受损失?拉斯托卜卿伯爵的解释说,这是为了维持城中的安宁。为何运出政府机关里成堆的无用的公文、雷皮赫的气球和其他物品?拉斯托卜卿伯爵的解释回答说,这是为了留下空城。我们只要承认有什么地方威吓了公共安宁,则所有的行为都变为合理的了。

一切恐怖期间的惊怕,只根源于对于公共安宁的挂虑。

一八一二年拉斯托卜卿伯爵对于公共安宁的害怕是何根据?假定城内有骚动的倾向,是何理由?居民走出,后退的军队充满了莫斯科。为何因此人民必须暴动?

不仅是在莫斯科,而且在俄国各处,在敌人闯入时,并未发生任何类似暴动的事。九月一日及二日,有一万多人退出莫斯科,除了被城防总司令本人所吸引而集聚在他院中的群众而外,未发生任何事件。假若在保罗既诺战役之后,莫斯科的放弃是确定的,或者至少是可能的;假若那时拉斯托卜卿不分发武器,不用告示激动了民众,而着手运出所有的神迹与火药、炮弹与钱财,并直接向民众说明城要放弃,则显然更不能推料人民的骚动。

拉斯托卜卿是一个情感的血质的人,一向在上级衙门里走动,虽然他有爱国情绪,但对于他认为是他所领导的人民,没有一点了解。从敌人初入斯摩楞斯克城时,拉斯托卜卿在自己心中,把自己当作"俄国之心的"民众情绪的领导人。他不仅觉得(每个行政官吏都觉得如是)他在指导莫斯科居民的外表活动,他还觉得由于他的宣言与告示而领导人民的心情,他的告示是用那种下流的文辞写作的,这种文辞是人民之中所轻视的,并且是人民听当局说出时所不懂的。做民众情绪领导者的这种优美角色,使拉斯托卜卿那么高兴,他是那样地惯做这种角色,以致放弃这种角色的必要没有任何英勇表现,而放弃莫斯科的必要意外地惊动了他,他忽然失去了立场,完全不知道要做什么。他虽然知道,但直到最后一分钟他心中还不相信莫斯科要放弃,并且对于这一点没有任何准备。居民违背他的愿望而走出。假使政府机关搬走了,那只是因为官吏的要求,伯爵对他们是勉强地同意的。他自己只是专心注意他替自己所选定的角色。富有热情幻想的人们常常如此,他早就知道莫斯科要放弃,但只是凭理性而知道,而他的心不相信这一点,不注意到这个新的局势。

他所有的用心而费力的活动(这是多么有用,以及如何反映在民众之间,是另一问题),他所有的活动,只是为了要在民众之间引起他所感觉的那种情绪——在爱国心上对于法国人的仇恨和自信。

但是,当事件有了真正历史的意义时,当文字不够表现对于法军的仇恨时,甚至当交战也不能表现这种仇恨时,当自信对于莫斯科的那个问题显得无用时,当全体的人民抛弃了他们的财物,涌出莫斯科,借此种消极行动表现他们爱国情绪的力量时——这时候,拉斯托卜卿所选的角色忽然显得没有意义了。他忽然觉得自己孤单、无力、可笑,没有立场。

在睡梦中被人叫醒,接到库图索夫冷淡而断然的通告,拉斯托卜卿愈觉得自己有罪,愈觉得愤怒。莫斯科留着一切他所负责的东西,一切他应该搬走的公物。搬走一切是不可能的。

"谁负这件事的罪过,谁弄到这个地步?"他想。"当然不是我。我准备了一切,我这样地保持莫斯科!他们把事情弄到那个地步!混蛋!国贼!"他想,却不能指定谁是这些混蛋和国贼,但觉得必须仇恨这些当国贼的人,这些人对于他现在所处的错误而可笑的地位要负责。

这天全夜,拉斯托卜卿伯爵颁发命令,莫斯科各方面的人都来向他讨命令。他附近的人从来没有看过他这样的忧闷、愤怒。

"大人,采邑院派人来,执令官派人来……委员会派人来,议院派人来,大学派人来,孤儿院派人来,副主教派人来……问……对于救火队怎么吩咐?狱官派人来,疯人院派人来……"这样整夜不停地来报告伯爵。

对这些问题伯爵作简短而愤怒的回答,表示现在无需他的命令。他所小心地准备的事情现在被人破坏,这人对于现在发生的一切要负全责。

"你告诉这个顽固,"他回答采邑院的问题,"他要留下来保管文件。你问关于救火队的无聊的话吗?有,马放到夫拉济米尔去,不要留给法国人。"

"大人,疯人院监督来了,怎么吩咐?"

"怎么吩咐?放大家走好了……把疯人放进城。现在我们用疯人指挥军队,放他们是天意。"

对于狱中犯人的问题,伯爵愤怒地向狱官喊叫:"怎么,没有兵了,要给你两营兵护送吗?放他们,就是这样!"

"大人,政治犯:灭留考夫、韦来查根……"

"韦来查根!他还未绞死吗?"拉斯托卜卿喊叫,"把他带到我这里来。"

二十五

在九点钟军队已经穿过莫斯科时,不再有人来向伯爵讨命令。所有能走的都自己走了,那些留下的自己决定了要做的事。

伯爵命人备马,以便赴索考尔尼基,他面容皱蹙,发黄,沉默着,折着胳膊,坐在自己的书房里。

每个行政官吏在平静无事的时候,觉得只是他的努力在推动他治下的全体人民;这种自身必要的感觉,每个行政官吏觉得,是他辛苦与努力的主要回报。我们明白,在历史的海洋风平浪静的时候,行政官吏用篙子把他的破舟靠拢民众的大船,并且他自己荡动着,他一定觉得是他的力量在摇动他要靠拢的大船。但是起了暴风,吹动海面,吹动大船,那时候不能再有错误了。大船凭它的巨大的独立的动作而行驶，篙子搭不上行动的船，官吏忽然由主人的地位，由权力的渊源，变为不足重的、无用的、无力的人。

拉斯托卜卿感觉到这个，这使他愤怒。

被群众拦阻的警察局长，以及来报告马已准备的副官，一同走进伯爵的房。两人都面色发白，警察局长报告了任务的执行，又说在伯爵的院子里站了一大群民众，等候见他。

拉斯托卜卿一个字也未回答，站立起来，快步走进华丽而明亮的客厅，走到阳台的门口，拉着门钮，又放了手，走到窗前，从窗子里可以更清楚地看见全体民众。高长的青年站在前列，带着严肃的面色，挥动胳膊，说着什么。流血的铁匠带着忧郁神情，站在他身边。隔着关闭的窗子，可以听到呼喊声。

"车子备了吗？"拉斯托卜卿说，离开窗子。

"备了，大人。"副官说。

拉斯托卜卿又走到阳台的门前。

"他们要什么？"他问警察局长。

"大人，他们说奉大人之命去打法国人，喊叫关于国贼的事。但他们是骚动的群众，大人。我费劲摆脱了他们。大人，我大胆地提议……"

"请走吧，不用你我也知道要做什么。"拉斯托卜卿愤怒地说。他站在阳台的门边看群众。"这就是他们对俄国所做的！这就是他们对我所做的！"拉斯托卜卿这么想，觉得心中对什么人发生了不可遏制的火，这个人是所发生的一切的原因。火性的人常常如此，怒火已经控制了他，但他还寻找怒火的对象。"这里是群众，乌合之众，"

他想，看着群众，"这些民众被他们的愚笨所激起。他们需要一个牺牲者。"他想到一点，看着挥手的高长青年。他想到这一点，正因为他自己需要这个牺牲者，这个怒火的对象。

"车子备了吗？"他又问。

"备了，大人。对于韦来查根怎么吩咐？他等在台阶上。"副官回答。

"啊！"拉斯托卜卿喊叫，似乎是被某种忽然的记忆所惊动。

于是，他迅速地开了门，坚决地走至阳台。话声忽然静止，帽子和便帽都脱了下来，所有的眼睛都看着出来的伯爵。

"诸位都好！"伯爵迅速响亮地说，"谢谢你们来了。我马上再出来和你们说话，但我们先应该处理一个坏人。我们应该处罚那个破坏莫斯科的奸人。等我一下！"伯爵猛然闭门，又迅速地回进房内。

在群众之中流传着赞同的满意的声音。"他的意思，处罚一切奸人！你说，法国人……他要向你说明一切是非！"大众说着，似乎指责彼此没有信心。

几分钟后，从前厅的门里迅速地走进一个军官，下了什么命令，等骑兵站成直线。群众猛力地从阳台前向台阶上挤。拉斯托卜卿愤怒而迅速地走至台阶，匆忙四顾，似乎在寻找什么人。

"他在哪里？"伯爵说，正在他说这话的时候，他看见从屋角里走出一个年轻人，他的颈子细长，头发剃了一半，并长出短发，他夹在两个龙骑兵之间。这个年轻人穿着华丽的而此刻蒙了蓝布的、破旧的狐皮衣，污秽的麻布囚裤，裤筒折在不干净的、磨坏的瘦靴子里。在瘦而无力的腿上挂着沉重的脚镣，拖累了年轻人的犹豫步态。

"啊！"拉斯托卜卿说，迅速把目光从穿狐皮衣的年轻人身上移开，并指示下层的台阶，"把他放在这里！"

年轻人拖响脚镣，费力地转到指定的台阶上，用手指把皮衣的紧领子向后拉，长颈子转了两次，并且叹气，用屈服的姿势把细瘦的不做工的手放大腹前。

在年轻人站到阶层之后，有了几秒钟的静默。只是在后边一处拥挤的人群之中，发出叹息声、呻吟声以及移动的脚步践踏声。

拉斯托卜卿皱着眉，用手擦脸，等着他站到指定的地点。

"诸位！"拉斯托卜卿用铿锵的声音说，"这个人，韦来查根，就是奸人，莫斯科因他丢失。"

穿狐皮衣的年轻人屈服地站立着，把双手放在腹前，头低曲，憔悴的，带着绝望神情的，因为剃头面破损相貌的、年轻的面孔，朝着地下。在伯爵初说话时，他迟迟地抬起头，仰视伯爵，似乎希望向他说什么或者遇到他的目光，但拉斯托卜卿不看他。在年轻的瘦长颈项上，在耳边，涨起青筋，好像绳子，他的面部忽然发红。

所有的目光都注视着他。他看群众，似乎因为他在群众面部上所看到的那种表情而怀存希望，他悲哀地、羞怯地笑了一下，又垂下头，在台阶上移脚。

"他出卖沙皇和祖国，他投奔拿破仑，俄国人当中只有他侮辱了俄国的名字，莫斯科因他丢失。"拉斯托卜卿用平匀的尖锐的声音说，但忽然迅速地向下瞥见韦来查根，他还是那样屈服地站立着。似乎这种神情触怒了他，他举起手，几乎是叫喊地向群众说："用你们自己的判断来处理他！我把他交给你们！"

群众无言，只是大家更紧密地互相拥挤，彼此推挤，在那种窒息的空气中呼吸，不能转动，等候什么未知的、不解的、可怕的事情——这变得不可忍受了。站在前列的群众，看见并听到当前所发生的一切，都恐惧地睁大眼睛，张开嘴，鼓起所有的力量，抵挡背后群众的挤压。

"打他……让国贼送命，不侮辱俄国的名字！"拉斯托卜卿喊叫着。"斩他！我下命令！"听不到话，只听到拉斯托卜卿的怒声，群众喊叫着向前挤，但又停下。

"伯爵……"韦来查根羞怯而又似演戏般的声音在第二次的暂时静寂中说。"伯爵，上帝在我们头上……"韦来查根说，抬起头，他细颈上的粗筋又充血起来，他脸上的红色迅速地显出又消去。他未说完所要说的。

"斩他！我下命令……"拉斯托卜卿喊叫着，忽然面色发白，如同韦来查根一样。

"抽刀！"军官向龙骑兵说，自己将刀抽出。

群众当中又起了更强力的波动，这个波动到达前面的行列，更向前涌，使前面的人跟跄着挤上台阶。高长的青年带着如石的表情，不动地举起胳膊，和韦来查根并排地站着。

"斩！"军官用几乎是低语的声音向龙骑兵说，兵士之一忽然带着愤怒变色的脸，用刀背斩韦来查根的头。

"啊！"韦来查根简短而惊异地喊着，恐惧地四顾，似乎不明白他们为什么要这样对他。群众之间发出同样的惊异与恐怖声。

"啊，主啊！"有谁发出悲哀的叫声。

但在韦来查根叫出的惊异呼号之后,他可怜地喊出疼痛叫声,这个叫声拖累了他。那种还能约制群众的而紧张到最高限度的人类感情的界限,忽然破裂了。罪恶一旦开始,便不得不完成。可怜的指责声,被群众威吓而愤怒的吼声压下了。好像击破船只的最后猛浪,这个最后不可约制的波动从后边的行列中发出,推及前边,掀倒他们,并吞没一切。斩刀的龙骑兵还想再斩。韦来查根发出恐怖的叫声,用手遮拦,撞入人群之中。他所冲撞的高长的青年用手抓住韦来查根的细颈子,并且发出野蛮的叫声,和他一同跌倒在呼吼的、践踏的群众的脚下。

有些人撕打韦来查根,又有些人撕打高长的青年。被挤的人和企图救出高长青年的人的叫声,只引起群众的疯狂。龙骑兵好久不能救出流血的被打得半死的工人。虽是群众有那样火热的急躁,企图完成已经开始的事情,那些打、扼、撕韦来查根的人,却好久不能将他打死;群众从各方面环挤他们,好像一个物体,把他们包在中心,从这边摇荡到那边,使他们不能打死他或放弃他。

"用斧头打他吗?压倒他……国贼,出场耶稣……活着……活的……教训他。棍子!还活着!"

只是在牺牲者停止挣扎,他的叫声变为韵律的、冗长的断气声的时候,群众才开始急促地在横卧流血的尸体旁边松动。每个人走到尸体边,看一下所发生过的事情,又恐怖地、指责地、惊异地向回挤。

"主啊,人是野兽,他哪里能活呢!"群众里发出这个声音。"还是一个青年……一定是商人家的,那样的民众……他们说,不是那个人……这里不是那个人……主啊!……他们打死了另一个人,他们说,他要死了……哎,民众……谁不怕罪过……"同样的那些人现在这么说,他们带着痛苦的、怜恤的表情看死尸,发蓝的脸上沾了血与泥,细长颈项破裂了。

一个勤公的警官,看到群众在大人院子里的失礼行为,命令龙骑兵把尸体拖到街上。两个龙骑兵拉着伤破的腿,拖动尸体。流血沾泥的、死的、剃光的头在长颈子上转动着顺地拖。群众拥挤着避开尸体。

在韦来查根脚下,而群众带着野吼向他拥挤撞涌的时候,拉斯托卜卿忽然脸色发白,他不走向后边的台阶,他的马匹在那边等候他,他垂着头,不知道到何处去、为什么去,快步地在走廊上行走,这个走廊通楼下的房间。伯爵的面色发白,好像发烧般地不能停止下颚的打战……

"大人,这边……哪里去?请到这边。"一个颤抖的恐怖的声音在他身后说。拉斯托卜卿伯爵什么也不能回答,听从地回转身,向指示的方向走去。一辆马车停在后门口。远处群众的吼声这里也可听到。拉斯托卜卿伯爵匆忙坐上车,命人赶到城外在索考尔尼基的屋里。进了宓亚斯尼次基街,便不再听到群众的叫声,伯爵开始忏悔。他现在不满地想起他在属下的面前所表现的兴奋与恐怖。"群众是可怕的,群众是可憎的,"他用法文思想着,"他们好像狼群,除了肉食,没有东西能安他们的心。""伯爵,上帝在我们的头上!"他忽然想起了韦来查根的话,一阵不愉快的凉冷感觉通过了拉斯托卜卿伯爵的背。但这个感觉是暂时的,拉斯托卜卿伯爵轻蔑地嘲笑自己。"我有别的责任,"他想,"必须安定人心。许多别的牺牲者为了大众的幸福曾经死亡，现在死亡。"并且他开始想到那些社会责任：他对于自己家庭的，对于他的（交托给他的）城市的，对于自己的——这个他不是那个费道尔·发西利也维支·拉斯托卜卿（他以为费道尔·发西利也维支·拉斯托卜卿为了大众幸福而在牺牲自己），而是莫斯科城防总司令、政府的代表、皇帝的全权官吏。"假使我只是费道尔·发西利也维支，我的行径或许是完全不同了，但我应该保护生命和城市总司令的尊严。"

在马车的软弹簧上轻荡着，不再听到群众的可怕声音，拉斯托卜卿身体上安宁了，和身体的安宁同时发生的，总是如此：他的智慧为他具备了道德安宁的理由。使拉斯托卜卿安宁的思想并不新鲜。自从世界存在而人类彼此屠杀的时候，从未有人对自己同类犯罪，而不用这种思想安慰自己的。这个思想就是"大众幸福"，假定的别人幸福。

对于不受情感冲动的人，这种幸福向来是不知道的；但犯罪的人知道这种幸福何在。拉斯托卜卿现在知道这一点。

他不但不在他的考虑中为了他所做的行为而责备自己，并且发现了自满的理由，就是他能那样成功地顺便利用这个机会——处罚了犯人，而同时又安定了群众的心。

"韦来查根被审判，并被判决了死罪。"拉斯托卜卿想（不过韦来查根被议会判决罚做苦工），"他是一个卖国贼，是一个奸人；我不能让他不受处罚，所以我一石打双鸟；我为安定人心而把牺牲者交给民众，并处罚了奸人。"

到了城外的屋里，处理家事，伯爵完全宁静了。

过了半点钟，伯爵驾快马穿过索考尔尼基的田野，已经不想到过去，只思索并考虑将来的事了。他独自向雅乌萨桥走，他听说库图索夫在那里。拉斯托卜卿伯爵心中准备了愤怒而尖刻的谴责，他要责备库图索夫的欺骗。他要使那个朝廷的老狐狸觉得，因莫斯科的放弃及俄国灭亡（拉斯托卜卿这么想）而有的一切不幸事件之责任，全在他的老糊涂了的头上。预先想着他要向他说的，拉斯托卜卿愤怒地在车中移动并发怒地看旁边。

索考尔尼基的田野是荒凉的。只在它的尽头，在养老院和疯人院的旁边，可以看见一群穿白衣服的人和几个同样的人孤独地在田野上行走，喊叫着什么，并且挥手。

其中之一跑着来横截拉斯托卜卿伯爵的车子。拉斯托卜卿伯爵自己、他的车夫和龙骑兵，都带着模糊的恐惧与好奇情绪，看这些被放出的疯人，特别是那些向他们跑来的人。

跟跄着瘦长的腿，穿着飘荡的睡衣，一个疯人对直跑来，眼不离开拉斯托卜卿，用粗糙的声音向他叫着什么，并做记号要他停车。

这个疯人长了不齐的成绺的胡须，忧郁而严肃的面孔是瘦黄的。他的黑色的玛瑙般的瞳子，带着橙黄色的眼白，不安地转动着。

"等一下！停住！我说！"他尖锐地叫着，又喘着气用动人的音调和姿势喊叫。

他赶上了车子，和车子并排地跑。

"他们杀死我三次，我从死里复活了三次。他们用石头打我，钉我……我要复活……我要复活……我要复活。他们撕碎了我的身体。天国要消灭了……我要将它打倒三次，我要将它扶起三次。"他喊着,他的声音变得更高。拉斯托卜卿伯爵忽然脸色发白,如同在群众围攻韦来查根时他那样的脸色发白。他转过身,用颤抖的声音向车夫说:"走……加快走!"

车子尽马力向前驰;但拉斯托卜卿伯爵好久还能听到身后渐远的疯人失望的叫声,而在他眼前只看见穿皮衣的卖国贼的惊异恐怖而流血的脸。

这个意象还是新鲜的,拉斯托卜卿此刻觉得这个意象深刻地、血淋淋地刻在他的心中。他现在明白地觉得,这个意象的血迹永不会消失,且反之,时间愈远,这个可怕的意象在他心中将愈痛苦地、愈残忍地存留到他的末日。他现在觉得他听到自己的话声:"斩他,你用头回答我!"他想:"我为何说了这话!我无意地说了什么……我可以不说那些话,那时候就不会发生任何事情了。"他看到斩刀的龙骑兵恐怖的而后来忽然盛怒的面孔,和那个穿狐皮衣青年人对他沉默而羞怯的责骂目光……他想:"但我不是为自己做这件事。我必须那么做。群众,卖国贼……大众幸福。"

雅乌萨桥上仍挤满了军队。天气热。库图索夫皱眉丧气,坐在桥边的凳子上,用鞭子在沙上划动,这时一辆马车轰轰地向他驰来。一个穿着将军制服、戴花翎帽子的人,带着转动的既似愤怒又似恐怖的眼睛,到了库图索夫面前,开始用法文向他说了些什么。这人是拉斯托卜卿。他向库图索夫说,他来到这里,因为旧都莫斯科已失,只有军队了。

"假使大人没有说过,若不交战便不放弃莫斯科,情形又是一样了,一切都不会发生了!"他说。

库图索夫瞪视拉斯托卜卿,好像不明白向他所说的话意,尽力地辨别说话者此刻脸上所表现的特殊意义。拉斯托卜卿狼狈地沉默着。库图索夫微微摇头,探索的目光不离拉斯托卜卿的脸,低声说:"是的,我若不交战,便不放弃莫斯科。"

或者库图索夫说这句话时完全想到别的事,或者他知道这话没有意义而故意地说出,但拉斯托卜卿什么也未回答,却匆促地离开库图索夫。真是奇事!莫斯科的城防总司令,骄傲的拉斯托卜卿伯爵,拾起鞭子,走至桥边,开始喊叫着赶走拥挤的车子。

二十六

下午四时,牟拉军队入莫斯科。前面是一队孚泰姆堡骠骑兵,后面是那不勒王自己和一大群侍从。

在阿尔巴特街的当中,靠近尼考拉显灵教堂,牟拉停下来,等候前锋队的消息来报告城中堡垒"克里姆林宫"是什么情形。

一小群留在莫斯科的人围绕着牟拉,都羞怯而惊异地看着生疏的、佩戴花翎和黄金的长发将军。

"难道这就是他们的沙皇本人吗?不坏!"可以听到这样的低声。

一个翻译走到群众的旁边。

"脱帽……帽。"群众相互地说。翻译向一个年老的守门人开口,问他克里姆林宫是否尚远。守门人惊异地听着生疏的波兰的发音,不懂翻译的话音是说俄文，不明白向他说的是什么，躲至别人身后。

牟拉走近翻译，命他探问俄军在何处。有一个俄国人懂了他所问的，并且忽然有几个声音同时回答翻译。一个法国军官由先锋队中来到牟拉的面前，报告堡垒的门有阻塞了，也许那里有埋伏。

"好。"牟拉说，向着侍从中的一个官员，命他调出四尊轻炮轰击宫门。

炮兵从牟拉身后的行列中跑出，顺阿尔巴特街前进。到了夫司德维任卡街头，炮兵停住，并在广场上排队。几个法国军官在指挥并布置炮位，并用望远镜看克里姆林宫。

克里姆林宫里发出晚祷的钟声，这种声音扰乱了法国人。他们假定这是作战的命令。几个步兵走到库他夫耶夫门。门口放了柱子和木板的障碍物。在军官领了一队人跑到门前时，从门下发出两响枪声。站在炮旁的将军向军官发出命令，军官和兵都跑回。

从门下又发出一响枪声。

一粒子弹击中了法国兵的腿，从障碍物的后边发出几声奇怪的呼叫。在法国将军、军官和兵的脸上，好像是由于命令，先前愉快宁静的表情，立刻变为固执的、集中的，对于斗争与痛苦有所准备的表情。上自将帅下至兵卒，对于他们全体，这个地方不是夫司德维任卡、莫号伐、库他夫耶夫和特罗伊擦门，这个地方是新战场的新阵地，也许是血战之处。大家都准备了应付这个战事。宫门的叫声静止了。大炮推到前面。炮兵吹去了引火麻布的灰。军官发令："开火！"于是两响霰弹声咿咿地先后发出。霰弹射击在城门的石上、柱子上和障碍物上，两阵烟在广场上卷起。

石质的克里姆林宫的回音沉静后不久,在法军的头上发出可怕的声音。一大群穴鸟飞翔在宫墙之上,叫着,鼓动成千的翅膀,在空中打旋。和这种声音同时发生的,是宫门中孤寂的人声,从烟中出现了一个没有帽子的穿农民衣服的人。他拿着枪,向法国人瞄准。炮兵的军官又说:"开火……"于是在同时间发出一响枪声和两响炮声,烟又遮盖了宫门。

在障碍物的后边不再有任何动静,法国步兵和军官走至宫门前。在门边卧着三个受伤的和四个死的。两个穿农民衣服的人顺墙下向斯拿明卡街跑。

"替我拖走。"军官指着柱子和尸身说,于是法兵打死了受伤的,把尸身抛出棚下。这些人是谁,没有人知道。关于他们只说了这话,"替我拖走",于是有人将他们抛开,后来又拖走,免得发臭。只有彼挨尔对于他们写了几行流利的话:"这些可怜人侵入了神圣的堡垒,取得了军械库中的武器,射击(这些可怜的人)法兵,他们有的被杀,克里姆林宫涤除了他们的存在。"

牟拉接到报告说道路已经打开。法军进了宫门,开始在议院场上扎营。兵士从议院的窗里抛出椅子,在场上起火。

别的部队穿过了克里姆林宫,驻扎在莫罗塞益卡街、卢毕安卡街、波克罗夫卡街。另外的部队驻扎在夫司德维任卡街、斯拿明卡街、尼考斯卡亚街、特维埃尔斯卡亚街。处处找不到居民,法军不像驻扎在城里的人家,好像驻在城内的营帐里。

虽然破碎、饥饿、疲倦,减到从前人数的三分之一,法兵仍然在完好的纪律下进莫斯科城。他们是疲劳的、饥饿的,然而这是战斗的威胁的军队，但只在兵士未散入民家之前是军队。兵士们刚刚开始散到空洞而富庶的人家时，军队便永远失去了，他们既不是居民，又不是兵士，只是介乎二者之间的一种人，叫作盗贼。五星期后，这些人离开莫斯科时，他们已不再成军。他们是一群盗贼，每一个人都携带着或拖带一大堆他们认为宝贵而必要的东西。他们离开莫斯科时，每个人的目的不在作战，不像从前那样，却只在保持抢劫品。好像一只猴子，伸手进了窄颈瓶，抓了一把胡桃，不放拳头，以免失去了攫取的东西，因此丧失了自己生命，法军离开莫斯科时显然应该灭亡。因为他们随身带了抢劫品，但要他们抛弃抢劫品是那样地不可能，好像猴子不能放弃他的胡桃。在每队法军进了莫斯科某一处十分钟后，不再有一个兵士和军官了。从房屋的窗口可以看到穿大衣和软靴的人，笑着在房中徘徊；在酒窖和地层里同样的人在处理物品；在院子里，同样的人打开或破开仓房和马房的门；他们在厨房里起了火，用卷起袖子的手揉面、烘面包、煮食物，并恐吓、调笑、安慰妇孺。处处有这些人，在商店里和住宅里，有很多的人；但军队已经没有了。

在同一天，法军指挥官们下了一道又一道命令，禁止兵士们在城内散开，严禁对人民粗暴和抢劫，并通令说本日晚间要全体点名；但虽然有这些法令，先前是军队的人们却仍然流散在富庶的、具有安乐与财帛的空城里。好似饥饿的牛群，在饥饿的田野上成群而行，但一到繁盛的草原，便立刻不能约制地散开了，军队在富庶的城里也是同样不能约制地散开的。

莫斯科没有居民，兵士渗透在城里，好像水在沙中，他们好像星芒，从克里姆林宫流散到各方向，克里姆林宫是他们最先到的。骑兵进了连同全部财物一道丢下的商人宅第里,看到马厩不仅可以容纳他们自己的马,而且有多余,他们又一同去占住他们觉得更好的房子。许多兵占了几家房子,用粉笔在占有的房子上写了字,并且和别的部队争吵甚至殴打。兵士们还未住定,便在街上跑着观光,并且听说一切都丢下来了,于是径直向可以不费而得贵重物品的地方奔去。军官们希望禁止兵士,而自己也不禁被吸引做同样的行为。在车市街留下了许多有车辆的店,将军们挤在那里,选择轿车和坐车。留城的居民邀请军官们到自己家里去,希望借此避免抢劫。财富是充足的,他们看不到完整;在法军占领地的四周,处处是未发现的、未占领的地方,在那里,法军觉得有更多的财富。莫斯科更深远、更深远地吸收了他们。正似水流入干土,结果既没有水也没有干土;同样地,饥饿的军队进了富庶的空城,结果既失去军队,又失去富城;正如前者只有泥淖,后者只有焚烧与抢劫。

  法国人以为莫斯科的焚烧是由于拉斯托卜卿野蛮的爱国心,俄国人以为这是由于法国人的野蛮。事实上,说莫斯科焚烧是由某一个人或许多人负责——这种理由是没有的,且不能有。莫斯科焚烧,是因为它处在这种情形之中:所有的木质城市都要焚烧,无关乎城内是否有一百三十个坏救火机。莫斯科一定要焚烧,因为人民都从城内逃出,并且这是同样地不可避免的,好像一堆草秸,几天之内皆落下火星,一定要烧。木城有居民——屋主——和警察时,火灾几乎是每天发生,没有居民而住了军队(他们抽烟,在议院场上用议院的椅子生火,并且一天烧两顿饭)时,更不能不焚烧。在和平时代,军队驻扎在某一区域的乡间时,这个区域的火灾次数立刻增加。在空的驻了外国军队的木城里，火灾的可能性应当增加到什么程度呢？拉斯托卜卿野蛮的爱国心和法国人的野蛮，在这里丝毫不能负责。莫斯科因为烟斗、灶炉、营火、敌兵——他们住房而非房主——的粗心而焚烧。即使有纵火的事（这是极可疑的，因为谁也没有要纵火的理由，且纵火是麻烦而危险的）也不能以纵火为理由，因为没有纵火也是要焚烧。

法国人归罪于拉斯托卜卿的野蛮，俄国人归罪于波拿巴特的凶恶。或者后来将这个英雄的火把放在俄国人民的手中，这是愚弄人的，我们不能不看到，这种直接的火灾原因是不会有的，因为莫斯科一定要被烧，正似每一个乡村、工厂和任何走了主人而让外人来居住造饭的屋子，一定要失火。莫斯科被居民所焚烧，这是对的；但不是留在城内的居民焚烧的，而是离城的居民焚烧的。莫斯科被敌人占领后，未能像柏林、维也纳及其他城市保持完整，只是因为莫斯科的人民没有将盐、面和钥匙交给法国人，而是离开了城。

二十七

　　法军在莫斯科城内星芒般的渗透，在九月二日的傍晚，才达到彼挨尔现在所住的地方。

　　彼挨尔过了两天孤独非常的生活，心情近于疯狂。他全部的心灵只被一种不可解脱的思想所统治。他自己不知道如何以及何时才如此的，但这种思想现在是那样地控制他，以致他一点也不明白过去的，一点也不明白现在的。他所见所闻的一切好像是在梦中。

　　彼挨尔走出自己的家，只是为了逃脱生活要求的复杂纠纷，这种生活控制了他，而是他在当时情形之下无力脱出的。他借口整理死者的书籍文件，走到奥谢卜·阿列克塞维支家，只是为了要从生活的骚动中求得宁静，并且在他心中把奥谢卜·阿列克塞维支的回忆和永久、安静与严肃思想的世界连在一起,这和他觉得自己被拖入的那种骚动的纠纷完全相反。他寻找安静的逃避所,并且确实在奥谢卜·阿列克塞维支的书房里找到了。当他在书房的死静之中,支着手臂坐在死者尘封的写字台前的时候,他心中开始安静地、严重地、一个一个地回想了近日来的印象,特别是保罗既诺战役,及以他比较那种人(他心中对于这些人称呼"他们")的真实、简单与强力时,而有的自己卑微,虚伪的、不可抵抗的感觉。当盖拉西姆把他从幻想中唤起时,彼挨尔想到他要参与那个预定的——他知道这个——民众的保卫莫斯科之战。具了这个目的,他立刻要盖拉西姆为他弄农人衣服和手枪,并向他说明了自己的意向,即隐名住在奥谢卜·阿列克塞维支家。后来,在孤独无聊的第一天之内(彼挨尔几次想注意共济会的手稿却不能够),他几次模糊地想起从前想过的关于他自己名字与波拿巴特名字间的神秘意义;但这种思想——他,俄国的别素号夫,注定要限制野兽的权柄——在他心中只是幻想之一,这个幻想无故地、无迹地在他的心中闪过。

买了农民衣服(目的只在参加人民保卫莫斯科的战争),彼挨尔见了罗斯托夫家的人,娜塔莎向他说:"你留下吗?这是多么好啊!"那时他心中闪了这个思想,就是甚至莫斯科被占领了,他留下来执行他注定要做的事了,也确实是很好的。

第二天,他萌生了不惜自己,不落在他们之后的思想,去到三山门。但回家后,他相信他们将不保卫莫斯科,他忽然觉得他从前只认为是可能的,现在变为必要而不可免的了。他一定要隐名住在莫斯科,遇见拿破仑,并将他杀死,或者自己灭亡,或者结束全欧的不幸，这不幸照彼挨尔的意思是由拿破仑一人造成的。

彼挨尔知道一八〇九年日耳曼学生在维也纳企图刺杀拿破仑的详情，并且知道这个学生被枪毙了。他不惜生命完成志愿的那种危险，更猛力地激动了他。

两个同样有力的情绪不可阻挡地引动彼挨尔去达到他的志愿。第一个是在大难中必须牺牲受苦的情绪，他因此在二十五日去了莫沙益司克，到了最前线，现在走出自己的家，没有了惯常的奢华与生活的舒适，和衣而睡在硬沙发上，和盖拉西姆吃同样的食物；另一个情绪是空洞的，绝对俄国人的情绪，即鄙视一切传统的、人为的、人性的，一切被大多数的人认作世界最高幸福的东西。彼挨尔在斯洛保大宫第一次经验到这种奇怪的迷惑的情绪，那时候他忽然觉得财产、权柄和生命，人们所么惨淡经营与保护的一切，这一切，假使有何价值，只是因为喜乐，有了喜乐，这一切都可以抛弃。

这正是那种情绪，因为这种情绪，志愿后备兵饮了最后的一文钱，醉汉没有任何明显的理由便打碎镜子和玻璃，并且知道这要耗费他最后所余的钱；这正是那种情绪，因为这种情绪，人做（粗俗地说）了无理性的事，好像是试验他个人的权柄与力量，表示有一种高级的、在人类环境之外的生活标准。

自从彼挨尔在斯洛保大宫初次经验了这种情绪以后，他不断地受到它的影响，但直到现在才找到了充分的满足。此外，彼挨尔在这方面所取得的一切，现在支持着他的志愿，并使他不能把它放弃。他逃出家里，他的农民衣服和手枪，他对罗斯托夫家的声明，他要留在莫斯科——这一切，假使他要和别人一样，离开了莫斯科，则不但失去了意义，且都变为可鄙可笑（彼挨尔对于这一点是敏感的）。

彼挨尔的体质相合他的精神，这是常有的事。不惯的粝食，他这几天所饮的麦酒、美酒和雪茄的缺少，脏污的未换的麻布衣，两个半醒半睡的夜晚，没有床，躺在短沙发上——这一切使彼挨尔处于激怒状态，近于疯狂。

已经是午后两点钟。法军已入莫斯科。彼挨尔知道这事，但他并不行动，却只想到自己的事业，考虑它所有的微细的未来的详情。彼挨尔并不在他的幻想中生动地想到那一击的本身，不想到拿破仑的死，却异常生动地带着悲哀的欣喜，想到自己的灭亡和自己的英勇。

他想："是的，为了大家，我应该行动或灭亡！是的，我要去……后来忽然……用手枪或者短剑？但都是一样。不是我，却是天意的手处罚你……我要说（彼挨尔想到杀拿破仑时要说的话）。好，抓我吧，处罚我吧。"彼挨尔更向下对自己说，垂着头，脸上有愁闷而坚决的表情。

当彼挨尔站在房中和自己这么说的时候，书房的门打开了，在门口出现了一向羞怯的马卡尔·阿列克塞维支的完全改变了的身体。他的睡衣敞开着。他的脸发红而且失态。他显然是吃醉了。看见了彼挨尔，他先慌乱了一下，但看到彼挨尔脸上不安，他立刻壮了胆，细腿踏动着走进了房中。

"他们胆小，"他用粗沙而确信的声音说，"我说：我不投降，我说……是吗，先生？"他想着，忽然看见了桌上的手枪，意外迅速地抓到手，跑入走廊。

盖拉西姆和看门人跟着马卡尔·阿列克塞维支，在门廊止住了他,并开始夺枪。彼挨尔走入走廊,怜悯地、厌恶地看这个半疯的老人。马卡尔·阿列克塞维支因出力而皱眉,握住手枪,并且粗声地叫,显然他在想什么胜利的事情。

"武装起来?赶他们上船!你拿不去?"他喊着。

"放下吧,请你放下吧。赏点光,请你歇歇吧。请你去,先生……"盖拉西姆说,小心地扳着马卡尔·阿列克塞维支的胳肘向门回转。

"你是谁?保拿巴特……"马卡尔·阿列克塞维支喊叫。

"这不好,先生。请你进房,休息吧。请把手枪给我。"

"滚开,贱奴!不要沾我!看见没有?"马卡尔·阿列克塞维支叫着,挥动手枪,"赶他们上船!"

"抓住。"盖拉西姆低声向看门人说。

他们抓住马卡尔·阿列克塞维支的胳膊向门口拖,门廊里充满了嘈杂的扭扯声和醉酒的粗沙的喘气声。

忽然在门口发出新的女子的尖声,女厨子跑进了门廊。

"他们!天啊……上帝啊!他们!四个,骑马的……"她喊着。

盖拉西姆和看门人放去了马卡尔·阿列克塞维支,在安静了的走廊上可以清晰地听到几只手敲大门的声音。

二十八

彼挨尔自己决定了,在他的志愿实现之前,不应该露出他的地位和他的法文知识,他站在走廊上半开的门口,在法国人刚进来时,企望立刻隐藏起来。但法国人进来了,彼挨尔仍然没有自门口走开:一种不可抵抗的好奇心支配了他。

他们是两个人。一个是军官,是高大、勇敢而美丽的人。另一个显然是兵或侍从兵,是一矮瘦而晒黑的人,有凹瘪的腮和迟钝的面情。军官拄着手杖,跛着走在前。走了几步,军官似乎自己决定了这个住处很好,便停住,转身向着站在门外的兵士,用命令的大声音向他们说,要他们把马牵进来。做完了这件事,军官用活泼的姿态,高举胛肘,理胡须,并将手放至帽边。

"好，诸位！"他愉快地说，笑着四顾。

没有人回答。

"你是主人吗？"军官向盖拉西姆说。

盖拉西姆恐惧地、疑问地看军官。

"住宅，住宅，屋子。"军官垂爱地、好意地笑着，低头向下看矮小的人。"法国人是好汉子。见鬼！看吧，我们不要吵，老头儿。"他说，拍着恐惧而沉默的盖拉西姆的肩膀。

"怎么！这个屋里的人不说法文吗？"他又说，环顾四周，和彼挨尔目光交遇。彼挨尔从门口走开。

军官反转向盖拉西姆，他要求盖拉西姆指示他屋里的房间。

"主人不在——不懂……我你……"盖拉西姆说，他颠倒次序说，企图使自己的话更易懂。

法国军官笑着，在盖拉西姆的鼻子前摇手，使他知道他也不懂他的话，并且跛着走至门边，彼挨尔站在那里。彼挨尔想走开，躲避他，但同时他从敞开的厨房门里看见伸头的马卡尔·阿列克塞维支手中拿着一把手枪。马卡尔·阿列克塞维支带着疯人的狡猾看法国人，并举起手枪瞄准。

"赶他们上船！！！"这个醉汉叫着，扳动手枪。法国军官转向叫声之处，在同一刹那之间，彼挨尔向醉汉奔去。正当彼挨尔抓住手枪向上举起的时候，马卡尔·阿列克塞维支终于扳动了枪机，于是发出震耳的枪声，火药烟遮了大家。法国人脸色发白，回身向门口奔跑。

忘记了他不要泄露法语知识的志愿，彼挨尔夺出手枪抛掉，跑到军官面前，用法语和他说话。

"你没有受伤吧?"他问。

"我想没有。"军官说,摸着自己。"但我这次幸而脱险。"他又指着墙上的破泥说。"这人是谁?"军官说,严厉地看着彼挨尔。

"啊,对于刚才发生的事,我实在很失望。"彼挨尔迅速地说,完全忘记了自己的任务,"他是一个疯子,一个不幸的人,他不知道这所做的事情。"

军官走至马卡尔·阿列克塞维支面前,抓住他的领子。

马卡尔·阿列克塞维支张开嘴唇,靠墙点头,好像是在打瞌睡。

"强盗,你要向我赔偿。"法国人说,放了手。"我们的人在胜利之后是宽大的,但我们不饶恕奸贼。"他脸上又带着忧郁的尊严,并且用美丽有力的姿势说。

彼挨尔继续用法语劝军官对于这个醉疯子不要苛究。法国人无言地听着,不改忧郁的神色,又忽然向彼挨尔笑着。他向他沉默地看了几秒钟。他美丽的脸上显出悲剧的、温柔的表情,并且伸出手。

"你救了我的命!你是法国人?"他说。对于法国人,这种结论是无疑的,做大事只有法国人能够,救他——第十三轻骑兵团的上尉拉姆巴先生——的命,无疑是一件最伟大的事。

但无论这个结论是多么无疑,军官的信念是多么有根据,彼挨尔觉得应该沮丧他一下。

"我是俄国人。"彼挨尔迅速地说。

"啧,啧,啧!告诉别人这话。"法国人说,笑着在自己鼻前挥动手指。"你赶快告诉我一切。"他说。"很愉快遇到同乡。那么,我们怎么处置这个人呢?"他又向彼挨尔说,好像是对于自己的弟兄。

法国军官的面情和语调表示，即使彼埃尔不是法国人，他一旦受了世界上最崇高的称呼，他便不能否认。关于最后的问题，彼埃尔又说明了马卡尔·阿列克塞维支是谁，说明正在他来此之前，这个醉疯人拿走了一把实弹的手枪，他们没有能够从他手里夺走，并且他要求对于这个行为不加处罚。

法国人挺起胸膛，用手做尊敬的姿势。

"你救了我的命！你是法国人。你要求我恕他吗？我答应你。把这个人带走吧！"法国军官迅速而用力地说，抓住因救他性命被他升为法国人的彼埃尔的胳肘，和他走进书房。

院中兵士听到枪声，走至门廊，探问发生了什么事，并声明准备处罚罪犯，但军官严厉止住他们。

"需要你们的时候就叫你们。"他说。兵士走出。刚才在厨房的侍从兵走到军官面前。

"队长，厨房有汤和烤羊腿，"他说，"要带来吗？"

"好，还要酒。"队长说。

二十九

　　法国军官和彼挨尔一同进书房时，彼挨尔觉得他应当再使队长确信他不是法国人，他并且想离开，但法国军官不愿听到这话。他是那样地有礼，恭敬善良，并诚意感激救命之恩，以致彼挨尔无心拒绝，并与他一同坐在饭厅中，即他们所进的第一个房间。对于彼挨尔的不是法国人的确言，队长耸了耸肩，显然不明白怎么能够拒绝这样阿谀的称呼，并说，假使他一定要做俄国人，那么就是这样，但虽然如此，他仍旧永久感谢他的救命之恩。

　　假使这人有丝毫了解别人情绪的本领，并猜测了彼挨尔的情绪，也许彼挨尔已经离开他了；但这人对身外的一切毫不了解，这一点征服了彼挨尔。

"法国人，或者隐名的俄国亲王。"法国人说，看着彼挨尔的虽脏却精致的麻布和他手上的戒指，"我感谢你的救命之恩，我要同你结交。一个法国人永远不会忘记一次侮辱或一次恩惠。我要和你结交。这就是我要向你所说的一切。"

在这个军官的声音、面色和手势之中，有那么多的好心与高贵处（照法国之意思），以致彼挨尔不觉地以笑容回报他的笑容，并握他伸出的手。

"十三轻骑兵团的上尉拉姆巴，因为九月七日的战事而获得勋章。"他自己介绍着，一抹自足的不可抑制的笑容，皱了胡须下的嘴唇，"我没有带着疯人的子弹睡在野战病院里，却是和谁有这个荣耀在说话，请你现在告诉我吗？"

彼挨尔回答说不能说出自己的名字，并且脸色发红，企图想出一个名字，开始说不能说出名字的理由，但法国人急促地打断他。

"够了，"他说，"我懂了你的理由：你是一个军官……或者是一个高级军官。你们同我们打仗。那不关我的事。你救了我的命。这一点我觉得够了。我听你吩咐。你是贵族吗？"他带着问话的口气说。彼挨尔点头。"你的受洗名字，愿意说吗？我不再问别的了。你说，彼挨尔先生吗？好极了。我只想知道这一点。"

当人送来羊肉、煎蛋、茶炊、麦酒和法国人从俄国人家酒窖中带来的酒的时候，拉姆巴请彼挨尔一同吃饭，他自己迅速地着手来吃，好像一个健康而饥饿的人，他用有力的牙齿迅速地嚼着，不断地吮嘴唇，并说着："好极了！美极了！"他的脸发红，淌汗。彼挨尔饿了，乐意地加入来吃。侍从兵莫来带来一平锅热水，把红酒烫在水里。另外他带来一瓶酸酒,这是他从厨房里带来给他们尝试的。这种酒是法国人已经闻名的,并且有了一个诨名。他们称酸酒为"猪的柠檬酒",并且莫来称赞了他在厨房所找到的这种"猪的柠檬酒"。但队长已经有了入莫斯科时获得的酒,他将酸酒给了莫来,自己拿了一瓶葡萄酒。他将瓶颈包在布里,为自己和彼挨尔斟酒。解饥,再加上酒,使队长更加兴奋,吃饭时不停地说话。

"是的,我的亲爱的彼挨尔先生,我应该设一支供烛,纪念你从疯人手里救了我的命。你知道,我身上的子弹够多了。这里(他指着腰),一颗是在发格拉姆中的,第二个(他指着腮上的疤)是在斯摩楞斯克中的。这只腿,你看见,不能走,这是在七日莫斯科[1]的大战里所中的。哎呀,这个战事好极了!应该看一下的,那是一场大火灾。你们给了我们一个很困难的工作,你们可以自豪,说实在话!并且,老实话,虽然我在那里弄得咳嗽,我还准备再从头开始。我可惜那些没有看到这个战事的人。"

"我在那里。"彼挨尔说。

"真的!好,那更好,"法国人继续说,"你是个勇敢的敌人,不亚于别人。那个大堡垒守得很好,我用望远镜看见的。他们要我们付了重大的代价。我到了那里三次,这是真的,正如你看见我一样。我们向炮台进攻三次,我们三次都被打退,好像纸人一样。这个战事很好,彼挨尔先生!你们的掷弹兵好极了,我的天啊!我看见他们接连

---

[1] 法国人称保罗既诺战役为莫斯科战役,日期系按新历,故九月七日相等于俄历八月二十八日。——毛

六次接近火线，他们前进如同在受检阅。极好的军队。我们的那不勒王完全知道这回事，他叫着，好极了！啊！啊！你就和我们的兵士一样！"他停了一下这么说，"更好，更好，彼挨尔先生。战事是可怕的……"他笑着睐眼，"关于女性，殷勤，这就是法国人，彼挨尔先生，对不对？"

这个上尉是单纯而善良地愉快、直爽、自足到如此程度，以致彼挨尔愉快地看着他，也几乎要向他睐眼。大概"殷勤"这个词使队长想到莫斯科的地位。

"你顺便告诉我，所有的妇女都离开了莫斯科是真的吗？奇怪的思想！她们怕谁呢？"

"假使俄军进了巴黎，法国妇女不离开巴黎吗？"彼挨尔问。

"啊，啊，啊！"法国人愉快地、血质地大笑，拍着彼挨尔的肩膀。"啊！这是什么话，"他说，"巴黎吗？但巴黎……巴黎……"

"巴黎是世界的首都……"彼挨尔接完了他的话。

队长看彼挨尔。在谈话当中，他有停下来用含笑和善的眼睛注视的习惯。

"假如不是你说，你是俄国人，我就打赌你是巴黎人。你有那种我说不出的东西，那是……"说了这句称赞的话，他又沉默地看着。

"我在巴黎住过，我在那里多年。"彼挨尔说。

"啊，这是看得出来的。巴黎！一个人不知道巴黎便是一个野人。巴黎人在两里之外就可看出来。巴黎是塔尔马，是丢涉绿洼，是彼提埃，是索尔蓬，是树道。"注意到这个结论比前面的弱，他又匆促地说，"世界上只有一个巴黎。你住过巴黎，你还是俄国人。虽然如此，我还是同样地尊敬你。"

孤独地在忧郁的思想中过了几天之后，在酒力之下，彼挨尔在他和这个愉快善良的人谈话时，感觉到一种不自觉的快乐。

"至于说到你们的妇女，据说她们是很美丽的。法军在莫斯科的时候，去埋没在草原，这是多么愚笨的思想！她们失去了多么好的机会。你们的农民是不同的，但你们有教育的人应该更了解我们。我们占了维也纳、柏林、马德里、那不勒、罗马、华沙，世界上所有的都城。他们怕我们，却爱我们。我们是值得认识的。还有皇帝……"他开始说，但彼挨尔打断了他的话。

"皇帝，"彼挨尔重复着，他的脸忽然显出愁闷而慌乱的神情，"皇帝怎样……"

"皇帝吗？他是宽宏、仁慈、正义、秩序、天才——这就是皇帝。这就是我拉姆巴向你说的。你相信，八年前我是他的敌人。我父亲是一个出国的伯爵。但他征服了我，这个人，他控制了我。我不能不看到他加给法国的伟大和荣耀。在我明白他希望什么的时候，在我看到他要为我们准备桂床的时候，我向自己说：'那是一个君王。'我把自己贡献给了他。就是这样！啊，是的，我亲爱的，他是空前绝后的伟人。"

"他在莫斯科吗？"彼挨尔迟疑地带着犯罪的面色说。

法国人看彼挨尔有罪的面孔，并且笑着。

"不，他要明天进城。"他说，并继续说他的话。

他们的谈话被门口的几声喊叫和莫来的进房打断了，莫来来报告队长说，来了几个孚泰姆堡骠骑兵，要把马牵进队长系马的院子里。

困难主要发生于骠骑兵不懂他们所说的话。

队长命人把军曹长叫到自己面前,厉声地问他属于哪一个部队,他的长官是谁,并且他有什么理由敢占住已被占住的屋子。这个日耳曼人知道很少的法文,对于前两个问题,他说出了他的部队和长官,但最后的问题他不懂,他在日耳曼语中夹着残缺的法文,回答说他是团里的军需,他奉长官之命来占据这一排房子。彼埃尔懂日耳曼文,把日耳曼人所说的翻译给队长,把队长的话用日耳曼文翻译给孚泰姆堡骠骑兵。明白了向他所说的,这个日耳曼人服从了,并带走了他的人。队长走至门口,大声地发出什么命令。

当他回到房里的时候,彼埃尔还坐在先前所坐的地方,手蒙着头。他的脸表示痛苦。他在这时候确实痛苦。队长出去时,彼埃尔只是一个人,他忽然想起了自己,认识了他所处的地位。这时候使彼埃尔痛苦的不是莫斯科的被占,不是那些侥幸的胜利者在城内居住;对他垂爱(彼埃尔痛苦地感觉到这一点),对于自己软弱的认识,使他痛苦。几杯入腹的酒,和这个善良人谈话,减轻了他的集中忧郁的心情,这就是彼埃尔数日以来所经历的,是他的志愿实现所必需的。手枪、短剑和农民衣服都预备了,拿破仑明天入城。彼埃尔仍旧觉得杀死这个恶汉是有用的,有价值的,但他觉得他现在不要做这件事。为什么?他不知道,但似乎预感到他不能实现他的志愿。他和自己的软弱意识斗争着,但空洞地觉得他不能征服它。他过去的关于复仇、暗杀、自己牺牲的一串苦闷的思想,在他和第一个人接触时,如灰尘般地被吹散了。

队长轻跛着、呼哨着走进房。

先前使彼挨尔觉得愉快的那个法国人的谈话，现在变为正相反。他的呼哨歌声、步态、皱胡须的姿态，现在使彼挨尔觉得是恼人的。

"我马上就走，不再同他说别的话。"彼挨尔想。他这么想，同时却坐在原先的地方。一种奇怪的软弱感觉把他钉牢在他的坐处：他想站起身走出，却不能够。

反之，队长显得很愉快。他在屋中走了两圈。他的眼睛发光，他的胡须微皱，好像他为了某种愉快的念头对自己在笑。

他忽然说："孚泰姆堡骑兵上校是一个很可爱的人！他是一个日耳曼人，虽然如此，他却是很好的汉子。但是日耳曼人。"

他坐在彼挨尔的对面。

"还有，你懂日耳曼文吗？"

彼挨尔沉默地看他。

"避难所日耳曼文叫什么？"

"避难所？"彼挨尔重复着，"避难所，日耳曼文叫 Unterkunft。"

"你怎么说？"队长怀疑地、迅速地问。

"翁特坑夫特（Unterkunft）。"彼挨尔重说。

"昂特考夫（Unterkoff），"队长说，用笑眼向彼挨尔看了几秒钟，"日耳曼人是大呆子。是不是，彼挨尔先生？"他下结论。

"哎，再来这样一瓶莫斯科的葡萄酒，好不好？莫来，再去烫一小瓶酒来。莫来！"队长愉快地叫着。

莫来取来了蜡烛和一瓶酒。队长在烛光下看着彼挨尔，并且他显然是在惊异谈话对方的烦恼的面孔。拉姆巴脸上带着真诚的苦恼与同情，走到彼挨尔面前，向他低着头。

"怎么，我们伤心吗？"他摸着彼挨尔的手说。"是我使你伤心吗？不，当真，你有什么地方不满意我吗？"他问着，"或者是关于战争吗？"

彼挨尔什么也未回答，却和善地看着法国人的眼睛。这种同情的表情是他所乐见的。

"说真话，不要说我应该感激你的地方，我对你有一种好感。我能替你做什么事吗？吩咐我吧。这是有关生死的。我把手放在心上，和你说这话。"他拍着自己的胸口说。

"谢谢你。"彼挨尔说，队长注神地看着彼挨尔，正似他知道"避难所"在日耳曼文里叫什么时那样地看着，并且他的脸忽然地发亮。

"啊！在这样的情形之下，我为我们的友谊饮一杯！"他愉快地叫着，斟了两杯酒。彼挨尔将斟过的杯子饮尽。拉姆巴饮了自己的一杯，又握彼挨尔的手，并且用思索的、忧郁的姿势把胳肘支在桌上。

"是的，我的好朋友，这就是命运的捉弄。"他开始说。"谁会说我要当兵，并且做龙骑兵的队长，替保拿巴特效劳——我们是这样称呼他。但我仍然是和他一同在莫斯科。我应该向你说，好朋友，"他继续用着准备叙述长故事的人的忧郁而缓慢的声音说，"我们的姓名是法国最古家庭之一。"

带着法国人轻松而单纯的坦白，队长向彼挨尔叙述他祖先的历史，他的童年、少年、成年，他所有的亲戚、财产和家庭关系。在这个叙述中，"我的可怜的母亲"当然占了重要地位。

"但这一切只是生活的背景，真实的东西还是爱情。爱情！是不是,彼挨尔先生?"他兴奋着说,"再来一杯。"

彼挨尔饮下,又自斟第三杯。

"呵,女人,女人!"用着湿润的眼睛看彼挨尔,队长开始说到爱情和他的恋爱事件。事件很多,看他自足而美丽的面孔和他说女人时的生动兴奋,便容易相信。虽然所有拉姆巴的恋爱故事有那种为法国人看作特别美丽的与爱情之诗的淫荡性质,队长却带着那样诚笃的信念说他的故事,好像只有他一个人尝试过,并且知道所有的爱情魔力,并且那样销魂地形容女人,以致彼挨尔好奇地听他说。

显然,法国人所欢喜的爱情,既不是彼挨尔对他夫人所感觉的那种卑下而简单的爱情,也不是他自己所想出的对于娜塔莎所经验的那种浪漫的爱情(这两种爱情皆被拉姆巴所同样地轻视——一种是"蠢人恋爱",另一种是"呆子恋爱");法国人所看重的爱情,主要地限于对妇女的不自然关系和丑恶的结合,这种结合把主要的美处放在感觉上。

队长如是地叙述他的动人的故事,就是他对于一个三十五岁妖艳的侯爵夫人的爱情,和他同时对于妖艳的侯爵夫人的十七岁女儿的美丽天真女孩的爱情。母女间宽宏之斗争的结果,是母亲牺牲了自己,让女儿和爱人结婚,这斗争虽然已是久远过去的记忆,现在却还激动着队长。后来他又说了一个插曲,在这里丈夫扮演了爱人角色,而他(爱人)扮演了丈夫角色,又在他的日耳曼回忆中说了几段喜剧的插曲,在日耳曼"避难所"叫作 Unterkunft,丈夫们吃菜汤,而年轻女子的头发金黄。

最后一个是新近在波兰的插曲,在队长的记忆中还很新鲜,他带着迅速的姿势和发热的面孔叙述着,内容是他救了一个波兰人的命(在队长的叙述中不断地遇救命的故事),这个波兰人把妖艳的夫人(她是巴黎妇人的心)交托给他,他自己入法军中服役。队长是快乐的,妖艳的波兰女人要同他私奔;但是受了宽大为怀的感动,队长把这个女人交还给了她的丈夫,并且说:"我救了你的性命,同时我救了你的名誉!"重述着这句话,队长拭眼睛,并且打战,好像是要在这种动人的回忆中摆去控制自己的弱点。

在夜晚很迟的时候,在酒力之下,人们是常常如此的,彼挨尔听了、注意了并懂了队长所说的一切,同时注意到一串个人的记忆,这是由于某种理由在他心中忽然出现的。当他听着队长这些恋爱故事的时候,忽然意外地想起他自己的对娜塔莎的爱情,在自己的想象中重温着这个爱情的各幕情景,将它们在心中和拉姆巴的故事做比较。听了恋爱与义务之斗争的故事,彼挨尔想到他在苏哈来夫水塔前最近遇到恋爱对象的详细情形。那时候,这个会面对他不发生影响,他甚至从未想到这事。但现在他觉得这个会面是一件很有意义,很有诗情的事情。

"彼得,到这里来,我知道了。"他现在听到了她向他说的话,看到她的眼睛、笑容、旅行帽、露出的发绺……他在这一切之中感到动情的、感人的东西。

说过自己的关于妖艳的波兰女人的故事,队长向彼挨尔问问题,问他是否有类似牺牲自己的爱情和嫉妒合法丈夫的感觉。

被这个问题所提醒,彼挨尔抬起头,觉得必须说出心中的思想。他开始说明他对于恋爱女子,有点不同的见解。他说在他有生以来,他只爱过并且仍爱着一个女子，这个女子绝不曾属于他。

"什么样的？"队长说。

于是彼挨尔说他从幼年的时候就爱这个女人，但他不敢想她，因为她太年轻，而他是私生子，没有名分。后来他有了名分和财产，他更不敢想她，因为他太爱她，太看她高于世界的一切，因此甚至于高过他自己。说到这里，彼挨尔问队长懂不懂这话。

队长做出手势，表示即使他不懂，还是要请他继续。

"柏拉图式的恋爱，云雾……"他低声说。已饮的酒，或者坦白的冲动，或者这种思想，这个人不知道并且不会知道他故事中任何人物，或者是三件在一起解开了彼挨尔的舌头。口讷，温润的眼睛看着远处什么地方，他说了自己全部的故事：他的婚姻，娜塔莎对于他的好友的爱情，她的叛变，以及他对她全部的简单关系。被拉姆巴的问题所引起，他还说了他开头所隐瞒的——他的社会地位，甚至向他说了自己的名字。

比彼挨尔叙述中的一切更使队长注意的是，彼挨尔很富，他在莫斯科有两座宅第，他抛弃了一切，他不离开莫斯科，却留在城内，隐藏姓名、地位。

已经是深夜的时候，他们一同上街。夜暖而清澄。在房子的左边，彼得罗夫卡街第一个莫斯科火灾的光焰发亮了。右边天空高悬着如钩新月，在月亮的对面悬着明亮的彗星，这彗星和彼挨尔心中的爱情有关。盖拉西姆、女厨子和两个法国人站在门口，可以听到他们互不了解的笑声和话声。他们在看城内的火光。

大城中遥远的小火没有什么惊人的地方。

看着崇高的星空、月亮、彗星和火光,彼挨尔感觉一种喜悦的情绪。"这多么好!这需要什么呢?"他想。忽然,当他想起自己志愿的时候,他的头打旋了,他觉得晕眩,于是他靠着槛栅以免跌倒。

未和新友道别,彼挨尔步伐不稳地离开大门,回到自己的房里,躺在沙发上,立刻睡着了。

三十

　　步行或坐车逃走的居民和退却的军队，带着各样的心情，从各条道路上，看着九月二日发生的第一次火光。

　　罗斯托夫家的车子这天晚上停在梅济施支，离莫斯科二十里。九月一日他们走得那么迟，道路被车辆和军队所阻塞，他们忘记了许多东西，又派人去讨取，所以这天晚上他们决定在莫斯科外五里处过夜。次晨他们醒得迟，且又有许多耽搁，他们只走到梅济施支。十点钟的时候，罗斯托夫家的人和同路的受伤的人都住在大村庄的院落和茅舍里。用人、罗斯托夫家的车夫、伤官的侍从兵们，侍候了主人们，吃了晚饭，喂了马，走出门口。

　　拉叶夫斯基的受伤的副官躺在邻近的茅舍里，他断了手腕，可怕的疼痛使他可怜地、不停地呻吟，这种呻吟声在秋天黑夜里是可怕的。第一天晚上，这个副官在罗斯托夫家所住的同一院子中过夜，伯爵夫人说她因为他的呻吟而不能闭眼，在梅济施支，她迁至敝陋的茅舍，只是为了远离这个伤官。

用人中有一个人在黑夜里，从停在门口的高车顶上，看到另一个小火光。有一道火光是早已看见的，大家知道这是马摩诺夫的卡萨克兵在小梅济施支所放的火。

"我看，弟兄们，这是别的火。"一个侍从兵说。大家都注意在火上。

"他们不是说马摩诺夫的卡萨克兵烧了小梅济施支。""他们！不是，这不是梅济施支，是更远的地方。""看吧，一定是在莫斯科。"用人们当中的两个人离开台阶，走至车前，坐在踏板上。"它在左边！但梅济施支在那边，这个在另外的一边。"有几个人加入了第一个团体。"你看火光，"一个说，"诸位，这火是在莫斯科；或者是在苏什桥夫斯基，或者是在罗高日斯基。"没有人回答这个提示。这些用人们沉默地看着远处新火的火焰。

伯爵的侍从（他被人这么称呼），老人大尼洛·切任齐支走至人群之前，呼喊米什卡。

"你什么未看见，你这个东西……伯爵要叫人，没有人；去收拾衣裳。"

"我是出来取水的。"米什卡说。

"你以为如何，大尼洛·切任齐支，这个火是不是好像在莫斯科？"仆人中的一个人说。

大尼洛·切任齐支什么也未回答，大家又静默了好久，火光扩大，摇曳得更远。

"上帝发慈悲！风旱……"又有一个声音说。

"看啦，怎样在展大。啊，主呀！看得见穴鸟了。主啊，慈悲我们罪人吧！"

"要救熄的，不要怕。"

"谁去熄？"沉默至此刻的大尼洛·切任齐支的声音说。他的声音安详而迟缓。"是莫斯科，弟兄们，"他说，"它是白的圣母的城……"他的声音破裂了，他忽然发出老年的哭声。大家好像都在等候着这个，以便明白所见的火光的意义，可以听到叹息、祈祷和伯爵的老仆的哭泣。

三十一

　　侍仆回去报告伯爵说莫斯科失火。伯爵披了睡衣出来观看。未解衣的索尼亚和邵斯夫人跟他一同走出。娜塔莎和伯爵夫人留在房里（彼洽不再同家庭在一起：他和开往特罗伊擦的自己的队伍走在前面）。

　　伯爵夫人听到莫斯科失火而啼哭。娜塔莎面白目瞪，坐在圣像下的椅子上（她进房时就坐在这个地方），一点也不注意父亲的话。她听着副官不断的隔了三个屋子还可听到的呻吟声。

　　"啊，多么可怕！"自院中回来的受凉的惊恐的索尼亚说。"我想莫斯科全城失火了，可怕的火！娜塔莎，你现在看，可以从窗口看见。"她说，显然是希望解她的心思。但娜塔莎看她，好像不明白对她所问的，又把眼睛放在火炉角上。娜塔莎从早就在这样呆板的情形中，那时候索尼亚不知为什么，觉得必须告诉娜塔莎说安德来郡王的受伤，说他和他们同道，使得伯爵夫人惊讶而恼怒。伯爵夫人向索尼亚发火，她是很少发火的。索尼亚啼哭乞恕，现在似乎是要赎偿自己的罪过，不停地侍候娜塔莎。"你看，娜塔莎，烧得多么可怕。"索尼亚说。

"什么在烧？"娜塔莎问，"啊，是的，莫斯科。"好像是不要因为拒绝而使索尼亚扫兴，并离开索尼亚，她向窗子抬起头，那样地看着，显然是什么也不能看见，她又照先前的姿势坐下来。

"你却没有看见！"

"不是，我真看见了。"娜塔莎用求安静的声音说。

伯爵夫人和索尼亚都明白，莫斯科，莫斯科火灾，随便什么事，对于娜塔莎实在不能有何意义。

伯爵又走到屏墙的后边躺下。伯爵夫人走至娜塔莎面前，把反转的手伸到她头上，如同女儿生病时她便这么做，后来又用嘴唇贴她的额，好像是要知道她是否有热，并且吻她。

"你受凉了。你尽打战？你该睡下了。"她说。

"睡下吗？是的，好，我要睡下。我马上就睡下。"娜塔莎说。

在早晨娜塔莎知道安德来郡王重伤并和他们同道时，她只在起初问了许多问题，何处去？如何去？他的伤危险吗？她可以看见他吗？在她知道她不能见他，他重伤而他的生命并无危险之后，她显然是不相信她所听说的，但认定，无论她怎么说，他们所回答她的将是完全相同，于是停止了探问与说话。一路上，娜塔莎睁大着眼睛（伯爵夫人很明白，并且很惧怕目光的表情），不动地坐在车角落里，并且现在是同样地坐在凳子上，她在思索什么，她决定了什么，或者已在心里决定了什么——伯爵夫人知道这一点，但这个决定是什么，她不知道，这件事使她惊惧而苦恼。

"娜塔莎，脱衣服，亲爱的，睡到我的床上去。"（只在床架上替伯爵夫人预备了一个铺，邵斯夫人和两位小姐要在地板上的草秸上睡。）

"不要，妈妈，我要睡在地板上。"娜塔莎愤怒地说，走到窗前，将窗打开。副官的呻吟从打开的窗子里听得更清楚。她将头伸到潮湿的夜空里，伯爵夫人看见她的纤颈因哭咽而抽动，并且触撞窗格。娜塔莎知道不是安德来郡王在呻吟。她知道安德来郡王住在他们所住的同一个地方，在门廊那边的一间茅舍里，但这个可怕的呻吟使她流泪。伯爵夫人和索尼亚交换目光。

"睡吧，亲爱的，睡吧，好孩子，"伯爵夫人说，用手轻轻地摸娜塔莎的肩膀，"来睡吧。"

"啊，是的……我马上，马上就睡。"娜塔莎说，迅速地解衣，并拉断裙带。脱了衣服，穿上睡衣，她盘着腿，坐在地板上的铺上，把她的短而美的发拉到肩前，开始重编。细长熟巧的手指将头发迅速而伶俐地打开，编合，扎好。娜塔莎的头用习惯的姿势忽而转向这边，忽而转到那边，但火热的、大张的眼睛不动地直视前方。夜妆完毕后，娜塔莎轻轻地躺到门边草上的单被上。

"娜塔莎，你睡到当中来。"索尼亚说。

"我就在这里。"娜塔莎说。"你们睡吧。"她又厌烦地说。她把头藏在枕头里。

伯爵夫人、邵斯夫人和索尼亚匆匆解衣睡下。房内只留着一盏小灯。但院子里被两里之外的梅济施支的火光所照亮,被马摩诺夫的卡萨克兵所破入的酒店里、街头与街心发出人们的叫声,副官的不断的呻吟仍旧可闻。

娜塔莎良久地听着内心的和外界传来的声音,动也不动。她先听到母亲的祈祷与叹息,她身下的床声,邵斯夫人的呼哨般的熟悉的鼾声,索尼亚的微微呼吸声。后来伯爵夫人叫娜塔莎,娜塔莎不答她。

"她大概睡着了,妈妈。"索尼亚低声回答。伯爵夫人沉默了一会儿又叫,但仍然没人回答她。

不久之后,娜塔莎听到母亲均匀的呼吸声。娜塔莎不动弹,虽然她伸在被下的光露的小腿在光地板上觉得发冷。

好像庆祝征服一切的胜利,一个蟋蟀在墙隙里鸣叫。远处鸡啼,附近的响应。酒店里的叫声安静了,只听到如旧的副官的呻吟。娜塔莎坐了起来。

"索尼亚,你睡着了吗?妈妈?"她低声说,无人回答。娜塔莎迟缓地、小心地站起,画了十字,小心地把纤细、柔软而光袒的脚踏在污秽而寒冷的地板上。木板响了一下。她迅速拔腿,好像小猫一样,跑了几步,把了寒冷的门把手。

她觉得在茅舍内所有的墙上,有什么沉重的东西在敲打,在韵律地拍击:这是她的因为惊吓,因为恐慌而惶悚,因为爱情而破裂的心在跑动。

她打开门,跨过门槛,走到潮湿的寒冷的门廊的地上。周身的寒冷使她神清。她用光脚触到一个睡着的人，跨过他的身上，打开安德来郡王所住的茅舍的门。这个屋里是黑暗的。在后面角落里的床上有什么东西躺着，凳子上有一支将尽的大烛芯的蜡烛。

娜塔莎早上知道安德来郡王受伤与同路的时候，便决定了要看他。她不知道为什么应该如是，但她知道这次的会面将是苦恼的，因此她更相信这是不可少的。

她整天只希望晚上看见他。但现在，这个时间到了，她反觉得她所要见到的东西的恐怖。他有了什么样残疾？他损失了什么？他是和这个副官的不停的呻吟一样的？是的，他完全是那样。在她的想象中，他是这个可怕的呻吟的化身。当她看到房角上不清楚的物体，把被下他的举起的膝盖当作肩膀的时候，她幻想着一个可怕的身体，并且恐怖地站立着，但一种不可抵抗的力量引她向前。她小心地走了一步，又走一步，发现自己是在堆了东西的小茅舍的当中。在舍内圣像下的凳子上，睡着别一个人（他是齐摩亨），在地板上睡着另外两个人（医生和侍从）。

侍从坐起，低语着什么。齐摩亨因腿伤而痛苦，不能入睡，睁眼望着穿白衫、睡衣、戴睡帽的奇怪的女孩的形体。侍从的蒙胧的惊悸的话——"你要什么，为了什么？"——只使娜塔莎更快地走至躺在角落里的人。这个人无论多么异常，不似人形，她一定要看他。她走过侍从身边，燃焦的烛芯炸开了，她清晰地看到躺卧的安德来郡王手伸在被上，正似她一向所看的那样。

他和从前一样；但他发红的脸，热情地看着她的发亮的眼，特别是高出在衬衣领子上面的柔软的儿童般的颈子，给了他一种特别天真的孩童般的神情，这是她从未在安德来郡王的身上看见过的。她走到面前，用迅速的、柔软的、活泼的动作跪了下来。

他笑着向她伸手。

三十二

现在距安德来郡王在保罗既诺战场上野战病院里恢复神志的时候，已经七天了。在这个时间之内，他几乎是在继续的昏迷中。发热的情况和受伤的内胆的发炎，据伴随受伤者的医生的意见，一定会把他带走。但在第七天，他有味地吃了一块面包和茶，并且医生注意到大热减退了。安德来郡王在早晨恢复了知觉。离开莫斯科后的第一夜是很暖的，安德来郡王留在车上过夜；但在梅济施支，伤者自己要求抬他下车，并给他茶。因抬他进屋而有的痛苦，使安德来郡王大声呻吟，并再度失去知觉。当他被人放在行军床上的时候，他闭了眼不动地躺了很久。后来他睁开眼睛，低声轻语："茶怎么样了？"对于生活琐事的这种记忆，惊动了医生。他按脉，他惊异地、不满地注意到脉搏更好了。医生不满地注意到这一点,因为他凭自己的经验,相信安德来郡王是不能活的,并且假使他现在不死,他只是要更痛苦地稍迟再死。安德来郡王部下的红鼻子少校齐摩亨在莫斯科和他相会,被人带在一处,他的腿是在同一的保罗既诺战役中受伤的。在他们一起的有医生、郡王的侍从、车夫和两个侍从兵。

他们给了安德来郡王茶。他贪婪地喝着,用发热的眼睛看着面前的门,似乎企望了解并回想什么。

"什么也不希望了。齐摩亨在这里吗?"他说。

齐摩亨顺凳子爬到他面前:"我在这里,大人。"

"你的伤怎样?"

"我的吗?没有什么。你的呢?"

安德来郡王又沉思着,似乎又在回想什么。

"不能弄一本书吗?"他问。

"什么样的书?"

"福音书!我没有。"

医生准许为他弄书,并问郡王觉得如何。安德来郡王勉强地然而理性地回答医生所有的问题,然后又说他需要垫一个垫子,因为他不舒服,且很疼痛。医生和侍从拿起遮盖他的大衣,因为伤处散发出的腐肉恶气味而皱眉,开始察看这个可怕的地方。医生因为什么而不高兴,他更换了什么,转动伤者,以致他又呻吟,并且在转动的时候因为疼痛又失去知觉,并开始说谵语。他仍旧地说着要人赶快取来那本书,把书放在他身边。

"这费你们什么事!"他说。"我没有,请你替我拿来——在我这里放一会儿。"他用可怜的声音说。

医生到门廊去洗手。

"啊,你们没有天良,真的,"医生向听差说,听差在他手上倒水,"我只有一分钟未管你们。要晓得这是那么疼痛,我诧异他如何受得住。"

"我们觉得替他垫好了,主耶稣基督。"听差说。

当车子停在梅济施支时,安德来郡王第一次明白他在何处,他发生了什么事,并且想起他是受了伤,以及他如何请求进屋。因为疼痛而又神经错乱,他在茅舍吃茶时又恢复了神志。在自己的记忆中回想了经过的一切,他又极生动地想起在野战病院的时候,那时看到一个他所不欢喜的人的痛苦,他想到那些允许他快乐的思想。这些思想虽然模糊不定,现在又操纵他的心灵。他记得他现在有了新快乐,而这种快乐与福音书有点关系。因此他要福音书。但他的伤处所受的不舒服的姿势和新的辗转又扰乱了他的思想,他第三次恢复神志时是在绝对的夜静中。他四周的人都睡着了。蟋蟀在前廊的那边鸣叫,街上有人在叫在唱,蟑螂在桌上、圣像上和墙上爬动,一只大苍蝇在他枕上和身边芯形如菌的蜡烛四周飞撞。

他的心情是在不平常的状态中。健康的人通常是同时思索感觉,并记得无数的东西,但他有权力和力量选择一串思想或现象,而把全部注意力放在这一串现象之上。健康的人在深思的时候可以中断,向一个进屋的人说一句恭敬的话,又回到自己的思想中。安德来郡王的心灵在这方面是在非常态的情况中。他所有的心灵的力量比以前更活泼、更明晰,但它们都在他的意志之外活动,最相反的思想和意象同时支配他。有时他的思想忽然开始工作，那样地有力量、清晰而深沉，这是在健康的状态之下他的思想从未有过的。但忽然在工作中，思想中断，被某种意外的意象所代替，却没有力量回返到先前的思想。

"是的，我面前展开了新的快乐，它是不能从人身中被夺去的，"他想着，躺在半暗的沉静的茅舍里，用发烧的大张的不动的眼睛看着前面，"快乐，在物质力量之外，在对人的物质的外界影响之外，唯一的心灵的快乐，爱的快乐！每个人都能够了解它，但只有上帝能够思索它注定的。但上帝怎么注定了这个法律？为什么上帝之子……"忽然思绪中断，安德来郡王听到（不知道是在热烧中抑或在实际上他听到）某种轻微的低语声，不停地合着节拍重复"伊哗唧——哗唧——哗唧"，又"伊哗唧"，又"伊哗唧——哗唧——哗唧"，又"伊哗唧"。同时，在这种低语的音乐声之下，安德来郡王觉得在他脸上，在正当中，升起了一个由细针或碎片凑成的奇怪而缥缈的建筑物。他觉得（虽然他觉得这是困难的）他必须努力保持均衡，以免这个升起的建筑物倒散；但它仍然倒散了，又迟缓地随着韵律的低软的音乐声而升起。"伸出了！伸出了！扩大了！伸出了！"安德来郡王向自己说。听着低语声，感觉着这个伸出的升起的针的建筑物的同时，安德来郡王瞥见蜡烛的红色圆圈，听到蟑螂的爬动声和飞撞他的枕头与面部的苍蝇声。每次苍蝇撞他的面孔时，他发生烧热的感觉；但同时他看到苍蝇撞击升起在他脸上的这个建筑物的区域，却未将它撞破。但此外，还有一件重要的东西。那是门边白色的东西，那是也压他的，一个人首狮身像。

"但那也许是我在桌上的衬衣,"安德来郡王想,"这是我的腿,这是门,但为什么它伸展前进,并且哗唧——哗唧——哗唧,哗——唧,又哗唧——哗唧——哗唧……够了,请停止吧,歇吧。"安德来郡王疲倦地向谁请求着,忽然思想和感觉都异常明晰有力地浮了起来。

"是的,爱(他又完全清晰地想着),但不是那种爱——为了什么,要获得什么,或因为什么目的而爱,却是在我的死而我看见了敌人却仍然爱他的时候,我初次经验到的那种爱。我经验了那种爱,它是心灵的本质,它无需对象。他现在也经验到了那种幸福的感觉。爱亲邻,爱仇敌。爱一切——在一切的表现中爱上帝。爱亲爱的人,可以用人间的爱。但是爱敌人,只能用神圣的爱。因此,当我觉得我爱那个人的时候,我经验到那种快乐。他的情形怎样了?他是活着吗……用人间的爱去爱,我们可以由爱转为恨,但神圣的爱不能变。没有东西,死既不能,也没东西能够破坏它。它是心灵的本质。在我的生活中,我恨了那么多的人。在所有这些人之中,我不爱过、恨过任何人,像我对她那样。"于是他生动地想起娜塔莎,却不像从前想她时那样,只想起使他所喜悦的她的美丽;而是第一次他想到她的心灵,他了解她的情绪、痛苦、羞耻与忏悔。他现在第一次了解自己拒绝的残忍,看出自己和她分裂的残忍。"假使我还能再看见她一次,只是一次,看着那一对眼睛,说……"

哗唧——哗——唧,哗——唧,哗唧——哗唧——哗,苍蝇在扑……他的注意力忽然转移到另一个真实与昏热的世界中,在这里发生了什么特别的事情。在这个世界里,仍旧升起不碎的建筑物,仍然有什么东西在伸展,蜡烛仍旧有红色圆圈,衬衣——女首狮身怪物,仍旧在门边;但此外边有什么东西在响,吹了一阵清风,新的白的站立的女首狮身在门前出现了。这个女首狮身怪物的颈上有他刚刚想到的那个娜塔莎的白脸和亮眼。

"啊,这个不断的烧热是多么倦人!"安德来郡王想着,企图从自己的幻想中赶出这个面孔。但这个面孔带着真实的力量站在他面前,这个面孔向前走进。安德来郡王希望回转到先前纯粹思想世界中,但他不能够,他被拖进昏热中。轻柔的低语声继续着韵律的低声,有什么东西在挤压,在伸展,可怕的脸站立在他面前。安德来郡王集中力量去恢复神志;他动了一下,但忽然他的耳朵轰鸣,眼发黑,好像泅进水中的人,他失了知觉。

当他恢复知觉时,娜塔莎,那个生动的娜塔莎,跪在他面前,在世界所有的人当中,他最希望用他现在所发现的那种新的纯洁的神圣的爱去爱她。他知道这是活的真实的娜塔莎,他不惊讶,却暗暗地欢喜。娜塔莎跪在地上,恐惧地,但坚定地(她不能动)看他,抑制着哭咽。她的脸发白而不动,只是下部打战。

安德来郡王轻松地叹气,笑着把手伸出。

"你吗?"他说,"多么幸运!"

娜塔莎用迅速然而小心的动作跪着向前移动,小心地抓住他的手,把脸贴到手上,用嘴唇轻轻吻他的手。

"饶恕我!"她抬头看着他低声说,"饶恕我!"

"我爱你。"安德来郡王说。

"饶恕……"

"饶恕什么?"安德来郡王问。

"饶恕我所做……的事。"娜塔莎用几乎听不见的断续的低声说,开始一再地用轻触的嘴唇吻他的手。

"我爱你比从前更深更大。"安德来郡王说,用手举起她的头,这样他可以看见她的眼睛。

含着快乐泪水的眼睛,羞涩地、同情地、喜悦地、亲爱地看着他。娜塔莎瘦白的脸和翘起的嘴唇不能更丑了——显得可怕。但安德来郡王不看这张面孔,他看着发亮的美丽的眼睛。他们听到身后的话声。

听差彼得此刻完全清醒了,他推醒了医生。齐摩亨因为腿上疼痛一直没有睡着,早已看见了经过的一切,小心地用单被遮盖了光身子,缩在凳子上。

"这是怎么一回事?"医生说,从铺上坐起来,"请你走吧,小姐。"

这时候有一个女子在敲门,伯爵夫人派她来找女儿。

好像一个梦游病者,在睡梦中醒觉过来,娜塔莎走出了房,回至自己的茅舍,哭着倒在自己床上。

* * *

那天以后,在罗斯托夫家所有其余的行程中,在所有的休息处和宿夜处,娜塔莎从未离开负伤的保尔康斯基。医生不得不承认,他没有料到年轻姑娘有这样的刚毅,这样侍候伤者的本领。

伯爵夫人虽然觉得这种思想可怕:安德来郡王或许(据医生说

是很可能的）中途死在她女儿的怀抱里，她却不能反对娜塔莎。由于负伤的安德来郡王与娜塔莎之间现在恢复了情感，曾经发生了这样的思想，就是假如他恢复了健康，则从前婚约的关系将要恢复，却没有任何人——尤其是娜塔莎和安德来郡王——说到这一点，因为不仅是在保尔康斯基头上，而且也在全俄罗斯头上的虚悬未决的生死问题，遮断了所有其他的考虑。

三十三

彼挨尔九月三日醒得很迟。他的头发痛,睡觉未脱的衣服压在他的身上,他心中怀有昨日所做的什么羞耻事情的模糊意识;这个羞耻的事情是昨日和拉姆巴上尉的谈话。

钟指示十一点,但院子里显得特别阴暗。彼挨尔站了起来,拭了眼睛,看见雕花把柄的手枪又被盖拉西姆放在写字台上,彼挨尔想起了他在何处,以及今天期待着他的是什么事。

"我不已经太迟吗?"彼挨尔想,"不,也许他进莫斯科的时候不在十二点以前。"彼挨尔不让自己想到期待于他的事情,却准备赶快行动。

整理了衣服,彼挨尔拿起手枪,准备出去。但此刻他才第一次想到，假如不用手，应如何在街上带这件武器。就是在他的宽大衣之下，也难藏大手枪。在腰带里，在腋下，都不能藏得不为人所见。此外，手枪是无弹的，而彼挨尔无暇装弹。"短刀还是一样。"彼挨尔向自己说。虽然在考虑实现他的志愿时，他屡屡认定一八〇九年那个学生的主要错误，是他希望用短刀刺死拿破仑。但是，彼挨尔的主要目的似乎不在实现计划，而在向自己表示他未否认自己的意向，而为实现这个意向去做一切。彼挨尔匆忙地从绿鞘中拿出他在苏哈来夫水塔与手枪同时购买的齿口钝刀，藏在背心里。

在农民长袍上系了腰带，戴了帽子，彼挨尔打算不作帮助，不遇见上尉，从走廊上走到街中。

他昨夜漠不关心的所看见的火，夜来严重地扩大了。莫斯科已经各处起火。车市街、莫斯科河街、高士钦内商场、厨子街、莫斯科河里的船只和道罗高米罗夫桥边的木市场都在燃烧。

彼挨尔路线是过小街到厨子街，从那里去阿尔巴特街到尼考拉教堂，他在想象中早就决定了要在这个地方完成他的事业。大部分的屋子都闭了门窗。街巷都是荒凉的。空气中有燃烧与烟的气味。有时遇到俄国人带着不安的羞涩的面孔，法国人带着野外扎营的神情，在街中行走。他们都惊奇地看彼挨尔。在高大身材与肥胖之外，在奇怪的忧然专神的痛苦的面情与整个身体之外，俄国人看彼挨尔，因为不明白这个人属于什么阶级。法国人用眼睛惊奇地注意他，特别是因为彼挨尔不像别的俄国人那样惊恐地、好奇地看法国人，他一点也不注意他们。在一家门口，有三个法国人在同不懂他们话的俄国人在说什么，他们止住了彼挨尔，问他懂不懂法文。

彼挨尔否认地摇头，向前走去。在另一横街上，一个站在绿箱子旁边的守兵向他喊叫，只是由于第二次威胁的喊叫和守兵手中的挥枪声，彼挨尔才明白他应该从另一边过街。他未听到也未看到身边的任何东西。他匆忙地恐怖地带着自己的计划，好像是带着什么可怕的、奇怪的东西，恐怕（由于昨晚的经验）失去了它。但彼挨尔未被注定，把他的情绪安全地带到他所去的地方。此外，假使他在中途不被阻挡，他的意向便不能实现，因为拿破仑在四小时之前从道罗高米罗夫郊外，经阿尔巴特街往克里姆林宫，他此刻怀着最愁闷的心情，坐在克里姆林宫的御书房里，发出详细周密的命令，要立刻执行：扑灭大火，禁止抢劫，安慰居民。但彼挨尔不知道这个，他专心注意于当前的事件，感到烦恼，好像人们坚决地要做不可能的事情时那么烦恼——这不是因为困难，而是因为事情不合他的性格；他烦恼，因为恐怕紧要关头他显得软弱，并因此失去自尊心。

他虽然未看也未听身边的任何东西，却本能地在找路，没有弄错到厨子街的路径。

彼埃尔愈走进厨子街，烟愈浓烈，甚至因为火热而空气变暖。有时火舌从各处的房顶下冒出。在街上遇到的人更多，这些人更惊慌。但彼挨尔虽然觉得四周发生了什么非常的事情，却未注意到他走近了火。走在一边邻接厨子街，一边邻接格路生斯基郡王家花园的一个广大空地的小道上，彼挨尔忽然听到身后惨惨的女人哭声。他停住，好像是从梦中醒转过来，抬起了头。

在走道旁边干枯污秽的草上，放着成堆的家庭用品：羽毛床垫、茶炊、圣像、箱子。在箱子旁边的地上，坐着一个中年的瘦女人，她的上牙向外翘着，穿着黑色外衣，戴着帽子。这个女人摇摆着，说着什么，抽咽地哭着。两个女孩，大约十岁到十二岁，穿着污垢的短上衣和大衣，苍白的恐怖的脸上带着愚笨的表情看母亲。一个七岁的小男孩，穿着上衣，戴着别人的大帽子，在一个老保姆的怀中啼哭。一个光腿的肮脏的女仆坐在箱子上，打开了灰色的发，理着烧焦的头发，嗅着。丈夫是一个不高的圆肩的人，穿着文官制服，有轮形的胡须和光滑的鬓发，从高耸在头上的帽子下边向前看着，带着不动的面孔，移动叠垛的箱子，从下面抽出衣服。

女人看到彼挨尔，几乎奔投他的脚下。

"慈悲的人，基督的圣徒，救我，助我，好先生……有人助我，"她哭泣着说，"女孩！……女儿……丢了顶小的女儿……烧死了！哦，哦，哦！我为什么抚养你……哦，哦！"

"够了，玛丽亚·尼考拉叶芙娜。"丈夫低声地向妻子说，显然只是为了在别人面前辩护自己。他又说："姐姐一定会带出她，不然会到哪里去呢？"

"怪物，恶汉！"妇女忽然停了哭声，暴怒地叫着。"你没有心肠，你不爱惜自己的孩子。别人还从火里救她。他是怪物，不是人，不是父亲。你是高贵的人，"妇人哭泣着向彼挨尔急速地说，"全街失火了——延到我们这里。女用人喊：'失火了！'我们收拾东西。我们就是这样跑出来的……这就是抢出的东西……神赐的东西，陪嫁的床，都丢了。抓了孩子们，卡切姬卡丢了。哦，哦，哦！主哦……"她又哭起来。"我心爱的孩子，烧死了！烧死了！"

"但是在哪里？她在哪里？"彼挨尔说。由于他脸上兴奋的表情，这个女人明白了这个人可以帮助她。

"好先生！恩人！"她叫着，抓他的腿，"恩人，叫我心安吧……阿尼斯卡，去，贱货，领路。"她向女仆喊着，愤怒地张开嘴，这个动作更表现她的牙齿长。

"领路，领路，我……我……我要做……"彼挨尔用喘气的声音匆促地说。

肮脏的女仆从箱子后边走出来，拢起头发，叹了一口气，用光露的粗糙的脚顺着走道向前走。彼挨尔好像是在痛苦昏厥后忽然恢复了生气。他高举起头，眼睛里发出生命之光，快步跟着女仆，赶上了她，并且走进厨子街。全街布满了如云的黑烟。在这个烟云的各处冒出火舌。一大群人往火前拥挤。街心里站着一个法国的将军，向身边的人在说什么。彼挨尔随同女仆走向将军所站的地方，但法国兵阻止了他。

"不许通过。"一个声音向他叫着。

"走这里，伯伯，"女仆叫着，"我们打这条巷子穿过尼库林内街。"

彼挨尔回转身走，有时跑着追赶她。女仆跑过街，向左转进了一个巷子，过了三家，进了右边的门。

"就是这个地方，不远。"女仆说，跑过院子，打开木棚的门，停下来，向彼挨尔指示一个燃烧明炽的小木厢房。厢房的一边已倒，另一边在燃烧，火焰熊熊地从窗口和屋顶下冒出。

彼挨尔走进棚门时，热气熏他，他不觉地停住。

"哪个，哪个是你家？"他问。

"啊——啊——啊！"女仆哭着指示厢房，"就是那个，那就是我的家。你要烧死我们的宝贝，卡切姬卡，我心爱的小姐，啊！啊！"阿尼斯卡对着火哭，觉得必须表现自己的情感。

彼挨尔冲向厢房，但火力是那样强，他不禁划一曲线绕过厢房，走到大房子的下边，这个房子刚刚屋顶上有一边在烧，在它的旁边拥挤着一群法兵。彼挨尔在先不明白这些法兵在做什么，他们拖着什么东西；但看见了面前的一个法兵用钝刀砍一个农民，夺取他的狐皮袄，彼挨尔模糊地明白这里是在行劫，但他没有时间想这个事。

爆炸声、倾倒的墙壁与天板的破碎声、火焰的呼呼声和熄熄声、群众激动的叫声；飘动的，有时凝结而浓黑，有时升起而明亮的，有熊熊火花的烟云情景；有的地方是连续的禾束般的红色的，有些地方是鱼鳞般的金色的在墙上移动的火焰；热与烟运动迅速的感觉——这一切对于彼挨尔发生了火花的通常的刺激的效果。这个效果对于彼挨尔是特别强烈的，因为彼挨尔在火前忽然觉得自己解脱了那些磨难他的思想。他觉得自己年轻、愉快、伶俐而果决。他从房子的旁边绕过厢房，并希望再跑进那尚未倒下的部分，这时候，他听到自己的头上有几声呼叫，接着是炸裂声和他身后沉重的物体坠落的响声。

彼挨尔四顾，看见房子窗口的法国人，抛下一个装金属物品的抽屉。别的站在下面的法国兵，走到抽屉的旁边。

"哎，那个人需要什么？"一个法国兵向彼挨尔叫。

"一个小孩在这个屋里。你们没有看见一个小孩吗？"彼挨尔说。

"他在那里讲什么？滚出去！"许多声音叫。有一个兵显然是恐怕彼挨尔起意夺他们抽屉里的银器和铜器，威胁地走到他面前。

"一个小孩吗?"一个法国人在上面叫,"我听到有什么东西在园内哭,或者这个人是来找他的小孩。应该放人道一点,你知道……"

"他在哪里?"彼挨尔问。

"这里!这里!"法兵在窗上向他说,指示屋后的花园,"等一下,我就下来。"果然,不久这个法国人,黑眼的青年,腮上有一个印痕口,穿着衬衫,从下层的窗口跳出,拍了拍彼挨尔的肩膀,同他跑入园中。"你们赶快,"他向同伴们说,"热起来了。"

跑到屋后铺沙的小道上,法国人推动彼挨尔的臂,向他指示一个圆的地方。在花园坐凳的下面躺着一个三岁的穿淡红衣服的女孩。

"你的小孩在这里。啊,是一个小女孩,更好,"法兵说,"再见,胖子。应该放人道一点。我们都是凡人,你知道。"腮上有印痕的法兵跑回自己同伴的面前。

彼挨尔快乐得喘不过气来,他跑至女孩的面前,想把她抱在怀中。看见了陌生人,这个患瘰疬的像母亲的不美的小女孩叫了起来,并准备逃跑。但是彼挨尔抓住了她,把她抱在怀里;她用极愤怒的声音嘶叫着,用她的小手推彼挨尔的手臂,并用流涎的嘴咬他。彼挨尔感觉到恐怖与厌恶,好像他和一只小兽接触时所感到的。但他用力约制自己,不要抛掉这个小孩,并和她一同跑回大屋子。但是循旧路回去已不可能,女仆阿尼斯卡已经不在,于是彼挨尔带着怜悯与厌恶的情绪,尽可能温柔地把悲啼的潮湿的女孩搂在怀里,跑过花园寻找别的出路。

三十四

　　当彼挨尔跑过许多院子和小街，带着负担跑回厨子街头的格路生斯基的花园时，他在起初还不认得他起身寻找女孩的那个地方：路被人群和从房屋里拖出的家具阻塞了。在俄国人的家庭和自火中救出的物品以外，这里还有许多穿各种军服的法国兵。彼挨尔不注意他们。他匆忙地寻找那个官吏的家庭，把女孩交给她的母亲，再去救别人。彼挨尔觉得他还得迅速地去做许多别的事。因为火热与奔跑而发暖，彼挨尔在这时便强力地经验到那种年轻兴奋与果决的感觉，这是在他跑着去救女孩的时候所感到的。女孩子现在安静了，用小手抓住彼挨尔的农人衣服，坐在他的胛肘上，看着四周，好像一只野兽。彼挨尔偶尔看她，并且微笑。他觉得他在这个惊恐的病态的小脸上看到动人的天真的东西。

　　在原先的地方不见那个官吏,他的女人也不在了。彼挨尔快步地在人群中走动,注视他所遇的不同的面孔。他不禁注意到一个佐治亚的或亚美尼亚的家庭:一个老迈的人(美丽的有东方脸模样的,穿布面新羊皮袄和新靴子)、一个同样模样的老妇和一个年轻女子。这个很年轻的女人使彼挨尔觉得她是完全的东方美女,她有尖细的弓形的黑眉和异常温柔朗润的、没有任何表情的美丽的长脸。在人群中,在散乱在广场上的家具之间,她穿着华丽的绸大衣,头上顶着鲜明的淡蓝色头巾,显得是一株娇嫩的温房的植物被抛弃在雪上。她坐在老妇身后近处的包袱上,用不动的、大黑的、矩形的、有长睫毛的眼睛看着地上。显然她知道自己的美丽,并因此而自恐。她的面孔感动了彼挨尔,他匆忙地顾着槛棚行走时,看了她好几眼。走到棚边,仍然找不到他所要找的人,彼挨尔站定环视四周。

　　抱着小孩在手里,彼挨尔的身体现在比先前更令人注目,在他身边聚集了几个俄国的男女。

　　"丢了谁吗,好先生?你是绅士吗,还是别的?谁的小孩?"他们问他。

　　彼挨尔回答说这个小孩是一个黑衣女人的,她本是带小孩们坐在这个地方,他问别人是否知道她,她到何处去了。

　　"一定是安斐罗夫家的人。"一个年老的教堂执事向麻面的农妇说。"主发慈悲呀,主发慈悲呀。"他又用习惯的低音这么说。

　　"安裴罗夫家的人在哪里?"农妇说,"安斐罗夫家早上就走了。

这不是玛丽亚·尼考拉叶芙娜的孩子,就是依发诺发的孩子。"

"他说女人,玛丽亚·尼考拉叶芙娜是太太。"一个家奴说。

"那么你知道她了,长牙齿,瘦女人。"彼挨尔说。

"就是玛丽亚·尼考拉叶芙娜。这些狼扑他们的时候,他们到花园里去了。"农妇指着法兵说。

"啊,主发慈悲吧。"教堂执事又说。

"你到那里去,他们在那里。就是她。她伤心极了,在哭,"农妇又说,"就是她,从这里走。"

但彼挨尔不听农妇的话。他已经有好几秒钟注视着数步以外所发生的事。他看见亚美尼亚人的家庭,两个法兵走到他们面前。其中之一是急躁短小的人,穿着蓝大衣,系着一根绳子。他头上有一顶小帽,脚赤着。另一个更加使彼挨尔惊奇,是一个高长、圆肩、美发的瘦人,有迟缓的动作和痴呆的面情。这人穿着绒外衣、蓝裤子、大而破的高筒靴子。没有靴子的穿蓝大衣的年轻法兵走到亚美尼亚人面前,说了什么,立刻抓住老人的腿,老人立刻脱下他的靴子。另一个戴帽子的站在美丽的亚美尼亚女子的面前,手放在衣袋里,沉默地、不动地看她。

"接着,接着小孩。"彼挨尔武断地、迅速地向农妇说,并将小孩递给她。"你交给他们,交给他们!"他几乎是向农妇喊叫着,把哭叫的女孩放在地上,又看着法兵和亚美尼亚人的家庭。老人已经赤脚坐着。短小的法兵取了他的第二只靴子,把两只靴子对拍着。老人哭着说了什么,但彼挨尔只是一瞥而见,他全部的注意力集中在穿绒外衣的法兵身上,他这时缓缓地摆动着走近年轻女子,从衣袋中把手取出，抓她颈子。

美丽的亚美尼亚女子仍旧坐着不动，长睫毛向下，似乎未看见未觉到法兵向她所做的。

当彼挨尔跑过他与法兵之间那几步的距离时，那个穿绒外衣的高长的盗匪已经扯了亚美尼亚女子颈项上的项链，年轻的女子用手抱颈子，尖声地叫着。

"放掉这个女子！"彼挨尔用法文激怒地、粗声地吼着，抓住高大的、圆背的兵士的肩膀，将他推开。法兵跌倒，爬起来跑开了。但是他的同伴丢了靴子，抽出了刀，威胁地走到彼挨尔的面前。

"当心，不要发蠢！"他叫着。

彼挨尔在怒火的狂烧中，因此他什么也不记得，并且他的力量加了十倍。他冲到赤足的法兵面前，他还不及抽出自己的刀，便已经将他打倒，用拳头搥他。四周的群众发出称赞的叫声，同时从街角上走出一队巡逻的法国乌兰骑兵。乌兰骑兵走到彼挨尔和法兵的面前，并将他们包围。彼挨尔不再记得以后的事。他记得他打了谁，别人又打他，最后他觉得他的手被缚，一群法国兵站在他四周，搜他衣服。

"他有一把刀，中尉。"这是彼挨尔所听懂的第一句话。

"啊，一件武器！"军官说后，又转向那个同彼挨尔一道被捕的赤脚的法兵。

"很好，你把这一切报告军事法庭。"军官说。然后他又转过来向着彼挨尔说："你说法文吗？"

彼挨尔用充血的眼睛环顾四周，不回话。大概他的面孔显得很可怕，因为军官低声说了什么，又有了四个乌兰兵离开了队伍，站在彼挨尔的两旁。

"你说法文吗?"军官又站在远处问他。"叫翻译来。"从行列中走出一个穿俄国普通衣服的矮子,彼挨尔从他的衣服、言语上立刻认出他是一家莫斯科商店里的法国人。

"他不像普通人的神气。"翻译看了彼挨尔说。

军官说:"啊,啊!他很像放火的人。"又说:"问他是谁。"

"你是谁?"翻译问。"你一定要回答军官。"他说。

"我不告诉你们我是谁。我是你们的俘虏。带我走吧。"彼挨尔忽然用法文说。

"啊,啊!"军官皱着眉说,"我们走!"

人群聚集在乌兰兵的旁边。站得最接近彼挨尔的是麻面农妇和女孩;巡逻队移动时,她走到前面。

"他们带你哪里去,我的好先生?"她说,"假使这个女孩不是他们的,这个女孩,这个女孩我咋办呢!"

"这个女人要什么?"军官问。

彼挨尔好像醉汉。他的兴奋情绪因为见到他所救的女孩而增强。

"她说什么?"他说。"她带来我的女孩,她是我刚才从火里救出来的。"他说。"再会!"他自己不知道如何说出了这个无目的的谎话,用坚决而严肃的步伐走在法国人中。

这个法国巡逻队是许多之中的一个——他们奉丢好奈的命令在莫斯科各街道中禁止抢劫,尤其是要拘捕放火的人,据法军高级官吏当天所表现的一般意见,他们是失火的原因。走了几条街,这个巡逻队又捕了五个有嫌疑的俄国人——一个小商人、两个神学生、一个农民、一个家奴——和几个行劫的法兵。在这些嫌疑犯当中，彼埃尔似乎最有嫌疑。当他们被押至苏保夫斯基壁垒上大房子里（这里被充作拘留所）过夜的时候，彼埃尔在严格的监视下单独地被隔开。